Neal Stephenson | Criptonomicón III:
El código Aretusa

byblos

Título original: *Cryptonomicon*

Traducción: Pedro Jorge Romero

1.ª edición: abril 2004
1.ª reimpresión: junio 2005

© 1999 by Neal Stephenson
© Ediciones B, S.A., 2004
　Bailén, 84 - 08009 Barcelona (España)
　www.edicionesb.com

Diseño de colección: Ignacio Ballesteros

Printed in Spain
ISBN: 84-666-1716-7
Depósito legal: B. 29.411-2005
Impreso por NOVOPRINT

Todos los derechos reservados. Bajo las sanciones establecidas
en las leyes, queda rigurosamente prohibida, sin autorización
escrita de los titulares del *copyright*, la reproducción total o parcial
de esta obra por cualquier medio o procedimiento, comprendidos
la reprografía y el tratamiento informático, así como la distribución
de ejemplares mediante alquiler o préstamo públicos.

NEAL STEPHENSON | Criptonomicón III:
El código Aretusa

Presentación

Para no verme obligado a repetir casi todo lo que ya dije en la introducción a la primera y a la segunda de las tres partes de este sin par CRIPTONOMICÓN, *por una vez y sin que sirva de precedente voy a recurrir a palabras ajenas.*

El haber publicado el libro en tres volúmenes permite que antes de la aparición del tercero existan ya, incluso en España, reseñas críticas del mismo. Como sea que Luis Fonseca ha leído ya las tres partes del libro y ha glosado brillantemente el carácter excepcional de esta obra, me parece de lo más adecuado traer aquí su comentario crítico aparecido en EL ARCHIVO DE NESSUS.

EL ARCHIVO DE NESSUS *es un entrañable rincón de la web que se presenta, con excesiva modestia, como «una web de libros». Incluye muchas más cosas que la reseña de* CRIPTONOMICÓN, *y a la red les remito (http://www.archivodenessus.com). Pero, por si no disponen de ADSL o no están en horas de tarifa plana, aquí tienen el texto con el que Luis Fonseca comenta este irrepetible libro de Neal Stephenson, tras valorarlo con las cinco estrellas que son la calificación máxima que se puede otorgar a una obra en* EL ARCHIVO DE NESSUS.

Muy comentado en los corrillos de la cf, CRYPTONOMICON es, como dijo John Updike de la novela *Todo un hombre* de Tom Wolfe, «un libro que desafía a no leerlo». No pierdo el tiempo en decir que al respecto recomiendo el enfoque de Oscar Wilde, según el cual la mejor forma de combatir una tentación es sucumbir ante ella.

Llegados a este punto este servidor lamenta haber sido generoso con los adjetivos a lo largo de su «carrera» como reseñador. Aunque tampoco hay que rasgarse las vestiduras. Por un lado, cuando uno reseñaba en el pasado no podía imaginarse que Stephenson llegara a escribir algo como esto, y por otro lado, CRYPTONOMICON escapa a la adjetivación más común. Así pues, agotados o inadecuados los adjetivos, me limitaré a endosarle sólo uno: este libro es sencillamente inconmensurable, y no lo digo sólo por su dilatadísma extensión.

Desde luego, entre los diferentes aspectos que cabe mencionar de este libro se encuentra el de su extensión: no puede acusarse a su autor de ir al grano. Más de novecientas páginas en versión original (un buen pellizco más en castellano, de forma que se ha publicado por entregas) hacen de cualquier libro un libro objetivamente largo, aunque en descargo del presente éste rara vez lo parece.

Volviendo a la ciencia ficción, difícilmente podríamos encuadrar CRYPTONOMICON en este género. Arriesgando un segundo calificativo lo describiría como «*mainstream* asimilado». Asimilado con gusto por la comunidad de la ciencia ficción, sin duda, en recompensa por los servicios prestados por la corta, pero intensa obra de Stephenson (*Zodiac*, *La era del diamante* y, especialmente, *Snow Crash*).

El apelativo de «*mainstream*», sin embargo, quizá no haga justicia a esta novela, ya que su autor, en evidente estado de gracia, lejos de participar de ninguna corriente va camino de constituir una especie aparte con un único ejemplar. No en vano su forma de novelar deja a los escritores habituales de *best sellers* a la altura de esforzados escribanos y, tras leer este libro, la posibilidad de que uno se eche a la cara una trama más rica y más compleja es menor que la de encontrar agua en el desierto con la ayuda de dos palitos.

Por supuesto, huelga decir que es difícil hacer un resumen completo de esa trama sin recurrir a la escritura de un libro mediano, así que simplemente diré que en esta novela se reúnen (como poco) dos libros en uno, la trama de uno ellos anterior a la del otro, aunque relacionados por el parentesco de determinados personajes. Las dos historias se van a desarrollar bastante independientemente, salvo por pequeños puntos de encuentro dosificados como las pistas de un crimen.

En la primera asistimos a los esfuerzos de personajes reales e imaginarios del bando aliado para romper los códigos secretos del Eje durante la Segunda Guerra Mundial, lo que trae como consecuencia el levantar la liebre de un suculento e inusitado botín en las Filipinas. La caza del tesoro va a ser la finalidad última, aunque no la primera, de una segunda trama más actual, plagada de unos personajes con los que hoy en día nos toparíamos más frecuentemente si no se hubiera desinflado la burbuja.com. Auténtica Nueva Economía.

El libro es tan largo y su autor tan bueno que hay espacio suficiente para que Stephenson salpique la novela con abundantes digresiones de la trama. Algunas de ellas dan lugar a escenas antológicas, como el ataque de Pearl Harbor o el reparto de la herencia familiar. Otras son auténticas travesuras literarias, como los párrafos dedicados a describir cómo deben comerse los cereales con leche, o la escenificación científica de la relación entre lo salido que se encuentra un personaje dado y su rendimiento intelectual rompiendo códigos.

Hay, por último, un tercer tipo de digresiones que en este libro alcanza la categoría de obra maestra, y que configura la aviesa o traviesa, pero muy eficaz, forma de hacer divulgación científica de Stephenson, con un sabroso uso del lenguaje y con conocimientos de este amplio campo. De este tipo de digresiones también pueden extraerse innumerables ejemplos, como el uso de la cadena y de los piñones de la bicicleta de... Alan Turing (pionero de las 'matemáticas' de los ordenadores) para mostrar un determinado tipo de código secreto, o la bienhallada y tácita equiparación del funcionamiento de un órgano y el de una memoria electrónica.

Pero lo mejor de todo es que ese espíritu impregna buena parte del libro y así, miga a miga, Stephenson va repartiendo por su trama esos lugares comunes del saber científico y tecnológico, y a la vez marcando el camino que va de la inteligencia del autor a la del lector informado. Definitivamente, si uno está en este tipo de onda, le va a parecer que este libro está escrito para él y le hará alcanzar el nirvana (o «nerdvana» en el original).

Ese inusitado sustento neuronal no es lo único de lo que uno disfruta a lo largo de la lectura de este libro. El sentido del humor, en su variante inteligente y hasta mordaz, es otro aspecto del que está generosamente dotado. Esta forma de humor emparenta directamente con su último libro publicado entre nosotros, *Snow Crash*.

Menos pirotécnico, pero igual de vívido y adrenalítico, CRYPTONOMICON también tiene otras cosas en común con la anterior obra. Por ejemplo, en ambos libros Stephenson reflexiona sobre determinados mitos antiguos y los pone en relación con aspectos de la sociedad moderna, lo que a este hábil autor le confiere además la categoría de ente pensante. En *Snow Crash* los mitos eran sumerios y se les sacaba punta desde el punto de vista de nuestra sociedad de la información y la comunicación. En CRYPTONOMICON los mitos son griegos, en concreto la dualidad/rivalidad entre Ares y Atenea (particular diosa protecnológica en la interpretación de Stephenson), y se ve traducida en nuestros días como las particulares tareas que determinada gente ha de hacer para que las guerras las ganen los «buenos», santa y tecnológicamente hablando.

En definitiva, si es que puede ponerse punto y final a la descripción de un libro de esta naturaleza, CRYPTONOMICON de Stephenson es como una de esas grandes y raras gotas de ámbar con infinidad de bichos dentro: diferentes historias vitales puestas en relación por un envoltorio mágico, brillante, pegajoso y atenazador. Naturaleza, en aquel caso, o narrativa, en éste, hecha piedra preciosa.

LUIS FONSECA

Y nada más, les remito a lo ya dicho en mis presentaciones a los anteriores volúmenes, aunque, ante la remota posibilidad de algún lector que haya llegado precisamente al CRIPTONOMICÓN *con este tercer volumen, sí parece necesario volver a comentar aquí algún aspecto de nuestra edición.*

El original estadounidense se publicó en 1999 en un sólo volumen, algo que parece que en Europa no resulta conveniente cuando se obtienen libros de más de mil páginas. El editor francés, por ejemplo, decidió cortar el libro en tres partes (precisamente en las páginas 320 y 620 del original) e inventar títulos parciales: «El código Enigma», «La red Kinakuta» y «Gólgota» que se ofrecieron con varios meses de diferencia al público lector (octubre 2000, abril 2001 y septiembre 2001).

Ante la escasa conveniencia de que nuestra edición fuera en un único volumen, hemos decidido seguir el ejemplo francés y repetir lo que ya hiciéramos en el lejano 1990 con CYTEEN *de C.J. Cherryh, presentada en tres volúmenes (números 30, 31 y 32 de NOVA). Para «cortar»* CRIPTONOMICÓN *hemos utilizado el mismo criterio que el editor francés (páginas 320 y 620 de las 918 del original estadounidense), pero hemos optado por otros subtítulos para cada parte. Creo que nuestra solución refleja mucho más claramente el tema criptográfico que anuncia el título original* CRYPTONOMICON. *Por eso, siguiendo la sugerencia del esforzado y brillante traductor, el físico e informático Pedro Jorge Romero, hemos utilizado como subtítulos diversos códigos de los varios que aparecen en la novela. Así, en España, los títulos completos serán:* CRIPTONOMICÓN I: EL CÓDIGO ENIGMA *(NOVA ciencia ficción, número 148, marzo de 2002),* CRIPTONOMICÓN II: EL CÓDIGO PONTIFEX *(NOVA ciencia ficción, número 151, mayo de 2002),* CRIPTONOMICÓN III: EL CÓDIGO ARETUSA *(NOVA ciencia ficción, número 153, junio de 2002).*

Y nada más. Sólo constatar que, incluso en este mundo actual con tan exagerado predominio de lo audiovisual, sigue siendo una verdadera gozada poder disfrutar de lecturas tan excepcionales como la del CRIPTONOMICÓN. *Se lo aseguro: la satisfacción está garantizada.*

MIQUEL BARCELÓ

Origen

Hay que admitir que desde el punto de vista de los tecnócratas blancos privilegiados como Randy Waterhouse y sus antepasados, el Palouse era como un inmenso y habitado laboratorio de aerodinámica no lineal y teoría del caos. Allí no había demasiadas cosas vivas, por lo que las observaciones no se veían interrumpidas continuamente por árboles, flores, fauna y las actividades tercamente lineales y racionales de los seres humanos. Las Cascadas bloqueaban en gran parte la brisa fresca y agradable del Pacífico, acumulando la humedad para cubrir zonas de esquí para los habitantes de Seattle de pieles cubiertas de rocío, y dirigiendo la cantidad sobrante al norte hacia Vancouver y al sur en dirección a Portland. En consecuencia, el aire del Palouse tenía que venir en masa desde el Yukón y la Columbia Británica. Fluía sobre la costra volcánica de la zona central de Washington formando (suponía Randy) una lámina más o menos continua que, cuando golpeaba el territorio del Palouse, se ramificaba en un vasto sistema de torrentes, ríos y arroyuelos serpenteando por entre las colinas desgastadas y que volvían a combinarse en los resecos declives. Pero nunca volvían a combinarse exactamente como antes. Las colinas le habían añadido entropía al sistema. Como un puñado de monedas en una masa de pan, la entropía se podía mover de un sitio a otro, pero no eliminar por completo. La entropía se manifestaba en volutas, ráfagas violentas y remolinos efímeros. Todos esos fenómenos eran claramente visibles, porque durante todo el verano el aire permanecía lleno de polvo y humo, y durante todo el invierno estaba lleno de nieve movida por el viento.

Whitman tenía diablillos de polvo (diablillos de nieve en invierno) de igual forma como se supone que la Guangzhou medieval tenía ratas. Cuando era niño, Randy seguía los diablillos de polvo hasta el colegio. Algunos eran tan pequeños que casi podías cogerlos entre las manos, y algunos eran como pequeños tornados, de unos cincuenta o cien pies de alto, que aparecían sobre una colina o encima de los centros comerciales como si fuesen profecías bíblicas vistas por la tecnología de efectos especiales de bajo presupuesto y los ojos dolorosamente literales de un director de películas épicas de los cincuenta. Al menos, cagaban de miedo a los recién llegados. Cuando Randy se aburría de la escuela, miraba por la ventana y observaba cómo esas cosas se perseguían unas a otras por el patio del colegio completamente desierto. En ocasiones, un diablillo de polvo de más o menos el tamaño de un coche se deslizaba por las canchas cuadradas y por entre los columpios y daba de lleno con el parque de juegos, que era una vieja unidad sin protección, capaz de paralizar a un niño, montada por algún herrero de las edades oscuras y plantada sobre cemento sólido, un verdadero representante de la escuela de los golpes rudos y la supervivencia de los mejores. El diablillo de polvo parecía detenerse al empezar a envolver el parque de juegos. Perdía por completo la forma y se convertía en un soplo de polvo que empezaba a depositarse sobre el suelo como debían hacer todas las cosas más pesadas que el aire. Pero, de pronto, el diablillo reaparecía al otro lado del parque de juegos y seguía su marcha. O quizás aparecían dos diablillos en direcciones opuestas.

Randy pasó mucho tiempo persiguiendo diablillos de polvo y realizando experimentos improvisados con ellos mientras iba y venía del colegio, hasta el punto de rebotar en una ocasión sobre el radiador de un Buick cuando perseguía uno del tamaño de un carrito de la compra hasta media calle con la intención de subirse en su centro. Sabía que eran frágiles y tenaces por igual. Podía pisotear uno y en ocasiones se limitaría a esquivar el pie y volar a su alrededor para seguir su marcha. Otras veces, como cuando intentabas atraparlo entre las manos, se desvanecía, pero luego alzabas la vista y veías otro igual a seis metros por delante, alejándose de ti. Tiempo más tarde, cuando empezó a estudiar física, la idea en sí de la materia organizándose de forma espontánea para producir sistemas absurdamente improbables, claramente capaces de perpetuarse a sí mismos y razonablemente robustos producía escalofríos a Randy.

No hay espacio para los diablillos de polvo en la leyes de la física, al menos en el modelo rígido que se enseña habitualmente. Hay una especie de connivencia tácita en la enseñanza habitual de la ciencia: obtienes un profesor competente pero aburrido, inseguro y por tanto pesado que habla a un público dividido entre estudiantes de ingeniería, a los que se hará responsables de la fabricación de puentes que no se desmoronen y aeroplanos que no caigan de pronto en picado a seiscientas millas por hora, y que por definición se ponen nerviosos y adoptan una actitud rencorosa cuando el profesor se sale de pronto del camino marcado y comienza a hablar de fenómenos escandalosos y para nada intuitivos; y estudiantes de física, que obtienen gran parte de su autoestima del hecho de saber que son más inteligentes y moralmente más puros que los estudiantes de ingeniería y que, por definición, no quieren oír nada que no tenga sentido. La connivencia propicia que el profesor diga (algo similar a): el polvo es más pesado que el aire, por lo tanto cae hasta dar con el suelo. Eso es todo lo que es preciso saber sobre el polvo. A los ingenieros les encanta porque les gusta que los problemas estén muertos y crucificados como mariposas bajo el vidrio. A los físicos les encanta porque les gusta pensar que lo comprenden todo. Nadie plantea preguntas difíciles. Y más allá de las ventanas, los diablillos de polvo siguen brincando por el campus.

Ahora que Randy ha regresado a Whitman por primera vez después de varios años, observando (al ser invierno) que los diablillos de hielo zigzaguean por entre las calles vacías por Navidad, se siente inclinado a adoptar un punto de vista más amplio, que más o menos sigue esta pauta: esos diablillos, esos remolinos, son el resultado de colinas y valles que probablemente se encuentran a varias millas de distancia en la dirección opuesta del viento. Básicamente, Randy, que ha entrado desde el exterior, se encuentra en un sistema de referencia móvil y está viendo las cosas desde el punto de vista del sistema de referencia del viento, no desde el sistema de referencia del niño que apenas salía de la ciudad. Según el sistema de referencia del viento, él (el viento) está estacionario y las colinas y valles son objetos móviles que se estrujan contra el horizonte y luego se acercan volando e interfieren con él, obligando al viento a resolver las consecuencias más tarde. Y algunas de las consecuencias son diablillos de polvo o hielo. Si por el camino aparecen más cosas, como ciudades amplias llenas de edificios, o bosques llenos de hojas y ramas, entonces ahí acaba la cosa; el viento se volverá completamente trastornado y dejará de existir como algo unitario, y toda la acción aerodinámica se producirá a la escala incomprensible de microrremolinos alrededor de agujas de pino y antenas de coches.

Un ejemplo sería el aparcamiento de la Residencia Waterhouse, que normalmente está lleno de coches y mata el viento. No te encontrarás diablillos de polvo en el borde de un aparcamiento lleno, sino una filtración general de viento muerto y desintegrado. Pero son las vacaciones de Navidad y sólo hay tres coches en el aparcamiento, que a su vez sirve de aparcamiento extra durante los partidos de rugby y por tanto tiene el tamaño aproximado de un campo militar de entrenamiento. El asfalto tiene el color gris de un monitor apagado. Un gas volátil de diablillos de hielo se desliza sobre el asfalto con la libertad de una capa de combustible sobre el agua templada, excepto allí donde choca con los sarcófagos de hielo de los tres vehículos abandonados, que evidentemente llevan en el aparcamiento un par de semanas, desde que todos los demás vehículos se fueron por las vacaciones de Navidad. Cada uno de los coches se ha convertido en la causa primera de un sistema de estelas y remolinos estacionarios que se extiende durante cientos de metros. El viento es un fenómeno centelleante y abrasivo, una tendencia perpetua, capaz de arañar la cara y arrancar los ojos, en la estructura del espacio-tiempo, habitado por vastos arcos de fuego rubio platino centrados alrededor del sol bajo del invierno. En el aire hay continuamente agua cristalina en suspensión: fragmentos de hielo que son más pequeños que copos de nieve, probablemente, no más que ramas individuales de copos de nieve cortadas y elevadas cuando el viento azotaba las dunas de hielo de Canadá. Una vez en el aire, allí permanecen, a menos que acaben atrapadas en una zona de aire muerto: el ojo de un remolino o la capa exterior fija de la estela de un coche aparcado. Y durante semanas, los remolinos y las ondas estacionarias se han vuelto visibles, como una representación en realidad virtual y tres dimensiones de ellos mismos.

La Residencia Waterhouse se eleva sobre esa explanada, una residencia de estudiantes alta a la que ninguna persona lo suficientemente importante como para que den su nombre a una residencia de estudiantes querría que pusiesen su nombre. A través de las extensiones climáticamente inapropiadas de ventanales reluce la misma vergonzosa luz verdosa que producen los acuarios domésticos llenos de algas. Los conserjes lo recorren con máquinas del tamaño de carritos de perritos calientes, agitando esos rollos de una milla de largo de cables eléctricos naranja del grosor de un pulgar, limpiando con vapor vómitos de cerveza y lípidos de palomitas cubiertas de mantequilla artificial de las gruesas moquetas grises que, cuando Randy estaba allí, no parecían tanto moquetas como una referencia a las moquetas o a la idea de enmoquetar. Cuando Randy penetra en la entrada principal de vehículos, dejando atrás la gran lápida que dice RESIDENCIA WATERHOUSE, no puede evitar mirar directamente a través de las ventanas delanteras de la residencia, atravesando primero el parabrisas, hasta el enorme retrato de su abuelo, Lawrence Pritchard Waterhouse, una entre más o menos la docena de figuras, en su mayoría ya fallecidas, que compiten por el título básicamente ficticio de «inventor del ordenador digital». El retrato está atornillado con toda seguridad a la pared de ladrillo de cenizas del vestíbulo y aprisionado bajo una lámina de plexiglás de media pulgada de grueso que es preciso reemplazar cada par de años, ya que se empaña por las limpiezas periódicas y los pequeños actos de vandalismo. Visto a través de esa nebulosa catarata, Lawrence Pritchard

Waterhouse resplandece con gravedad ataviado con la vestimenta doctoral completa. Tiene un pie elevado sobre algo, el codo plantado sobre la rodilla alzada, y se ha tirado la túnica tras el otro brazo y ha plantado el puño sobre la cadera. Se supone que es una postura de las de enfrentarse dinámicamente a los vientos del futuro pero, para Randy, que a la edad de cinco años presenció su presentación, era una especie de gesto de qué coño estarán haciendo todas esas personitas allí abajo.

Aparte de los tres coches muertos bajo la concha de hielo endurecido, no hay nada en el aparcamiento excepto unas dos docenas de muebles antiguos y algunos otros tesoros como un servicio de té completo de plata de ley y un baúl oscuro y maltratado por el tiempo. Mientras Randy entra con su tío Red y su tía Nina, aprecia que los muchachos Shaftoe han terminado las responsabilidades por las que recibirían el salario mínimo más un veinticinco por ciento durante todo el día: es decir, han trasladado todos esos elementos desde la posición donde el tío Geoff y la tía Anne los habían dejado de regreso al Origen.

En un gesto de compañerismo y bonhomía típico de un tío, el tío Red, para evidente resentimiento de la tía Nina, ha reclamado el asiento del pasajero del Acura, dejando a la tía Nina varada en el asiento trasero, donde evidentemente se siente mucho más físicamente aislada de lo que merece la situación. Realiza movimientos laterales intentando centrar los ojos, primero de Randy y luego del tío Red, en el retrovisor. Randy ha tenido que recurrir exclusivamente a los retrovisores exteriores durante el trayecto de diez minutos desde el hotel, porque cuando mira por el interior lo único que ve son las pupilas dilatadas de la tía Nina que le miran como si fuesen los cañones gemelos de una escopeta. El sonido de la calefacción ha formado una zona de aislamiento acústico allá atrás que, junto a sus evidentes sentimientos de furia casi animal y estrés, la han dejado en un estado volátil y evidentemente peligroso.

Randy se dirige directamente al Origen, como en la intersección de los ejes x e y, que está señalado por un poste eléctrico con su propio sistema de estelas y remolinos creados por el viento.

—Mira —dice el tío Red—, lo único que queremos conseguir es que el legado de tu madre, si ése es el término correcto para las posesiones de alguien que no está realmente muerto sino que se ha trasladado a unas instalaciones de cuidado continuo, se divide de forma equitativa entre sus cinco hijos. ¿Tengo razón?

No le habla a Randy, pero éste asiente igualmente, intentando mostrar un frente unido. Lleva dos días seguidos apretando las mandíbulas; los puntos donde los músculos de las mandíbulas se unen al cráneo se han convertido en los focos de tremendos sistemas radiativos de dolor pulsante y en aumento.

—Estarás de acuerdo en que una división equitativa es lo que todos queremos —sigue diciendo el tío Red—. ¿Correcto?

Después de una preocupante pausa, la tía Nina asiente. Randy consigue verle la cara en el retrovisor mientras realiza otro de esos dramáticos movimientos laterales, y ve que tiene una expresión de casi agitación nauseabunda, como si esa idea de la división en partes iguales fuese una trampa jesuítica.

—Bien, pues aquí está lo más interesante —dice el tío Red, que es jefe del departamento de matemáticas del Okaley College en Macomb, Illinois—. ¿Cómo definimos «igual»? Eso es lo que tus hermanos, cuñados y Randy discutimos hasta tan tarde la pasada noche. Si estuviésemos dividiendo un montón de dinero, sería fácil, porque el dinero lleva impreso el valor monetario, y los billetes son intercambiables... uno no se siente emocionalmente atado a un billete de dólar en particular.

—Por eso deberíamos acudir a un tasador objetivo...

—Pero todos estarían en desacuerdo con lo que dijese el tasador, Nina, cariño —dice el tío Red—. Más aún, el tasador dejará de lado el aspecto emocional, que evidentemente en esta familia tiene mucha importancia, o eso parecía basándose en el, eh, digamos carácter melodramático de la, eh, discusión, si discusión no es un término demasiado digno para lo que algunos percibirían más como, bien, una pelea de gatos, que tú y tus hermanas mantuvisteis ayer durante todo el día.

Randy asiente de forma casi imperceptible. Se acerca y aparca cerca del mobiliario que vuelve a estar reunido alrededor del Origen. En el límite del aparcamiento, donde el eje y (que aquí representa el valor emocional asignado) se encuentra con un muro de contención, se halla el bólido de los Shaftoe, totalmente envahado en el interior.

—El problema se reduce —dice el tío Red— a uno matemático: ¿cómo se divide un conjunto no homogéneo de n objetos entre m personas (en realidad, parejas)?; es decir, ¿cómo divides el conjunto en m subconjuntos $(S_1, S_2, ..., S_m)$ de forma que el valor de cada uno de los subconjuntos esté lo más cerca posible de la igualdad?

—No parece tan difícil —es el débil comienzo de la tía Nina. Es profesora de lingüística qwghlmiana.

—En realidad, es asombrosamente difícil —dice Randy—. Está muy relacionado con el problema de la mochila, que es tan difícil de resolver que se ha empleado como base de sistemas criptográficos.

—¡Y eso sin tener en cuenta que cada una de las parejas estimará de forma diferente el valor de cada uno de los *n* objetos! —grita el tío Red. Para entonces, Randy ha apagado el coche, y las ventanillas han empezado a cubrirse de vaho. El tío Red se quita una manopla y empieza a dibujar figuras en el vaho del parabrisas, empleándolo como si fuese una pizarra—. Para cada una de las *m* personas (o parejas) hay un vector de valor de *n* elementos, V, donde V_1 es el valor que esa pareja en particular asigna al elemento 1 (según algún sistema arbitrario de numeración) y V_2 es el valor que asignarían al elemento número 2 y así hasta llegar al elemento número *n*. Esos *m* vectores, tomados en conjunto, forman una matriz de valor. Bien, podemos imponer la condición de que cada vector debe dar como resultado total la misma cantidad; es decir, podemos especificar arbitrariamente algún valor nocional a todo el conjunto de muebles y otros bienes e imponer la condición de que

$$\sum_{i=1}^{n} V_i = \tau$$

donde τ es una constante.

—¡También podríamos tener opiniones diferentes sobre cuál es ese valor total! —dice con valor la tía Nina.

—Eso no tiene importancia matemática —susurra Randy.

—¡No es más que un factor de escala arbitrario! —dice el tío Red fulminante—. Por esa razón, acabé estando de acuerdo con tu hermano Tom, aunque no lo hice al principio, en que deberíamos aceptar el método que él y otros físicos relativistas usan, y asignar arbitrariamente $\tau=1$. Lo que nos obliga a todos a tratar con valores fraccionarios, lo que pensé que algunas de las damas, exceptuando evidentemente a la presente, podrían considerar confuso, pero al menos enfatiza la naturaleza arbitraria del factor de escala y ayuda a eliminar esa fuente de confusión. El tío Tom se dedica al seguimiento de asteroides en Pasadena para el Jet Propulsion Laboratory.

—Ahí está la consola Gomer Bolstrood —exclama la tía Nina, frotando un hueco en el vaho de su ventanilla, y luego sigue frotando orbitalmente con la manga del abrigo como si estuviese abriéndose una ruta de escape a través del vidrio de seguridad—. ¡La han dejado bajo la nieve!

—En realidad, no está nevando —dice el tío Red—, no es más que nieve traída por el viento. Está seca como un hueso, y si sales y echas un vistazo a la consola, o como la llamemos, descubrirás que la nieve no se funde sobre su superficie, porque ha permanecido en el almacén desde que tu madre se trasladó a la residencia de cuidado y se ha equilibrado a la temperatura ambiente, que creo que todos podemos testificar está por debajo de cero grados Celsius.

Randy cruza los brazos sobre el abdomen, echa la cabeza hacia atrás y cierra los ojos. Los tendones de su cuello están tan rígidos como plastilina a temperaturas subcero y se resisten dolorosamente.

—Esa consola estuvo en mi dormitorio desde el momento de mi nacimiento hasta que me fui a la universidad —dice la tía Nina—. Por cualquier estándar decente de justicia, esa consola es mía.

—Bien, eso nos lleva al descubrimiento que al final se nos ocurrió a Randy, Tom, Geoff y a mí a las dos de la mañana, es decir, que el valor económico percibido de cada elemento, por complicado que ese problema sea por sí mismo, véase el problema de la mochila, no es más que una dimensión de los problemas que nos han situado en un estado emocional tan alterado. La otra dimensión, y aquí realmente quiero decir dimensión en el sentido de la geometría euclídea, es el valor emocional de cada elemento. Es decir, en teoría podría obtener una división de cada conjunto de todos los muebles que te daría a ti, Nina, una parte igual. Pero tal división podría dejarte, cariño, muy profunda, profundamente insatisfecha porque no recibiste esa consola, que, aunque evidentemente no vale tanto como el gran piano, para ti tiene mucho más valor emocional.

—No creo que pueda descartar el cometer violencia física para defender mi derecho de propiedad sobre esa consola —dice la tía Nina, volviendo de pronto a una voz sepulcral.

—¡Pero eso no es necesario, Nina, porque hemos montado todo este tinglado aquí mismo para que puedas manifestar tus emociones tal y como se merecen!

—Vale. ¿Qué tengo que hacer? —dice la tía Nina, saltando del coche. Randy y el tío Red cogen con rapidez sus guantes, manoplas y sombreros y la siguen. Flota alrededor de la consola, observando como el polvo de hielo corre sobre la superficie límpida, prácticamente reluciente, de la consola tras la estela turbulenta de su cuerpo, formando pequeños vórtices epi-epi-epi de Mandelbrot.

—Como hicieron Geoff y Anne antes, y los otros harán después, vamos a mover cada uno de esos elementos a una posición específica, como en coordenadas (x, y), sobre el aparcamiento. El eje x va por aquí —dice el tío Red mirando hacia la Residencia Waterhouse y alzando los brazos en actitud cruciforme— y el eje y por aquí. —Rota noventa grados, de forma que una de sus manos señala ahora el Impala de los Shaftoe—. El valor financiero percibido se mide en el x. Cuando más lejos se está en esa dirección, más valioso crees que es. Incluso podrías darle a algo valor x negativo si crees que tiene valor negativo, por ejemplo, ese sillón demasiado relleno de ahí, que podría costar más reparar de lo que vale en sí. Igualmente, el eje y mide el valor emocional percibido. Ahora, hemos establecido que la consola para ti posee un valor emocional extremo así que creo que podemos ponernos a ello y moverla hasta donde está puesto el Impala.

—¿Puede algo tener valor emocional negativo? —dice la tía Nina, con amargura y probablemente retóricamente.

—Si lo odias tanto que poseerlo cancelaría los beneficios emocionales de tener algo como la consola, entonces sí —dice el tío Red.

Randy se pone la consola al hombro y comienza a recorrer la dirección y positiva.

Los chicos Shaftoe están disponibles para mover muebles de inmediato, pero Randy necesita marcar un poco de territorio, simplemente para indicar que no carece de atributos masculinos, y acaba cargando con más muebles de los que realmente debería. Allá en el Origen, puede oír hablar a Red y Nina.

—Tengo un problema con esto —dice Nina—. ¿Qué le impide a ella ponerlo todo en el extremo del eje y, diciendo que para ella todo tiene un valor emocional extremo? —Ella en este caso sólo puede referirse a la tía Rachel, la esposa de Tom. Rachel es una urbanita multiétnica de la Costa Este que no tiene la suerte o la desgracia de poseer la falta de seguridad obligatoria en los Waterhouse y que por tanto ha sido siempre vista como una especie de encarnación viviente de la rapiña, un buche tragón de deseo. La peor posibilidad dadas las circunstancias es que Rachel de alguna forma vuelva a casa con todo: el gran piano, la plata, la porcelana, el conjunto de comedor Gomer Bolstrood. De ahí la necesidad de establecer reglas y rituales complejos, y un sistema de división del botín cuya justicia pueda demostrarse matemáticamente.

—Para eso están τ_e y $\tau_\$$ —dice tranquilizador el tío Red.

$$\sum_{i=1}^{n} V_i^e = \tau_e, \quad y \quad \sum_{i=1}^{n} V_i^\$ = \tau_\$$$

—Todas nuestras elecciones quedarán escaladas matemáticamente, de forma que el resultado total será el mismo valor en las escalas emocional y financiera. Por tanto, si alguien lo pone todo en un extremo, después del cambio de escala será como si no hubiese expresado ninguna preferencia.

Randy se acerca al Impala. Una de las portezuelas produce un ruido a medida que el hielo cae de ella. Robin Shaftoe sale del coche, respira sobre sus manos y adopta una posición de descanso, lo que significa que está disponible para aceptar cualquier responsabilidad sobre el plano de coordenadas cartesianas.

Randy mira por encima del Impala, el muro de contención, el paisaje reseco cubierto de nieve y al interior del vestíbulo de la Residencia Waterhouse, donde Amy Shaftoe tiene los pies sobre una mesita de café y repasa algo de la literatura extremadamente triste relacionada con los Cayuse que Randy compró para Avi. Ella le mira, sonríe y apenas, piensa él, contiene el impulso de levantar la mano y girar un dedo alrededor de su oreja.

—¡Así está bien, Randy! —grita el tío Red desde el Origen—, ¡ahora hay que darle algo de x! —Lo que significa que la consola no carece tampoco de valor económico. Randy da un giro de noventa grados y comienza a caminar por el cuadrante ($+x$, $+y$), contando las líneas amarillas—. ¡Unos cuatro espacios de aparcamiento! ¡Así está bien! —Randy deja la consola en el suelo, luego se saca un cuaderno de papel milimetrado del abrigo, pasa la primera hoja, que contiene las coordenadas (x, y) del tío Geoff y la tía Anne, y anota las coordenadas de la consola. El sonido se transmite bien en el Palouse, y desde el Origen puede oír como la tía Nina le pregunta al tío Red:

—¿Cuánto τ_e hemos invertido en la consola?

—Si dejamos todo lo demás aquí en y igual a cero, un cien por cien después de escalar —dice el tío Red—. En caso contrario, depende de cómo distribuyamos el resto de las cosas en la dimensión y. Que es la respuesta correcta, aunque totalmente inútil.

Si los días en Whitman no hacen que Amy abandone a Randy aterrorizada, nada lo conseguirá, así que se alegra en cierta forma enfermiza de que esté presenciando el espectáculo. En realidad, hasta ahora no había salido el asunto de su familia. A Randy no le gusta hablar de su familia porque realmente no cree que haya nada qué decir: ciudad pequeña, buena educación, vergüenza y amor propio repartidos en proporciones razonablemente iguales y normalmente en los momentos apropiados. Nada espectacular en la línea de grotescas psicopatologías, abusos sexuales, traumas horribles en masa o rituales satánicos en el jardín. Así que normalmente cuando la gente habla sobre sus familias, Randy se limita a callar y escuchar, creyendo que no tiene nada que decir. Sus anécdotas familiares son tan aburridas, tan pedestres, que sería presuntuoso siquiera contarlas, especialmente después de que alguien haya divulgado algo realmente espantoso y horrible.

Pero allí de pie observando esos remolinos empieza a cambiar de opinión. La insistencia de algunas personas en que «Hoy yo: fumo/soy obeso/tengo mala actitud/estoy deprimido porque: mi madre murió de cáncer/mi tío me metió el pulgar por el culo/mi padre me pegó con el borde de una navaja» le parece excesivamente determinista; parece reflejar una especie de rendición perezosa e idiota a una teleología directa. Básicamente, si todos tienen el derecho adquirido a creer que lo comprenden todo, o incluso que en principio la gente es capaz de comprenderlo (ya sea porque tragarse esa idea reduce sus inseguridades sobre un mundo impredecible, o les hace sentirse más inteligentes que los otros, o ambas cosas simultáneamente) entonces tienes un entorno en el que ideas estúpidas, reduccionistas, ingenuas, fáciles, superficiales pueden circular, como carretillas de mano llenas de dinero inflacionado en los mercados de Yakarta.

Pero cosas como la habilidad del coche aparcado de un estudiante para producir patrones repetidos de remolinos del tamaño de un dedal cien yardas en la dirección del viento, parece aconsejar una visión del mundo más cauta, abrirse a la verdadera y total rareza del Universo, admitir las limitaciones de las facultades humanas. Y si has llegado hasta este punto, entonces puedes argumentar que crecer en una familia carente de gigantescas y claras fuerzas psicológicas, y vivir una vida tocada por muchas influencias sutiles e incluso ya olvidadas en lugar de una o dos grandes (por ejemplo, una participación activa en la iglesia de Satanás) puede producir, muy por delante en la dirección del viento, consecuencias que no carecen completamente de interés. Randy espera, pero duda mucho, que America Shaftoe, sentada bajo la luz color alga y leyendo sobre el exterminio involuntario de los Cayuse, lo vea de tal modo.

Randy se une a su tía en el Origen. El tío Red le ha estado explicando, con algo de condescendencia, que deben prestar mucha atención a la distribución de elementos sobre la escala económica, y, por sus esfuerzos, le han enviado a un largo y solitario paseo por el eje +x cargando con todo el servicio de té de plata.

—¿Por qué no nos quedamos dentro y lo hacemos todo sobre el papel? —preguntó la tía Nina.

—Creímos que mover físicamente las cosas tendría su importancia, al darle a la gente un análogo físico directo de las declaraciones de valor que estaban haciendo —dice Randy—. Además de que sería útil evaluar estos objetos literalmente bajo la fría luz del día; en lugar de tener a diez o doce personas cargadas de emociones gateando por un almacén armadas de linternas, criticándose unos a otros tras los armarios.

—Una vez que todos hayamos manifestado nuestras preferencias, ¿qué? ¿Os sentáis a calcular con una hoja de cálculo o algo así?

—Requiere más potencia computacional para resolverlo de ese modo. Probablemente exigiría un algoritmo genético... ciertamente no habrá una solución matemáticamente exacta. Mi padre conoce a un investigador en Ginebra que ha trabajado con problemas isomórficos a éste, y le envió un correo la noche pasada. Con suerte podremos bajarnos por ftp el software adecuado y correrlo en el Tera.

—¿El terror?

—Tera. Como en teraflops.

—Eso no me sirve. Cuando dices «como en» se supone que debes darme algo familiar que pueda comprender.

—Es uno de los diez ordenadores más rápidos del planeta. ¿Ves ese edificio de ladrillo rojo a la derecha del final del eje -*y* —dice Randy, señalando colina abajo—, justo detrás del nuevo gimnasio?

—¿El que está lleno de antenas?

—Sí. La máquina Tera está ahí. La fabricó una compañía de Seattle.

—Debe de haber sido muy cara.

—Mi padre les convenció.

—¡Sí! —dice el tío Red con alegría, regresando de los territorios de alto *x*—. Su capacidad para conseguir donaciones es legendaria.

—Debe de tener una faceta persuasiva que yo todavía no he podido apreciar —dice la tía Nina, vagando con curiosidad hacia unas grandes cajas de cartón.

—No —dice Randy—, más bien es que se acerca y se arroja sobre la mesa de reuniones hasta que los avergüenza tanto que le firman el cheque.

—¿Le has visto hacerlo? —dice la tía Nina escéptica, levantando una caja que lleva escrito ELEMENTOS DEL ARMARIO DE SÁBANAS DEL PISO DE ARRIBA.

—Lo he oído. La alta tecnología es una ciudad pequeña —dice Randy.

—Ha podido capitalizar el trabajo de su padre —dice el tío Red—. «Si mi padre hubiese patentado incluso uno de sus inventos informáticos, el Palouse College sería tan grande como Harvard» dice siempre.

La tía Nina ya tiene abierta la caja. Está llena casi por completo por una única manta qwghlmiana, de un marrón oscuro verdoso sobre un tartán gris amarronado.

La manta en cuestión tiene una pulgada de grosor y, durante reuniones familiares en invierno, era infame como una especie de broma entre los nietos Waterhouse. El olor a naftalina, moho y lana pesada y aceitosa hace que la nariz de la tía Nina se contraiga, al igual que la de la tía Annie antes. Randy recuerda acostarse bajo esa manta en una ocasión a la edad de nueve años, y despertarse a las dos de la madrugada con espasmos bronquiales, hipertermia y vagos recuerdos de una pesadilla en la que le enterraban con vida. La tía Nina cierra las tapas de cartón, se gira y mira en dirección al Impala. Robin Shaftoe ya corre en dirección a ellos. Como él no es nada malo en matemáticas, pilló con rapidez la idea de la operación general, y ahora sabe por experiencia que la caja de la manta hay que enterrarla bien profunda en el territorio ($-x$, $-y$).

—Supongo que estoy preocupada —dice la tía Nina—, por la idea de que en mis preferencias medie un superordenador. He intentado dejar claro lo que deseo. Pero ¿lo entenderá el ordenador? —Se detiene junto a la caja de CERÁMICAS de una forma que atormenta a Randy, quien desea con todas sus fuerzas mirar en su interior, pero no quiere levantar sospechas. Es el árbitro y ha jurado ser objetivo—. Olvídate de la cerámica —dice ella—, son cosas de mujeres mayores.

El tío Red se aleja y desaparece detrás de uno de los coches, presumiblemente para echar una meada. La tía Nina dice:

—¿Qué hay de ti, Randy? Como el hijo mayor del hijo mayor, estos objetos deben provocarte alguna reacción.

—Sin duda, cuando les toque a mis padres, ellos me pasarán parte del legado de la abuela y el abuelo —dice Randy.

—Oh, muy prudente —dice la tía Nina—. Pero como el único nieto que tiene algún recuerdo del abuelo, debe haber algo aquí que tú desees.

—Probablemente haya alguna cosilla que nadie quiere —dice Randy. Luego, casi como un imbécil perfecto, un organismo alterado genéticamente para ser un idiota absoluto, mira directamente el baúl. A continuación intenta disimular, lo que hace que sea aún más evidente. Supone que su rostro en su mayoría sin barba debe ser como un libro abierto, y desea no haberse afeitado jamás. Una bala de hielo le golpea en la córnea derecha casi con un sonido audible. El impacto balístico le ciega y la conmoción térmica le provoca un dolor de cabeza de los de helado. Cuando se ha recuperado lo suficiente para ver de nuevo, la tía Nina camina en dirección al baúl, en una especie de espiral en una órbita en descomposición.

—Hum. ¿Qué hay aquí? —Agarra una de las asas y descubre que apenas puede levantarlo del suelo.

—Viejos libros de códigos japoneses. Montones de tarjetas ETC.

—¿Marcus?

—¡Sí, señora! —dice Marcus Aurelius Shaftoe, de regreso del cuadrante doblemente negativo.

—¿Cuál es el ángulo exactamente en medio de los ejes $+x$ y $+y$? —pregunta la tía Nina—. Le preguntaría al árbitro, pero empiezo a dudar de su objetividad.

M. A. mira a Randy y decide interpretar ese último comentario como el típico codazo familiar bienintencionado.

—¿Lo prefiere en radianes o en grados, señora?

—En ninguno. Simplemente muéstramelo. Súbete este enorme baúl en esa espalda fuerte que tienes y camina justo por entre los ejes $+x$ y $+y$ hasta que yo te diga.

—Sí, señora. —M. A. carga con el baúl y empieza a caminar, mirando con frecuencia a un lado y al otro para asegurarse de estar en el medio. Robin permanece de pie a una distancia segura observando con interés.

El tío Red regresa de su meada y mira con horror.

—¡Nina! ¡Cariño! ¡Eso no vale ni el coste de enviarlo a casa! ¿Qué estás haciendo?

—Asegurándome de que recibo lo que quiero —dice Nina.

Randy recibe una pequeña porción de lo que quiere dos horas más tarde, cuando su propia madre rompe el sello de la caja de CERÁMICAS para verificar que la porcelana está en buenas condiciones. En ese momento, Randy y su padre están junto al baúl. La labor de distribución de sus padres está muy avanzada y por tanto el mobiliario está disperso por el aparcamiento, con aspecto de ser el resultado de uno de esos tornados que milagrosamente depositan en el suelo las cosas intactas después de haberlas movido por el aire durante diez millas. Randy intenta encontrar una forma de aumentar el valor emocional de ese baúl sin violar su juramento de objetividad. Las posibilidades de que alguien que no sea Nina acabe consiguiendo el baúl son bastante reducidas, ya que ella (para horror de Red) lo dejó casi todo depositado alrededor del Origen excepto el baúl y la deseada consola. Pero si papá al menos sacase el baúl del mismo centro —algo que nadie ha hecho excepto Nina—, entonces, si el Tera se lo concede mañana por la mañana, Randy podrá argumentar de forma plausible que no se trata de un error informático. Pero papá está recibiendo sus indicaciones de mamá y no le está haciendo caso a él.

Mamá se ha quitado los guantes con los dientes y está apartando capa tras capa de periódicos con manos magenta.

—¡Oh, la barca salsera! —exclama, e iza algo que parece más un crucero pesado que una barca. Randy está de acuerdo con la tía Nina en que el diseño es de mujer mayor hasta el extremo, lo que no deja de ser tautológico ya que sólo lo ha visto en la casa de su abuela, que ha sido una mujer mayor durante todo el tiempo que la ha conocido. Randy camina hacia su madre con las manos en los bolsillos; por alguna razón sigue intentando aparentar que conserva la calma. Puede que la obsesión por el secreto haya ido demasiado lejos. Puede que haya visto esa salsera unas veinte veces en su vida, siempre en reuniones familiares, y verla ahora despierta un cieno de emociones largo tiempo apaciguadas. Alarga las manos, y mamá la remite a sus miembros cubiertos por manoplas. Finge admirarla de lado, y luego le da la vuelta para leer las palabras grabadas en la parte de abajo. ROYAL ALBERT — LAVENDER ROSE.

Durante un momento duda bajo un sol vertical, balanceándose para mantener el equilibrio sobre un bote que se agita, oliendo el neopreno de las mangueras y aletas. Luego está de vuelta en el Palouse. Comienza a pensar en cómo sabotear el programa de ordenador para asegurarse de que la tía Nina reciba lo que quiere, para que ella le dé a él lo que le pertenece por derecho.

Gólgota

El teniente Ninomiya llega a Bundok unas dos semanas después de Goto Dengo, acompañado por varios cajones de madera aporreados y desechos.
—¿Cuál es su especialidad? —pregunta Goto Dengo, y el teniente Ninomiya responde abriendo uno de los cajones para mostrar un teodolito de topógrafo envuel-

to en lino limpio y graso. Otro cajón contiene un sextante igualmente perfecto. Goto Dengo se queda boquiabierto. La reluciente perfección de los instrumentos es una maravilla. Pero incluso más maravilloso es que le enviasen un topógrafo sólo doce días después de que lo hubiese pedido. Ninomiya sonríe al observar la expresión del rostro de su nuevo colega, mostrando que ha perdido la mayoría de sus dientes delanteros excepto uno, que resulta ser en su mayoría oro.

Antes de que pueda realizarse cualquier operación de ingeniería, es preciso reconocer todo ese espacio salvaje. Es preciso preparar mapas detallados, hay que preparar cartas de las líneas divisorias de agua, hay que analizar la tierra. Durante dos semanas, Goto Dengo ha estado paseándose por ahí con una tubería y un almádana tomando muestras de terreno. Ha identificado rocas del fondo del lecho, ha estimado el flujo de los ríos Yamamoto y Tojo, ha contado y catalogado los árboles. Ha recorrido con dificultad la jungla y ha plantado banderas en los límites aproximados de la Zona Especial de Seguridad. Durante todo ese proceso se ha estado preocupando ante la posibilidad de tener que realizar el reconocimiento topográfico él mismo, empleando herramientas primitivas e improvisadas. Y de pronto, aquí tiene al teniente Ninomiya con sus instrumentos.

Los tres tenientes, Goto, Mori y Ninomiya, pasan unos días examinando el terreno plano y semiabierto que se extiende alrededor del río Tojo inferior. El año, 1944, está resultando seco por el momento, y Mori no quiere edificar sus barracones militares sobre un terreno que se convertirá en un pantano después de la primera lluvia. No le preocupa la comodidad de los prisioneros, pero al menos le gustaría asegurarse de que no se los lleva la corriente. La configuración del terreno también es importante para establecer los campos de fuego entrecruzado que serán necesarios para acabar con cualquier motín o intento de fuga masiva. Hacen que los pocos soldados de Bundok recojan estacas de bambú, luego las emplean para señalar las posiciones de carreteras, barracones, vallas de alambre de espino, torres de guardia y unos pocos emplazamientos de morteros cuidadosamente elegidos desde los que los guardias podrán llenar de metralla la atmósfera de cualquier parte del campo.

Cuando el teniente Goto lleva al teniente Ninomiya a la jungla, trepando por el valle inclinado del Tojo, el teniente Mori debe quedarse atrás, según las instrucciones del capitán Noda. Lo que está bien, porque Mori tiene mucho trabajo allá abajo. El capitán ha concedido a Ninomiya una dispensa especial para ver la Zona Especial de Seguridad.

—Las elevaciones son de gran importancia en este proyecto —le dice Goto Dengo al topógrafo durante el camino. Van cargados con el equipo de topografía y el agua dulce, pero Ninomiya trepa por el barranco rocoso del río medio reseco con tanta habilidad como el propio Goto Dengo—. Empezaremos estableciendo el nivel del lago Yamamoto, que todavía no existe, y luego trabajaremos descendiendo desde ese punto.

—También se me ha ordenado que obtenga la latitud y longitud exactas.

Goto Dengo sonríe burlón.

—Es difícil... no hay forma de ver el sol.

—¿Qué hay de esos tres picos?

Goto Dengo se vuelve para ver si Ninomiya está de broma. Pero el topógrafo mira con toda intensidad valle arriba.

—Su dedicación es un buen ejemplo —dice Goto Dengo.

—Este lugar es un paraíso comparado con Rabaul.
—¿Le enviaron desde allí?
—Sí.
—¿Cómo escapó? Está aislado, ¿no?
—Ha estado aislado durante algún tiempo —dice cortante Ninomiya. Luego, añade—: Vinieron y me metieron en un submarino. —Su voz es ronca y débil.

Goto Dengo permanece en silencio durante un tiempo.

Ninomiya tiene en su cabeza todo un sistema, que pusieron en práctica a la semana siguiente, después de haber realizado una exploración topográfica preliminar de la Zona Especial de Seguridad. Muy temprano, izan a un soldado a un árbol con una cantimplora, un reloj y un espejo. Ese árbol no tiene nada de especial exceptuando una estaca de bambú clavada hace poco en las cercanías con el texto TÚNEL PRINCIPAL.

Luego el teniente Ninomiya y Goto escalan hasta lo alto de la montaña, lo que les lleva unas ocho horas. Es terriblemente arduo, y Ninomiya se asombra de que Goto se ofrezca a ir con él.

—Quiero ver todo esto desde lo alto del Calvario —le explica Goto Dengo—. Sólo entonces tendré la visión adecuada para realizar bien mi tarea.

Durante la subida, comparan notas, Nueva Guinea vs. Nueva Bretaña. Parece que el único punto positivo de esta última es el asentamiento de Rabaul, un antiguo puerto británico con campo de críquet y todo, ahora convertido en la pieza clave de las fuerzas niponas en el sudoeste asiático.

—Durante mucho tiempo fue un lugar genial para ser topógrafo —dice Ninomiya, y describe las fortificaciones que edificaron en preparación para la invasión de MacArthur. Posee el entusiasmo para los detalles de un dibujante y en cierto momento habla ininterrumpidamente durante una hora describiendo un sistema en particular de búnkeres y fortines hasta la última trampa y leonera.

A medida que la escalada se hace más difícil, los dos compiten entre sí menospreciando las dificultades. Goto Dengo cuenta la historia de escalar la cordillera montañosa cubierta de nieve de Nueva Guinea.

—Hoy en día, en Nueva Bretaña escalamos volcanes continuamente —dice informalmente Ninomiya.

—¿Por qué?

—Para recoger azufre.

—¿Azufre? ¿Para qué?

—Para fabricar pólvora.

Después de eso no hablan durante un tiempo.

Goto Dengo intenta salir del bache en la conversación.

—¡Será un mal día para MacArthur cuando intente tomar Rabaul!

Ninomiya camina en silencio durante un rato, intentando controlarse, y fracasa.

—Idiota —dice—, ¿no lo comprendes? MacArthur no vendrá. No tiene que hacerlo.

—¡Pero Rabaul es la pieza clave de toda la zona de guerra!

—Es una pieza de madera blanda y dulce en un universo de termitas —responde Ninomiya con brusquedad—. Todo lo que tiene que hacer es ignorarnos durante un año más, y luego todos estarán muertos por el hambre o el tifus.

La jungla se hace menos espesa. Las plantas luchan por sujetarse sobre una pendiente de ceniza volcánica, y sólo sobreviven las más pequeñas. Eso hace que Goto Dengo desee escribir un poema en el que pequeños y tenaces nipones prevalecen sobre enormes y torpes norteamericanos, pero ha pasado mucho tiempo desde la última vez que escribió un poema y no puede juntar las palabras.

Algún día, las plantas convertirán ese cono de escoria y escombros en tierra, pero todavía no es así. Ahora que Goto Dengo puede, al fin, ver más allá de unas pocas yardas empieza a entender la configuración del terreno. Los datos numéricos que él y Ninomiya han recogido durante la última semana están sintetizándose, en su mente, en comprensión sólida de cómo funciona ese lugar.

Calvario es un viejo cono de ceniza. Comenzó como una fisura de la que salían expulsadas ceniza y escoria, fragmento a fragmento, durante miles de años, saltando hacia arriba y hacia fuera en una familia de curvas parabólicas como de mortero, variando en altura y distancia dependiendo del tamaño de cada fragmento y la dirección del viento. Aterrizaban en un anillo amplio centrado en la fisura. A medida que el anillo crecía en altura fue extendiéndose naturalmente en un cono ancho y truncado con un foso central cavado en la parte alta, con la fisura en el fondo de ese foso.

Los vientos allí tienden a venir del sur y ligeramente del este, de forma que la ceniza tendía a depositarse hacia el borde nornoroeste del cono. Ése sigue siendo el punto más alto del cono de ceniza. Pero la fisura murió hace mucho tiempo, o quizá la taparon sus propias emisiones, y desde entonces toda la estructura ha sufrido mucha erosión. El borde sur del cono no es más que una barrera de colinas bajas perforadas por el río Yamamoto y los dos tributarios que se unen para formar el río Tojo. El foso central es un cuenco de jungla repelente, tan saturada de clorofila que desde arriba parece negro. Los pájaros vuelan sobre la cubierta de árboles, con aspecto, desde allá arriba, de estrellas de colores.

El borde norte todavía se alza unos buenos quinientos metros sobre el cuenco de la jungla, pero su arco antiguamente liso ha sido dividido por la erosión para formar tres cumbres diferentes, cada una de ellas un montón de escoria roja medio oculto por rastrojos de vegetación. Sin discusión, Ninomiya y Goto Dengo se dirigen al de en medio, que es el más alto. Llegan a la cima a las dos treinta de la tarde, e inmediatamente desean no haberlo hecho porque el sol les golpea casi verticalmente. Pero allí arriba corre una brisa fresca, y una vez que se han protegido la cabeza con protectores improvisados la cosa no está tan mal. Goto Dengo monta el trípode y el teodolito mientras Ninomiya usa el sextante para apuntar al sol. Lleva un reloj alemán bastante bueno que ha puesto en hora esta mañana según la transmisión de radio de Manila, y eso le permite calcular la longitud. Realiza los cálculos sobre un trozo de papel apoyado en el regazo, luego va y lo hace de nuevo para verificar las cifras, recitándolas en voz alta. Goto Dengo las copia en su cuaderno, sólo por si se pierden las notas de Ninomiya.

A las tres en punto, el soldado subido al árbol comienza a destellar el espejo en su dirección: una chispa brillante entre una espesa alfombra de selva que carece de cualquier otro rasgo. Ninomiya centra el teodolito sobre esa señal y apunta algunas cifras. Combinándolo con otros datos sacados de los mapas, fotos aéreas y demás, debería permitirle estimar la latitud y la longitud del túnel principal.

—No sé qué precisión tendrá —dice con preocupación mientras bajan de la montaña—. Tengo el pico con exactitud... ¿cómo lo llamó? ¿Caballería?

—Casi.

—Eso significa soldados a caballo, ¿no?
—Sí.
—Pero la posición del pozo no la tendré con mucha precisión a menos que pueda usar mejores técnicas.

Goto Dengo considera la idea de decirle que realmente no hay ningún problema, que el lugar se eligió para perderse y olvidarse. Pero mantiene la boca cerrada.

El reconocimiento lleva otro par de semanas. Calculan dónde estará la orilla del lago Yamamoto y calculan su volumen. Será más un estanque que un lago —menos de cien metros de diámetro—, pero será engañosamente profundo y contendrá un montón de agua. Calculan el ángulo del pozo que conectará el fondo del lago con la red principal de túneles. Calculan dónde saldrán todos los túneles horizontales de las paredes del cañón del río Tojo, y marcan las rutas de las carreteras y líneas férreas que llevarán a esas aberturas, de forma que puedan sacarse los escombros y traer el precioso material bélico para su almacenamiento. Lo comprueban todo dos y tres veces para asegurarse que ningún fragmento de la operación sea visible desde el aire.

Mientras tanto, muy abajo, el teniente Mori y un pequeño destacamento de trabajo han plantado algunos postes y han tendido algo de alambre de espino, lo justo para contener a un centenar de prisioneros, que llegan metidos todos en un par de camiones militares. Cuando se les pone a trabajar, el campo se amplía con rapidez; los barracones militares se levantan en unos días y se completa el perímetro doble de alambre de espino. Allí parece que nunca faltan los suministros. La dinamita llega a camiones enteros, como si no se la necesitase con desesperación en lugares como Rabaul, y se la almacena cuidadosamente bajo la supervisión de Goto Dengo. Los prisioneros la almacenan en un cobertizo construido para ese fin bajo la cubierta de la selva. Goto Dengo no ha estado hasta ahora tan cerca de los prisioneros, y se sorprende al ver que son todos chinos. Y no hablan el dialecto de Cantón o Formosa, sino el que Goto Dengo oía con frecuencia cuando estaba destinado en Shanghai. Esos prisioneros son chinos del norte.

Ese Bundok es un lugar cada vez más extraño.

Sabe que los filipinos se muestran particularmente hoscos sobre su inclusión en la Esfera de Coprosperidad de la Gran Asia Oriental. Están bien armados, y MacArthur les ha estado incitando. Muchos miles han sido hechos prisioneros. A medio día de camino de Bundok hay prisioneros filipinos más que suficientes para llenar el campamento del teniente Mori y completar el proyecto del teniente Goto. Pero sin embargo los mandamases han enviado cientos de chinos desde Shanghai para realizar ese trabajo.

En momentos como ese comienza a dudar de su propia salud mental. Siente la necesidad de discutir el asunto con el teniente Ninomiya. Pero el topógrafo, su amigo y confidente, ha desparecido después de que se completase su tarea. Un día, Goto Dengo va a la tienda de Ninomiya y se la encuentra vacía. El capitán Noda le explica que el topógrafo ha sido enviado a realizar un trabajo importante en otro sitio.

Como un mes más tarde, cuando ya está muy avanzada la construcción de la carretera en la Zona Especial de Seguridad, algunos de los obreros chinos que excavan comienzan a gritar. Goto Dengo comprende lo que dicen.

Han encontrado restos humanos. La jungla ha hecho su parte y prácticamente no queda nada más que los huesos, pero el olor, y la legión de hormigas, le indican que el cadáver es bastante reciente. Coge la pala de uno de los obreros y recoge una paletada de tierra y la lleva hasta el río, dejando caer montones de hormigas. La hace descender con cuidado en el agua corriente. La tierra se disuelve en un rastro marrón en el río y pronto aparece el cráneo: la bóveda de la cabeza, las cuencas oculares no del todo vacías, el hueso nasal del que todavía cuelgan fragmentos de cartílagos, y finalmente la mandíbula, marcada por viejos abscesos y de la que faltan la mayoría de los dientes, excepto un diente de oro en medio. La corriente hace girar el trozo lentamente, y Goto Dengo ve un agujero perfecto en la base del cráneo.

Levanta la vista. Una docena de chinos están reunidos junto a él en la orilla del río, observándole impasible.

—No habléis de esto con ninguno de los otros nipones —dice Goto Dengo. Sus ojos se abren como platos por el asombro al oírle hablar con el acento preciso de las prostitutas de Shanghai.

Uno de los trabajadores chinos está casi calvo. Parece rondar los cuarenta, aunque los prisioneros siempre envejecen con rapidez, por lo que es difícil estimarlo. No está asustado como los otros. Mira a Goto Dengo valorándole.

—Tú —dice Goto Dengo—, coge a otros dos hombres y sígueme. Traed las palas.

Les lleva a la jungla, a un lugar en el que sabe que no se excavará más, y les muestra dónde poner la nueva tumba del teniente Ninomiya. El calvo es un buen líder así como un trabajador fuerte y consigue que caven pronto la tumba, luego transfiere los restos sin quejas o remilgos. Si ha superado el Incidente Chino y ha sobrevivido hasta este momento como prisionero de guerra, probablemente ha visto y hecho cosas peores.

Goto Dengo hace su parte distrayendo al capitán Noda durante un par de horas. Suben y repasan el trabajo en la presa del río Yamamoto. Noda está impaciente por crear el lago Yamamoto tan pronto como sea posible, antes de que la Fuerza Aérea de MacArthur examine con detalle la zona. Probablemente no pasaría desapercibida la súbita aparición de un lago en medio de la jungla.

El emplazamiento del lago es un cuenco de roca natural, cubierto por la selva, que el río Yamamoto atraviesa por el medio. Cerca de la orilla, los hombres ya trabajan con perforadoras de roca colocando las cargas de dinamita.

—El pozo inclinado empezará aquí —le dice Goto Dengo al capitán Noda— e irá directamente... —dándole la espalda al río y convirtiendo una de las manos en una hoja y hundiéndola en la selva— directamente al Gólgota. *El lugar del Cráneo.*

—¿Gargotta? —dice el capitán Noda.

—Es una palabra tagala —dice Goto Dengo con autoridad—. Significa «claro oculto».

—Claro oculto. ¡Sí, me gusta! Muy bien. ¡Gargotta! —dice el capitán Noda—. Su labor se está desarrollando muy bien, teniente Goto.

—Sólo aspiro a trabajar con los mismos niveles de calidad que el teniente Ninomiya —dice Goto Dengo.

—Era un excelente trabajador —dice Noda con cierta calma.

—Quizá, cuando termine mi trabajo aquí, pueda ir con él... adónde se le enviase.

Noda sonríe.

—Su labor sólo está empezando. Pero puedo decirle con toda seguridad que cuando termine se reunirá con su amigo.

Seattle

La viuda de Lawrence Pritchard Waterhouse y sus cinco hijos estaban de acuerdo en que papá había hecho algo durante la guerra, y eso era todo. Cada uno de ellos parecía tener en mente una película distinta pero de serie B de los cincuenta, o un noticiario de 1940, que mostraba unos acontecimientos también completamente diferentes. Ni siquiera podían ponerse de acuerdo en si había pertenecido al Ejército de Tierra o a la Marina, lo que a Randy le parecía uno de esos detalles argumentales importantes. ¿Estaba destinado en Europa o en Asia? Las opiniones diferían. La abuela creció en una granja de ovejas de Australia. Por lo tanto, uno pensaría que en algún momento de su existencia era una tía de la tierra, el tipo de mujer que no sólo recordaría a qué cuerpo pertenecía su llorado marino sino que podría sacar su rifle del ático y desmontarlo con los ojos vendados. Pero evidentemente había pasado como un setenta y cinco por ciento de las horas que permanecía despierta en la iglesia (donde no sólo rezaba sino que iba al colegio y realizaba casi toda su vida social), o en tránsito de camino a la iglesia o de vuelta, y sus propios padres muy explícitamente no querían que acabase viviendo en una granja, metiendo el brazo en las vaginas del ganado y poniéndose un bistec crudo sobre el ojo morado cortesía de algún esposo. La agricultura podría ser una especie de premio de consolación para alguno de sus hijos varones, una especie de seguro para cualquier descendiente que sufriese un importante golpe en la cabeza o cayese en el alcoholismo crónico. Pero el propósito real de los chicos cCmndhd era restaurar las antiguas y ya pasadas glorias de la familia, cuyos miembros supuestamente habían sido importantes intermediarios de lana en tiempos de Shakespeare y que iban de camino a vivir en Kensington y a deletrear su nombre como Smith antes de que una combinación de scrapies, cambio climático permanente, conducta nefaria por parte de qwghlmianos del exterior celosos y un cambio de moda a escala mundial que dejó de lado los suéteres de extraño olor, treinta libras de peso y con pequeños artrópodos viviendo en su interior, los había lanzado a la pobreza honrada y luego a una pobreza no tan honrada que finalmente les había llevado al traslado forzoso a Australia.

Lo importante es que la abuela fue encarnada, adoctrinada y arreglada por su madre para llevar medias, lápiz de labios y guantes en alguna gran ciudad en algún sitio. El experimento había tenido éxito hasta el punto de que Mary cCmndhd podía, en cualquier momento de su vida posterior a la adolescencia, preparar y servir un té formal a la reina de Inglaterra en menos de diez minutos, sin cometer ningún error, sin siquiera tener que mirarse al espejo, estirarse el traje, limpiar la plata o repasar la etiqueta. Un chiste común entre sus hijos varones era que mamá podía entrar completamente sola en un bar de moteros de cualquier parte del mundo y que simplemente, por su comportamiento y apariencia, haría que las peleas a puñetazos se detuviesen de inmediato, que todos los codos sucios despareciesen de la barra, que las posturas mejorasen, que se dejase de lado el lenguaje soez. Los moteros harían lo indecible por tomar su abrigo, ofrecerle la silla, llamarla señora, etc. Aunque nunca había tenido lugar, esa escena del bar de moteros era una especie de gag virtual o nocional, un momento famoso en la historia del entretenimiento de la familia Waterhouse, como los Beatles en *Ed Sullivan* o Belushi interpretando el número del samurai en *Saturday Night Live*. Los estantes de sus videocasetes mentales estaban justo al lado de las películas de serie B y noticiarios imaginarios sobre a qué se dedicaba el Patriarca durante la guerra.

La abuela era una leyenda, quizá una leyenda infame, por su habilidad para administrar una casa, para mantener el acicalamiento personal a esos niveles, para enviar algunos centenares de tarjetas de Navidad cada año, cada una dedicada con perfecta letra de pluma, etc., y quizá todos esos detalles combinados exigían tanta capacidad de su cerebro como, digamos, las matemáticas en el de un físico.

Por tanto, cuando se trataba de cualquier actividad práctica se encontraba totalmente desvalida, y probablemente así había sido siempre. Hasta tener demasiados años para conducir, había seguido recorriendo Whitman con su Lincoln Continental de 1965, el último vehículo adquirido por su marido, en el concesionario Patterson Lincoln-Mercury de Whitman, antes de su muerte. El vehículo pesaba unas seis mil libras y tenía más partes móviles que un silo repleto de relojes suizos. Cuando uno de sus descendientes venía de visita, alguien entraba furtivamente en el garaje para tirar de la varilla del aceite, que misteriosamente siempre estaba hasta el máximo con el color ámbar de la 10W40. Al final se descubrió que su fallecido esposo había convocado a todos los varones vivos del linaje Patterson —cuatro generaciones en total— en la habitación del hospital, los había reunido alrededor de su lecho mortal y había llegado a una especie de pacto indeterminado según el cual, si en algún momento del futuro la presión de las ruedas del Lincoln descendía por debajo de lo especificado o el mantenimiento del vehículo no se mantenía al día, todos los Patterson no sólo sacrificarían sus almas inmortales, sino que literalmente serían arrancados de reuniones o baños y enviados directamente al infierno, como el doctor Fausto de Marlowe. Él sabía que su esposa sólo conocía la rueda como algo causante de que de vez en cuando un hombre saltara heroicamente de su propio vehículo para cambiársela mientras ella se quedaba sentada dentro admirando el trabajo. El mundo de los objetos físicos parecía haber sido creado exclusivamente para dar a los hombres que rodeaban a la abuela algo que hacer con las manos; y no, válgame Dios, por ninguna razón práctica, sino para que la abuela pudiese ajustar los controles emocionales de esos hombres por el método de reaccionar bien o mal a lo que éstos hacían. Lo que no era mala situación siempre que hubiese hombres por los alrededores, pero no tan buena después de la muerte del abuelo. Por tanto, equipos guerrilleros de mecánicos habían estado vigilando a la abuela de Randy desde entonces y de vez en cuando tomaban el Lincoln del aparcamiento de la iglesia un domingo por la mañana y se lo llevaban a Patterson's para un cambio de aceite sub rosa. La capacidad del Lincoln para funcionar sin problemas durante un cuarto de siglo sin mantenimiento —sin ni siquiera poner gasolina en el tanque— simplemente había confirmado las opiniones de la abuela sobre las divertidas superficialidades de los intereses masculinos.

En cualquier caso, lo importante era que la abuela, cuya comprensión de los asuntos prácticos no había hecho más que descender (si tal cosa era posible) con la edad, no era el tipo de persona a la que preguntarías para informarte sobre la carrera militar de su fallecido esposo. Derrotar a los nazis entraba en la misma categoría que cambiar una rueda pinchada: un trabajo molesto que se esperaba que los hombres supiesen cómo hacer. Y no sólo los hombres de antaño, los superhombres de su generación; también se esperaba que Randy supiese esas cosas. Si mañana el Eje llegase a reconstituirse, la abuela esperaría que al día siguiente Randy se colocase tras los controles de un avión de combate a reacción. Y Randy preferiría caer en barrena al suelo el 2 de marzo a soportar los comentarios de su abuela con respecto a que no estaba capacitado para esa labor.

Por suerte para Randy, que hacía poco había empezado a sentir curiosidad con respecto al abuelo, había aparecido una vieja maleta. Se trata de un objeto de roten y cuero, una especie de artilugio enérgico que podrían haber fabricado en los Locos Años Veinte lleno de pegatinas gastadas de hotel que marcan el peregrinaje de Lawrence Pritchard Waterhouse desde el Medio Oeste hasta Princeton y vuelta, y que está lleno hasta arriba de pequeñas fotografías en blanco y negro. El padre de Randy descarga el contenido sobre la mesa de ping pong que, de forma inexplicable, ocupa el centro de la sala de recreo de la residencia de la abuela, cuyos residentes es tan probable que deseen jugar al ping pong como hacerse un *piercing* en los pezones. Reúnen las fotos en varios montones que luego Randy, su padre, sus tíos y tías van ordenando. La mayoría de las fotografías son de los hijos Waterhouse, así que todos se muestran fascinados hasta encontrar fotografías de sí mismos a edades diferentes. Luego el montón de fotografías empieza a parecerles deprimentemente grande. Lawrence Pritchard Waterhouse era evidentemente un fanático de la cámara y ahora sus descendientes pagan por ello.

Randy tiene motivos muy diferentes, así que se queda hasta tarde, repasando él sólo las fotografías. Noventa y nueve de cada cien son instantáneas de los mocosos Waterhouse desde los años cincuenta. Pero algunas son más antiguas. Encuentra una fotografía del abuelo en un lugar con palmeras, vestido de militar, con una enorme gorra de oficial en forma de disco en la cabeza. Tres horas más tarde, encuentra una fotografía de un abuelo muy joven, apenas un adolescente, vestido con ropas de adulto, de pie frente a un edificio gótico acompañado de otros dos hombres: un sonriente tipo de pelo negro que le resulta vagamente familiar y un tío rubio de nariz aquilina con gafas sin montura. Los tres tienen bicicletas; el abuelo está subido a la suya, y los otros dos, considerando quizá que no es una postura demasiado digna, agarran las suyas con las manos. Pasa otra hora, y luego se encuentra al abuelo vestido con un uniforme caqui con más palmeras de fondo.

A la mañana siguiente se sienta con su abuela, después de que ella haya completado su ritual diario de una hora para salir de la cama.

—Abuela, he encontrado estas viejas fotografías. —Las distribuye frente a ella sobre la mesa y le da unos momentos para cambiar de contexto. La abuela no cambia de tema de conversación con facilidad, y además, esas córneas rígidas de dama mayor requieren su tiempo para ajustarse.

—Sí, las dos son de Lawrence cuando estaba en el ejército. —La abuela siempre ha tenido esta habilidad para decirle a los demás lo evidente de una forma exquisitamente amable pero que hace que el receptor se sienta como un idiota por haber malgastado su tiempo. A estas alturas es evidente que está cansada de identificar fotografías, un trabajo tedioso acompañado del evidente subtexto: vas a morirte pronto y tenemos mucha curiosidad, ¿quién es la mujer junto al Buick?

—Abuela —dice Randy con alegría, intentando despertar su interés—, en esta foto de aquí viste un uniforme de la Marina. Y en esta otra, lleva un uniforme del Ejército de Tierra.

La abuela Waterhouse alza las cejas y le mira con el interés sintético que emplearía si se encontrase en algún tipo de reunión formal y un hombre intentase explicarle cómo cambiar una rueda.

—Es, eh, creo, un poco raro —dice Randy— que un hombre pertenezca tanto al Ejército de Tierra como a la Marina durante la misma guerra. Normalmente es un cuerpo o el otro.

—Lawrence tenía uniformes del Ejército de Tierra y de la Marina —dice la abuela, con el mismo tono que emplearía para decir que tenía un intestino grueso y otro delgado—, y se ponía el que fuese más apropiado.

—Claro, es evidente —dice Randy.

El viento laminar se desliza sobre la autopista como una sábana almidonada que retiran de la cama, y a Randy le está resultando difícil mantener el Acura sobre el pavimento. El viento no tiene la fuerza suficiente para mover el coche, pero oscurece los bordes de la carretera; lo único que ve es un plano blanco y estriado que se desliza lateralmente allá abajo. Sus ojos le dicen que gire el volante para seguirlo, lo que sería una mala idea porque les llevaría a él y a Amy directamente a los campos de lava. Intenta fijarse en un punto lejano: el diamante blanco del monte Rainier, a un par de kilómetros al oeste.

—Ni siquiera sé cuándo se casaron —dice Randy—. ¿No es terrible?

—Septiembre de 1945 —dice Amy—. Se lo saqué.

—Guau.

—Charla de chicas.

—No sabía que fueses capaz de mantener una conversación de chicas.

—Todas podemos hacerlo.

—¿Descubriste algo sobre la boda? Como...
—¿La porcelana?
—Sí.
—Efectivamente era Lavender Rose —dice Amy.
—Así que encaja. Es decir, encaja cronológicamente. El submarino se hundió en mayo de 1945 frente a Palawan... cuatro meses antes de la boda. Conociendo a mi abuela, en ese momento los preparativos de la boda estarían muy avanzados... definitivamente ya habrían elegido la porcelana.
—¿Y crees que tienes una fotografía de tu abuela en Manila durante esa época?
—Definitivamente es Manila. Y no fue liberada hasta marzo del 45.
—Entonces, ¿qué tenemos? Tu abuelo debió tener alguna relación con alguien de ese submarino entre marzo y mayo.
—En el submarino aparecieron un par de gafas. —Randy saca una fotografía del bolsillo de la camisa y se la pasa a Amy—. Me interesaría saber si encajan con las de ese tío. El alto y rubio.
—Lo puedo comprobar cuando regrese. El cerebrín de la izquierda es tu abuelo.
—Sí.
—¿Quién es el cerebrín de en medio?
—Creo que es Turing.
—¿Turing, como en *TURING Magazine*?
—Le pusieron su nombre a la revista por sus trabajos pioneros sobre el ordenador —dice Randy.
—Como los trabajos de tu abuelo.
—Sí.
—¿Qué hay del tío al que vamos a ver en Seattle? ¿Es también un informático? Oh, ya estás adoptando esa expresión de «Amy ha dicho algo tan estúpido que me ha

producido dolor físico». ¿Es una expresión facial común en los hombres de tu familia? ¿Crees que es la expresión que ponía tu abuelo cuando tu abuela entraba en la casa y anunciaba que acababa de estrellar el Lincoln Continental contra una boca de incendios?

—Lo siento si en ocasiones te hago sentir mal —dice Randy—. La familia está llena de científicos. Matemáticos. Los menos inteligentes nos hacemos ingenieros. Que es más o menos lo que soy yo.

—Perdóname, ¿acabas de decir que eres uno de los menos inteligentes?

—Quizás el menos centrado.

—Hum.

—Lo que quiero decir es que la precisión y que todo sea correcto, en el sentido matemático, es lo que nos caracteriza. Todo el mundo tiene que tener alguna ventaja, ¿no? En caso contrario, acabas trabajando en McDonald's durante el resto de tu vida, o algo peor. Algunos nacen ricos. Algunos nacen en grandes familias, como la tuya. Nuestra forma de avanzar en el mundo es saber que dos y dos son cuatro, y centrarnos en eso de una forma que parece algo excesiva y que en ocasiones hiere los sentimientos de los demás. Lo lamento.

—¿Herir los sentimientos de quién? ¿La gente que cree que dos y dos son cinco?

—La gente que da más prioridad a las habilidades sociales en lugar de asegurarse de que toda afirmación emitida en una conversación sea literalmente cierta.

—¿Como, por ejemplo... las mujeres?

Randy mantiene los dientes apretados durante una milla y luego dice:

—Si hay alguna generalización que pueda establecerse entre la forma de pensar de los hombres y de las mujeres, creo que es que los hombres pueden concentrarse hasta ser un rayo láser increíblemente estrecho apuntando a temas diminutos y no pensar en nada más.

—¿Pero las mujeres no pueden?

—Supongo que sí pueden. Pero rara vez parecen querer hacerlo. Lo que quiero decir es que el método femenino es más sano y cuerdo.

—Hum.

—Compréndeme, en este caso estás siendo un poco paranoide y te centras demasiado en lo negativo. No se trata de que las mujeres sean deficientes. Más bien se trata de en qué son deficientes los hombres. Nuestras deficiencias sociales, falta de perspectiva, o como quieras llamarlo, es lo que nos permite estudiar durante veinte años una especie de libélulas, o sentarnos delante de un ordenador durante cien horas por semana escribiendo código. No es ése el comportamiento de una persona sana y bien equilibrada, pero evidentemente puede producir grandes avances en fibras sintéticas. O lo que sea.

—Pero has dicho que tú mismo no estás demasiado centrado.

—Comparado con otros hombres de mi familia, eso es cierto. Por tanto, sé un poco de astronomía, un montón sobre ordenadores, algo sobre negocios, y tengo, si puedo decirlo, un nivel ligeramente superior de funcionamiento social que los otros. O quizá no sea funcionamiento, sino una idea perfecta de cuándo no estoy funcionando, de forma que al menos puedo sentirme avergonzado.

Amy ríe.

—Definitivamente eso se te da bien. Parece que pasas de un momento de sentirte avergonzado al siguiente.

Randy se avergüenza.

—Es divertido verlo —dice Amy alentadora—. Habla bien de ti.

—A lo que me refiero es que eso me hace diferente. Una de las cosas más aterradoras del verdadero empollón, para muchas personas, no es que sea un inepto social, porque todo el mundo ha sido un inepto social en algún momento, sino más bien su total falta de vergüenza con respecto a ese asunto.

—Sigue siendo patético.

—Era patético cuando estaban en el instituto —dice Randy—. Ahora es algo más. Algo muy diferente del patetismo.

—Entonces, ¿qué?

—No lo sé. No hay palabra para describirlo. Ya lo verás.

Conducir sobre las Cascadas produce una transición climática que normalmente exigiría un viaje en avión de cuatro horas. Una lluvia tibia golpea el parabrisas y suelta la corteza de hielo de los limpiaparabrisas. Las sorpresas graduales de marzo y abril vienen comprimidas en un escueto resumen de trabajo. Es tan excitante como un vídeo de *striptease* puesto en avance rápido. El paisaje se vuelve húmedo, y tan verde que es casi azul, y sale disparado de la tierra en el espacio como en una milla. Los carriles rápidos de la Interestatal 90 están cubiertos por cagarros marrones de nieve que se han soltado de los Broncos de los esquiadores que regresan a casa. Los trailer los adelantan envueltos en túnicas cónicas de agua y torrente. Randy se sorprende al ver un edificio de oficinas nuevo en la falda de la colina, mostrando sus logotipos de alta tecnología. Inmediatamente se pregunta por qué se sorprende. Amy nunca ha estado aquí, y quita los pies del panel de salida del airbag y se sienta recta para mirar, deseando en voz alta que Robin y Marcus Aurelius les hubiesen acompañado, en lugar de volverse a Tennessee. Randy se acuerda de cambiarse a los carriles de la derecha y reducir al descender los últimos mil pies de altitud en dirección a Issaquah, y por supuesto allí está la patrulla de carreteras poniendo multas a los que sobrepasan el límite. A Amy, como era de esperar, le impresiona esa muestra de perspicacia. Todavía se encuentran a varias millas del centro de la ciudad, en los suburbios medio cubiertos de árboles del East Side, donde los números de calles y avenidas alcanzan las tres cifras, cuando Randy toma una salida y conduce por una larga calle comercial que resulta no ser más que la esfera de influencia de un inmenso centro comercial. A su alrededor, han surgido del asfalto varios centros comerciales satélites, borrando los viejos elementos del terreno y jodiendo el sistema de navegación de Randy. Por todas partes hay gente, porque todo el mundo está devolviendo los regalos de Navidad. Después de conducir un poco y maldecir, Randy encuentra el centro principal, que tiene un aspecto algo más desgarbado cuando se le compara con sus satélites. Aparca en la parte más alejada del parking, explicando que es más lógico hacerlo así y luego caminar durante quince segundos que pasar quince minutos buscando un sitio más cercano.

Randy y Amy permanecen tras el maletero abierto del Acura durante un minuto retirando varias capas de aislamiento del este de Washington que de pronto se han vuelto gratuitas. Amy se preocupa por sus primos y desea que ella y Randy les hubiesen donado toda su ropa de invierno; cuando los vieron por última vez daban vueltas al Impala como un par de naves de combate orbitando la nave nodriza preparándose para entrar, comprobando la presión de las ruedas y los niveles de fluido con una intensidad y concentración que daba la impresión de que estaban a punto de hacer algo más emocionante que sentar sus culos en los asientos y conducir en dirección este durante un par de días. Tenían un estilo valiente que debe dejar atontadas a las chicas de su ciudad. Amy los abrazó con pasión, como si no fuese a volver a verlos, y aceptaron sus abrazos con dignidad y paciencia, y luego desaparecieron, resistiendo el impulso de pisar a fondo el acelerador hasta no estar a un par de manzanas de distancia.

Entran en el centro comercial. Amy sigue preguntándose en voz alta por qué están aquí, pero sigue dispuesta. Randy está un poco confundido, pero finalmente se centra en una cacofonía electrónica apenas audible —voces digitalizadas que profetizan la guerra— y que llega desde la zona de comidas del centro comercial. Navegando ahora en parte por el sonido y en parte por el olor, llega a la esquina donde un montón de varones, entre diez y cuarenta años, están sentados en pequeños grupos, algunos extrayendo temblorosa comida china con palillos de pequeñas cajas blancas pero la mayoría concentrados en lo que, desde la distancia, parece algo relacionado con papeles. De fondo, las fauces ultravioletas de una vasta galería de videojuegos, y detonaciones, silbidos, explosiones sónicas y disparos mejorados en un laboratorio de sonido. Pero la galería no parece más que un monumento difunto alrededor del cual se ha reunido este culto intenso de aficionados al papel. Un adolescente nervudo vestido con unos tejanos ajustados y una camiseta negra se pasea por entre las mesas con la provocadora confianza de un buscavidas de sala de billar; al hombro lleva cargada una larga y delgada caja de cartón como si fuese un rifle.

—Éste es mi grupo étnico —le explica Randy en respuesta a la expresión de la cara de Amy—. Jugadores de juegos de rol de fantasía. Éstos somos Avi y yo hace diez años.

—Parece que están jugando con cartas. —Amy vuelve a mirar y arruga la nariz—. Cartas raras. —Amy irrumpe con curiosidad en medio de una partida entre cuatro fanáticos. Casi en cualquier otro sitio, la aparición de una mujer con una cintura evidente causaría alguna conmoción. Sus ojos vagarían groseramente por todo su cuerpo. Pero esos tipos piensan sólo en una cosa: las cartas que tienen entre las manos, cada una contenida en una funda de plástico transparente para mantenerla en las mejores condiciones, cada una decorada con la imagen de un troll, un mago o alguna otra hoja del árbol evolutivo post-Tolkien, y en el reverso llevan impresas reglas complejas. Mentalmente, esos tipos no están en un centro comercial en el East Side del gran Seattle. Se encuentran en un paso montañoso intentando matarse unos a otros con armas afiladas y fuegos numinosos.

El joven buscavidas está evaluando a Randy como cliente potencial. La caja es lo suficientemente larga como para contener algunos cientos de cartas, y parece pesada. A Randy no le sorprendería descubrir algo deprimente sobre ese chico, como que gana tanto dinero comprando cartas baratas y vendiéndolas caras que posee un Lexus nuevecito que no tiene edad para conducir. Randy le mira a los ojos y pregunta:

—¿Chester?

—Baño.

Randy se sienta y observa cómo Amy observa jugar a los fanáticos. Pensaba que había llegado a lo más bajo en Whitman, allá en el aparcamiento, estaba seguro de que ella se asustaría y huiría. Pero esto es potencialmente peor. Un montón de tipos rechonchos que nunca salen al exterior, llegando al frenesí por juegos complejos en los que personajes inexistentes salen y fingen hacer cosas que en su mayoría no son tan interesantes como las que Amy, su padre y algunos otros miembros de su familia hacen continuamente sin causar el más mínimo alboroto. Es casi como si Randy estuviese golpeando a Amy deliberadamente para descubrir cuándo va a romperse y huir. Pero sus labios no han empezado a retorcerse todavía por la náusea. Observa la partida con imparcialidad, mirando sobre los hombros de los fanáticos, siguiendo la acción, entrecerrando ocasionalmente los ojos ante alguna abstracción de las reglas.

—Eh, Randy.

—Eh, Chester.

Así que Chester ha regresado del baño. Tiene exactamente el aspecto del antiguo Chester, excepto que se extiende sobre un volumen mayor, como la demostración clásica del universo en expansión en la que un rostro, o alguna otra figura, dibujada sobre un globo hinchado parcialmente se infla aún más. Los poros son aún mayores, y los pelos se han distanciado, lo que produce la ilusión de una calvicie incipiente. Parece incluso como si sus ojos se hubiesen separado aún más y los puntos de color en el iris se hubiesen tornado en manchas. No es que esté gordo, sigue conservando la robustez desgarbada de antaño. Como la gente en realidad no crece después de la adolescencia, debe tratarse de una ilusión. Las personas mayores parecen ocupar más espacio. O quizá la gente mayor ve más cosas.

—¿Cómo está Ávido?

—Tan ávido como siempre —dice Randy, lo que es una respuesta tonta pero casi obligada. Chester lleva una especie de chaleco de fotógrafo con un número gratuitamente grande de pequeños bolsillos, y cada uno de ellos está lleno de cartas. Quizás es por eso que parece tan grande. Lleva como unas veinte libras de cartas pegadas al cuerpo—. Observo que has realizado la transición a los RPG de cartas —dice Randy.

—¡Oh, sí! Es mucho mejor que el viejo método del lápiz y el papel. O incluso que los RPG asistidos por ordenador, con todos los respetos al buen trabajo que Avi y tú hicisteis. ¿En qué trabajas ahora?

—En algo que podría tener su importancia para los juegos con carta —dice Randy—. Acabo de darme cuenta de que si tienes un conjunto de protocolos criptográficos para emitir una moneda electrónica que no se pueda falsificar, que lo tenemos, podrías adaptar esos mismos protocolos para los juegos de cartas. Porque cada una de esas cartas es como un billete. Algunas tienen más valor que otras.

Chester asiente durante toda la explicación, pero no interrumpe a Randy con malos modos como haría un empollón más joven. El empollón más joven típico se ofende con rapidez cuando alguien en su proximidad comienza a emitir frases declarativas, porque lo entiende como una afirmación de que él, el empollón, no conoce la información que se está comunicando. Pero el empollón mayor típico posee más confianza en sí mismo, y además comprende que es normal que la gente piense en voz alta. Y los empollones muy avanzados comprenderán aún más que emitir frases declarativas cuyo contenido ya conocen todos los presentes es parte del proceso social de mantener una conversación y por tanto no debería entenderse bajo ninguna circunstancia como una agresión.

—Ya se hace —dice Chester, una vez que Randy ha terminado—. De hecho, la compañía para la que tú y Avi trabajasteis en Minneapolis es una de las líderes...

—Me gustaría que conocieses a mi amiga, Amy —le

interrumpe Randy, aunque Amy está a una buena distancia y no le presta atención. Pero Randy teme que Chester esté a punto de decirle que las acciones de esa compañía de Minneapolis tienen ahora tal valor que su capitalización bursátil supera a la de General Dynamics, y que Randy debería haber conservado las suyas—. Amy, éste es mi amigo Chester —dice Randy, arrastrando a Chester por entre las mesas. En ese punto los jugadores efectivamente levantan la cabeza interesados... no por Amy, sino por Chester, quien (infiere Randy) probablemente tiene algunas cartas únicas metidas en su chaleco, como ARSENAL TERMONUCLEAR DE LA UNIÓN DE REPÚBLICAS SOCIALISTAS SOVIÉTICAS o YHWH. Chester manifiesta una destacable mejora en habilidades sociales, dándole la mano a Amy sin ninguna muestra de incomodidad y adoptando con facilidad una imitación bastante decente de un individuo maduro y equilibrado capaz de mantener una charla intrascendente. Antes de que Randy pueda darse cuenta, Chester les ha invitado a su casa.

—He oído que todavía no está terminada —dice Randy.

—Debes haber leído el artículo en *The Economist* —dice Chester.

—Ese mismo.

—Si hubieses leído el artículo de *The New York Time*, sabrías que el artículo de *The Economist* se equivocaba. Ya vivo en la casa.

—Bien, será divertido verla —dice Randy.

—¿Os fijáis lo bien pavimentada que está mi calle? —dice Chester con amargura, media hora más tarde. Randy ha aparcado el Acura maltratado y raspado en el aparcamiento de invitados de la casa de Chester y Chester ha aparcado su Dusenberg de 1932 en el garaje, entre el Lamborghini y algún otro vehículo que parece ser literalmente un avión, construido para deslizarse sobre ventiladores.

—Eh, no me he dado cuenta, la verdad —dice Randy, intentando no quedarse boquiabierto ante nada. Incluso el pavimento bajo sus pies es un mosaico, fabricado por encargo, de la teselación de Penrose—. Recuerdo vagamente que era ancha, plana y no tenía ningún bache. En otras palabras, bien pavimentada.

—Ésta —dice Chester, moviendo la cabeza en dirección a su casa—, fue la primera casa en disparar la OCRG.

—¿OCRG?

—La Ordenanza de Casas Ridículamente Grandes. Algunos descontentos forzaron su aprobación en el consejo municipal. Tienes a cirujanos cardiovasculares y parásitos de los fondos de inversión a los que les gusta tener grandes y bonitas casas, pero Dios no permita que un sucio hacker quiera construirse una casa propia, y pase ocasionalmente algunos camiones de cemento por sus calles.

—¿Te obligaron a repavimentar la calle?

—Me obligaron a repavimentar media puta ciudad —dice Chester—. Es decir, algunos de los vecinos se quejaban diciendo que la casa era una monstruosidad, pero después de que empezáramos con mal pie mi actitud fue que les jodan. —Ciertamente, si la casa de Chester se parecía a algo era a un garaje regional de camiones con un techo completamente de cristal. Dirige el brazo hacia un capa de barro ligeramente cubierta de hierba que desciende en dirección al lago Washington—. Evidentemente, las labores de paisajismo no han empezado todavía. Así que tiene el aspecto de un proyecto científico escolar sobre la erosión.

—Yo iba a decir la batalla del Somme —dice Randy.

—No es una analogía tan buena porque aquí no hay trincheras —dice Chester. Sigue apuntando en dirección al lago—. Pero si miras cerca del agua podrás ver algunas traviesas de ferrocarril medio enterradas. Ahí es donde hemos colocado los raíles.

—¿Raíles? —dice Amy, la única palabra que ha podido formar desde que Randy metió el Acura por la entrada principal. Randy le dijo, de camino, que si él, Randy, tuviese cien mil dólares por cada orden de magnitud por el que el valor neto de Chester superaba en estos momentos al suyo, entonces él (Randy) no tendría que trabajar nunca jamás. Eso resultó ser un comentario más ingenioso que informativo, y por tanto Amy no estaba preparada para lo que se habían encontrado y todavía va con las cejas arqueadas.

—Para la locomotora —dice Chester—. No hay líneas de ferrocarril cerca, así que trajimos la locomotora por agua y luego encajamos algunas vías en el vestíbulo.

Amy se limita a contraer el rostro en silencio.

—Amy no ha visto el artículo —dice Randy.

—¡Oh! Lo lamento —dice Chester—. Me dedico a la tecnología obsoleta. La casa es un museo a la tecnología muerta. Meted una mano en estas cosas.

Alineados frente a la entrada principal hay cuatro pedestales que llegan hasta la cintura y engalanados con el logotipo del ojo y la pirámide de Novus Ordo Seclorum, con manos dibujadas sobre la parte superior y botones en el espacio entre los dedos. Randy coloca su mano y siente que los botones se mueven, leyendo y memorizando la geometría de su mano.

—Ahora la casa sabe quiénes sois —dice Chester, tecleando sus nombres en un teclado robusto y a prueba de agua—, os estoy dando cierto conjunto de privilegios que empleo para los invitados personales... Ahora podéis venir por la entrada principal, aparcar el coche y recorrer los terrenos tanto si estoy en casa como si no. Y podéis entrar en la casa si estoy en ella, pero si no lo estoy, estará cerrada. Y podéis moveros con libertad por la casa excepto en ciertas oficinas donde guardo documentos corporativos importantes.

—¿Tienes tu propia compañía o algo así? —dice Amy en voz baja.

—No. Después de que Randy y Avi se fuesen de aquí, dejé la universidad y conseguí un trabajo con una compañía local, que todavía conservo —dice Chester.

La puerta principal, una losa móvil de cristal traslúcido, se abre. Randy y Amy siguen a Chester al interior de la casa. Como ya había anunciado, hay una locomotora de vapor de verdad en el vestíbulo.

—La casa está distribuida en espacio flexible —dice Chester.

—¿Qué es eso? —pregunta Amy. La locomotora no le interesa en absoluto.

—Un montón de compañías de alta tecnología empezaron a usar el espacio flexible, que simplemente se refiere a un gran espacio abierto sin paredes internas o particiones... sólo algunas columnas para sostener el techo. Puedes mover algunas particiones para dividirlo en habitaciones.

—¿Como cubículos?

—La misma idea, pero las particiones llegan más alto por lo que tienes la sensación de estar en una habitación de verdad. Claro está, no llegan hasta el techo en sí. En ese caso, no quedaría sitio para el TWA.

—¿El qué? —pregunta Amy. Chester, quien les guía por entre el laberinto de particiones, contesta la pregunta echando atrás la cabeza y mirando directamente hacia arriba.

El techo de la casa es completamente de cristal, sostenido por un entramado de tubos de acero pintados de blanco. Está como a unos cuarenta o cincuenta pies de altura. Las particiones se elevan como a una altura de unos doce pies. En el espacio sobre las particiones y debajo del techo, se ha construido una rejilla, un andamiaje de tuberías rojas, casi tan grande como la casa en sí. Miles, millones, de fragmentos de aluminio están atrapados en esa rejilla espacial, como penachos arrancados y aprisionados en una pantalla tridimensional. Tiene el aspecto de un proyectil de artillería del tamaño de un campo de fútbol que hubiese estallado en fragmentos hace un microsegundo y se hubiese quedado congelado allí donde estaba; la luz se filtra por entre los fragmentos de metal, desciende por entre manojos de cables desnudos y se refleja sobre la superficie de tapicería fundida y endurecida. Es tan grande y parece estar tan cerca que cuando Amy y Randy lo miran por primera vez se echan atrás, esperando que se les caiga encima. Randy ya sabe lo que es. Pero Amy tiene que mirarlo durante mucho tiempo, y pasar de habitación en habitación, para verlo desde ángulos diferentes, antes de que adopte una forma en su mente, y se haga reconocible como algo familiar: un 747.

—La FAA y la NTSB se mostraron sorprendentemente encantados por el asunto —comenta Chester—. Lo que no deja de tener sentido. Es decir, lo han reconstruido en un hangar, ¿no? Trajeron todas las piezas, descubrieron dónde encajaban y las colgaron en la rejilla. Lo han examinado y han recogido todas las pruebas forenses que pudieren encontrar, sacaron todos los restos humanos y se deshicieron de ellos de la forma adecuada, esterilizaron los restos para que los investigadores de accidentes no tuviesen que preocuparse de pillar el sida al tocar un reborde ensangrentado o algo así. Y ya han terminado. Tienen que seguir pagando el alquiler del hangar. No pueden tirarlo. Tienen que guardarlo en algún sitio. Así que lo único que tuve que hacer fue conseguir que certificasen la casa como un almacén federal, lo que fue un truco legal bastante fácil de ejecutar. Y si hay alguna demanda, haré que vengan los abogados a encargarse de ella. Pero en realidad no hubo ningún problema. A los chicos de Boeing les encanta, se pasan por aquí continuamente.

—Para ellos es como un recurso —es la suposición de Randy.

—Exacto.

—Te gusta ese papel.

—¡Claro! He definido un conjunto de privilegios específicamente para que los ingenieros puedan venir siempre que deseen acceder a la casa como un museo de la tecnología muerta. A eso me refería con la analogía del espacio flexible. Para mí y mis invitados es un hogar. Para los visitantes... Allí mismo hay uno. —Chester agita el brazo al otro lado de la habitación (se trata de una habitación central de como unos cincuenta metros de lado) en dirección a un ingeniero que ha montado una cámara Hasselblad sobre un enorme trípode y la orienta directamente a un puntal doblado del tren de aterrizaje—. Para ellos es exactamente como un museo en el que hay sitios a los que puedes ir y sitios en los que si ponen el pie dispararán las alarmas y se meterán en problemas.

—¿Hay tienda de regalos? —bromea Amy.

—La estamos terminando, pero todavía no está lista... la OCRG puso todo tipo de impedimentos —rezonga Chester.

Acaban en una habitación relativamente confortable de paredes de vidrio con vistas al trazo embarrado del lago. Chester conecta una cafetera exprés que tiene el aspecto de un modelo a escala de una refinería de petróleo y genera un par de cafés *latte*. Resulta que esa habitación está bajo el extremo, relativamente intacto, del ala izquierda del TWA. Randy aprecia en ese momento que todo el avión cuelga en una ligera posición virada, como si estuviese realizando un cambio de rumbo imperceptible, lo que en realidad no es lo apropiado; una inclinación vertical tendría mucho más sentido, pero en ese caso la casa debería tener cincuenta pisos de alto para contenerlo. Puede ver un patrón de grietas que se repiten sobre la superficie del ala, grietas que parecen ser la manifestación de la misma matemática subyacente que genera remolinos en una estela, o espirales en un conjunto de Mandelbrot. Charlene y sus amigos solían meterse con él por ser un platónico, pero allí donde va ve las mismas formas ideales proyectando sombras sobre el mundo físico. Quizá simplemente sea un estúpido.

La casa carece del toque femenino. Randy ha deducido, por los comentarios hechos por Chester, que el TWA no ha resultado ser el tema de conversación que él había esperado. Está considerando construir techos falsos sobre algunas de las particiones de la casa para que tengan más aspecto de habitaciones, que, admite, podría hacer que «algunas personas» se sintiesen más cómodas y considerasen una «estancia permanente». Por tanto, es evidente que se encuentra en las primeras fases de negociación con algún tipo de mujer, lo que son buenas noticias.

—Chester, hace dos años me enviaste un correo sobre un proyecto que ibas a lanzar para construir réplicas de viejos ordenadores. Querías información sobre el trabajo de mi abuelo.

—Sí —dice Chester—. ¿Quieres verlo? No le he prestado mucha atención últimamente, pero...

—Acabo de heredar algunos de sus cuadernos de notas —dice Randy.

Las cejas de Chester se alzan. Amy mira por la ventana; su pelo, piel y ropas adoptan un pronunciado tono rojo debido al efecto Doppler al abandonar la conversación a velocidades relativistas.

—Me gustaría saber si tienes un lector de tarjetas ETC que funcione.

Chester gruñe.

—¿Eso es todo?

—Eso es todo.

—¿Quieres el Mark III de 1932? ¿O el Mark IV de 1938? ¿O...?

—¿Son diferentes? Todos leen las mismas tarjetas, ¿no?

—Sí, básicamente.

—Tengo algunas tarjetas de más o menos 1945 y me gustaría trasladarlas a un disco flexible que me pudiese llevar a casa.

Chester coge un teléfono móvil del tamaño de un pepinillo y comienza a marcar.

—Llamaré a mi hombre de las tarjetas —dice—. Un ingeniero de la ETC retirado. Vive en la isla Mercer. Viene aquí en bote un par de veces por semana y juguetea con esas cosas. Le encantará conocerte.

Mientras Chester habla con el hombre de las tarjetas, Amy mira a Randy a los ojos y le ofrece una expresión prácticamente ilegible. Parece un poco desalentada. Cansada. Lista para regresar a casa. Sus pocos deseos de mostrar sus sentimientos lo confirman. Antes del viaje, Amy hubiese estado de acuerdo en que de todo debe haber en la viña del señor. Ahora mismo seguiría afirmándolo. Pero Randy, en los últimos días, le ha estado mostrando algunas aplicaciones prácticas de ese concepto, y le va a llevar un tiempo encajarlas en su visión del mundo. O, lo que es más importante, en su visión de Randy. Y sí, efectivamente, justo cuando Chester deja de hablar, ella le pregunta si puede usar el teléfono para llamar a las compañías aéreas. Sólo hay un momentáneo vistazo al TWA. Y una vez que Chester se recupera de su asombro ante la idea de que alguien en esta época todavía use tecnología de voz para realizar reservas de avión, la lleva hasta el ordenador más cercano (hay una máquina UNIX completamente equipada en cada habitación) y conecta directamente con las bases de datos de líneas aéreas y comienza a buscar la ruta óptima de regreso a casa. Randy se acerca a la ventana y mira las frías olas que golpean la costa de barro y lucha contra el impulso de quedarse en Seattle, una ciudad en la que podría ser muy feliz. Tras él, Chester y Amy dicen continuamente «Manila», y suena ridículamente como un lugar exótico al que es difícil llegar. Randy piensa que es marginalmente más inteligente que Chester y que sería aún más rico si se hubiese quedado aquí.

Una lancha rápida de color blanco se acerca a toda velocidad virando la punta en la dirección de la isla Mercer y se dirige hacia él. Randy deja el café frío y va al coche para recoger cierto baúl, un regalo amable de una encantada tía Nina. Está lleno de ciertos viejos tesoros, como los cuadernos de física de instituto de su abuelo. Deja a un lado (por ejemplo) una caja con la etiqueta DESAFÍO HARVARD-WATERHOUSE DE BÚSQUEDA DE FACTORES PRIMOS 1949-1952 para revelar un montón de ladrillos, cada uno cuidadosamente envuelto en papel amarillento por el tiempo, cada uno formado por un montón corto de tarjetas ETC y cada uno con la inscripción INTERCEPTACIONES ARETUSA con fechas de 1944 a 1945. Llevan más de cincuenta años en animación suspendida, almacenados en un medio físico ya muerto, y ahora Randy va a devolverles la vida, y quizá enviarlos a la red; algunas hebras de ADN fósil arrancadas de su cascarón fósil de ámbar y entregadas de nuevo al mundo.

Probablemente fracasen y mueran, pero si florecen harían que la vida de Randy fuese un poco más interesante. No es que ahora mismo carezca de interés, pero es más fácil introducir complicaciones nuevas que resolver las antiguas.

Roca

Bundok está formado por buena roca; quien lo eligió debía saberlo. Ese basalto es tan fuerte que Goto Dengo puede crear en él el sistema de túneles que desee. Siempre que tenga en cuenta algunos principios básicos de ingeniería, no debe preocuparse de que los túneles se desmoronen.

Claro está, abrir agujeros en semejante piedra es un trabajo duro. Pero el capitán Noda y el teniente Mori le han proporcionado un suministro ilimitado de trabajadores chinos. Al principio el estruendo de las perforadoras ahoga los sonidos de la jungla. Más tarde, al penetrar en la tierra, se transforma en un ritmo apagado, dejando sólo el zumbido de los compresores de aire. Incluso de noche trabajan bajo la luz tenue de los faroles, que no puede penetrar la cubierta arbórea. No es que MacArthur esté enviando aviones de observación sobre Luzón en medio de la noche, pero las luces en lo alto de la montaña llamarían la atención de los filipinos de las tierras bajas.

El pozo inclinado que conecta el fondo del lago Yamamoto con el Gólgota es, con diferencia, la sección más larga del complejo, pero no es preciso que el diámetro sea muy grande: lo justo para que un trabajador llegue al otro extremo y pueda manejar la perforadora. Antes de que se cree el lago, Goto Dengo hace que una cuadrilla perfore el extremo superior del pozo, cavando el túnel alejándose y descendiendo desde el límite del río con un ángulo de unos veinte grados. Esa excavación se llena continuamente de agua —a todos los efectos es un pozo— y eliminar las rocas de desecho es un suicidio, porque hay que tirar de ellas colina arriba. Así que cuando han avanzado unos cinco metros, Goto Dengo hace que la abertura se selle con piedras y mortero.

Luego ordena que se sellen las letrinas y que los trabajadores abandonen el área circundante. Ahora lo único que pueden hacer es contaminar el lugar con pruebas. Ha llegado el verano, la temporada de lluvias en Luzón, y le preocupa que la lluvia encuentre los senderos marcados en la tierra por los pies de los trabajadores chinos y que los transforme en torrentes imposibles de ocultar. Pero el clima se mantiene anormalmente seco, y la vegetación ocupa rápidamente la tierra desnuda.

Goto Dengo se enfrenta con un desafío que resultaría conocido para un diseñador de jardines en Nipón: precisa crear una formación artificial que parezca natural. Debe dar la impresión de que un pedrusco se desprendió de la montaña después de un terremoto y se encajó en un estrechamiento del río Yamamoto. Otras rocas, y los troncos de árboles muertos, se apilaron contra el pedrusco para formar una presa natural que dio lugar al lago.

Encuentra el pedrusco que necesita en medio del lecho del río como a un kilómetro corriente arriba. La dinamita lo haría pedazos, así que hace traer una cuadrilla de trabajadores con palancas de hierro, y lo sacan rodando. Recorre unos metros y se detiene.

Es descorazonador, pero son los trabajadores los que ahora tienen una idea. Su líder es Wing, el chino calvo que ayudó a Goto Dengo a enterrar los restos del teniente Ninomiya. Posee la misteriosa fuerza física que parece ser habitual entre los calvos, y tiene un hipnótico poder de liderazgo sobre los otros chinos. De alguna forma ha conseguido que se entusiasmen ante la idea de mover el pedrusco. Evidentemente, tienen que moverlo, porque Goto Dengo les ha dicho que quiere que lo muevan, y si no lo hacen los guardias del teniente Mori les dispararán aquí mismo. Pero aparte de eso parece que les gusta el desafío. Evidentemente, permanecer de pie en medio del agua corriente y fría es mejor que trabajar en los pozos mineros del Gólgota.

El pedrusco llega a su sitio tres días después. El agua se divide a su alrededor. Llegan otros muchos pedruscos, y el río comienza a formar un lago. Los árboles no brotan naturalmente cerca de los lagos, así que Goto Dengo hace que los trabajadores talen abajo los que hay por los alrededores, pero no con hachas. Les muestra cómo excavar las raíces una a una, como arqueólogos desenterrando un esqueleto, de forma que parezca que un tifón arrancó el árbol. Los apilan contra los pedruscos, y también piedras más pequeñas y gravilla. De pronto, el nivel del lago Yamamoto comienza a aumentar. La presa tiene una fuga, pero la fuga se detiene cuando ponen más grava y arcilla. A Goto Dengo no le importa tapar agujeros molestos con láminas de latón, siempre que sea allí donde nadie los verá nunca. Cuando el lago ha alcanzado el nivel deseado, la única señal de que sea artificial es un par de cables que llegan hasta la orilla, que llegan hasta las cargas de demolición encajadas en el tapón de cemento del fondo.

El Gólgota se corta para formar una cresta de basalto que salta de la base de la montaña —como una raíz de apoyo del tronco de un árbol de la jungla— que separa los ríos Yamamoto y Tojo. Por tanto, moviéndose al sur desde el pico del Calvario, uno pasaría primero por el cráter lleno de agua de un volcán extinguido, sobre los restos de su borde sur y luego realizaría un descenso gradual por una montaña mucho mayor de la que el cono de cenizas del Calvario no es más que una imperfección, como una verruga sobre la nariz. El pequeño río Yamamoto fluye por lo general de forma paralela al Tojo al otro lado de la cresta de basalto, pero desciende de forma más gradual, de manera que su elevación va haciéndose más y más alta sobre el río Tojo a medida que los dos descienden por la montaña. En el punto del lago Yamamoto, se encuentra a cincuenta metros por encima del Tojo. Perforando el túnel de conexión en dirección sudeste en lugar de directamente al este bajo la cresta, uno puede pasar por una cadena de rápidos y cascadas en el Tojo que reducen la elevación del río a casi un centenar de metros bajo el fondo del lago.

Cuando el general viene a examinar el trabajo, Goto Dengo le asombra llevándole al río Tojo en el mismo Mercedes que empleó para venir desde Manila. Para entonces, los trabajadores han construido una carretera de un solo carril que lleva desde el campo de prisioneros hasta la zona rocosa del río en el Gólgota.

—La fortuna nos ha sonreído en nuestra empresa otorgándonos un verano seco —le explica Goto Dengo—. Con el nivel del agua bajo, el lecho del río forma una carretera perfecta; la elevación de altitud es lo suficientemente suave para los camiones pesados que traeremos más tarde. Cuando hayamos terminado, crearemos una presa baja cerca del lugar que ocultará las señales más evidentes de nuestro trabajo. Cuando el río se eleve a su altura normal, no quedarán rastros visibles de que hubo hombres en esta zona.

—Es una buena idea —le concede el general, luego murmura a su asistente algo relativo a emplear la misma técnica en otras construcciones. El ayudante asiente con un gesto de la cabeza, dice *hai* y lo apunta.

A un kilómetro en el interior de la jungla, las riberas se elevan hasta formar paredes verticales de piedra que suben más y más alto sobre el nivel del agua hasta que cuelgan sobre el río. Hay una hondonada en el canal pétreo allí donde el río se ensancha; corriente arriba está la cascada. En ese punto, la carretera da un giro a la izquierda directamente contra la roca y se detiene. Todos bajan del Mercedes: Goto Dengo, el general, sus asistentes y el capitán Noda. El río les cubre los pies, hasta el tobillo.

En la roca han excavado una ratonera. Tiene una base plana y una parte superior en arco. Un niño de seis años podría permanecer de pie, pero cualquiera con más altura tendría que inclinarse. Un par de carriles de hierro penetran en la abertura.

—El túnel principal —dice Goto Dengo.

—¿Es esto?

—La abertura es pequeña para poder ocultarla más tarde —explica el capitán Noda, muriéndose de vergüenza—, pero se ensancha en el interior.

El general parece cabreado y asiente. Guiados por Goto Dengo, los cuatro hombres se inclinan y penetran en el túnel, empujados por una corriente continua de aire.

—Aprecie la excelente ventilación —dice entusiasmado el capitán Noda, y Goto Dengo sonríe con orgullo.

Cuando han recorrido diez metros ya pueden ponerse en pie. Allí, el túnel tiene la misma forma general, pero tiene seis pies de ancho por seis de alto, apuntalado por arcos de refuerzo de cemento que fabricaron en el suelo usando moldes de madera. Los raíles de hierro penetran profundamente en la oscuridad. Sobre ellos se encuentra un tren de tres vagonetas de mina, cajas de metal llenas de basalto roto.

—Eliminamos los desechos a mano —le explica Goto—. La entrada y los raíles están perfectamente horizontales, para evitar que las vagonetas se descontrolen.

El general gruñe. Está claro que no siente respeto por los detalles sutiles de la ingeniería de minas.

—Evidentemente, usaremos las mismas vagonetas para transportar el, eh, material cuando llegue a la bóveda —dice el capitán Noda.

—¿De dónde han salido estos desechos? —exige saber el general. Le cabrea que todavía sigan excavando.

—De nuestro túnel más largo y difícil: el pozo inclinado en el fondo del lago Yamamoto —dice Goto Dengo—. Por suerte, podemos seguir extendiendo el pozo incluso cuando el material se esté depositando en la bóveda. Las vagonetas que salen se llevarán los desechos, y las entrantes traerán el material.

Se detiene para meter un dedo en un agujero en el techo.

—Como puede apreciar, están listos todos los agujeros para las cargas de demolición. Esas cargas no sólo derribarán el techo, sino que también dejarán tan afectada a la roca circundante que la excavación horizontal será muy difícil.

Recorren la entrada principal durante cincuenta metros.

—Ahora nos encontramos en el corazón de la cresta

—dice Goto Dengo—, a medio camino entre los dos ríos. La superficie está a cien metros por encima. —Frente a ellos, la cadena de luces eléctricas se hunde en la oscuridad. Goto Dengo busca un interruptor de pared.

—La bóveda —dice, y le da al interruptor.

El túnel se ha ampliado de pronto para formar una cámara de suelo plano con techo arqueado, con la forma de una choza Quonset, cubierta de cemento tremendamente acanalado cada par de metros. El suelo de la bóveda tiene quizás el tamaño de una pista de tenis. La única abertura es un pequeño pozo vertical que surge de la mitad del techo, del tamaño justo para contener una escalera y un cuerpo humano.

El general se cruza de brazos y espera mientras su asistente recorre la bóveda con una cinta métrica para verificar las dimensiones.

—Ahora subimos —dice Goto Dengo, y, sin esperar a que el general se irrite, mete la escalera por el pozo. Sólo tiene unos pocos metros, y a continuación se encuentran en otro túnel con raíles encajados en el suelo. Éste está apuntalado con madera tomada de la jungla circundante.

—El nivel de acarreo, donde movemos la roca —explica Goto Dengo una vez que todos se han reunido en lo alto de la escalera—. Me preguntó por los desechos en las vagonetas. Déjeme mostrarle cómo llegaron allí. —Recorre con el grupo unos veinte o treinta metros por los raíles, dejando atrás un tren de vagonetas abolladas—. Nos dirigimos al noroeste, hacia el lago Yamamoto.

Llegan al final del túnel, donde otro pozo estrecho atraviesa el techo. Una gruesa manguera reforzada lo recorre, escapándose el aire comprimido por pequeñas fisuras. En la distancia se puede oír el sonido de las perforadoras.

—No les recomendaría que mirasen por este pozo, porque en ocasiones caen rocas sueltas desde arriba, donde trabajamos —les advierte—. Pero si mirasen, verían que, a diez metros por encima, este pozo llega al fondo de un túnel estrecho e inclinado que sube en esa dirección... —indica hacia el noroeste— hacia el lago, y desciende en esa dirección. —Se gira ciento ochenta grados, hacia la bóveda.

—Hacia la cámara de los tontos —dice el general con alivio.

—*Hai!* —contesta Goto Dengo—. A medida que extendemos el pozo hacia el lago, llevamos abajo la roca suelta con un azadón de hierro tirado por un torno, y cuando llega a lo alto del pozo vertical que ven aquí, cae hacia las vagonetas que esperan. Desde aquí las podemos llevar hasta la bóveda principal y de ahí empujando hacia la salida.

—¿Qué hacen con todos los desechos? —pregunta el general.

—Parte lo depositamos en el fondo del río, usándolo para construir el camino por el que llegamos. Parte lo guardamos para rellenar diversos pozos de ventilación. Parte se convierte en arena para usarla en una trampa que explicaré más tarde. —Goto Dengo les dirige en dirección a la bóveda principal, pero dejan atrás la escalera y se meten en otro túnel, y luego en otro. A continuación los pozos se vuelven estrechos y difíciles, como el de la entrada—. Por favor, perdónenme que les guíe por lo que parece un laberinto tridimensional —dice Goto Dengo—. Es una decisión deliberada que esta parte del Gólgota sea confusa. Si un ladrón consigue introducirse desde arriba en la cámara de los tontos, esperaría encontrar el túnel por el que metimos el material. Le hemos dejado uno para que lo encuentre... un falso túnel que parece dirigirse al río Tojo. En realidad, todo un complejo de túneles y pozos falsos que demoleremos con dinamita cuando terminemos. Le resultará tan difícil, por no decir peligroso, abrirse paso por entre tanta roca destrozada que probablemente el ladrón se conformará con lo que encuentre en la cámara de los tontos.

Continuamente hace pausas y mira al general, esperando que se canse de todo eso, pero está claro que el general ha vuelto a animarse. El capitán Noda, a la cola, le hace gestos impacientes para que avance.

Se precisa algo de tiempo para recorrer el laberinto y Goto Dengo, como un prestidigitador, intenta llenar el tiempo con charla convincente.

—Como estoy seguro que sabe, es preciso construir los túneles y pozos para contrarrestar las fuerzas litostáticas.

—¿Qué?

—Deben ser lo suficientemente resistentes para soportar la roca que tienen encima. De la misma forma que los edificios deben soportar el techo.

—Claro —dice el general.

—Si hay dos túneles paralelos, uno sobre el otro como pisos en un edificio, entonces la roca que hay entre ellos, el techo o el suelo dependiendo del túnel, debe ser lo suficientemente gruesa para soportarse a sí misma. Pero cuando se detonen las cargas de demolición, la roca quedará destrozada de tal forma que reconstruir esos túneles será físicamente imposible.

—¡Excelente! —dice el general, y una vez más le dice a su asistente que lo apunte... aparentemente para que los otros Goto Dengo en los otros Gólgotas puedan hacer lo mismo.

En un punto hay un túnel tapado por una pared de escombros y mortero. Goto Dengo la ilumina con la linterna, y deja que el general vea cómo los raíles de hierro desaparecen bajo el material.

—Para un ladrón que viniese de la cámara de los tontos, éste le parecería el túnel principal —explica—. Pero si echa abajo esta pared morirá.

—¿Por qué?

—Porque al otro lado de la pared habrá un pozo conectado a la cañería del lago Yamamoto. Un golpe con un martillo y esa pared explotará debido a la presión del agua al otro lado. Luego el lago Yamamoto entrará por ese agujero como si fuese un tsunami.

El general y su asistente pasan un tiempo riéndose.

Finalmente terminan un túnel y llegan a una bóveda, de la mitad de tamaño que la bóveda principal, iluminada desde arriba por una débil luz natural de tono azul. Goto Dengo también enciende algunas bombillas.

—La cámara de los tontos —anuncia. Señala el pozo vertical en el techo—. La ventilación ha sido cortesía de este pozo. —El general mira y ve, a un centenar de metros, un círculo luminoso de jungla verde azulada cuarteada por la esvástica giratoria de un enorme ventilador eléctrico—. Evidentemente, no queremos que los ladrones encuentren con demasiada facilidad la cámara de los tontos o no engañaría a nadie. Así que allá arriba hemos añadido algunas características para que sea más interesante.

—¿Qué tipo de características? —pregunta el capitán Noda, metiéndose directamente en su papel de mediador.

—Cualquiera que ataque el Gólgota atacará desde arriba... la distancia es demasiado grande para ganar acceso horizontal. Eso significa que tendrán que abrir un túnel hacia abajo, ya sea a través de la roca o la columna de escombros con la que se llenará este pozo de ventilación. En cualquier caso, descubrirán, cuando estén a medio camino, un estrato de arena, de tres a cinco metros de profundidad, extendido sobre toda la zona. No es preciso que les recuerde que, en la naturaleza, ¡nunca se encuentran capas de arena en medio de rocas ígneas!

Goto Dengo comienza a subir por el pozo de ventilación. A medio camino de la superficie, llega a una red de pequeñas cámaras redondas e interconectadas, talladas en la roca, con gruesos pilares para sostener los techos. Los pilares son tan gruesos y numerosos que no es posible ver muy lejos, pero cuando llegan los otros, y Goto Dengo empieza a guiarles de habitación en habitación, pronto descubren que ese sistema de cámaras se extiende hasta una considerable distancia.

Les lleva a un lugar donde hay una tapa de hierro acomodada en un agujero en la pared de roca, sellada con alquitrán.

—Hay docenas como ésta —dice—. Cada una lleva al pozo del lago Yamamoto, por lo que detrás hay agua presurizada. Lo único que las mantiene en su sitio ahora mismo es el alquitrán. Evidentemente, no es suficiente para soportar la presión del lago. Pero cuando llenemos las habitaciones con arena, la arena las sostendrá. Pero si los ladrones entran y retiran la arena, las tapas explotarán y millones de litros de agua penetrarán en la excavación.

Desde allí, subiendo un poco más llegan a la superficie, donde los hombres del capitán Noda esperan para apartar el ventilador, y su asistente aguarda con botellas de agua y una tetera llena de té verde.

Se sientan alrededor de una mesa plegable y toman el refrigerio. El capitán Noda y el general hablan de lo que sucede en Tokio, evidentemente, el general vino en avión desde allí hace unos días. El asistente del general realiza cálculos en su tablilla.

Finalmente, se dirigen a lo alto de la cresta para mirar el lago Yamamoto. La jungla es tan espesa que casi tienen que caer antes de poder verlo. El general finge sorprenderse de que sea una masa de agua artificial. Goto Dengo se lo toma como un muy buen elogio. Se encuentran, como hace en general la gente, en el borde del agua, y no dicen nada durante unos minutos.

El general fuma un cigarrillo, mirando al lago a través del humo, y luego se dirige a su asistente y asiente. Ese gesto parece comunicar mucho al asistente, quien se vuelve hacia el capitán Noda y emite una pregunta:

—¿Cuál es el número total de trabajadores?

—¿Ahora? ¿Quinientos?

—¿Los túneles se diseñaron bajo esa suposición?

El capitán Noda dirige una mirada incómoda en dirección a Goto Dengo.

—Repasé el trabajo del teniente Goto y lo encontré compatible con esa suposición.

—La calidad del trabajo es la más alta que hemos visto —sigue diciendo el asistente.

—¡Gracias!

—O esperamos ver —añade el general.

—Como resultado, puede que deseemos incrementar la cantidad de material almacenado aquí.

—Comprendo.

—Además... habrá que acelerar los plazos.

El capitán Noda parece sorprendido.

—Ha aterrizado en Leyte con una gran fuerza —dice el general sin reparos, como si llevase años esperándolo.

—¿¡Leyte!? Pero eso está muy cerca.

—Precisamente.

—Es una locura —dice el capitán Noda entusiasmado—. La Marina lo aplastará... ¡es lo que hemos estado esperando todos estos años! ¡La Batalla Decisiva!

El general y su asistente se muestran incómodos durante unos momentos, aparentemente incapaces de hablar. Luego el general fija en Noda una larga y frígida mirada.

—La Batalla Decisiva se produjo ayer.

—Comprendo —susurra el capitán Noda.

De pronto parece tener diez años más, y no se encuentra en una situación vital en la que pueda malgastar diez años.

—Por tanto, puede que aceleremos los trabajos. Puede que enviemos más trabajadores para la fase final de la operación —dice el asistente en voz baja.

—¿Cuántos?

—Puede que el total alcance el millar.

El capitán Noda se cuadra, grita:

—*Hai!* —Y se vuelve hacia Goto Dengo—. Necesitaremos más pozos de ventilación.

—Pero señor, con todos los respetos, el complejo está muy bien ventilado.

—Pero necesitaremos más pozos de ventilación profundos y anchos —dice el capitán Noda—. Suficientes para quinientos trabajadores adicionales.

—Oh.

—Inicie las labores de inmediato.

El mayor número de cigarrillos

```
Para: randy@epiphyte.com
De: cantrell@epiphyte.com
Asunto: Transformación Pontifex: veredicto preliminar
```
Randy envié la transformación Pontifex a la

lista de correo de los Adeptos al Secreto tan
pronto como tú me la enviaste a mí, así que lleva
dando vueltas por ahí durante un par de semanas.
Varias personas muy inteligentes la han analiza-
do buscando puntos débiles y no han encontrado
ningún fallo evidente. Todos están de acuerdo en
que los pasos concretos de esta transformación son
un poquito extraños, y se preguntan a quién se le
ocurrieron y cómo, pero eso no es extraño en el
caso de los buenos criptosistemas.

Por tanto, el veredicto por ahora es que ro-
ot@eruditorum.org sabe lo que se hace, dejando de
lado su extraña fijación con el número 54.

—Cantrell

—Andrew Loeb —dice Avi.

Él y Randy están soportando una especie de marcha forzada por la playa de Pacífica; Randy no está seguro de por qué. Una y otra vez, a Randy le sorprende el vigor físico de Avi. Avi tiene aspecto de estar deteriorándose debido a una vaga enfermedad inventada como elemento de la trama por un guionista. Es como alto, pero eso simplemente le hace parecer más peligrosamente demacrado. Su cuerpo delgado es una conexión tenue entre unos pies enormes y una cabeza inmensa; tiene el perfil de un montón de plastilina de la que alguien ha tirado hasta que la parte de en medio no es más que un hilito. Pero puede recorrer una playa como si fuese un marine. Después de todo, es enero, y según el canal meteorológico hay una corriente de vapor de agua, con su origen en una tormenta tropical a medio camino entre Nipón y Nueva Guinea, que atraviesa directamente el Pacífico y vira violentamente a la izquierda como aquí. Las olas que golpean la orilla, no muy lejos, son tan grandes que

Randy tiene que mirar ligeramente hacia arriba para ver sus crestas.

Le ha estado hablando a Avi sobre Chester, y Avi ha empleado la oportunidad (eso opina Randy) como pretexto para recordar los viejos días en Seattle. Es raro que Avi haga algo así; tiende a ser muy disciplinado con que las conversaciones sean de negocios o personales, pero nunca los dos temas a la vez.

—Nunca olvidaré —dice Randy—, subir a la azotea del edificio de Andrew para hablarle sobre el software, pensando para mis adentros «vaya, es genial», y verle volverse loco lenta y gradualmente ante mis ojos. Casi podría hacerte creer en las posesiones demoníacas.

—Bueno, aparentemente su padre cree en ellas —dice Avi—. Era su padre, ¿no?

—Ha pasado mucho tiempo. Sí, creo que su madre era la hippie, quien lo tenía en la comunidad, y luego su padre lo sacó de allí, por la fuerza; en realidad, envió a esos paramilitares del norte de Idaho a hacer el trabajo. Literalmente sacaron a Andrew metido dentro de una saca... y luego le sometieron a todo tipo de terapia de recuerdos reprimidos para demostrar que habían abusado de él durante rituales satánicos.

Eso provoca el interés de Avi.

—¿Crees que su padre estaba metido en asuntos de milicias?

—Sólo le vi una vez. Durante la demanda. Me tomó declaración. No era más que un abogado de zapatos blancos de Orange County, en un gran bufete con un montón de asiáticos, judíos y armenios. Por lo que asumo que empleó a los tipos de las naciones arias porque eran convenientes y fáciles de contratar.

Avi asiente, considerándolo aparentemente como una hipótesis satisfactoria.

—Así que probablemente no era un nazi. ¿Creía en los abusos durante un ritual satánico?

—Lo dudo —dice Randy—. Aunque después de pasar algo de tiempo con Andrew yo lo consideré muy plausible. ¿Tenemos que hablar de esto? Me da escalofríos —dice Randy—. Me deprime.

—Hace poco descubrí qué fue de Andrew —dice Avi.

—Vi su web hace un tiempo.

—Estoy hablando de actividades muy recientes.

—Déjame adivinar. ¿Suicidio?

—No.

—Asesino en serie.

—No.

—¿Lo metieron en chirona por acechar a alguien?

—No está muerto ni en prisión —dice Avi.

—Hum. ¿Tiene algo que ver con su mente colmena?

—No. ¿Sabes que fue a la facultad de derecho?

—Sí. ¿Está relacionado con su carrera legal?

—Sí.

—Bien, si Andrew Loeb practica el derecho, debe ser de una forma realmente molesta y socialmente no constructiva. Probablemente algo relacionado con demandar a la gente casi sin pretexto.

—Excelente —dice Avi—. Ahora ya estás tibio.

—Vale, no me lo digas, déjame pensar —dice Randy—. ¿Ejerce en California?

—Sí.

—Oh, bien, entonces ya lo tengo.

—¿Sí?

—Sí. Andrew Loeb sería uno de esos tíos que preparan demandas de accionistas minoritarios contra empresas de alta tecnología.

Avi sonríe con los labios muy apretados y asiente.

—Sería perfecto —sigue diciendo Randy—. Porque sería un verdadero creyente. No se le ocurriría pensar que se está portando como un gilipollas. Real, sincera y verdaderamente creería estar representando a esa clase de accionistas de los que la gente que dirige la compañía ha abusado durante un ritual satánico. Trabajaría treinta y seis horas seguidas desenterrando mierda sobre ellos. Recuerdos corporativos reprimidos. Ningún truco sería demasiado sucio, porque estaría del lado de los buenos. Sólo dormiría y comería por prescripción médica.

—Veo que le llegaste a conocer increíblemente bien —dice Avi.

—¡Guau! Bien, ¿a quién está demandando en estos momentos?

—A nosotros —dice Avi.

Ahora se produce una parada de unos cinco minutos en la conversación, y en la marcha, y posiblemente también en alguno de los procesos neurológicos de Randy. El mapa de color de su visión se jode por completo: todo adopta un tono amarillo y púrpura. Como si tuviese los dedos pegajosos de alguien alrededor del cuello, modulando el flujo de sangre en sus carótidas al mínimo necesario para mantener la vida. Cuando Randy finalmente regresa a la conciencia total, lo primero que hace es mirarse los zapatos, porque está convencido por alguna razón de que se ha hundido en la arena húmeda hasta las rodillas. Pero sus zapatos apenas dejan marca sobre la arena bien compactada. Una gran ola se desmorona en una hoja de espuma que recorre la playa y se divide alrededor de sus pies.

—Gollum —dice Randy.

—¿Es eso una emisión lingüística o alguna especie de acto fisiológico? —pregunta Avi.

—Gollum. Andrew es Gollum.

—Bien, Gollum nos demanda.

—¿A nosotros, como en tú y yo? —pregunta. Le lleva a Randy como un minuto entero hacer que la lengua emita esas palabras—. ¿Nos demanda por la compañía de juegos?

Avi ríe.

—¡Es posible! —dice Randy—. Chester me contó que la compañía de juegos tiene ahora más o menos el tamaño de Microsoft.

—Andrew Loeb ha presentado una demanda de accionistas minoritarios contra la junta directiva de Epiphyte(2) Corporation —dice Avi.

El cuerpo de Randy ya ha tenido tiempo de presentar toda una reacción de lucha o huye, parte de su legado genético como magnífico cabrón. Debió de haber sido muy útil cuando los tigres dientes de sable intentaban abrirse paso en las cuevas de sus ancestros, pero no hace nada de bien en las circunstancias actuales.

—¿En nombre de quién?

—Oh, vamos, Randy. No hay tantos candidatos.

—¿Springboard Capital?

—Tú mismo me has dicho que el padre de Andrew era un abogado de zapatos blancos de Orange County. Bien, hablando arquetípicamente, ¿dónde pondría un tipo como ése el dinero de su jubilación?

—Oh, mierda.

—Exacto. Bob Loeb, el padre de Andrew, se metió en la AVCLA en sus inicios. Él y el Dentista llevan enviándose tarjetas de Navidad desde hace veinte años. Por tanto, cuando el hijo idiota de Bob se graduó en la facultad de derecho, Bob Loeb, sabiendo muy bien que su hijo estaba demasiado loco para que lo aceptasen en otro sitio, llamó al doctor Hubert Kepler, y Andrew ha estado trabajando para él desde entonces.

—¡Mierda! ¡Mierda! —dice Randy—. Todo estos años. Pedaleando en agua.

—¿Cómo es eso?

—Ese periodo en Seattle, durante la demanda, fue una jodida pesadilla. Salí de él completamente arruinado, sin casa, sin nada excepto una novia y conocimientos de UNIX.

—Bien, ya es algo —dice Avi—. Normalmente esos dos elementos se excluyen mutuamente.

—Cállate —dice Randy—. Intento angustiarme.

—Bien, opino que angustiarse es tan fundamentalmente patético que bordea lo gracioso —dice Avi—. Pero no importa, adelante.

—Ahora, después de tantos años, después de tanto trabajo, estoy donde empecé. No tengo un duro. Sólo que en esta ocasión estrictamente no tengo novia.

—Bien —dice Avi—, para empezar, yo diría que aspirar a tener a Amy es en realidad mejor que tener a Charlene.

—¡Ay! Eres un hombre cruel.

—En ocasiones desear es mejor que tener.

—Bien, eso son buenas noticias —dice Randy con alegría—, porque...

—Mira a Chester. ¿Preferirías ser Chester o ser tú?

—Vale, vale.

—Además, posees un buen montón de acciones en Epiphyte, que creo sinceramente que valen algo.

—Bien, eso depende de la demanda, ¿no? —dice Randy—. ¿Has llegado a ver algunos de los documentos?

—Claro que sí —dice Avi, molesto—. Soy presidente y CEO de la puta corporación.

—Bien, ¿cuál es el fundamento? ¿Cuál es el pretexto para la demanda?

—Aparentemente, el Dentista está convencido de que Semper Marine se ha topado con un buen montón de oro hundido, como efecto secundario directo del trabajo que realizaban para nosotros.

—¿Lo sabe o lo sospecha?

—Bien —dice Avi—, leyendo entre líneas, creo que sólo lo sospecha. ¿Por qué lo preguntas?

—No importa por ahora... pero ¿también va tras Semper Marine?

—¡No! Eso desestimaría la demanda que presenta contra Epiphyte.

—¿Qué quieres decir?

—Su argumento es que si la administración de Epiphyte hubiese sido competente, si hubiésemos ejercido la diligencia exigible, entonces habríamos firmando un contrato mucho más minucioso con Semper Marine.

—Tenemos un contrato con Semper Marine.

—Sí —dice Avi—, y Andrew Loeb lo considera poco más que un acuerdo verbal sellado con un apretón de manos. Afirma que deberíamos haber pasado las negociaciones a un bufete de abogados importantes con experiencia en las leyes marítimas y de rescate. Que tal firma legal hubiese anticipado la posibilidad de que el análisis por sónar realizado por Semper Marine revelase algún resto sumergido.

—¡Oh, Dios mío!

Avi adopta una expresión de paciencia forzada.

—Andrew ha presentado, como prueba, copias de contratos reales entre otras compañías en circunstancias similares, que tienen tales cláusulas. Argumenta que es prácticamente lo normal, Randy.

—Es decir, que fue una terrible negligencia no ponerlas en el contrato con Semper.

—Exacto. Ahora bien, la demanda de Andrew no puede prosperar a menos que haya perjuicio real. ¿Puedes estimar el perjuicio en este caso?

—Si hubiésemos firmado un contrato mejor, entonces Epiphyte poseería una parte de lo recuperado en el submarino. Tal y como está, nosotros, y los accionistas, no recibimos nada. Lo que constituye un perjuicio evidente.

—El propio Andrew Loeb no lo hubiese expresado mejor.

—Bien, ¿qué esperan que hagamos? No es como si la corporación tuviese los bolsillos llenos de pasta. No podemos ofrecerles una compensación económica.

—Oh, Randy, no es eso. No es como si el Dentista necesitase nuestra cajita llena de dinero. Es un asunto de control.

—Quiere una participación mayoritaria en Epiphyte.

—Sí. ¡Lo que es bueno!

Randy echa la cabeza atrás y ríe.

—El Dentista puede tener cualquier compañía que desee —dice Avi—, pero quiere Epiphyte. ¿Por qué? Porque somos unos cabrones, Randy. Tenemos el contrato de la Cripta. Tenemos el talento. La perspectiva de dirigir el primer refugio de datos real del mundo, y crear la primera moneda digital del mundo, es tremendamente emocionante.

—Bien, no sabría decirte lo emocionado que estoy yo.

—No deberías olvidar nunca la posición fundamentalmente fuerte en que nos encontramos. Somos como la chica más guapa del mundo. Y todo este mal comportamiento por parte del Dentista no es más que su forma de mostrar que quiere aparearse con nosotros.

—Y controlarnos.

—Sí. Estoy seguro de que ha ordenado a Andrew producir un resultado en que se nos encuentre negligentes, y por tanto responsables de los daños. Y luego, mirando nuestros libros, el tribunal descubrirá que los daños exceden nuestra capacidad para pagar. En ese punto, el Dentista magnánimamente se ofrecerá a aceptar el pago en acciones de Epiphyte.

—Lo que a todos les parecerá justicia poética porque también le permitirá controlar la compañía y asegurarse de que se administre adecuadamente.

Avi asiente.

—Por eso no se enfrenta a Semper Marine. Porque si les saca algo a ellos, hace que su queja contra nosotros deje de tener sentido.

—Exacto. Aunque esto no le impide demandarles a ellos más tarde, después de que a nosotros nos saque lo que quiere.

—Por tanto... ¡Jesús! Esto es perverso —dice Randy—. Cualquier elemento de valor que los Shaftoe sacan del naufragio nos mete en mayores problemas.

—Cada céntimo que ganan los Shaftoe es un céntimo de perjuicio que hemos infligido a nuestros accionistas.

—Me pregunto si podemos hacer que los Shaftoe interrumpan la operación de recuperación.

—Andrew Loeb no tiene nada contra nosotros —dice Avi—, a menos que pueda demostrar que el contenido del naufragio tiene algún valor. Si los Shaftoe siguen sacando cosas, eso es fácil. Si dejan de sacar cosas a la superficie, entonces Andrew tendrá que establecer el valor del naufragio por algún otro medio.

Randy sonríe.

—Sería muy difícil que lo hiciese, Avi. Los Shaftoe no saben lo que hay allá abajo. Probablemente Andrew no tenga las coordenadas del naufragio.

—En la demanda se mencionan longitud y latitud.

—¡Mierda! ¿Con cuántas cifras decimales?

—No lo recuerdo. La precisión no saltó y me golpeó en los ojos.

—¿Cómo demonios descubrió el Dentista lo del naufragio? Doug ha intentado mantenerlo en secreto. Y sabe algunas cosas sobre el secreto de las operaciones.

—Tú mismo me contaste —dice Avi— que los Shaftoe llevaron a una productora de televisión alemana. Eso no me suena a secreto.

—Pero lo es. Trajeron a la mujer desde Manila en avión, la llevaron a bordo del *Glory IV*. Le permitieron llevar sólo el equipaje mínimo. Repasaron sus cosas para verificar que no llevaba un GPS. La llevaron al mar meridional de China y navegaron en círculos para que ni siquiera pudiese orientarse a ojo. Luego la llevaron allí.

—He estado en el *Glory*. Tiene receptores GPS por todas partes.

—No, no le permitieron verlos. No hay forma en que un tipo como Doug Shaftoe jodiese algo así.

—Bien —dice Avi—, en cualquier caso, los alemanes no son la fuente más plausible de la fuga. ¿Te acuerdas de los Bolobolos?

—El sindicato del crimen filipino que solía tener a Victoria Vigo, la mujer del Dentista. Probablemente establecieron la relación entre ella y Kepler. Por tanto, presumiblemente, todavía tienen influencia sobre el Dentista.

—Yo lo expresaría de forma diferente. Yo diría que probablemente tienen una larga relación con el Dentista que fluye en ambos sentidos. Y pienso que, de alguna forma, supieron de la operación de rescate. Quizás un jefazo Bolobolo oyó por casualidad algo en el hotel de la productora de televisión. Quizás alguien de más bajo nivel ha estado vigilando a los Shaftoe, anotando el equipo especial que están llevándose.

Randy asiente.

—Eso podría ser. Supuestamente, los Bolobolos tienen una importante presencia en el AINA. Se darían cuenta de la entrada de algo como un ROV submarino enviado urgentemente a Douglas MacArthur Shaftoe. Así que me lo creo.

—Vale.

—Pero eso no les daría ni longitud ni latitud.

—Te apuesto la mitad de mis valiosas acciones en Epiphyte Corp. que para eso emplearon SPOT.

—¿SPOT? Oh. Me suena. ¿Un satélite fotográfico francés?

—Sí. Puedes comprar tiempo en SPOT por una cifra muy razonable. Y tiene resolución suficiente para distinguir el *Glory IV* de, digamos, un barco mercante o un petrolero. Así que lo único que debían hacer era esperar a que sus espías del puerto les dijesen que el *Glory* había zarpado, cargado para una labor de recuperación, y luego usar SPOT para localizarlo.

—¿Cuánta precisión en longitud y latitud ofrece SPOT? —pregunta Randy.

—Muy buena pregunta. Haré que alguien lo compruebe —dice Avi.

—Si es menos de un centenar de metros, entonces Andrew puede encontrar los restos simplemente enviando alguien allí. Si es mucho más, tendrá que ir y hacer una exploración propia por sonar.

—A menos que consigan una orden judicial para que revelemos esa información —dice Avi.

—Me gustaría ver a Andrew Loeb enfrentándose al sistema legal de Filipinas.

—No estás en Filipinas, ¿recuerdas?

Randy traga y emite un sonido que vuelve a sonar como *Gollum*.

—¿Tienes información sobre los restos en tu portátil?

—Si es así, está cifrada.

—Así que se limitará a exigir tu clave de cifrado.

—¿Qué pasa si me olvido de la clave?

—Entonces será una prueba más de tu incompetencia.

—Aun así, es mejor que...

—¿Qué hay de los correos? —pregunta Avi—. ¿Has enviado alguna vez la posición del naufragio en un correo? ¿La has puesto en un archivo?

—Probablemente. Pero todo está cifrado.

Eso no parece aliviar la tensión súbita en el rostro de Avi.

—¿Por qué lo preguntas? —dice Randy.

—Porque —dice Avi, girando la cara más o menos en dirección a Los Altos—. De pronto pienso en Tombstone.

—Por el que pasan todos nuestros correos —dice Randy.

—En cuyos discos duros se almacenan todos nuestros archivos —dice Avi.

—Que está situado en el estado de California, dentro del rango de acción de una orden judicial.

—Supongamos que nos enviabas copias a todos del mismo mensaje de correo —dice Avi—. El software de Cantrell, ejecutándose en Tombstone, hubiese creado copias múltiples de ese mensaje cifrándolas por separado con la clave pública del receptor. Esas copias se hubiesen enviado a los receptores. La mayoría de los cuales conservan sus viejos mensajes de correo en Tombstone.

Randy asiente.

—De forma que si Andrew puede reclamar Tombstone, encontraría todas esas copias e insistiría en que tú, Beryl, Tom, John y Eb entregaseis vuestras claves privadas. Y si todos vosotros afirmaseis haberlas olvidado, entonces quedará claro que estáis mintiendo.

—Desacato al tribunal para toda la banda —dice Avi.

—El mayor número de cigarrillos —dice Randy. Es una contracción de la frase «Podríamos acabar en la cárcel casados con el tipo con el mayor número de cigarrillos», que Avi acuñó durante los primeros problemas legales relacionados con Andrew y que había tenido ocasión de repetir en muchas ocasiones ya reducida a sus cinco palabras rudimentarias. Oírlas salir de su propia boca lleva a Randy a unos años atrás, y le llena con un espíritu de nostalgia rebelde. Aunque se sentiría mucho más rebelde si hubiese ganado aquel caso.

—Estoy intentando decidir si Andrew podría saber de la existencia de Tombstone —dice Avi.

Él y Randy han estado siguiendo sus propias pisadas en dirección a la casa de Avi. Randy nota que su paso es ahora más apresurado.

—¿Por qué no? El personal de diligencia exigible del Dentista se nos ha metido por el culo desde que le dimos su parte.

—Detecto algo de resentimiento en tu voz, Randy.

—En absoluto.

—Quizá no estés de acuerdo con mi decisión de resolver la primera demanda por rotura de contrato dándole al Dentista algunas acciones de Epiphyte.

—Fue un día triste. Pero no había otra forma de salir de la situación.

—Vale.

—Si fuese a sentirme resentido por eso, Avi, entonces tú deberías estar resentido conmigo por no haber firmado un contrato mejor con Semper Marine.

—Ah, ¡pero sí que lo hiciste! Un acuerdo verbal. Diez por ciento. ¿No?

—Cierto. Hablemos de Tombstone.

—Tombstone está en un armario que subarrendamos a Novus Ordo Seclorum Systems —dice Avi—. Sé que los chicos de diligencia exigible nunca han estado en Ordo.

—Entonces pagamos alquiler a Ordo. Habrán visto los cheques.

—Un cantidad de dinero trivial. Por espacio de almacenamiento.

—El ordenador es una caja Finux. Un montón de basura donado que ejecuta software gratuito. Por ahí no hay rastro de dinero —dice Randy—. ¿Qué hay de la línea T1?

—Tendrían que ser conscientes de la línea T1 —dice Avi—. Es simultáneamente más cara y más interesante que alquilar algo de espacio de almacenamiento. Y genera un sendero burocrático de una milla de largo.

—¿Pero sabrían adónde va?

—No tendrías más que ir a la compañía telefónica y preguntar dónde termina.

—¿Qué les daría? La dirección de un edificio de oficinas en Los Altos —dice Randy—. En ese edificio hay como cinco oficinas.

—Pero si fuesen listos, y me temo que Andrew tiene su propio tipo de inteligencia, se darían cuenta que una de esas oficinas la tiene en alquiler Novus Ordo Seclorum Systems Inc., nombre muy evidente que también aparece en los cheques de alquiler.

—Y Ordo recibiría de inmediato su propia citación —dice Randy—. Por cierto, ¿cuándo tuviste noticias de la demanda?

—Recibí la llamada a primera hora de la mañana. Tú seguías durmiendo. No puedo creer que vinieses directamente desde Seattle sin parar. Hay como unas mil millas.

—Intentaba emular a los primos de Amy.

—Los describiste como «jovencitos».

—Pero no creo que los jovencitos sean como son por su edad. Es porque no tienen nada que perder. Tienen simultáneamente mucho tiempo entre manos y sin embargo se muestran impacientes por empezar con sus vidas.

—¿Más o menos como estás tú ahora?

—Exactamente donde me encuentro ahora mismo.

—Incluyendo lo de estar cachondo.

—Sí. Pero hay formas de tratar con eso.

—No me mires así —dice Avi—. Yo no me masturbo.

—¿Nunca?

—Nunca. Lo dejé formalmente. Hice una promesa.

—¿Incluso cuando estás de viaje durante un mes?

—Incluso entonces.

—¿Por qué demonios ibas a hacer tal cosa, Avi?

—Aumenta mi devoción por Devorah. Hace que el sexo sea mejor. Me da un incentivo para regresar a casa.

—Bien, es muy conmovedor —dice Randy—, e incluso podría ser una buena idea.

—Estoy seguro de que lo es.

—Pero es más masoquista de lo que estoy dispuesto a soportar en este momento de mi vida.

—¿Por qué? ¿Temes que te lance a algún...?

—¿Comportamiento irracional? Estoy seguro.

—Y con eso —dice Avi— te refieres a comprometerte con Amy de alguna forma.

—Sé que crees haberme golpeado en los cojones retóricamente —dice Randy—, pero tu premisa es totalmente errónea. Pero por amor de Dios, ni siquiera estoy seguro de que sea heterosexual. Sería una locura dejar que una lesbiana tuviese el control de mis funciones eyaculatorias.

—Si fuese una lesbiana, de forma exclusiva, a estas alturas hubiese tenido la decencia básica de decírtelo —dice Avi—. Mi idea de Amy es que se deja llevar por su instinto, y ahora mismo su instinto es que tú simplemente no tienes el nivel de pasión que probablemente una mujer como ella querría ver como prerrequisito para comprometerse.

—Mientras que, si dejase de masturbarme, me convertiría en tal maníaco alocado que ella confiaría en mí.

—Exacto. Así exactamente piensan las mujeres —dice Avi.

—¿No tienes una especie de regla que te impide mezclar las conversaciones personales con las de negocio?

—Esencialmente, ésta es una conversación de negocios que trata sobre tu estado mental, y tu nivel actual de desesperación, y qué nuevas opciones podrías tener a tu alcance —dice Avi.

Caminan durante cinco minutos sin decir nada.
Randy dice:
—Tengo la sensación de que ahora vamos a hablar sobre cómo alterar pruebas.

—Es interesante que lo menciones. ¿Qué opinas tú?

—Estoy en contra —dice Randy—. Pero para derrotar a Andrew Loeb, haría cualquier cosa.

—El mayor número de cigarrillos —señala Avi.

—Primero, tenemos que decidir si es necesario —dice Randy—. Si Andrew Loeb ya sabe dónde está el naufragio, ¿para qué molestarse?

—Estoy de acuerdo. Pero si sólo tiene una idea vaga —dice Avi—, entonces Tombstone se vuelve quizá muy importante... si la información está almacenada en Tombstone.

—Lo está con casi toda seguridad —dice Randy—. Por mi firma GPS. Sé que al menos envié un mensaje desde el *Glory* mientras estaba anclado directamente sobre el naufragio. La latitud y la longitud estarán justo ahí.

—Bien, si es así, podría ser muy importante —dice Avi—. Porque si Andrew consigue las coordenadas exactas del naufragio, puede enviar submarinistas para hacer un inventario con algunas cifras reales que pueda usar en la demanda. Lo puede hacer muy rápido. Y si esas cifras superan como la mitad del valor de Epiphyte, lo que francamente no sería muy difícil, entonces nos convertiremos en siervos de la gleba del Dentista.

—Avi, está lleno de putos lingotes de oro —dice Randy.

—¿Lo está?

—Sí. Amy me lo dijo.

Es el turno de Avi de detenerse y tragar un poco.

—Lo lamento, debí haberlo mencionado antes —dice Randy—, pero no sabía hasta ahora que fuese importante.

—¿Cómo lo supo Amy?

—Hace dos noches, antes de subirse al avión en Sea Tac, la ayudé a comprobar su correo. Su padre le había enviado un mensaje indicando que habían encontrado en el submarino cierto número de platos intactos de la Kriegsmarine. Era un código preestablecido para lingotes de oro.

—Dijiste «lleno de putos lingotes de oro». ¿Podrías traducirlo en números, como dólares o así?

—Avi, ¿a quién coño le importa? Podemos admitir que si Andrew Loeb descubre lo mismo estamos acabados.

—¡Guau! —dice Avi—. Por tanto, en este caso, una persona hipotética que no tuviese reparos en alterar las pruebas tendría un buen motivo.

—O lo haces o te joden —admite Randy.

Dejan de hablar durante un rato porque tienen que esquivar coches en la Autopista de la Costa del Pacífico, y mantienen este acuerdo tácito de que no ser atropellados por vehículos rápidos exige toda la atención. Acaban atravesando corriendo un par de carriles para explotar una pausa fortuita en el tráfico que viene del norte. En ese momento, ninguno de ellos se siente particularmente inclinado a seguir dando un paseo, así que atraviesan corriendo el aparcamiento del supermercado local y penetran en el valle con cala lleno de árboles donde Avi tiene su casa. Regresan directamente a la casa, y luego Avi apunta al techo, que es su forma de decir que será mejor asumir que en la casa hay micrófonos. Avi se acerca al contestador, que parpadea, y saca la cinta de mensajes entrantes. Se la mete en el bolsillo y atraviesa el cuarto de estar de la casa, ignorando las miradas heladas de una de las niñeras israelíes, a la que no le gusta que lleve zapatos dentro de la casa. Avi coge del suelo una caja de plástico de color chillón. Tiene asa, y esquinas redondeadas, y grandes botones brillantes, y un micrófono que cuelga tras ella en un cordón amarillo. Avi atraviesa las puertas del patio sin reducir el paso, con el micrófono saltando tras él al final del cable helicoidal. Randy le sigue fuera, atravesando la franja de hierba muerta, y hasta un bosquecillo de cipreses. Siguen andando hasta llegar a una pequeña hondonada que les oculta de la calle. Entonces Avi se agacha y hace salir una cinta del cantante para niños Raffi de la grabadora de juguete y mete la cinta de mensajes entrantes, la rebobina y le da al *play*.

—¿Hola, Avi? ¿Soy Dave? ¿Llamo de Novus Ordo Seclorum Systems? ¿Soy, eh, el presidente, te acuerdas? ¿Tiene un ordenador en el armario de cables? ¿Bien, he tenido unas visitas? ¿Tipos con trajes? ¿Y han dicho que querían ver ese ordenador? ¿Y que si se lo entregaba se portarían genial conmigo? ¿Pero que si no lo hacía volverían con una orden judicial y policías y que revolverían todo esto de arriba abajo y luego se lo llevarían? ¿Por tanto, ahora nos hacemos los tontos? Por favor, llámame.

—La máquina decía que había dos mensajes —dice Avi.

—¿Hola, Avi? ¿Soy Dave otra vez? Hacerse el tonto no funcionó y ahora les he dicho que se vayan a tomar por culo. El jefe de los trajes está furioso con nosotros. Me llamó. Mantuvimos una discusión muy tensa en el McDonald's al otro lado de la calle. Me dijo que estamos siendo estúpidos. Que cuando vengan y lo revuelvan todo buscando Tombstone eso joderá totalmente las operaciones corporativas de Ordo y provocará importantes pérdidas a nuestros accionistas. Dijo que probablemente sería motivo para una demanda de los accionistas minoritarios contra mí y que él estaría encantado en presentarla. No le he dicho todavía que Ordo sólo tiene cinco accionistas y que todos trabajan aquí. El encargado del McDonald's nos pidió que nos fuésemos porque estábamos alterando los Happy Meals de algunos críos. Yo actué asustado y le dije que iría a comprobar lo que habría que hacer para retirar Tombstone. En lugar de eso, te estoy llamando. Hal, Rick y Carrie están subiendo todo el contenido de nuestros propios sistemas a un lugar remoto, de forma que cuando los policías vengan y lo rompan todo no se pierda nada. Por favor, llámame. Adiós.

—¡Cielos! —dice Randy—. Me siento como un mierda por haber echado algo así sobre Dave y su gente.

—Para ellos será una publicidad genial —dice Avi—. Estoy seguro de que en estos momentos Dave tiene a media docena de equipos de televisión plantados en el McDonald's, poniéndose cerca de la locura con café de treinta y dos onzas.

—Bien... ¿qué crees que debemos hacer?

—Es adecuado y justo que yo vaya allí —dice Avi.

—Sabes, podríamos simplemente rendirnos. Contarle al Dentista lo del acuerdo del diez por ciento.

—Randy, métete esto en la cabeza. Al Dentista le importa una mierda el submarino. Al Dentista le importa una mierda el submarino.

—Al Dentista le importa una mierda el submarino —dice Randy.

—Por tanto, voy a reemplazar esta cinta —dice Avi, sacándola de la máquina—, y empezaré a conducir muy, muy rápido.

—Bien, voy a hacer lo que mi conciencia me indica que haga —dice Randy.

—El mayor número de cigarrillos —dice Avi.

—No voy a hacerlo desde aquí —dice Randy—. Voy a hacerlo desde el Sultanato de Kinakuta.

Navidad 1944

Goto Dengo destacó a Wing a los ojos del teniente Mori y sus tropas, y dejó bien claro que no debían atravesar el torso de Wing con sus bayonetas y agitar las hojas entre sus órganos vitales a menos que tuviesen una razón excepcionalmente buena, como suprimir una rebelión en toda regla. La mismas características que hacen de Wing un elemento valioso para Goto Dengo le hacen también el más probable candidato para liderar un intento de huida.

Tan pronto como el general y sus ayudantes se han ido de Bundok, Goto Dengo va en busca of Wing, quien está supervisando la perforación del pozo diagonal hacia el lago Yamamoto. Es uno de esos tipos que dirigen con el ejemplo así que está metido en la pared de roca, trabajando con las perforadoras, al final de unos centenares de metros de túnel tan estrecho que debe moverse a cuatro patas. Goto Dengo debe ir en persona al final del túnel en el Gólgota y enviar un mensajero a su interior, armado con un casco oxidado para protegerse de los pedruscos que caen de la pared de roca.

Wing aparece quince minutos más tarde, negro por el polvo de roca que se ha condensado sobre su piel llena de sudor, rojo allí donde la piel ha quedado raída o cortada por las piedras. Dedica unos minutos a sacar metódicamente el polvo acumulado en los pulmones. De vez en cuando, enrolla la lengua como una cerbatana y lanza un chorro de flema contra la pared y clínicamente la observa correr hacia el suelo. Goto Dengo permanece cortésmente a un lado. Esos chinos tienen todo un sistema de creencias médicas centrado en la flema y trabajar en las minas les da mucho de qué hablar.

—¿No es buena la ventilación? —dice Goto Dengo. El shanghainés de los prostíbulos no le ha dado ciertos términos técnicos como «ventilación», así que Wing le ha enseñado el vocabulario.

Wing hace una mueca.

—Quiero terminar el túnel. No quiero hacer más pozos de ventilación. ¡Son una pérdida de tiempo!

La única forma de evitar que los trabajadores en la pared de roca se asfixien es perforar a intervalos periódicos pozos verticales de ventilación que vayan de la superficie hasta el pozo diagonal. Le han estado dedicando tanto esfuerzo a esos pozos de ventilación como al pozo diagonal en sí, y tenían la esperanza de no tener que perforar ninguno más.

—¿Cuánto queda? —pregunta Goto Dengo, mientras Wing da por terminado otro paroxismo.

Wing levanta la vista pensativo. Tiene en la cabeza un mapa del Gólgota mejor que el de su diseñador.

—Cincuenta metros.

El diseñador no puede resistir sonreír.

—¿Eso es todo? Excelente.

—Ahora vamos deprisa —dice Wing con orgullo, con los dientes destellando momentáneamente en blanco bajo la lámpara. Luego parece recordar que es un trabajador esclavo en un campo de exterminio y los dientes desaparecen—. Iríamos más rápidos si horadásemos en línea recta.

Wing alude al hecho de que la diagonal al lago Yamamoto tiene en el plano esta forma. Pero Goto Dengo,

sin cambiar el plano, ha ordenado que se la perfore de esta otra forma:

Esas curvas incrementan bastante la longitud del túnel. Además, los restos tienden a acumularse en la sección occidental más plana y es preciso sacarlos a mano.

La únicas personas que conocen la existencia de esas curvas son él, Wing y la cuadrilla de Wing. La única persona que comprende la verdadera razón de su existencia es Goto Dengo.

—No perfores en línea recta. Sigue haciéndolo como he dicho.

—Sí.

—Además, necesitarás un nuevo pozo de ventilación.

—¡Otro pozo de ventilación! No... —protesta Wing.

Ya es bastante terrible tener que horadar los pozos de ventilación, con sus difíciles zigzags, que aparecen en los planos.

Pero Goto Dengo les ha indicado en varias ocasiones a Wing y su cuadrilla que empiecen a trabajar en varios «pozos de ventilación» adicionales, antes de cambiar de opinión y decirles que abandonen el trabajo, con este resultado:

—Esos nuevos pozos de ventilación se perforarán de arriba abajo —dice Goto Dengo.

—¡No! —dice Wing, todavía totalmente pasmado. Es una locura absoluta, porque si perforas un pozo vertical desde arriba hacia abajo, tienes que sacar los escombros del agujero. Si lo haces al revés, los restos caen por sí solos y es fácil deshacerse de ellos.

—Tendréis más ayuda. Trabajadores filipinos.

Wing parece anonadado. Está todavía más aislado del mundo que Goto Dengo. Debe inferir el avance de la guerra a partir de insinuaciones exasperantemente indirectas. Él y sus trabajadores rellenan las pistas dispersas con teorías complejas. Esas teorías están tan asombrosamente equivocadas que Goto Dengo se reiría en voz alta si no simpatizase tanto con ellos. Ni él ni el capitán Noda sabían que MacArthur había tomado tierra en Leyte, o que la Marina Imperial había sido derrotada, hasta que el general se lo dijo.

Una de las cosas en la que Wing y sus hombres han acertado es que Bundok emplea trabajadores importados para mantener el secreto. Si alguno de los trabajadores chinos consigue escapar, se encontrará en una isla, muy lejos de casa, entre gente que no habla su lengua y que, además, no le tiene demasiado aprecio. El hecho de que pronto lleguen trabajadores filipinos les da mucho en qué pensar. Permanecerán despiertos toda la noche, susurrando entre ellos, intentando reconstruir sus teorías.

—No necesitamos más trabajadores. Casi hemos terminado —dice Wing, sintiendo una nueva herida en su orgullo.

Goto Dengo se golpea a sí mismo en ambos hombros empleando los dedos índices, sugiriendo charreteras. Sólo le lleva un momento a Wing comprender que se refiere al general, y luego adopta un intenso aire conspiratorio y da un paso al frente.

—Órdenes —dice Goto Dengo—. Cavamos muchos pozos de ventilación.

Wing no era un minero cuando llegó a Bundok, pero ahora sí lo es. Está perplejo. Como debe ser.

—¿Pozos de ventilación? ¿Adónde?

—A ningún sitio —dice Goto Dengo.

El rostro de Wing sigue en blanco. Cree que el mal shanghainés de Goto Dengo impide la comprensión. Pero Goto Dengo sabe que Wing lo comprenderá pronto, alguna noche durante los terribles momentos de preocupación que siempre preceden al sueño.

Y luego encabezará la rebelión, y los hombres del teniente Mori están esperándoles; abrirán fuego con los morteros, detonarán las minas, emplearán las ametralladoras, barriendo los campos de fuego cuidadosamente preparados. Ninguno de ellos sobrevivirá.

Goto Dengo no quiere tal cosa. Así que alarga la mano y golpea el hombro de Wing.

—Te daré instrucciones. Haremos un pozo especial.

Luego se da la vuelta y se marcha; tiene medidas que tomar. Sabe que Wing lo hará todo a tiempo para salvarse a sí mismo.

Llegan los prisioneros filipinos, en columnas que han degenerado en madejas harapientas, moviéndose sobre pies descalzos, dejando un rastro húmedo y rojo sobre el camino. Los empujan las botas y bayonetas de las tropas del ejército nipón, que tienen un aspecto casi tan desolador. Cuando Goto Dengo les ve entrar tambaleándose en el campamento, comprende que deben haber estado de pie continuamente desde que el general dio la orden, dos días atrás. El general prometió quinientos nuevos trabajadores; en realidad llegan poco menos de trescientos, y del hecho de que ninguno de ellos venga en camilla —una imposibilidad estadística considerando las condiciones físicas medias— Goto Dengo asume que los otros doscientos deben haberse caído o desmayado durante el trayecto y fueron ejecutados allí mismo.

Bundok está misteriosamente aprovisionado de combustible y comida, y se asegura de que tanto los prisioneros como las tropas coman bien, y les da un día de descanso.

Luego los pone a trabajar. Goto Dengo lleva ya tiempo suficiente mandando hombres y encuentra inmediatamente a los mejores. Hay un tipo sin dientes y de ojos saltones llamado Rodolfo con pelo gris hierro y un gran quiste en la mejilla, brazos demasiado largos, manos como garfios y pies de dedos separados que le recuerda a los nativos con los que vivió en Nueva Guinea. Sus ojos no tienen ningún color específico, parece como si los hubiesen creado combinando fragmentos de ojos de otras personas, brillos grises, azules, castaños y negros combinados. Rodolfo es bien consciente de que no tiene dientes y cuando habla siempre sostiene una de sus enormes garras prensiles sobre la boca. En cuanto se acerca Goto Dengo o cualquier otra figura de autoridad, todos los jóvenes filipinos apartan la vista y miran a Rodolfo, quien se adelanta, se cubre la boca y fija su extraña y alarmante mirada sobre el visitante.

—Forma a tus hombres en media docena de escuadrones y da a cada escuadrón un nombre y un líder. Asegúrate de que cada hombre conoce el nombre de su escuadrón y su líder —dice Goto Dengo en voz muy alta. Al menos alguno de los otros filipinos debe hablar inglés. Luego se inclina y dice en voz más baja—. Quédate con algunos de los hombres más fuertes y mejores.

Rodolfo parpadea, se pone rígido, retrocede, retira la mano de la boca y la usa para lanzar un saludo. Su mano es como un toldo que lanza una sombra sobre todo su rostro y pecho. Es evidente que ha aprendido el saludo de los norteamericanos. Se gira sobre los talones.

—Rodolfo.

Rodolfo vuelve a darse la vuelta, con aspecto tan irritado que Goto Dengo debe contener la risa.

—MacArthur está en Leyte.

El pecho de Rodolfo se hincha como un globo meteorológico y gana como unas tres pulgadas de estatura, pero la expresión de su rostro no varía.

La noticia recorre el campamento filipino como un rayo en busca del suelo. La táctica tiene el efecto deseable de darle a los filipinos una razón para seguir viviendo; de pronto muestran gran energía y vigor. Un suministro de perforadoras y compresores de aire muy gastados han llegado sobre carros tirados por carabaos, evidentemente traídos de otros sitios similares a Bundok que hay en Luzón. Los filipinos, expertos en la combustión interna, canibalizan algunos compresores para arreglar otros. Mientras tanto, las perforadoras pasan al escuadrón de Rodolfo, que las lleva a lo alto de la cresta entre los ríos y comienza a perforar los nuevos «pozos de ventilación» mientras los chinos de Wing dan los últimos toques al complejo en las entrañas del Gólgota.

El ejército nipón se limitó a coger directamente de la carretera los carros que trajeron el equipo, junto con sus conductores —en su mayoría chicos de granja— y les asignaron allí mismo el trabajo. Evidentemente, los chicos de granja no pueden abandonar Bundok. Los carabaos más débiles son sacrificados para conseguir carne, y los más fuertes se asignan a trabajar en el Gólgota, y los conductores se asimilan a la fuerza laboral. Uno de ellos es un chico llamado Juan de enorme cabeza redonda y un conjunto de rasgos claramente chino. Resulta ser trilingüe, hablando inglés, tagalo y cantonés. Puede comunicarse en una especie de pidgin con Wing y los otros chinos, empleando con frecuencia un dedo para dibujar caracteres chinos sobre la palma de la mano. Juan es pequeño, tiene buena salud y posee una especie de agilidad cuidadosa que Goto Dengo opina podría ser útil en lo que está por venir, así que se convierte en miembro de la cuadrilla especial.

Hay que inspeccionar la fontanería sumergida en el lago Yamamoto. Goto Dengo hace que Rodolfo pregunte si hay algún hombre que haya trabajado de pescador de perlas. Rápidamente encuentra uno, un tipo ágil de aspecto frágil nativo de Palawan llamado Agustín. Agustín está débil por la disentería, pero parece animarse junto al agua, y después de un par de días de descanso ya se está sumergiendo al fondo del lago Yamamoto sin ningún problema. Se convierte en otro de los elegidos de Rodolfo.

En realidad, hay demasiados filipinos para el número de herramientas y agujeros disponibles, así que inicialmente el trabajo marcha con rapidez a medida que los líderes de escuadrón van rotando hombres descansados. Luego, una noche, como a las dos de la mañana, un sonido desconocido reverbera por toda la jungla, viniendo desde las tierras bajas donde el río Tojo serpentea por entre campos de caña y arrozales.

Es el sonido de vehículos. En gran número. Como hace meses que los nipones no tienen combustible, la primera idea de Goto Dengo es que debe tratarse de MacArthur.

Se echa un uniforme por encima y corre hacia la entrada principal de Bundok con los otros oficiales. Allí hacen cola docenas de camiones y algunos automóviles, con los motores en marcha y los faros apagados. Cuando oye una voz nipona saliendo del coche guía, se le hunde el corazón. Hace tiempo que dejó de sentirse mal por desear ser rescatado por el general Douglas MacArthur.

Sobre los camiones van muchos soldados. Cuando sale el sol, Goto Dengo saborea la extraña y curiosa visión de soldados nipones descansados, saludables y bien alimentados. Van armados con ametralladoras ligeras y pesadas. Tienen el aspecto de los soldados nipones de 1937, cuando recorrían el norte de China. A Goto Dengo le produce un extraño sentimiento de nostalgia recordar una época en que una terrible derrota no era inminente, cuando no iban a perderlo todo de forma horrible. Llega a formársele un nudo en la garganta y empieza a gotearle la nariz.

Luego se recupera, al comprender que por fin ha llegado el gran día. La parte de él que sigue siendo un leal soldado del emperador tiene el deber de asegurarse de que un material de guerra vital, que acaba de llegar, se almacene en la gran bóveda del Gólgota. La parte de él que ya no es un leal soldado tiene todavía muchas cosas que hacer.

En una guerra, por mucho que te prepares y practiques, cuando llega de verdad el gran día no puedes encontrarte el culo con ambas manos. Este día no es una excepción. Pero después de algunas horas de caos, las cosas se ordenan y la gente aprende lo que debe hacer. Los camiones más pesados no pueden recorrer la carretera desigual que Goto Dengo ha construido ribera arriba por el río Tojo, pero sí pueden hacerlo un par de camiones pequeños, y ésos se convierten en los transportes. De tal forma, los camiones pesados entran, uno a uno, en una zona muy protegida y con grandes alambradas —bien oculta a los aviones de observación de MacArthur— que se construyó hace meses. Los filipinos entran en enjambre en esos camiones y descargan las cajas, que son pequeñas, pero evidentemente muy pesadas. Mientras tanto, los camiones más pequeños llevan las cajas por la carretera del río Tojo hasta la entrada del Gólgota, donde se las descarga en vagonetas de mano y se las lleva por el túnel hasta la bóveda principal. Siguiendo instrucciones de los mandos, Goto Dengo se asegura de que una de cada veinte cajas se desvía a la cámara de los tontos.

A partir de ese punto, la descarga procede automáticamente, y Goto Dengo dedica la mayor parte de esos días a supervisar las últimas fases de las excavaciones. Los nuevos pozos de ventilación avanzan tal y como están previsto, y sólo necesita comprobarlos una vez al día. La diagonal ahora está a sólo unos metros del fondo del lago Yamamoto. El agua ha empezado a filtrarse por entre las pequeñas grietas de la roca del fondo y gotea por el pozo diagonal hasta el Gólgota, donde se acumula en un sumidero que a su vez se escurre al Tojo. Otros metros más de cortar y llegarán al pequeño túnel que Wing y sus hombres crearon hace muchos meses, excavando hacia abajo en lo que luego se convertiría en el fondo del lago.

El mismo Wing está ocupado esos días. Él, Rodolfo y su cuadrilla especial están completando los preparativos finales. Rodolfo y compañía está perforando desde la parte alta de la cresta, abriendo lo que parece otro pozo de ventilación. Wing y compañía están justo debajo, ocupados en un complejo proyecto de fontanería subterránea.

Goto Dengo ha perdido por completo la idea de qué día es. Pero unos cuatro días después de la llegada de los camiones, obtiene una pista. Los filipinos se ponen espontáneamente a cantar sobre sus cuencos de arroz. Goto Dengo reconoce vagamente la tonada; ocasionalmente se la oyó cantar a los marines norteamericanos en Shanghai.

¿Qué niño es
El que duerme sobre
El regazo de María?

Los filipinos cantan esa canción y otras, en inglés, español y latín, durante toda la noche. Después de calentar los pulmones cantan asombrosamente bien, ocasionalmente iniciando una armonía en dos y tres partes. Al principio, los guardias del teniente Mori se ponen nerviosos con el dedo en el gatillo, creyendo que se trata de una señal para un asalto en masa. Goto Dengo no quiere ver su trabajo arruinado por una masacre, así que les explica que se trata de una cuestión religiosa, una celebración pacífica.

Esa noche llega otro convoy y se hace salir bruscamente a los trabajadores para descargarlo. Trabajan con alegría, cantando villancicos y bromeando sobre Santa Claus.

Todo el campamento permanece despierto hasta bien pasado el amanecer descargando camiones. De todas formas, Bundok se ha convertido gradualmente en un lugar nocturno, para evitar las miradas de los aviones de observación. Goto Dengo está pensando en irse al catre cuando una descarga de sonidos agudos y claros rompe en el campamento del río Tojo. Como no hay mucha munición disponible, casi nadie dispara ya armas de fuego y casi no reconoce el sonido de la Nambu.

Luego salta a la plataforma de un camión y le dice al conductor que se dirija corriente arriba. El tiroteo se ha apagado con la misma rapidez con la que empezó. Bajo las ruedas lisas del camión, el río se ha vuelto opaco y de un rojo brillante.

Como dos docenas de cuerpos yacen en el agua frente a la entrada del Gólgota. A su alrededor están los soldados nipones, metidos hasta las pantorrillas en el agua roja, con las armas al hombro. Un sargento se pasea con una bayoneta, atravesando las entrañas de los filipinos que todavía se mueven.

—¿Qué pasa? —dice Goto Dengo. Nadie responde. Pero tampoco nadie le dispara; se le permitirá deducirlo por sí mismo.

Está claro que los trabajadores estaban descargando otro camión pequeño, que sigue aparcado al final de la carretera. Descansando bajo el portón trasero hay un cajón de madera que aparentemente cayó al suelo. El contenido pesado ha hecho estallar el cajón y se ha dispersado por sobre el desigual conglomerado de rocas, cemento y residuos mineros que allí forma la ribera.

Goto Dengo se acerca y mira. Puede verlo con toda

claridad, pero de alguna forma no puede absorber el concepto hasta no tenerlo en las manos. Se inclina, pone los dedos alrededor de un ladrillo frío en el fondo del río y lo saca del agua. Es un reluciente lingote de un metal amarillo, increíblemente pesado, estampado con palabras en inglés: BANCO DE SINGAPUR.

Tras él se produce una refriega. El sargento permanece en guardia mientras dos de sus hombres sacan al conductor filipino de la cabina del camión en el que ha venido Goto Dengo. Con calma —con aspecto casi de aburrimiento— el sargento atraviesa al conductor con la bayoneta. Los hombres lo dejan caer en el agua roja y desaparece.

—Feliz Navidad —suelta uno de los soldados. Todos ríen, excepto Goto Dengo.

Pulso

Mientras Avi vuelve a atravesar la casa, emite en hebreo algo que suena muy bíblico que hace estallar en lágrimas a los chicos, y que sus niñeras se pongan en pie y empiecen a guardar cosas en bolsas. Devorah sale del cuarto donde ha estado durmiendo sus náuseas del embarazo. Ella y Avi se abrazan con cariño en el pasillo y Randy comienza a sentirse como un cuerpo extraño encajado en el ojo de alguien. Así que se dirige directamente a la salida, se sube al coche y empieza a conducir. Atraviesa las colinas sobre la falla de San Andrés hasta Skyline y luego se dirige al sur. Diez minutos más tarde, el coche de Avi le adelanta con estruendo por el carril izquierdo, yendo a noventa o cien millas por hora. Randy apenas tiene tiempo de leer la pegatina del parachoques: LA GENTE DESAGRADABLE ES UN INCORDIO.

Randy busca un sitio totalmente anónimo en el que pueda conectarse a Internet. Un hotel no le sirve, porque los hoteles mantienen buenos registros de las llamadas telefónicas salientes. Lo que debería hacer es emplear el interfaz de radio por paquetes que tiene en el portátil, pero incluso esa tecnología requiere un lugar en donde pueda sentarse y trabajar tranquilo durante un rato. Lo que le hace pensar en términos de un garito de comida rápida, que no se puede encontrar en el desierto del centro de la península. Para cuando ha llegado a las faldas norte del Valle —Menlo Park y Palo Alto— ha decidido que se jodan, simplemente irá a la escena de la acción. Quizás allí pueda ser de alguna utilidad. Así que toma la salida de El Monte y se dirige al distrito empresarial de Los Altos, un centro urbano americano de mediados del siglo XX bastante típico que está siendo metabolizado gradualmente por las franquicias.

Una calle principal intersecta, en algo diferente a un ángulo de noventa grados, una calle comercial más pequeña, definiendo dos (pequeños) espacios de ángulo agudo y dos (grandes) espacios de ángulo obtuso. A uno de los lados de la calle principal, el espacio de ángulo obtuso está ocupado por un edificio de oficinas de dos pisos, hogar de la sede de Ordo y Tombstone. El espacio de ángulo agudo está ocupado por el McDonald's. En el lado opuesto de la calle principal, el espacio de ángulo agudo está ocupado, extrañamente, por un 24 Jam, el único que Randy ha visto en el hemisferio occidental. El espacio de ángulo obtuso está ocupado por un Park 'n' Lock, donde puedes aparcar para dedicarte a esa actividad pasada de moda que consiste en vagar por el distrito comercial de tienda en tienda.

El aparcamiento de McDonald's está lleno, así que Randy se mete por el McAuto, elige *n*, donde *n* es un número al azar entre uno y seis, y pide un McMenú *n* con patatas fritas grandes. Habiéndose asegurado la comida, dirige el Acura directamente al otro lado de la calle, entrando en el Park 'n' Lock justo a tiempo para ver que un furgón con el logotipo de una estación de televisión de San José ocupa el último espacio disponible. Randy no planea alejarse de su coche, así que se limita a bloquear a otro. Pero mientras tira del freno de mano, nota movimiento en el interior del otro coche, y prestando algo más de atención comprende que está viendo a un hombre de pelo largo y barba cargando metódicamente una escopeta. El hombre ve por el retrovisor que Randy le está mirando y se vuelve con una expresión escrupulosamente amable de «perdóneme señor, pero parece que me ha dejado atrapado». Randy le reconoce como Mike o Mark, un hacker de tarjetas gráficas que cría avestruces en Gilroy (los hobbies raros son de rigor en el mundo de la alta tecnología). Mueve el Acura, bloqueando lo que parece una camioneta abandonada de la época de *Starsky y Hutch*.

Randy se sube al techo de su coche con el portátil y el McMenú *n*. Hasta hace poco, jamás se habría sentado sobre su Acura porque su masa considerable hubiese abollado la chapa de metal. Pero después de que Amy lo golpease con un camión, Randy se ha vuelto mucho menos anal y ahora lo ve como una herramienta a usar hasta que se convierta en un morrena de fragmentos oxidados. Resulta que tiene un adaptador de doce voltios para el portátil, así que lo mete en el encendedor del coche. Finalmente, se acomoda y puede dar un buen vistazo.

El aparcamiento del edificio de oficinas de Novus Ordo Seclorum está lleno de coches de policías, y BMW y Mercedes Benz que Randy asume pertenecen a los abogados. El Range Rover de Avi está aparcado garboso sobre una zona ajardinada, y también hay algunos equipos de televisión. Frente a la entrada principal del edificio hay un montón de gente ocupando el menor espacio posible y gritándose los unos a los otros. El grupo está rodeado por anillos concéntricos de policías, periodistas y adláteres de bufete —colectivamente, lo que Tolkien llamaría Hombres— y algunas pocas criaturas no-humanas o post-humanas imbuidas de peculiares fisionomías y vagos poderes mágicos: Enanos (firmes, productivos, hoscos) y Elfos (brillantes, de una forma más etérea). Randy, un Enano, ha empezado a comprender que quizá su abuelo fuese un Elfo. Avi es un Hombre con fuerte resplandor élfico. Presumiblemente, en el centro de todo se encuentra Gollum.

Hay una pequeña ventana en la pantalla del portátil de Randy que muestra una animación cutre del estilo de los noticiarios de los años cuarenta: una torre de radio, de la que radian ondas de radio conceptuales en zigzag sobre toda la Tierra, que ridículamente no aparecen a escala, el diámetro de la Tierra es más o menos igual a la altura de la torre. Que esos info-rayos jovianos sean visibles es una indicación visual de que el adaptador de radio ha conseguido conectarse a la red de radio por paquetes. Randy abre una ventana de terminal y teclea:

```
telnet laundry.org
```

y unos segundos después, ¡bang!, tiene su petición de entrada. Randy da otro vistazo a la ventana animada y aprecia aprobador que los info-rayos han sido sustituidos por chorros de interrogaciones. Eso significa que el ordenador ha reconocido a laundry.org como una máquina

S/WAN —corriendo el protocolo Secure Wide Area Network—, lo que significa que todos los paquetes transmitidos entre el portátil de Randy y laundry.org están cifrados. Lo que indudablemente es una buena idea cuando estás a punto de hacer algo ilegal por radio.

Mike o Mark sale de su coche, recortando una dramática figura con un largo abrigo negro al estilo del Oeste, un aspecto algo mancillado por la camiseta que lleva debajo: negra con una enorme interrogación roja en medio. Se pone la cinta de la escopeta al hombro y se inclina sobre la puerta trasera para coger un enorme sombrero negro de *cowboy*, que coloca sobre el techo del coche. Lanza los codos al aire y reúne el pelo largo y negro tras las orejas, mirando al cielo, y luego se clava el sombrero de *cowboy* en la cabeza. Alrededor del cuello lleva un pañuelo de cabeza, estampado con un motivo de marcas de interrogación, que se coloca sobre el puente de la nariz, de forma que entre ella y el sombrero sólo quede una ranura para los ojos. Randy estaría realmente alarmado si no fuese porque varios de sus amigos, como John Cantrell, a menudo van por ahí con ese aspecto. Mike o Mark atraviesa el Park 'n' Lock, seguido cuidadosamente por una cámara, y corre por la calle hasta el 24 Jam.

Randy entra en laundry.org empleando ssh —«secure shell»—, una forma de cifrar aún más las comunicaciones entre dos ordenadores. Laundry.org es un servicio anonimizador; todos los paquetes enviados a través suyo a cualquier otro ordenador pierden primero toda información identificativa, de forma que alguien que posteriormente intercepte uno de esos paquetes no tiene forma de saber dónde se originó. Una vez que ha entrado en el anonimizador, Randy teclea:

```
telnet cripta.kk
```

y le da a la tecla de retorno y luego, real y literalmente, reza. La Cripta está todavía sufriendo su periodo de torturas (que de hecho es la única razón por la que el contenido de Tombstone todavía no se ha trasladado allí).

En el parking del 24 Jam, Mike o Mark se ha unido a otros tres de aspecto élfico con sombreros negros y pañuelos de cabeza, que Randy puede identificar basándose en la longitud y color de las colas y barbas. Está Stu, un estudiante graduado de Berkeley que de alguna forma está implicado en el proyecto PEPH de Avi, y Phil, quien hace unos años inventó un importante lenguaje de programación y que se va a esquiar en helicóptero en su tiempo libre, y Craig, que sabe todo lo que se puede saber sobre transacciones cifradas de tarjetas de crédito en la Red y que es un devoto de la arquería tradicional nipona. Algunos de ellos llevan abrigos largos y otros no. Hay mucha iconografía de los Adeptos al Secreto: camisetas con el número 56, que es un código para Yamamoto, o simplemente imágenes de Yamamoto, o un enorme signo de interrogación. Mantienen una conversación enérgica y alegre —aunque parece algo forzada— porque, desde el punto de vista de un hombre, llevan armas largas a la vista. Uno de ellos lleva un rifle de caza, y cada uno de los otros carga con un arma de aspecto rudimentario con un cargador largo sobresaliendo de un lado. Randy cree, pero no está seguro, que son armas PEPH.

Esa escena, y no es sorprendente, ha llamado la atención de la policía, que ha rodeado a esos cuatro con coches patrullas, y los agentes permanecen listos con rifles y escopetas. Es una rareza de la ley en muchas jurisdicciones que llevar (digamos) una derringer calibre 22 de un solo tiro oculta requiera una licencia, y llevar (digamos) a la vista un gran rifle de caza sea perfectamente legal. Las armas ocultas son ilegales o están muy reguladas, y las que no se pueden ocultar no lo están. Por tanto, muchos Adeptos al Secreto —que tienden a estar locos por las armas— han adquirido la costumbre de pasearse por ahí claramente armados como forma de señalar lo absurdo de esas reglas. Su argumento es el siguiente: ¿a quién coño le importan las armas ocultas si en realidad sólo sirven para defenderse contra el asalto de criminales comunes que casi nunca se producen? La verdadera razón por la que la Constitución da el derecho a portar armas es para defenderse uno mismo contra un gobierno opresor, y cuando se trata de eso, un arma corta es casi inútil. Por tanto (según esos tíos) si vas a hacer uso de tu derecho a poseer y llevar armas, deberías hacerlo abiertamente cargando con algo grande.

Un montón de basura atraviesa la pantalla de Randy. BIENVENIDO A LA CRIPTA, empieza, y luego hay un párrafo de información explicando lo genial que es la idea de la Cripta y como cualquiera que se preocupe por la intimidad debería abrir una cuenta aquí. Randy trunca el mensaje comercial dándole a una tecla y entra como Randy. Luego teclea el comando:

```
telnet tombstone.epiphyte.com
```

y obtiene como respuesta dos gratificantes mensajes: uno dice que se ha establecido una conexión con Tombstone, y el siguiente dice que se ha negociado automáticamente un enlace S/WAN. Finalmente obtiene:

```
tombstone login:
```

lo que significa que ahora tiene total libertad para entrar en la máquina que está al otro lado de la calle. Y ahora el señor Randy debe tomar una pequeña decisión.

Hasta ahora, está limpio. Los bits que salen de su portátil están cifrados; por tanto, incluso si alguien está vigilando la red de radio por paquetes, lo único que sabe es que algunos bits cifrados están volando por ahí. No pueden seguir ninguno de esos bits hasta la máquina de Randy sin traer un elaborado equipo de detección direccional y acercarse a él de forma más que evidente. Esos bits cifrados acaban eventualmente en laundry.org, allá en Oakland, que es un sistema informático conectado a Internet en el que probablemente entran y salen miles de paquetes cada segundo. Si alguien tuviese pinchada la línea T3 de laundry.org, lo que requeriría una gran inversión en ordenadores y hardware de comunicaciones, detectaría un pequeño número de paquetes cifrados que van a cripta.kk en Kinakuta. Pero igualmente, carecerían de información identificativa, y por tanto sería incluso imposible relacionarlos con laundry.org y no digamos nada de llegar hasta el portátil de Randy.

Pero para que Randy pueda entrar en Tombstone y comenzar a alterar las pruebas, debe identificarse. Si fuese una de esas máquinas de poca seguridad que son legión en Internet, podría simplemente explotar uno de los múltiples agujeros de seguridad y abrirse paso, de forma que si se descubriesen sus actividades en la máquina podría afirmar que no era él, simplemente se trataba de un cracker que resulta que entró en la máquina justo cuando se la llevaba la policía. Pero Randy ha empleado varios años de su vida haciendo que máquinas como esa sean inexpugnables para los crackers, y sabe que es imposible.

Más aún, no tiene sentido identificarse como cualquier usuario, como por ejemplo, empleando una cuenta de invitado. A los invitados no se les permite alterar archivos de sistema. Para poder alterar realmente las pruebas, Randy tiene que entrar como superusuario. El nombre de la cuenta de superusuario es, inconvenientemente, «randy» y no puedes entrar como «randy» sin meter una clave que sólo Randy conocería. Por tanto, después de emplear lo último en tecnología criptográfica y comunicación transoceánica por paquetes para ocultar su identidad, Randy se encuentra ahora ante la necesidad de teclear su nombre en la puta máquina.

Se le ocurre un pequeño plan consistente en enviar un mensaje anónimo a todos los usuarios de laundry.org diciéndoles que la clave de la cuenta «randy» en «tombstone.epiphyte.com» es tal y tal e instándoles a difundir esa información por toda Internet tan rápido como puedan. Podría haber sido una idea decente si se le hubiese ocurrido hace una hora. Ahora es demasiado tarde; cualquier fiscal con medio cerebro siguiendo la indicación de tiempo del mensaje podría demostrar que no era más que un subterfugio. Además, se le está acabando el tiempo. La discusión al otro lado de la calle, que a esa distancia no es más que un alboroto chillón, está llegando a algún clímax.

Randy mientras tanto ha lanzado su navegador y ha ido a la página de ordo.net. Normalmente, es una página corporativa bastante aburrida, pero hoy todas las citas y notas de prensa han sido sustituidas por una ventana que muestra un vídeo en color en directo de lo que sucede frente al edificio (o más bien, lo que sucedía hace unos segundos; como viene por un triste enlace de radio, el vídeo cambia una vez cada tres segundos). El vídeo se origina en la misma Ordo, donde evidentemente han dirigido una cámara por la ventana y están enviando las imágenes directamente por su propia línea T3.

Randy levanta la vista justo a tiempo para ver al tipo que inventó el término «realidad virtual» atravesar el parking en animada conversación con el editor ejecutivo de *TURING Magazine*. No muy detrás está Bruce, una ingeniero de sistemas operativos que, en su tiempo libre, graba música tradicional de Tierra del Fuego y la pone gratis a disposición de todos en Internet.

—¡Bruce! —grita Randy.

Bruce vacila y mira en dirección a Randy.

—Randy —dice.

—¿Por qué estás aquí?

—Los rumores son que los federales están asaltando Ordo —dice Bruce.

—Interesante... ¿Algún federal en particular?

—Comstock —dice Bruce. Se refiere a Paul Comstock, quien, en virtud de ser fiscal general de los Estados Unidos, dirige el FBI. Randy no cree ese rumor, pero a pesar de ello examina la zona en busca de personas que encajen en el perfil general de agentes del FBI. El FBI odia y teme la criptografía potente. Mientras tanto, otro tipo de los Adeptos al Secreto grita:

—¡Yo he oído que era el Servicio Secreto!

Lo que en cierta forma da más miedo, porque el Servicio Secreto es parte del Departamento del Tesoro, y se ocupa de combatir el fraude electrónico y proteger la moneda de la nación.

Randy dice:

—¿Estarías abierto a considerar la posibilidad de que todo sean rumores de la Red? ¿Que lo que realmente sucede es que un equipo en el interior de las oficinas de Ordo está siendo retirado como parte de una disputa legal?

—Entonces, ¿qué hacen aquí todos esos policías? —dice Bruce.

—Quizá los atrajeron los hombres enmascarados con rifles de asalto.

—Bien, ¿por qué se iban a presentar los Adeptos al Secreto si no fuese un asalto del gobierno?

—No lo sé. Quizá sea algún fenómeno espontáneo de autoorganización... como el origen de la vida en la sopa primordial.

Bruce dice:

—¿No es igualmente posible que la disputa legal sea un pretexto?

—En otras palabras, ¿que la disputa sea como un caballo de Troya construido por Comstock?

—Sí.

—Conociendo a las partes implicadas, lo consideraría improbable —dice Randy—, pero déjame pensarlo.

El ruido y la intensidad de la discusión en el aparcamiento de Ordo aumenta ostensiblemente. Randy mira la ventana de vídeo, que por desgracia no tiene banda sonora. Las transiciones entre fotogramas llegan como bloques aislados de píxeles nuevos que se superponen uno a uno sobre los viejos, como un gigantesco cartel de los que aparecen por la carretera pegado a trocitos. No es televisión en alta resolución. Pero Randy reconoce claramente a Avi, alto, pálido y tranquilo, flanqueado por un tipo que probablemente sea Dave, el presidente de Ordo, y otro tío que evidentemente es un abogado. Literalmente están de pie en la entrada del edificio y mirando a dos policías y a otro tipo que no es más que Andrew Loeb, que se encuentra en rápido movimiento y por tanto impone una carga insuperable al ancho de banda. El sistema de vídeo para Internet es lo suficientemente inteligente como para no molestarse con las partes de una imagen que no cambian demasiado, y por tanto, los policías inmóviles se refrescan, digamos, un par de veces por minuto, y aun así no son más que un par de fragmentos rectangulares. Pero Andrew Loeb agita los brazos, salta arriba y abajo, se lanza contra Avi de vez en cuando, se retira y habla por su teléfono móvil, y agita documentos en el aire. El ordenador le ha identificado como un montón de píxeles que exigen gran atención, y por tanto, en algún lugar, un pobre algoritmo está batiéndose con la mancha de gran presión formada por píxeles comprimidos que es la imagen de Andrew Loeb, y está haciendo lo que puede por congelar las partes que se mueven con mayor rapidez para formar fotogramas discretos y dividirlos en cuadraditos que puedan enviarse por la Red. Esos paquetes llegan al ordenador de Randy a medida que los entrega la red de radio, es decir, de forma esporádica y en el orden incorrecto. Por tanto, Andrew Loeb se presenta como un artefacto de vídeo digital cubista, una ameba rectilínea formada en su mayoría por píxeles del color beige de los abrigos de trinchera. De vez en cuando súbitamente aparecen su boca y sus ojos, incorpóreos, en el centro de un bloque de imagen, y allí permanecen durante unos segundos, cristalizados en un momento de furia aulladora.

Las imágenes son extrañamente hipnóticas hasta que un golpe saca a Randy de su ensueño. Levanta ligeramente la vista para comprobar que el furgón que había bloqueado no estaba, después de todo, abandonado; estaba lleno de Enanos, que acaban de abrir las portezuelas traseras de un golpe con el fin de mostrar un montón de cables y conexiones. Un par de Enanos suben un gran aparato al techo del furgón. Hay cables que llegan hasta otro aparato que queda abajo. Son aparatos eléctricos —y no parecen capaces de disparar proyectiles—, así que Randy decide no prestarles demasiada atención por el momento.

Al otro lado de la calle las voces suben de intensidad. Randy ve algunos policías bajando de un furgón policial cargando con un ariete.

Randy teclea:

```
randy
```

y pulsa la tecla de retorno. Tombstone responde:

```
password:
```

y Randy la teclea. Tombstone le informa de que está conectado, y que tiene correo.

El hecho de que Randy acabe de conectarse ha quedado registrado en varios puntos del disco duro. En otras palabras, acaba de dejar un montón de huellas digitales grasientas sobre el arma que la policía está a punto de requisar como prueba. Si apagan Tombstone y se lo llevan antes de que Randy tenga tiempo de borrar sus huellas, sabrán que se conectó justo en el mismo momento en que se confiscaba Tombstone y le mandarían a chirona por alterar pruebas. Le gustaría mucho que Douglas MacArthur Shaftoe fuese de alguna forma consciente de esta operación que exige cojones y que está realizando ahora mismo. Pero claro, Doug probablemente haya hecho muchas cosas que exigían cojones y que Randy nunca sabrá, y Randy le respeta igualmente por su porte. Quizá la forma de conseguir semejante porte sea ir por ahí haciendo en secreto cosas que exigen cojones, actividades que de alguna forma se filtran hasta la superficie de tu personalidad.

Randy podría limitarse a reformatear el disco duro con una única orden, pero (1) llevaría varios minutos completar la operación y (2) no borraría del todo los bits incriminatorios, que un técnico decidido podría recuperar del disco duro. Como sabe qué archivos han registrado su entrada, ejecuta un comando que encuentra esos archivos en el disco duro. Luego teclea otro comando que escribe números aleatorios sobre esas zonas del disco siete veces seguidas.

Los policías están golpeando el ariete contra la puerta lateral del edificio cuando el meñique de Randy golpea la tecla de retorno y ejecuta el comando. Casi con toda seguridad ahora está a salvo de la acusación de alterar pruebas. Pero ciertamente todavía no ha alterado nada, que es en realidad el sentido de todo este ejercicio. Necesita encontrar todas las copias del mensaje de correo que especifica la latitud y la longitud del naufragio, y ejecutar en ellas el mismo truco de escribir varias veces. Si las malditas copias no estuviesen cifradas podría buscar la cadena de dígitos en cuestión. Tal y como están las cosas, tendrá que buscar archivos que se crearon durante cierto periodo de tiempo, más o menos cuando Randy estaba en el *Glory*, atracado justo encima del naufragio. Randy sabe más o menos cuándo fue, así que establece los parámetros de la búsqueda para que le dé cualquier archivo creado cinco días antes y cinco días después, para estar seguros, y la limita a aquellos directorios empleados para el correo electrónico.

La búsqueda lleva una eternidad, o quizá lo parezca así porque los policías han conseguido arrancar la puerta lateral de sus bisagras y han entrado en el edificio. La ventana de vídeo llama la atención de Randy al cambiar de improviso; recibe un montaje torcido de imágenes congeladas de una habitación: una entrada, un pasillo, una sala de recepción, finalmente una barricada. Los chicos de Ordo han sacado la cámara de vídeo de la ventana y la han situado en el mostrador principal, grabando una barrera construida con mobiliario de oficina modular apilado contra la entrada de vidrio de la recepción. La cámara se gira para mostrar que una de las cuatro láminas de vidrio ya ha sido astillada por (hay que suponer) el impacto del ariete.

La «búsqueda» de Randy le devuelve una lista como de un centenar de archivos. La media docena, más o menos, importante está en algún lugar de esa lista, pero Randy no tiene tiempo de repasarla decidiendo cuál es cuál. Hace que el sistema genere una lista de los bloques de disco ocupados por esos archivos, de forma que luego pueda realizar un superborrado. Una vez que tiene esa información, ejecuta un «rm» o comando de «borrado» sobre todos ellos. Es una forma pobre e insignificante de eliminar secretos de un disco duro, pero Randy teme que no tendrá tiempo de hacerlo más a fondo. El «rm» no lleva más que unos momentos, y luego Randy hace que el sistema escriba números aleatorios sobre esos bloques de disco siete veces seguidas, como ya hizo antes. Para entonces, la barricada está dispersa por toda la recepción de Ordo y los policías han entrado. Han sacado las armas y las mantienen apuntadas al techo con cara de no estar pasándoselo demasiado bien.

Queda una cosa por hacer. En realidad, es muy importante. La gente de Epiphyte emplea Tombstone para todo tipo de tareas, y no hay forma de saber si en algún otro lugar existen copias de la latitud y la longitud. Casi toda Epiphyte está formada por empedernidos usuarios del ordenador, el tipo de persona con tendencia a escribir un pequeño script para realizar copias de seguridad y archivarlas semanalmente. Así que escribe su propio script que escribirá información aleatoria sobre todos los sectores de todo el disco duro, y luego lo hará de nuevo, y de nuevo, y de nuevo, por siempre... o hasta que los policías tiren del cordón de corriente. Justo después de que pulse la tecla de retorno para enviar su comando a Tombstone, oye un zumbido eléctrico que proviene del furgón y que por un momento le pone los pelos de punta. Ve un policía en su ventana de vídeo, congelado. Luego la pantalla del ordenador se apaga.

Randy mira el viejo furgón. Los Enanos se felicitan unos a otros.

Se oye el silbido de las ruedas y el sonido de una colisión a baja velocidad en la calle. Como media docena de coches se han detenido lentamente, y algunos han golpeado por detrás a otros que todavía funcionan. El McDonald's ha quedado a oscuras. Los técnicos de televisión maldicen en el interior de sus unidades móviles. Los agentes de policía y los abogados están golpeando con las manos los walkie-talkies y los teléfonos móviles.

—Perdónenme —le dice Randy a los Enanos—, caballeros, ¿hay algo que les gustaría compartir conmigo?

—Acabamos de cargarnos todo el edificio —dice uno de los Enanos.

—¿Cargárselo en qué sentido?

—Le hemos enviado un enorme pulso electromagnético. Hemos freído todos los chips de los alrededores.

—¿Así que ahora no es más que tierra quemada? ¿Una de esas cosas de confiscadlo si queréis malditos federales, ahora no es más que un montón de basura inútil?

—Sí.

—Bien, ciertamente produjo su efecto en esos coches —dice Randy—, y definitivamente produjo efecto en este montón de basura que solía ser mi ordenador.

—No se preocupe... no afecta a los discos duros —dice el Enano—, así que todos sus archivos están intactos.

—Sé que espera que considere esa información como una buena noticia —dice Randy.

Buda

Se aproxima un coche. Han hecho lo posible por ahogar el ruido del motor, pero suena a diesel. Goto Dengo está despierto, esperándolo, así como lo está el resto del campamento. Ya nadie se mueve en Bundok de día, menos los encargados de la radio y los que se ocupan de la artillería antiaérea. No les han dicho que MacArthur está en Luzón, pero todos ellos sienten la presencia del general. Los aviones norteamericanos recorren el cielo durante todo el día, relucientes y orgullosos, como naves espaciales provenientes de un lejano futuro que ninguno de ellos verá jamás, y la tierra resuena como una campana por el impacto de los distantes cañones navales. Los envíos se han hecho más pequeños pero más frecuentes: uno o dos camiones medio rotos cada noche, con los guardabarros traseros prácticamente arañando el suelo por la carga de oro.

El teniente Mori ha situado otra ametralladora en la entrada principal, oculta entre el follaje, por si resulta que algún norteamericano recorre la carretera en un jeep. En algún lugar entre la oscuridad, el cañón del arma sigue el coche a medida que éste salta por la carretera. Los hombres se conocen hasta el último altibajo del camino, y saben dónde se encuentra el vehículo escuchando el roce de la parte baja contra la capa dura, una firma de rayas y puntos metálicos.

Los faros del coche están apagados y los guardias de la entrada no se atreven a encender luces. Uno de ellos se arriesga a abrir una lámpara de queroseno y dirige el rayo a los visitantes. De entre la oscuridad salta el adorno de capó de un Mercedes, sostenido por una rejilla de radiador cromada. El rayo de la lámpara acaricia las defensas negras del coche, los amplios tubos de escape plateados, sus estribos, manchados de la carne de jóvenes cocos, debe de haber golpeado una pila de camino aquí. En la ventanilla del conductor está el rostro de un hombre nipón de unos cuarenta años, tan macilento y cansado que parece a punto de estallar en lágrimas. Pero no es más que un chofer. Junto a él hay un sargento con una escopeta recortada; los rifles nipones por lo general son demasiado largos para blandir en el asiento delantero de un coche de lujo. Tras él, una cortina cerrada oculta lo que haya o quién haya en el asiento de atrás.

—¡Abra! —le exige el guardia, y el chófer alarga la mano y abre la cortina. El rayo de la linterna atraviesa la abertura y se refleja con fuerza sobre un rostro pálido en el asiento trasero. Varios soldados gritan. Goto Dengo retrocede, nervioso, pero luego se adelanta para ver mejor.

El hombre en el asiento trasero tiene una cabeza muy grande. Pero lo más extraño es que su piel es de un amarillo vivo —no el amarillo asiático normal— y reluce. Viste un extraño sombrero en punta, y mantiene una sonrisa tranquila en el rostro, una expresión que Goto Dengo no ha visto desde el comienzo de la guerra.

Aparecen más rayos de lámparas, el círculo de soldados y oficiales se acerca al Mercedes. Alguien abre la puerta trasera y a continuación da un salto como si le hubiese quemado.

El pasajero está sentado con las piernas cruzadas sobre el asiento trasero, asiento que ha quedado convertido en una V amplia bajo su peso.

Es un Buda de oro macizo, saqueado en algún lugar en la Esfera de Co-Prosperidad de la Gran Asia Oriental, que ha venido para meditar en serena oscuridad en lo alto del tesoro del Gólgota.

Resulta ser lo suficientemente pequeño para encajar por la entrada, pero demasiado grande para ir en una de las pequeñas vagonetas, de forma que los filipinos más fuertes deben emplear una hora en moverlo por el túnel pulgada a pulgada.

Los primeros envíos eran cajas bien preparadas, y las cajas venían con indicaciones pintadas que identificaban el contenido como munición de ametralladora, proyectiles de mortero o similares. Las cajas que llegan después ya no traen indicaciones. En cierto momento, el oro comienza a llegar en cajas de cartón y baúles podridos. Se abren continuamente, y los trabajadores recogen pacientemente el oro y lo llevan hasta la entrada del túnel entre los brazos y lo arrojan en las vagonetas de mano. Los lingotes caen unos sobre otros y golpean las planchas de metal con un estruendo tan grande que hace huir bandadas de pájaros de entre los árboles. Goto Dengo no puede evitar examinar los lingotes. Vienen en diferentes tamaños, algunos de ellos tan grandes que se precisan dos hombres para cargarlos. Vienen estampados con los nombres de bancos centrales de algunos lugares en los que Goto Dengo ha estado y muchos de los que sólo ha oído hablar: Singapur, Saigón, Batavia, Manila, Rangún, Hong Kong, Shanghai, Cantón. Hay oro francés que aparentemente se envió a Camboya, y oro holandés enviado a Yakarta, y oro británico enviado a Singapur, todo para mantenerlo alejado de manos alemanas.

Pero algunos envíos consisten por completo en oro enviado por el Banco de Tokio. Reciben cinco convoyes seguidos de ésos. Según el recuento que Goto Dengo mantiene en la cabeza, dos tercios del tonelaje almacenado en el Gólgota viene directamente de las reservas centrales niponas. Todo él está frío al tacto y viene almacenado en cajones buenos pero viejos. Concluye que fue enviado a Filipinas hace mucho tiempo y desde entonces ha esperado en un sótano de Manila, aguardando este momento. Deben de haber sido enviados más o menos simultáneamente cuando Goto Dengo era rescatado de la playa en Nueva Guinea, ya en el remoto 1943.

Lo sabían. Sabían desde entonces que iban a perder la guerra.

Como a mediados de enero, Goto Dengo ha empezado a recordar la masacre de Navidad con algo similar a la nostalgia, echando de menos la atmósfera de inocencia ingenua que hizo necesarias esas muertes. Hasta esa mañana, incluso él había conseguido convencerse de que el Gólgota era una reserva de armas que los soldados del emperador usarían algún día para iniciar la gloriosa reconquista de Luzón. Sabe que los trabajadores también lo creían. Ahora todos saben lo del oro, y el campamento ha cambiado. Todos comprenden que no habrá salida.

A principios de enero, los trabajadores están compuestos por dos tipos: los resignados a morir aquí y los que no. Este último grupo realiza diversos intentos, desesperados y poco metódicos, por escapar y son derribados por los guardias. La era de reservar la munición parece haber acabado, o quizá los guardias están demasiado enfermos y hambrientos para bajar de las torres de vigilancia y clavar personalmente la bayoneta a toda la gente que se presenta para ser asesinada. Así que lo hacen con balas, y se deja que los cuerpos se hinchen y ennegrezcan. Bundok está embebido con su hedor.

Pero Goto Dengo apenas lo nota, porque el campamento está bañado por la tensión enfermiza y demente que siempre precede a una batalla. O eso supone; ha visto muchas cosas emocionantes en esta guerra, pero en realidad jamás ha estado en una batalla. Lo mismo es automáticamente cierto de la mayoría de los nipones estacionados aquí, porque esencialmente todos los nipones que van a una batalla acaban muertos. En este ejército o eres un novato o un cadáver.

En ocasiones, llega un maletín junto con el envío de oro. El maletín siempre está unido por unas esposas a la muñeca de un soldado que tiene granadas colgando por todo el cuerpo de forma que pueda volarse a sí mismo y al maletín a la estratosfera en caso de que el convoy fuese atacado por Huks. El maletín va directamente a la estación de radio de Bundok y su contenido se coloca en una caja fuerte. Goto Dengo sabe que deben contener códigos —no los libros normales, sino algún tipo de código especial que cambia cada día— porque cada mañana, después de la salida del sol, el oficial de radio realiza la ceremonia de quemar una única hoja de papel frente al barracón de transmisiones y destrozar luego la hoja quemada entre sus manos.

Es por medio de la estación de radio por donde recibirán la orden final. Todo está listo, y Goto Dengo repasa el complejo una vez al día comprobándolo todo. El túnel diagonal llegó finalmente, hace un par de semanas, hasta el túnel truncado en el fondo del lago Yamamoto. El túnel truncado estaba lleno de agua que se había filtrado por el tapón de cemento durante los meses que había estado allí, de forma que cuando al fin se unieron los dos túneles, varias toneladas de agua recorrieron el túnel diagonal hasta el interior del Gólgota. Se esperaba así y estaba planeado; toda ella fue a un sumidero y de allí al río Tojo. Ahora es posible recorrer por completo el túnel diagonal y mirar el tapón de cemento desde abajo. El lago Yamamoto está al otro lado. Goto Dengo va allí cada dos días, supuestamente para examinar el tapón y sus cargas de demolición, pero en realidad para comprobar los progresos que, sin conocimiento del capitán Noda, están realizando las cuadrillas de Wing y Rodolfo. En su mayoría, perforan hacia arriba, creando más de esos pozos cortos, verticales y que no llevan a ningún sitio, y ampliando las cámaras que dejan arriba. El sistema (incluyendo los nuevos «pozos de ventilación» ordenados por el general y cavados desde la parte alta al este de la cresta) tiene ahora este aspecto:

En el interior del complejo de almacenamiento primario hay una pequeña sala que el capitán Noda ha denominado Sala de la Gloria. Ahora mismo no tiene un aspecto demasiado glorioso. En su mayoría está ocupada por marañas de cables que llegan hasta allí desde todos los puntos del complejo Gólgota, y que cuelgan del techo o recorren el suelo con etiquetas de papel escritas a mano que dicen cosas como CARGAS DE DEMOLICIÓN DE LA ENTRADA PRINCIPAL. Hay varias cajas de baterías de plomo ácido para suplir la electricidad para las detonaciones, y para dar a Goto Dengo algunos minutos de luz eléctrica que le permitan leer esas etiquetas de papel. En un extremo de la Sala de la Gloria hay cajas extra de dinamita y detonadores en caso de que algunos túneles necesiten un poco de destrucción adicional, y rollos de mecha roja en caso de que el sistema eléctrico falle por completo.

Pero la orden de demolición no ha llegado todavía, así que Goto Dengo hace lo que hacen los soldados que esperan la muerte. Escribe cartas a su familia que nunca se entregarán o siquiera enviarán. Fuma. Juega a las cartas. Va y comprueba el equipo una vez, y luego otra. Pasa una semana sin recibir oro. Veinte prisioneros intentan escapar juntos. Los que no quedan destrozados por las minas quedan atrapados en el alambre de espino y reciben un tiro por parte de un equipo formado por dos guardias, uno que apunta la linterna y otro que apunta el rifle. El capitán Noda pasa toda la noche, todas las noches, paseándose de un lado a otro de la entrada principal fumando cigarrillos, luego, en la madrugada, bebe hasta quedarse dormido. Los responsables de la radio se quedan sentados frente a su aparato viendo cómo los tubos se iluminan, saltando como si fuesen ancas de rana electrificadas cada vez que una débil secuencia de bips viene por su frecuencia. Pero la orden no llega.

Una noche, como la primera vez, regresan los camiones. El convoy debe contener todos los vehículos a motor que les quedan a los nipones en Luzón. Llegan todos juntos, provocando un tumulto que puede oírse media hora antes de que alcancen la puerta. Después de que el contenido se haya descargado y colocado en el suelo, los soldados que guardan el convoy se quedan en Bundok. Los únicos que regresan son los conductores.

Se precisan dos días para meter ese último cargamento en los túneles. Uno de los camiones de trasbordo se rompe definitivamente y se canibaliza para mantener el otro en marcha. Funciona con la mitad de los cilindros y está tan débil que los trabajadores deben empujarlo por la carretera del río y deben tirar de él con cuerdas para ayudarle en los momentos más difíciles. Finalmente ha empezado a llover y el río Tojo está subiendo.

La bóveda principal está casi completamente llena de tesoros, y también la bóveda de los tontos. El nuevo envío debe encajar allí donde pueda; lo sacan de las cajas y lo encajan entre los huecos. Las cajas vienen marcadas con águilas de dos cabezas y svásticas, y los lingotes que hay en su interior vienen de Berlín, Viena, Varsovia, Praga, París, Ámsterdam, Riga, Copenhague, Budapest, Bucarest y Milán. También hay cajas de cartón llenas de diamantes. Algunas de las cajas todavía están húmedas y huelen a mar. Al verlas, Goto Dengo sabe que un gran submarino debe haber llegado desde Alemania, cargado de tesoros nazis. Eso explica el recalmón de dos semanas: han estado esperando la llegada de ese submarino.

Goto Dengo trabaja en los túneles durante dos días, armado con una lámpara de minero, metiendo joyas y lingotes de oro en las grietas. Entra en una especie de trance que finalmente es interrumpido por un golpe grave que reverbera por la roca.

Artillería, piensa. O bombas de uno de los aviones de MacArthur.

Sale por el pozo de ventilación principal en lo alto de la cresta, donde es de día. Le entristece ver que no se está produciendo ninguna batalla. MacArthur no va a rescatarle. El teniente Mori ha llevado a casi todos los trabajadores hasta allí arriba, y tiran de cuerdas, arrastrando el pesado equipo de Bundok y arrojándolo al interior de los «pozos de ventilación» recién cavados. Los dos camiones están ahí arriba, y hombres con sopletes y almádanas los están convirtiendo en piezas lo suficientemente pequeñas para entrar por los pozos. Goto Dengo llega justo a tiempo para ver el bloque del motor del generador de la estación de radio caer por un pozo hasta la oscuridad. Inmediatamente le sigue el resto del equipo de radio.

En algún lugar cercano, oculto por los árboles, alguien gruñe con fuerza, realizando un trabajo físico. Es un gruñido de artes marciales, que viene directamente del diafragma.

—¡Teniente Goto! —dice el capitán Noda. Está atontado por el alcohol—. Sus obligaciones están abajo.

—¿Qué fue ese ruido?

Noda le indica que se acerque a un saliente desde el que pueden ver el valle del río Tojo. Goto Dengo, inestable por varias razones, sufre un ataque de mareo y casi se cae. El problema es la desorientación: no reconoce el río. Hasta ahora, ha sido siempre unos pocos hilillos de agua trenzados sobre un lecho rocoso. Incluso antes de que trazasen la carretera hasta aquí arriba, casi podías llegar hasta la cascada saltando de una roca seca hasta la siguiente.

Ahora, de pronto, el río es ancho, profundo y turbio. Aquí y allá sobresalen las puntas de algunas grandes rocas.

Recuerda algo que vio hace un centenar de años, en una encarnación anterior, en otro planeta: una sábana del Hotel Manila sobre la que había dibujado un mapa tosco. El río Tojo dibujado con una línea gruesa de tinta de estilográfica.

—Hemos dinamitado el deslizamiento de montaña —dice Noda—, según el plan.

Hace mucho tiempo, colocaron rocas sobre un estrechamiento del río, listas para crear una pequeña presa. Pero hacer estallar la dinamita se suponía que sería prácticamente lo último que harían antes de sellarse en el interior.

—Pero no estamos listos —dice Goto Dengo.

Noda ríe. Parece estar muy animado.

—Lleva un mes diciéndome que estamos listos.

—Sí —dice el teniente Goto, lentamente y con voz poco clara—, tiene razón. Estamos listos.

Noda le da una palmada en la espalda.

—Debe ir a la entrada principal antes de que se inunde.
—¿Mi equipo?
—Su equipo le espera allí.

Goto Dengo comienza a recorrer el sendero que le llevará a la entrada principal. Por el camino, pasa junto a otro pozo de ventilación. Varias docenas de trabajadores hacen cola, con los pulgares atados a la espalda con alambre, vigilados por soldados con las bayonetas caladas. Uno a uno, los prisioneros se arrodillan en el borde del pozo. El teniente Mori golpea la nuca de cada cuello con su espada de oficial produciendo un sonido terrible. Cabeza y cuerpo caen por el pozo de ventilación y se oye, un par de segundos más tarde, el sonido de carne entrechocando al dar con los otros cuerpos que están allá abajo. Cada hoja y guijarro en un radio de tres metros de la abertura del pozo está saturado de brillante sangre roja, y también lo está el teniente Mori.

—No se preocupe por eso —dice el capitán Noda—. Me aseguraré de que el resto de los pozos se rellenen con escombros, como decidimos. La jungla crecerá sobre ellos mucho antes de que los norteamericanos encuentren este lugar.

Goto Dengo aparta la vista y se vuelve para seguir su camino.

—¡Teniente Goto! —dice una voz. Es el teniente Mori, deteniéndose un momento para recuperar el aliento. Un filipino se arrodilla frente a él, murmurando una oración en latín, agitando un rosario que cuelga de sus manos atadas.

—Sí, teniente Mori.

—Según mi lista, hay seis prisioneros asignados a usted. Los necesitaré.

—Esos seis prisioneros están abajo, ayudando a cargar el último envío.

—Pero todo el envío ya está en los túneles.

—Pero no está bien colocado. El propósito de la bóveda de los tontos pierde sentido si dejamos oro y diamantes por ahí de tal forma que guiemos a los ladrones a las cavernas más profundas. Necesito a esos hombres para continuar con el trabajo.

—¿Se responsabiliza por completo de ellos?

—Sí —dice Goto Dengo.

—Si son sólo seis —dice el capitán Noda—, entonces su equipo podrá mantenerlos bajo control.

—Le veré en Yasukuni, Goto Dengo —dice el teniente Mori.

—Eso espero —dice Goto Dengo. No añade que a esas alturas Yasukuni debe ser un lugar abarrotado, y que probablemente les resultará muy difícil dar el uno con el otro.

—Le envidio. El final será más largo y duro para los que permanezcamos fuera. —El teniente Mori golpea con la espada la nuca del filipino, cortándole entre Ave y María.

—Su heroísmo tendrá su recompensa —dice Goto Dengo.

El equipo del teniente Mori le espera abajo, frente a la ratonera que lleva al Gólgota: cuatro soldados escogidos a mano. Cada uno lleva su banda de mil puntadas, y por tanto cada uno lleva una bola naranja en el centro de la frente, que a Goto Dengo no le recuerda el Sol Naciente sino una herida producida por un proyectil al salir. El agua ya les llega a los muslos, y el túnel de entrada está medio lleno. Cuando llega Goto Dengo, seguido de cerca por el capitán Noda, los hombres vitorean educadamente.

Goto Dengo se agacha en la entrada. Sólo su cabeza y hombros permanecen sobre el agua. Frente a él el túnel es negro. Se requiere un poderoso esfuerzo de voluntad para entrar. Pero no es peor que lo que solía hacer en las minas abandonadas, en Hokkaido.

Claro está, las minas abandonadas no iban a ser derribadas por dinamita a su espalda.

Seguir significa su oportunidad de sobrevivir. Si vacila, Noda le matará allí mismo, y a toda su cuadrilla, y enviará a otros para dar por terminado el trabajo. Noda se aseguró de que otros supiesen cómo hacerlo.

—Le veré en Yasukuni —le dice al capitán Noda, y sin esperar respuesta, chapotea hacia la oscuridad.

Pontifex

Cuando consigue llegar a la sala de embarque de Air Kinakuta, Randy ya ha olvidado cómo ha llegado al aeropuerto. Realmente no lo recuerda. ¿Paró un taxi? No parece muy probable, sobre todo en el centro de Los Altos. ¿Consiguió que le llevase algún hacker? No puede haber conducido él mismo el Acura, ya que los circuitos electrónicos del coche quedaron fritos por el disparo de la pistola de impulsos electromagnéticos. Había sacado la documentación de la guantera y lo había vendido en un concesionario Ford, a unas tres manzanas, a cambio de cinco mil dólares en efectivo.

Ah, ya. El comercial de Ford le había acercado hasta el aeropuerto.

Siempre ha querido probar el truco de acercarse al mostrador de alguna exótica línea aérea extranjera y decir:

—Un pasaje para el próximo vuelo a X.

Pero acaba de hacerlo y no ha sido tan genial ni romántico como esperaba. Más bien resultó desagradable, estresante y caro. Tuvo que comprar un billete de primera clase, que le costó la mayor parte de los cinco mil dólares. Pero ahora mismo no le apetece atormentarse por cómo está administrando sus finanzas, es decir, en un momento en que la suma total de sus activos es un número negativo que sólo puede expresarse empleando notación científica. Hay una alta probabilidad de que no haya conseguido borrar el disco duro de Tombstone antes de que la policía lo confiscase, y de que, por lo tanto, la demanda del Dentista tenga éxito.

De camino a la terminal se detiene y contempla un grupo de teléfonos durante un momento. Desea enormemente comunicarle a los Shaftoe los últimos acontecimientos. Estaría bien si pudiesen, de algún modo, limpiar de tesoros el submarino hundido, lo más rápidamente posible, reduciendo su valor y, por tanto, el daño que el Dentista pueda infligirle a Epiphyte.

Los cálculos son muy simples. El Dentista tiene un modo de reclamar daños a Epiphyte. La suma de esos daños es x, donde x es lo que el Dentista, como accionista minoritario, habría obtenido como ganancias si Randy hubiese sido lo bastante responsable como para redactar un contrato mejor con Semper Marine. Si dicho contrato hubiese especificado un reparto a partes iguales, entonces x sería igual al cincuenta por ciento del valor efectivo de los restos del naufragio, multiplicado por la décima parte de Epiphyte propiedad del Dentista, menos un pequeño porcentaje por los impuestos y otros efectos de rozamiento del mundo real. O sea que si hay diez millones de dólares en los restos del naufragio, entonces x resulta ser alrededor de medio millón de pavos.

Para obtener el control de Epiphyte, el Dentista debe adquirir un cuarenta por ciento adicional de las acciones de la compañía. El precio de esas acciones (si estuviesen a la venta) sería simplemente 0,4 veces el valor de Epiphyte. Llamémosle y.

Si $x > y$, el Dentista gana. Ya que entonces el juez dirá:

—Usted, Epiphyte, le debe a este pobre y afligido accionista minoritario x dólares. Pero dada la alarmante situación de las finanzas de la compañía, veo que no tiene usted forma de conseguir esa cantidad de dinero. Por lo tanto la única forma de pagar la deuda es darle al demandante el único activo que usted posee en abundancia, o sea, sus asquerosas acciones. Y ya que el valor de toda la compañía es muy, muy próximo a cero, va a tener que darle casi todas las acciones.

Así que, ¿cómo conseguir que $x < y$? O bien reduciendo el valor de los restos del naufragio, sacando el oro de allí, o bien aumentando el valor de Epiphyte, mediante... exactamente ¿qué?

En otras circunstancias tal vez pudiesen sacar la compañía a Bolsa. Pero organizar una salida a Bolsa lleva meses. Y ningún inversor va a arriesgarse estando por medio la demanda legal del Dentista.

Randy tiene una visión de sí mismo conduciendo a través de la jungla con una excavadora, levantando el enorme montón de lingotes de oro que encontró con Doug, llevándolo directamente a un banco y depositándolo en la cuenta de Epiphyte. Eso lo arreglaría todo. La idea hizo que se estremeciese, mientras permanecía allí parado, en medio de la terminal internacional.

A su izquierda, pasa en tropel una especie de grupo o multitud cargada de mujeres y niños, y Randy oye algunas voces familiares. Su mente se ha aferrado como un calamar hambriento en torno a esa idea del oro-en-lajungla, y para volver a la realidad durante unos segundos debe apartar los tentáculos, despegando las ventosas una a una. Finalmente se centra en el apresurado grupo y lo identifica como la familia de Avi: Devorah, un puñado de niños y las dos niñeras, sujetando pasaportes y billetes de El Al. Los niños son pequeños y con tendencia a salir disparados de forma repentina, los adultos están tensos y poco dispuestos a dejar que se alejen, así que el movimiento del grupo a lo largo de la terminal presenta el aspecto general de una partida de sabuesos encaminándose hacia la dirección aproximada de la carne fresca. Es probable que Randy sea personalmente responsable de este éxodo y realmente preferiría esconderse en el lavabo de caballeros y desaparecer por el desagüe, pero tiene que decir algo. Así que alcanza a Devorah y la sorprende ofreciéndose a llevarle la bolsa con las cosas de los niños que tiene colgada al hombro. La cual resulta ser asombrosamente pesada: varios litros de zumo de manzana, estima, además de toda la infraestructura necesaria para enfrentarse a un ataque de asma, y tal vez unos cuantos lingotes de oro macizo por si se produce algún tipo de crisis civil a escala planetaria durante el viaje.

—Entonces... Uh... ¿os vais a Israel?

—El Al no vuela a Acapulco.

¡Paf! Devorah está en plena forma.

—¿Te dio Avi alguna explicación del por qué?

—¿Me lo estás preguntando? Asumía que precisamente tú lo sabrías —le responde Devorah.

—Bueno, las cosas han sido, ciertamente, volátiles —dice Randy—. No sé si justifican el salir del país.

—Entonces ¿qué haces en el aeropuerto con un billete de Air Kinakuta asomando por el bolsillo?

—Oh, ya sabes... asuntos de negocios que deben resolverse.

—Pareces realmente deprimido. ¿Tienes algún problema? —le pregunta Devorah.

Randy suspira.

—Depende. ¿Y tú?

—¿Yo qué? ¿Si tengo un problema? ¿Por qué iba a tener un problema?

—Porque te han dado diez minutos para hacer las maletas y abandonar tu casa.

—Nos vamos a Israel, Randy. Eso no es abandonar nuestra casa. Es volver a casa. —O puede que diga «cambiar de casa». Sin una trascripción, Randy no puede estar seguro.

—Ya, pero sigue siendo una molestia...

—¿Comparado con qué?

—Comparado con quedarte en casa y vivir tu vida.

—Ésta es mi vida, Randy. —Con eso Devorah está dando por zanjado un tema delicado. Randy se imagina que está increíblemente molesta, pero sujeta a algún acuerdo de confidencialidad y no divulgación emocional. Eso probablemente es mejor que las otras dos únicas alternativas que se le ocurren, que son (1) desmoronarse entre recriminaciones histéricas y (2) la serenidad beatífica. Es una actitud del tipo yo-me-ocupo-de-mis-asuntos, tú-ocúpate-de-los-tuyos, por-qué-te-metes. De repente, Randy se siente como un idiota por haberle cogido la bolsa a Devorah. Es evidente que ella simplemente se encuentra más allá del horror, preguntándose por qué el maldito Randy se afana como un maletero en ese momento crítico. Como si ella y las niñeras no fuesen capaces de arrastrar un saco por un pasillo. ¿Acaso se ha ofrecido ella, Devorah, recientemente a ayudar a Randy con algún programa? Y si realmente Randy no tiene nada mejor que hacer, ¿por qué no se comporta como un hombre, se ata granadas por todo el cuerpo y le da un gran abrazo al Dentista?

—Asumo que te pondrás en contacto con Avi antes de despegar. ¿Le darías un mensaje? —comenta Randy.
—¿Cuál es el mensaje?
—Cero.
—¿Sólo eso?
—Sólo eso —contesta Randy.

Puede que Devorah no esté familiarizada con la costumbre de Randy y Avi de no malgastar el valioso ancho de banda, comunicándose en código binario, bit a bit, *à la* Paul Revere y la Old North Church. En esta ocasión, «cero» significa que Randy no consiguió borrar todos los datos del disco duro de Tombstone.

La sala de espera de primera clase de Air Kinakuta, con su servicio de bar gratuito y un concepto de servicio marcadamente no-americano, atrae su atención. Randy la evita porque sabe que si entra allí se hundirá directamente en un coma profundo y tendrán que subirlo a bordo del 747 en una carretilla elevadora. En lugar de eso pasea por el aeropuerto, aferrándose la cadera de forma espasmódica cada vez que vuelve a darse cuenta de que no lleva el portátil colgado de ella. Le está costando habituarse al hecho de que la mayor parte del portátil está dentro de un contenedor de basura en el concesionario Ford donde se desembarazó del Acura. Mientras esperaba a que su hombre volviese apresuradamente del banco con cinco de los grandes, usó los destornilladores de su equipo de herramientas multiuso de bolsillo para extraer el disco duro del portátil y luego tiró el resto.

Del techo de la terminal de salidas cuelgan enormes monitores de televisión, que muestran el Canal del Aeropuerto, un desfile de noticias breves todavía más penosamente superficiales que los habituales espacios de noticias de la televisión, mezcladas con abundante información meteorológica y bursátil. Randy se impresiona, aunque no está exactamente sorprendido, al ver escenas de los Adeptos al Secreto con sus sombreros negros ejercitando sus derechos de la Segunda Enmienda en las calles de Los Altos, de la barricada de Ordo precipitándose hacia la cámara, y la policía cayendo sobre ella con las armas en la mano. Se muestra una imagen de Paul Comstock mientras sube a una limusina, deteniéndose para decir algo, con aspecto saludable y engreído. La opinión convencional de los expertos en las noticias de televisión es que la imagen lo es todo, y si es así entonces éste es un gran triunfo para Ordo, que parece la víctima de criminales dictatoriales. Lo que no ayuda en nada a Epiphyte, ya que Ordo es, o debería ser, tan sólo un espectador. Se supone que se trata de un conflicto privado entre el Dentista y Epiphyte, y ahora se ha convertido en un conflicto público entre Comstock y Ordo, y eso hace que Randy se sienta irritado y confuso.

Sigue adelante, se sube a su avión y comienza a comer caviar. Normalmente no toma nada en los aviones, pero el caviar posee un toque de decadencia tipo tocando-mientras-arde-Roma que le sienta bien en estos momentos. Como es habitual en él, Randy lee realmente los folletos informativos colocados entre las revistas de líneas aéreas y las bolsas para los vómitos. Uno de ellos recalca el hecho de que los pasajeros de clase Sultán (como llaman a los pasajeros de primera clase) no sólo pueden hacer llamadas al exterior desde sus asientos sino que también pueden recibirlas. Así que Randy marca el número del teléfono GSM de Douglas MacArthur Shaftoe. Es un número de teléfono de Australia, pero sonará en cualquier lugar del planeta. Ahora mismo son aproximadamente las seis a.m. en Filipinas, pero Doug debe estar despierto, y efectivamente responde al teléfono al segundo aviso. Por el sonido de cláxones y motores Randy deduce que está atascado en medio del tráfico de Manila, probablemente en la parte trasera de un taxi.

—Soy Randy, desde un avión —dice Randy—. Un avión de Air Kinakuta.

—¡Randy! Vaya, acabo de verte en la televisión —dice Doug. Es necesario un minuto para que esa idea penetre en su mente; Randy se ha tomado un par de vodkas para limpiar el paladar del sabor del caviar.

—Sí —prosigue Doug—, puse la CNN cuando me desperté y te vi sentado en lo alto de un coche tecleando. ¿Qué sucede?

—¡Nada! ¡Nada en absoluto! —contesta Randy. Se imagina que se trata de un gran golpe de suerte. Ahora que Doug le ha visto en la CNN estará más dispuesto a tomar medidas extremadamente dramáticas basándose en la pura paranoia. Randy bebe un trago de vodka y dice:

—¡Guau! El servicio de la clase Sultán es genial. En cualquier caso, si buscas sobre Ordo en Internet verás que esa estupidez no tiene nada que ver con nosotros. Nada.

—Es curioso, porque Comstock niega que se hayan tomado medidas contra Ordo —dice Doug. Al hablar de negativas oficiales por parte del gobierno de Estados Unidos, los veteranos de guerra de Vietnam como Doug son capaces de conseguir una ironía que es casi tan sutil como tener cables de arranque automotrices conectados directamente a tus empastes, pero mucho más divertida. El vodka llega casi hasta la mitad de la nariz de Randy antes de que consiga controlarlo—. Dicen que se trata tan sólo de un antiguo pleito civil sin importancia —dice Doug, ahora con un tono inocente y suave como un pétalo.

—El que Ordo sea un proveedor de material que el gobierno odia y teme es tan sólo una coincidencia —conjetura Randy.

—Exacto.

—Bien, entonces seguro que no hay nada de que preocuparse aparte de nuestros problemas con el Dentista —dice Randy.

—¿Cuáles son esos problemas, Randy?

—Se produjeron en mitad de la noche, según tu horario. Seguro que tendrás unos cuantos faxes interesantes esperándote esta mañana.

—Bien, entonces puede que deba echarles una miradita —dice Doug Shaftoe.

—Puede que te llame cuando llegue a Kinakuta —dice Randy.

—Que tengas un buen vuelo, Randall.

—Que tengas un buen día, Douglas.

Randy devuelve el teléfono a su soporte en el brazo del asiento y se prepara para hundirse en un bien merecido coma aéreo. Pero cinco minutos después suena el teléfono. Resulta tan desorientador el que a uno le suene el teléfono en un avión que durante unos segundos no sabe qué hacer. Cuando por fin comprende lo que sucede, tiene que consultar el folleto de instrucciones para descubrir cómo responder.

Cuando consigue encenderlo y lo tiene al oído, una voz dice:

—¿Eso es lo que entiendes por sutil? ¿Crees que tú y Doug Shaftoe sois las únicas personas del mundo que saben que los pasajeros de clase Sultán pueden recibir llamadas desde el exterior?

Randy está seguro de que nunca ha oído esa voz con anterioridad. Es la voz de un hombre viejo. No se trata de una voz cansada o quebrada por la edad, sino de una voz que se ha ido desgastando suavemente, como los escalones de una catedral.

—Hum, ¿quién es?

—¿Me equivoco al pensar que deseas que el señor Shaftoe busque un teléfono público y te devuelva la llamada?

—¿Quién es usted, por favor?

—¿Crees que será más seguro que su GSM? En realidad no lo es.

La persona que habla hace pausas con frecuencia, antes, durante y después de las frases, como si hubiese pasado mucho tiempo a solas y tuviese dificultades para seguir el ritmo de una conversación.

—De acuerdo —dice Randy—. Sabe quién soy y a quién estaba llamando. Así que obviamente me vigila. No trabaja para el Dentista, supongo. Eso nos deja a... ¿quién?, ¿el gobierno de Estados Unidos?, ¿la NSA?, ¿es eso?

El hombre ríe.

—Por lo general, los chicos de Fort Meade no se molestan en contactar con las personas a las que intervienen el teléfono. —La voz tiene una nitidez poco norteamericana, ligeramente del norte de Europa—. En tu caso la NSA podría hacer una excepción, cierto; en la época en que estuve allí eran grandes admiradores del trabajo de tu abuelo. De hecho, les gustaba tanto que lo robaron.

—No hay mayor halago, supongo.

—Deberías ser multimillonario, Randy. Gracias a Dios, no lo eres.

—¿Por qué lo dice?

—Oh, porque entonces serías un hombre extremadamente inteligente que nunca se ve en situación de tomar decisiones difíciles, que nunca necesita ejercitar su mente. Es un estado mucho peor que ser un imbécil.

—¿Trabajó mi abuelo para usted en la NSA?

—No aceptó. Dijo que tenía una oferta mejor. Así que mientras construía ordenadores cada vez mejores para solucionar el desafío Harvard-Waterhouse de búsqueda de factores primos, mis amigos de la NSA le observaban, y aprendían.

—Y usted hizo lo mismo.

—¿Yo? Oh, no, yo apenas sé manejar un soldador. Yo me dedicaba a vigilar a la NSA mientras ellos vigilaban a tu abuelo.

—En beneficio de... ¿quién? No me lo diga... ¿eruditorum.org?

—Bien hecho, Randy.

—¿Cómo debería llamarte...? ¿Root? ¿Pontifex?

—Pontifex es una bonita palabra.

—Cierto —dice Randy—. La comprobé, buscando pistas en la etimología... es una antigua palabra latina que significa «sacerdote».

—Los católicos llaman al Papa «Pontifex Maximus», o pontífice, para abreviar —dice Pontifex amistosamente—. Pero los paganos la empleaban también para referirse a sus sacerdotes, y los judíos a sus rabinos... es tan ecuménica.

—Pero el significado literal es «constructor de puentes», así que es un buen nombre para un criptosistema —añade Randy.

—O para mí, espero —dice Pontifex secamente—. Me alegro de que lo veas así, Randy. Mucha gente consideraría a un criptosistema como un muro, más que un puente.

—Bien, caray. Es agradable conocerte telefónicamente, Pontifex.

—El placer es mutuo.

—Últimamente has estado muy silencioso por correo electrónico.

—No quería asustarte. Me temía que si seguía molestándote pensarías que estaba haciendo proselitismo.

—En absoluto. Por cierto... los que saben piensan que tu criptosistema es extravagante, pero bueno.

—No tiene nada de extravagante, cuando lo entiendes —dice Pontifex educadamente.

—Bien, hum, ¿a qué se debe esta llamada? Obviamente tus amigos siguen vigilándome por cuenta de... ¿quién, exactamente?

—Ni siquiera lo sé —dice Pontifex—. Pero sé que intentas romper Aretusa.

Randy tampoco recuerda haber pronunciado nunca la palabra «Aretusa». Estaba impresa en los envoltorios de los bloques de tarjetas ETC que pasaba por el lector de tarjetas de Chester. Ahora recuerda una caja que estaba dentro del viejo camión de su abuelo, que ponía *Desafío Harvard-Waterhouse de búsqueda de factores primos*, con fecha de principios de los cincuenta. Eso al menos le proporciona una fecha que poder colgarle a Pontifex.

—Estuviste en la NSA a finales de los cuarenta y principios de los cincuenta —dice Randy—. Seguro que debes haber trabajado con Harvest. —Harvest había sido un superordenador descodificador legendario, tres décadas por delante de su tiempo, construido por ingenieros ETC que trabajaban contratados por la NSA.

—Ya te lo dije —dice Pontifex—. El trabajo de tu abuelo nos resultó muy útil.

—Chester tenía a un ingeniero ETC retirado trabajando en su equipo de tarjetas —dice Randy—. Me ayudó a leer las tarjetas Aretusa. Vio los envoltorios. Es amigo tuyo. Te llamó.

Pontifex se ríe en voz baja.

—Entre los de nuestro grupito, es difícil encontrar una palabra con más recuerdos asociados a ella que Aretusa. Casi se cae al suelo cuando la vio. Me llamó desde el teléfono de su barco, Randy.

—¿Por qué? ¿Por qué era tan importante Aretusa?

—¡Porque pasamos diez años de nuestras vidas intentando descifrar el maldito código! ¡Y fracasamos!

—Debe haber sido realmente frustrante —dice Randy—. Todavía pareces enfadado.

—Estoy enfadado con Comstock.

—No te referirás a...

—No me refiero al fiscal general, Paul Comstock. Sino a su padre. Earl Comstock.

—¿Cómo? ¿El tipo que Doug Shaftoe tiró del telesilla? ¿El de Vietnam?

—¡No, no! Quiero decir, sí. Earl Comstock fue en gran parte responsable de nuestra política sobre Vietnam. Y Doug Shaftoe consiguió sus quince minutos de fama tirándole de un telesilla en, creo, 1979. Pero toda esa estupidez de Vietnam fue sólo una coda a su verdadero trabajo.

—Que fue...

—Earl Comstock, a quien tu abuelo informaba en Brisbane durante la Segunda Guerra Mundial, fue uno de los fundadores de la NSA. Y fue mi jefe desde 1949 hasta 1960 aproximadamente. Estaba obsesionado con Aretusa.

—¿Por qué?

—Estaba convencido de que se trataba de un código comunista. Y que si conseguíamos romperlo podría servirnos para descifrar algunos códigos soviéticos posteriores que nos estaban creando dificultades. Lo que era ridículo. Pero él lo creía, o pretendía creerlo, así que estuvimos años rompiéndonos la cabeza con Aretusa. Hombres resistentes sufrieron crisis nerviosas. Hombres brillantes llegaron a la conclusión de que eran estúpidos. Al final resultó que todo era una broma.

—¿Una broma? ¿A qué te refieres?

—Pasamos esos fragmentos por Harvest hacia delante y hacia atrás. Solíamos bromear diciendo que las luces se debilitaban en Washington y Baltimore cuando trabajábamos en Aretusa. Todavía me sé de memoria los grupos iniciales, AADAA FGTAA y lo que sigue. ¡Esas dobles aes! La gente escribía tesis sobre su significado. Al final llegamos a la conclusión de que eran pura coincidencia. Inventamos todo un nuevo sistema de criptoanálisis para estudiarlos, escribimos nuevos volúmenes del *Criptonomicón*. Los datos eran casi aleatorios. Buscar pautas en ellos era como intentar leer un libro que hubiese sido quemado y cuyas cenizas se hubiesen mezclado con el hormigón de la presa Hoover. Nunca conseguimos nada que valiese la pena.

»Después de unos diez años comenzamos a utilizarlo como inocentada para los nuevos reclutas. Por aquel entonces la NSA se estaba haciendo inmensamente grande, contratábamos a todos los más brillantes prodigios matemáticos de Estados Unidos, y cuando nos encontrábamos con alguno especialmente engreído le poníamos en el proyecto Aretusa para enviarle el mensaje de que no era tan listo como pensaba. Les bajamos los humos a muchos chicos con ese jeroglífico. Pero entonces, en torno a 1959, llegó ese chico, el más inteligente que habíamos visto, y lo descifró.

—Bien, asumo que no me has llamado sólo para mantenerme en suspenso —dice Randy—. ¿Qué es lo que descubrió?

—Descubrió que los fragmentos de Aretusa no representaban en absoluto mensajes codificados. Eran simplemente el resultado de una particular función matemática, una función zeta de Riemann, que tiene muchos usos, uno de ellos servir como generador de números aleatorios en algunos criptosistemas. Demostró que si iniciabas esta función de una forma específica, y luego le dabas, como entrada, una secuencia de números concreta, el resultado sería la secuencia exacta que estaba en esos fragmentos. Así que eso era todo lo que contenía. Y casi acaba con la carrera de Comstock.

—¿Por qué?

—En parte por la insensata cantidad de dinero y recursos que había invertido en el proyecto Aretusa. Pero principalmente porque la secuencia de entrada, la semilla para el generador de números aleatorios, era el nombre del jefe. C-O-M-S-T-O-C-K.

—Estás de broma.

—Teníamos la prueba frente a nosotros. Era impecable desde un punto de vista matemático. Así que, o bien el propio Comstock había generado los fragmentos de Aretusa, y había sido lo bastante estúpido como para utilizar su propio nombre como semilla, y créeme, realmente era esa clase de tipo, o bien alguien le había gastado una inmensa broma.

—¿Qué es lo que crees tú que sucedió?

—Bueno, en primer lugar nunca divulgó dónde había conseguido esos fragmentos, así que era difícil formarse una hipótesis. Yo me inclino por la teoría de la broma, porque era el tipo de hombre que hace que sus subordinados sientan la necesidad de burlarse de él. Pero al final dio lo mismo. Lo expulsaron de la NSA cuando tenía cuarenta y seis años. El típico hombre gris, un veterano de guerra, un tecnócrata con indemnización de alta seguridad y un montón de contactos en las altas esferas. De ahí pasó casi directamente al Consejo de Seguridad Nacional de Kennedy, y el resto es historia.

—¡Guau! —exclama Randy, admirado—. ¡Menudo gilipollas!

—Sí —afirma Pontifex—. Y ahora su hijo... bueno, no me hagas empezar a hablar de su hijo.

Mientras la voz de Pontifex se apaga, Randy pregunta:

—Entonces, ¿por qué motivo me llamas?

Pontifex tarda unos segundos en responder, como si él mismo estuviese lidiando con la pregunta. Aunque Randy duda que ése sea el motivo de su silencio. «Alguien intenta enviarte un mensaje.»

—Supongo que me siento consternado ante la sola idea de más jóvenes brillantes estrellándose contra Aretusa. Hasta que recibí esa llamada desde un barco en el lago Washington, había pensado que se trataba de un asunto muerto y enterrado.

—¿Pero por qué debía importarte?

—Ya te han estafado una fortuna en patentes informáticas —dice Pontifex—. No sería justo.

—Entonces se trata de compasión.

—Además, como ya te dije, el trabajo de mi amigo consiste en mantenerte bajo vigilancia. Va a oír casi cada palabra que pronuncies durante los próximos meses, o al menos leerá las transcripciones. El que tú y Cantrell y los demás os paseis todo ese tiempo lamentándoos sobre Aretusa sería más de lo que podría soportar. Un espantoso *dejà vu*. Intolerablemente kafkiano. Así que, por favor, dejadlo correr.

—Bien, gracias por el aviso.

—De nada, Randy. Y ¿puedo darte un consejo?

—Eso es lo que se supone que hace Pontifex.

—Antes de nada una advertencia: llevo un tiempo fuera de circulación. No se me ha pegado esa reticencia posmoderna a hacer juicios de valor.

—De acuerdo, estoy preparado.

—Mi consejo: intenta construir la mejor Cripta que te

sea posible. Tus clientes, o algunos de ellos, en todo caso, son, a todos los efectos prácticos, primitivos. Te harán rico o te matarán, como si hubiesen salido directamente de una nota a pie de página de un libro de Joseph Campbell.

—¿Te refieres a los típicos capos de la droga colombianos?

—Sí, pero también hablo de ciertos hombres blancos, vestidos con traje. Basta una generación para revertir al estado salvaje.

—Bueno, proporcionamos los más avanzados servicios criptográficos a todos nuestros clientes, incluso a los que llevan huesos en la nariz.

—¡Excelente! Y ahora, por mucho que me desagrade despedirme con algo tan sombrío, debo decirte adiós.

Randy cuelga y el teléfono vuelve a sonar casi inmediatamente.

—¿Te has vuelto importante de repente? —dice Doug Shaftoe—. Te llamo al avión y el teléfono da señal de ocupado.

—Tengo una historia curiosa que contarte —contesta Randy—. Sobre un tipo con el que tropezaste una vez mientras esquiabas. Pero lamentablemente tendrá que esperar.

Glory

Con el torso desnudo, pintura de camuflaje, un cuchillo en la mano y una Colt 45 enfundado en el cinturón de sus pantalones caqui, Bobby Shaftoe se mueve como un jirón de niebla a través de la jungla. Se detiene cuando consigue una vista clara del camión del ejército nipo, enmarcado entre los troncos velludos de un par de palmeras datileras. Una hilera de hormigas se arrastra sobre la piel de uno de sus pies, calzados con sandalias. Las ignora.

Tiene todo el aspecto de tratarse de un alto para mear. Dos soldados nipones bajan del camión y hablan entre sí durante unos instantes. Uno de ellos penetra en la jungla. El otro se apoya contra el guardabarros del camión y enciende un cigarrillo. La llama del extremo brilla con el mismo color que la luz del crepúsculo a su espalda. El que está en la jungla se baja los pantalones, se agacha y apoya la espalda contra un árbol para cagar.

En este momento son enormemente vulnerables. El contraste entre el brillo de la puesta de sol y la penumbra de la jungla los vuelve casi ciegos. El que está cagando se encuentra indefenso y el que fuma parece exhausto. Bobby Shaftoe se quita las sandalias. Sale de la jungla al camino que está detrás del camión, avanza sobre pies mordidos por las hormigas y se esconde tras el camión. Saca en silencio el arma del bolsillo de su cadera. Sin apartar la vista de los pies del fumador, visibles bajo el chasis del camión, arranca la protección y la pega sobre la puerta trasera del vehículo. Luego, para restregárselo, pega otra más. ¡Misión cumplida! ¡Toma ésta, Tojo!

Instantes después está de vuelta en la jungla, observando cómo el camión nipo se aleja, ahora con dos pegatinas rojas, azules y blancas en las que se puede leer: ¡VOLVERÉ! Bobby se felicita a sí mismo por otra misión con éxito.

Mucho después de que oscurezca, llega hasta el campamento Hukbalahap, en lo alto del volcán. Atraviesa el perímetro minado y hace mucho ruido mientras se acerca, para que el centinela Huk no le dispare en la oscuridad. Pero no tendría que haberse preocupado. La disciplina se ha desmoronado, están todos borrachos y emborrachándose aún más, por algo que han oído en la radio: MacArthur ha regresado. El general ha aterrizado en Leyte.

La respuesta de Bobby Shaftoe es preparar café muy cargado y hacérselo beber a su encargado de señales, Pedro. Mientras la magia de la cafeína empieza a actuar, Shaftoe coge un bloc de mensajes y lo que queda de un lápiz y escribe su idea por séptima vez: EXISTE OPORTUNIDAD DE CONTACTAR Y ARMAR A ELEMENTOS FILIPINO-AMERICANOS EN CONCEPCIÓN STOP ME OFREZCO VOLUNTARIO PARA ELLO STOP ESPERO INSTRUCCIONES STOP FIRMADO SHAFTOE.

Consigue que Pedro lo cifre y lo envíe. Después, todo lo que puede hacer es esperar y rezar. Esta mierda de las pegatinas tiene que acabarse.

Mil veces ha estado tentado de desertar y marcharse por su cuenta a Concepción. Pero sólo porque esté en el quinto infierno con un puñado de Huks irregulares no significa que esté fuera del alcance de la disciplina militar. A los desertores todavía se les puede disparar o colgar y, a pesar de que él mismo fue un desertor en Suecia, Bobby Shaftoe cree que merecen ese trato.

Concepción se encuentra en las tierras bajas al norte de Manila. Desde lo alto de los montes Zambales incluso puedes ver la ciudad, entre los verdes campos de arroz. Esos terrenos todavía están totalmente bajo el control de los nipones. Pero cuando el general aterrice, probablemente lo hará al norte de ahí, en el golfo de Lingayen, lo mismo que hicieron los nipones en la invasión del 41, y entonces Concepción quedará justo en mitad de su ruta hacia Manila. Va a necesitar ojos allí.

Como preveía, la orden llega un par de días después:

ENCONTRARSE CON TARPON PUNTO VERDE 5 NOVIEMBRE STOP LLEVAR TRANSMISOR CONCEPCIÓN STOP ESPERAR NUEVAS ÓRDENES STOP.

Tarpon es el submarino que les ha estado trayendo munición, suministros médicos, pegatinas con VOLVERÉ, cartones de cigarrillos norteamericanos con VOLVERÉ en cada paquete, cajas de cerillas VOLVERÉ, posavasos VOLVERÉ y condones VOLVERÉ. Shaftoe ha estado amontonando los condones porque sabe que no se conseguirán con facilidad en un país católico. Se imagina que cuando encuentre a Gloria necesitará una tonelada de condones a la semana.

Tres días después, él y una patrulla de Huks están a la espera de reunirse con *Tarpon* en «Punto Verde», el nombre clave de una pequeña cueva en la costa oeste de Luzón, justo bajo el monte Pinatubo, no muy lejos de la bahía de Subic, en dirección norte. El submarino aparece en torno a medianoche, moviéndose con los motores eléctricos, para no hacer ningún ruido, y los Huks se acercan en botes de goma y canoas y bajan la carga. Como estaba previsto, el transmisor está allí. Y esta vez no hay ninguna de esas malditas pegatinas ni cajas de cerillas. El cargamento consiste en munición y unos cuantos hombres: algunos comandos filipino-norteamericanos que vienen de reunirse con el jefe de inteligencia de MacArthur y un par de norteamericanos, los chicos de avanzadilla de MacArthur.

Durante los días siguientes, Shaftoe y unos cuantos Huks escogidos suben el transmisor por una de las laderas de los montes Zambales y lo bajan por otra. Se detienen cuando finalmente las colinas ceden paso a los arrozales. La carretera principal norte-sur, que sube desde Manila hasta el golfo de Lingayen, se encuentra directamente frente a ellos.

Al cabo de varios días de escaramuzas y escaqueos, consiguen cargar el transmisor en un carro y cubrirlo de estiércol. Enganchan el carro a un patético carabao, que les presta un granjero leal pero pobre, y comienzan a atravesar la zona controlada por los nipones, en dirección a Concepción.

Llegados a ese punto tienen que separarse, ya que no hay forma de que los ojos azules de Shaftoe puedan viajar al descubierto. Dos Huks, fingiendo ser granjeros, se hacen cargo del carro con estiércol, mientras Shaftoe comienza su recorrido campo a través, viajando de noche, durmiendo en zanjas o en las casas de simpatizantes de confianza.

Le lleva semana y media recorrer los cincuenta kilómetros, pero con paciencia y perseverancia llega a Concepción a tiempo y llama a la puerta de su contacto local en torno a medianoche. El contacto es un prominente ciudadano local, el director del único banco de la ciudad. El señor Calagua se queda asombrado de ver a un norteamericano ante su puerta trasera. Su sorpresa le indica a Shaftoe que algo debe haber salido mal, los chicos con el transmisor deberían haber llegado hace una semana. Pero el director le dice que no ha aparecido nadie, aunque se han oído rumores de que los nipones pillaron a unos chicos intentando pasar contrabando en un carro y los ejecutaron en el acto.

Así que Shaftoe se queda aislado en Concepción, sin forma de recibir órdenes ni de enviar mensajes. Lo siente por los chicos que han muerto, pero en cierto modo no es una situación tan mala para él. El único motivo por el que quería estar en Concepción es que la familia Altamira procede de allí. La mitad de los granjeros locales están emparentados de algún modo con Glory.

Shaftoe se introduce en los establos de Calagua e improvisa una cama. Lo acomodarían en un cuarto de invitados si lo pidiese, pero les dice que los establos son más seguros, si le cogen al menos los Calagua podrán alegar que lo ignoraban. Recupera fuerzas durante uno o dos días sobre un montón de paja y luego empieza a intentar conseguir alguna información sobre los Altamira. No puede salir a husmear él mismo, pero los Calagua conocen a todo el mundo en la ciudad, y saben en quién se puede confiar. Así que difunden las preguntas y en un par de días la información regresa.

El señor Calagua se la expone, mientras comparten unos vasos de bourbon en su despacho. Abrumado por la culpa por el hecho de que su honorable huésped esté durmiendo sobre un montón de paja en una dependencia aneja, le ofrece bourbon continuamente, lo que a Bobby Shaftoe le parece perfecto.

—Parte de la información es fiable, parte es... eh... poco probable —dice el señor Calagua—. Ésta es la parte fiable. En primer lugar, su suposición era correcta. Cuando los nipones se apoderaron de Manila muchos miembros de la familia Altamira volvieron a esta zona para refugiarse en casa de parientes. Creyeron que sería más seguro.

—¿Me está diciendo que Glory se encuentra aquí?

—No —dice con tristeza el señor Calagua—. No se encuentra aquí. Pero sin duda estaba aquí el 13 de septiembre de 1942.

—¿Cómo lo sabe?

—Porque dio a luz un niño ese día; el certificado de nacimiento está en los archivos del ayuntamiento. Douglas MacArthur Shaftoe.

—Vaya, que me follen por delante y por detrás —dice Shaftoe. Mentalmente empieza a calcular fechas.

—Muchos de los Altamira que se refugiaron aquí

han vuelto a la ciudad desde entonces, supuestamente para conseguir trabajo. Pero algunos también actúan como ojos y oídos para la resistencia.

—Sabía que harían lo correcto —dice Shaftoe.

El señor Calagua sonríe prudentemente.

—Manila está llena de personas que pretenden ser los ojos y los oídos de la resistencia. Resulta fácil ser los ojos y oídos. Es más difícil ser los puños y los pies. Pero algunos Altamira también luchan, se han ido a las montañas para unirse a los Huks.

—¿Qué montañas? No me tropecé con ninguno de ellos en los Zambales.

—Al sur de Manila y la laguna de Bay hay muchos volcanes y jungla espesa. Allí es donde está luchando parte de la familia de Glory.

—¿Es allí donde está Glory? ¿Y el bebé? ¿O están en la ciudad?

El señor Calagua se pone nervioso.

—Ésta es la parte que puede ser poco probable. Se dice que Glory es una heroína famosa en la lucha contra los nipones.

—¿Intenta decirme que está muerta? Si está muerta, dígamelo sin más.

—No, no me han dicho que haya muerto. Pero es una heroína. Eso es seguro.

Al día siguiente, la malaria de Bobby Shaftoe regresa y le mantiene tumbado durante una semana aproximadamente. Los Calagua lo trasladan a la casa y traen al médico del pueblo para que cuide de él. Es el mismo médico que atendió el parto de Douglas MacArthur Shaftoe dos años antes.

Cuando se siente algo más fuerte se encamina hacia el sur. Le lleva tres semanas alcanzar las afueras del norte de Manila, subiéndose a trenes y camiones, o vadeando campos de arroz en medio de la noche. Mata a dos soldados nipones sigilosamente y a otros tres en un tiroteo en un cruce. En cada ocasión tiene que ocultarse durante unos días para evitar que lo capturen. Pero consigue llegar a Manila.

No puede dirigirse al centro de la ciudad; aparte de ser una auténtica estupidez sólo le retrasaría. En lugar de eso la rodea, con el apoyo de la creciente red de la resistencia. Lo pasan de un barangay a otro, rodeando las afueras de Manila, hasta que alcanza la llanura costera entre la laguna de Bay y la bahía de Manila.

Al sur de este punto no hay nada excepto unas cuantas millas de arrozales y después las montañas volcánicas donde los Altamira se están ganando un nombre como guerrilleros. Durante el viaje ha oído mil rumores sobre ellos. La mayoría claramente falsos, gente contándole lo que obviamente desea oír. Pero ha escuchado varias veces fragmentos de información sobre Glory que parecen genuinos.

Dicen que tiene un hijo pequeño y sano, que vive en un apartamento en el vecindario Malate de Manila, al cuidado de unos parientes mientras su madre sirve en la guerra.

Dicen que está utilizando sus conocimientos de enfermería, actuando como una especie de Florence Nightingale para los Huks.

Dicen que actúa como correo para las fuerzas filipino-norteamericanas, que nadie la supera cuando se trata de atravesar los controles nipones llevando mensajes secretos y otro tipo de contrabando.

A esto último Shaftoe no le encuentra mucho sentido. ¿Qué es, una enfermera o un correo? Puede que la hayan confundido con otra persona. O puede que sea ambas cosas, puede que esté pasando medicinas por los controles.

Cuanto más se aleja hacia el sur más información recibe. Los mismos rumores y anécdotas surgen una y otra vez, difiriendo sólo en pequeños detalles. Se encuentra con media docena de personas que están absolutamente seguros de que Glory está más al sur, trabajando como correo para una brigada de guerrilleros Huks en los montes que están sobre Calamba.

Pasa el día de Navidad en la cabaña de un pescador en las orillas del gran lago, la laguna de Bay. Está lleno de mosquitos. Allí le golpea otro brote de malaria; pasa un par de semanas delirando por la fiebre, teniendo extravagantes pesadillas sobre Glory.

Finalmente consigue recuperarse lo bastante para volver a moverse, y se sube a un bote que va hasta Calamba. Los volcanes negros que se dibujan en lo alto resultan una vista grata. Tienen un aspecto agradable y frío, y le recuerdan al territorio ancestral de los Shaftoe. Según la leyenda familiar, los primeros Shaftoe que llegaron a América trabajaron como sirvientes contratados en los campos de tabaco y algodón, alzando los ojos anhelantes hacia las frías montañas mientras se encorvaban en los sofocantes campos. En cuanto pudieron marcharse lo hicieron, y se dirigieron hacia lo alto. Las montañas de Luzón atraían a Shaftoe del mismo modo, alejándole de las tierras bajas de la malaria, llevándole hacia Glory. Su viaje casi había terminado.

Pero se queda atascado en Calamba, forzado a ocultarse en un cobertizo, cuando los soldados de las fuerzas aéreas niponas que se encuentran en la ciudad empiezan a agruparse preparando algún tipo de movimiento. Esos Huks de las montañas se lo han estado poniendo difícil, y los nipones están enfureciéndose y volviéndose crueles.

El cabecilla de los Huks locales envía finalmente un emisario a informarse de la historia de Shaftoe. El emisario se marcha y pasan varios días. Finalmente, un teniente filipino-norteamericano regresa con dos buenas noticias: los norteamericanos han aterrizado en masa en el golfo de Lingayen y Glory está viva y colabora con los Huks a tan sólo unos kilómetros de allí.

—Ayúdeme a salir de esta ciudad —ruega Shaftoe—. Sáqueme en un bote por el lago y déjeme en el campo, desde allí podré seguir.

—¿Seguir adónde? —dice el teniente, haciéndose el tonto.

—¡A las tierras altas! ¡A unirme a esos Huks!

—Le matarían. El terreno está minado. Los Huks están extremadamente alerta.

—Pero...

—¿Por qué no va en dirección contraria? —pregunta el teniente—. Vaya a Manila.

—¿Por qué iba a ir allí?

—Su hijo se encuentra allí. Y allí es donde hace falta. Pronto la gran batalla se librará en Manila.

—De acuerdo —dice Shaftoe—. Iré a Manila. Pero antes quiero ver a Glory.

—Ah —dice el teniente, como si finalmente se hubiese encendido una luz—. Dice que quiere ver a Glory.

—No me limito a decirlo. Quiero ver a Glory.

El teniente exhala una nube de humo de cigarrillo y sacude la cabeza.

—No, no quiere —dice sin entonación.

—¿Cómo?

—No quiere ver a Glory.

—¿Cómo puede decir eso? ¿Está completamente loco?

El rostro del teniente se vuelve inexpresivo.

—Muy bien —dice—. Haré algunas indagaciones. Puede que Glory venga y le visite.

—Eso es una locura. Es demasiado peligroso.

El teniente se ríe.

—No, no lo entiende —dice—. Es usted un hombre blanco en una ciudad de provincias en Filipinas ocupada por nipones hambrientos y enloquecidos. Es imposible que pueda asomar el rostro. Imposible. Glory, en cambio, puede moverse libremente.

—Dijo que estaban realizando inspecciones casi en cada manzana.

—No molestarán a Glory.

—Los nipones alguna vez... ya sabe. ¿Molestan a las mujeres?

—Ah. Le preocupa que violen a Glory. —El teniente da otra larga calada al cigarrillo—. Puedo asegurarle que eso no sucederá. —Se pone en pie, cansado de la conversación—. Espere aquí —dice—. Reúna fuerzas para la batalla de Manila.

Sale, dejando a Shaftoe más frustrado que nunca.

Dos días después, el dueño del cobertizo, que habla muy poco inglés, despierta a Shaftoe antes del amanecer. Conduce a Shaftoe a un pequeño bote, le lleva remando hasta el lago y luego durante un kilómetro orilla arriba, hasta un banco de arena. Está amaneciendo sobre el lado opuesto del lago, iluminando las nubes. Es como si el mayor depósito de gasóleo del mundo estuviese ardiendo en un cielo dividido en amplios trapezoides por las estelas lineales de los aviones norteamericanos patrullando al amanecer.

Glory está paseando sobre el banco de arena. No puede verle el rostro porque está envuelta en un pañuelo de seda, pero reconocería la forma de su cuerpo en cualquier lugar. Camina de un lado a otro junto a la orilla, dejando que el agua cálida del lago le acaricie los pies desnudos. Está disfrutando del amanecer, mantiene la espalda vuelta hacia Shaftoe para deleitarse en él. Vaya un flirteo. A Shaftoe se le pone dura como un remo. Palpa el bolsillo trasero de sus pantalones para asegurarse de que está bien aprovisionado de condones VOLVERÉ. Va a ser complicado acostarse con Glory en un banco de arena con ese viejo allí mismo, pero tal vez pueda pagarle al tipo para que se aleje y haga un poco de ejercicio durante una hora.

El tipo sigue mirando por encima de su hombro para calcular la distancia hasta el banco. Cuando están aproximadamente a un tiro de piedra, se sienta y guarda los remos. Avanzan junto a la orilla durante unos metros y luego se detienen.

—¿Qué está haciendo? —pregunta Shaftoe. Luego suspira—. ¿Quiere dinero? —Hace un gesto frotándose el pulgar contra la punta de los dedos—. ¿Eh? ¿Es eso?

Pero el hombre simplemente le contempla, con la expresión más dura e inexpresiva que Shaftoe haya visto en cien campos de batalla por todo el mundo. Espera a que Shaftoe se calle, luego hace un gesto con la cabeza en dirección a Glory.

Shaftoe alza la vista hacia Glory, al mismo tiempo que ella se gira para mirarle. Alza unas manos deformes, completamente envueltas en largas tiras de tela, como las de una momia, y aparta el pañuelo de su rostro.

O de lo que solía ser un rostro. Ahora es tan sólo la parte frontal de su cráneo.

Bobby Shaftoe toma aliento, y deja escapar un grito que probablemente puede oírse en el centro de Manila.

El barquero dirige una mirada ansiosa hacia la ciudad, luego se pone en pie, bloqueando la vista de Shaftoe mientras éste intenta recuperar el aliento. Tiene uno de los remos en la mano. Shaftoe comienza a emitir otro grito cuando el remo le golpea a un lado de la cabeza.

El primario

El sol ha efectuado un largo aterrizaje forzoso sobre la península malaya, a varios centenares de kilómetros en dirección oeste, desgarrándose y derramando su combustible termonuclear sobre la mitad del horizonte, dejando una estela de nubes salmón y magenta que se han abierto camino a través de la atmósfera y han salido al espacio. La montaña que contiene la Cripta no es más que un fragmento de carbón resaltando contra el telón de fondo. Randy está molesto con el crepúsculo por hacer difícil la visión del enclave de construcción. A estas alturas, la cicatriz del oscuro bosque está casi curada o, al menos, algún tipo de materia verde se ha extendido sobre el barro desnudo del color de un lápiz de labios. Unos cuantos contenedores GOTO ENGINEERING todavía brillan amenazadores en torno a la entrada, bajo la luz deformadora de las lámparas de vapor de mercurio, pero la mayoría se habían trasladado al interior de la Cripta o habían regresado a Nipón. Randy puede distinguir los faros de un camión Goto del tamaño de una casa, descendiendo por la tortuosa carretera, probablemente cargado de escombros para otro de los proyectos de recuperación de terrenos del Sultán.

Sentado erguido en el morro del avión, Randy puede mirar directamente por la ventana y ver que están aterrizando sobre la nueva pista, construida en parte con ese relleno. Los edificios del centro son líneas de luz verde azulada a ambos lados del avión, con pequeñas figuras humanas oscuras congeladas en su interior: un hombre sujetando un teléfono entre su hombro y su oído, una mujer con falda sosteniendo una pila de libros contra su pecho pero con la mente muy lejos de allí. La visión desaparece y se vuelve de color índigo cuando el morro del avión se inclina hacia arriba para el aterrizaje, y Randy se encuentra mirando sobre el mar de Sulú al anochecer, con los barcos *badjaos* refugiándose en el puerto tras un día de pesca, repletos de pastinacas y con las colas de los tiburones ondeando al viento como banderas. No hace mucho le resultaba ridículamente exótico, pero ahora se siente más en casa aquí que en California.

Para los pasajeros de clase Sultán todo sucede a la velocidad de un cambio de escena cinematográfico. El avión aterriza, una hermosa mujer te ofrece la chaqueta y sales. Los aviones utilizados por las líneas aéreas asiáticas deben llevar unos conductos especiales en la cola por donde eyectan a las auxiliares de vuelo a la estratosfera cuando cumplen veintiocho años.

Un pasajero de clase Sultán suele tener a alguien esperándole. Esta noche se trata de John Cantrell, todavía con el pelo recogido en una coleta pero ahora bien afeitado; tarde o temprano el calor le afecta a todo el mundo. Incluso se ha afeitado la parte posterior del cuello, un buen truco para desprenderse de un par de unidades térmicas extra. Cantrell saluda a Randy con una torpe maniobra de apretón de manos y abrazo/chequeo simultáneos.

—Me alegro de verte, John —dice Randy.

—Lo mismo digo, Randy —dice John, y ambos desvían la mirada con timidez.

—¿Dónde está cada uno?

—Tú y yo estamos en el aeropuerto. Avi, por el momento, ha cogido habitación en un hotel del centro de San Francisco.

—Bien. No me parecía seguro que se quedase sólo en la casa.

Cantrell parece molesto.

—¿Por alguna razón en particular? ¿Ha habido amenazas?

—Ninguna que yo sepa. Pero es difícil ignorar el elevado número de gente ligeramente aterradora que está implicada en esto.

—No le afecta a Avi. Beryl está en un avión de regreso a SF desde Ámsterdam; en realidad, probablemente ya habrá llegado.

—Me dijeron que estaba en Europa. ¿Por qué?

—Un asunto raro relacionado con el gobierno. Te lo contaré después.

—¿Dónde está Eb?

—Eb lleva una semana encerrado en la Cripta con su equipo, haciendo un esfuerzo increíble, como el del día D, para terminar el sistema de identificación biométrica. No le molestaremos. Tom ha estado yendo y viniendo entre su casa y la Cripta, probando diferentes torturas en los sistemas de red internos de la Cripta. Examinando los límites internos de confianza. Ahí es adonde vamos.

—¿A los límites internos de confianza?

—¡No! Lo siento. A su casa. —Cantrell sacude la cabeza—. Es... bueno... No es la casa que yo construiría.

—Quiero verla.

—La paranoia se le está yendo un poco de las manos.

—Hablando de eso... —Randy se detiene. Está a punto de hablarle a Cantrell de Pontifex, pero están muy cerca del Dunkin' Donuts halal, y hay gente mirándoles. No hay forma de saber quién podría estar escuchando—. Te lo contaré luego.

Cantrell parece momentáneamente confuso y luego sonríe maliciosamente.

—Ésa ha sido buena.

—¿Tenemos coche?

—He cogido prestado el coche de Tom. No uno de esos modelos civiles blandos. Uno militar auténtico.

—Vaya, genial —dice Randy—. ¿Viene completo, con el cañón en la parte posterior?

—Lo intentó, seguro que se puede conseguir una licencia para tener uno de esos en Kinakuta, pero su mujer puso el límite en tener una ametralladora pesada auténtica en casa.

—¿Y qué hay de ti? ¿Cuál es tu postura en este asunto de las armas?

—Las poseo y sé cómo utilizarlas, como ya sabes —dice Cantrell.

Recorren apresuradamente un pasillo de tiendas libres de impuestos; en realidad se trata más bien de todo un centro comercial de tiendas libres de impuestos. Randy no consigue imaginar quién compra en realidad todas esas enormes botellas de licor y esos cinturones tan caros. ¿Qué clase de estilo de vida apaciblemente orgiástico exige esa particular selección de artículos?

Mientras tanto, Cantrell evidentemente ha decidido que la pregunta sobre las armas que le ha hecho Randy merece una respuesta más amplia.

—Pero cuanto más practico con ellas más asustado me siento. O puede que más deprimido.

—¿Qué quieres decir? —Randy emplea un desacostumbrado estilo de caja de resonancia, incitando psicoterapéuticamente a Cantrell a expresar sus sentimientos. Debe de haber sido un día curioso para John Cantrell, y sin duda hay ciertos sentimientos que deben liberarse.

—Sostener uno de esos chismes en las manos, limpiando el cañón y cargando las balas, hace que te enfrentes a la medida tan desesperada y extrema que son en realidad. Es decir, si llegamos al punto de tener que ponernos a disparar y viceversa, es que lo hemos jodido del todo. Así que, en definitiva, sólo refuerzan mi interés en asegurarme de que no las necesitemos.

—¿Y la Cripta? —pregunta Randy.

—Podría argumentarse que mi implicación en la Cripta es un resultado directo de unas cuantas pesadillas que tuve sobre armas.

Es fantásticamente saludable estar hablando así, pero es una desviación portentosa de su habitual modo técnico *hard-core*. Se están preguntando si vale la pena haberse mezclado en ese asunto. Sin duda la certeza descuidada es más cómoda.

—Bien, ¿y qué hay de esos Adeptos al Secreto que se paseaban en el exterior de Ordo? —pregunta Randy.

—¿Qué pasa con ellos? ¿Me preguntas por su estado mental?

—Sí. De eso hablamos. De estados mentales.

Cantrell se encoge de hombros.

—No sé de quién se trataba concretamente. Imagino que habría uno o dos auténticos fanáticos de los que dan miedo. Aparte de ésos, tal vez un tercio de los otros son simplemente demasiado jóvenes e inmaduros para entender lo que ocurre. No lo consideraron más que una travesura. Los otros dos tercios probablemente tenían las palmas de las manos empapadas de sudor.

—Tenían aspecto de estar esforzándose mucho por mantener un aspecto animado.

—Probablemente se alegraron de salir de allí e ir después a sentarse en algún lugar oscuro a beber cerveza. Desde luego un montón de ellos han estado enviándome correos sobre la Cripta desde entonces.

—Como alternativa a la resistencia contra el gobierno de Estados Unidos, asumo y confío que quieres decir.

—Exacto. Claro. Quiero decir, eso es en lo que se está convirtiendo la Cripta, ¿no?

La pregunta le suena ligeramente lastimera a Randy.

—Exacto —responde. Se pregunta por qué está mucho más seguro del asunto de lo que lo está John Cantrell, y luego comprende que a él no le queda nada que perder.

Randy aspira una última bocanada de frío y seco aire acondicionado y lo mantiene refrescante en los pulmones mientras salen al calor de la tarde. Ha aprendido a relajarse ante el clima; no puedes luchar contra él. Hay una hilera de Mercedes-Benz ronroneantes esperando para recoger a los pasajeros de clase Sultán y clase Visir. En Kinakuta descienden muy pocos pasajeros de clase Wallah; la mayor parte de ellos están en tránsito a la India. Como es el tipo de lugar donde todo funciona a la perfección, Randy y John llegan al Humvee como veinte segundos después, y otros veinte segundos más tarde conducen a ciento veinte kilómetros por hora por un largo pozo horizontal de fantasmales luces de autopista verde azuladas.

—Hemos estado dando por supuesto que no hay micrófonos en el Humvee —dice Cantrell—; por tanto, si hay algo que te hayas estado guardando, ahora puedes hablar con libertad.

Randy escribe: *Dejemos de asumir esas cosas* en el bloc de notas y se lo enseña. Cantrell levanta ligeramente las cejas pero desde luego no parece especialmente sorprendido, se pasa el día alrededor de personas que intentan superarse las unas a la otras en paranoia. Randy escribe: *Un antiguo empleado de la NSA que se ha pasado al negocio privado nos ha estado vigilando*. Luego añade: *Probab. trabaje para 1 o más clientes de la Cripta*.

¿Cómo lo sabes?, dice Cantrell formando las palabras con la boca.

Randy suspira y a continuación escribe: *Un Mago habló conmigo*.

Luego, mientras John se ocupa de esquivar un accidente en el carril izquierdo, añade: *Considéralo diligencia exigible, al estilo del hampa.*

Cantrell dice en voz alta:

—Tom ha sido muy escrupuloso asegurándose de que su casa no tiene micrófonos. Quiero decir que la ha construido él mismo, o la ha hecho construir, desde los cimientos. —Gira para meterse en una rampa de salida y se mete en la jungla.

—Bien. Allí podremos hablar —dice Randy, luego escribe: *Recuerda la nueva embajada de Estados Unidos en Moscú —los micrófonos estaban mezclados con el cemento— tuvieron que derribarla.*

Cantrell coge el bloc y escribe a ciegas sobre el salpicadero mientras maniobra el Humvee sobre una sinuosa carretera de montañas para entrar en el bosque de nubes. *¿De qué quieres hablar que es tan secreto? ¿Aretusa? Dame los puntos del orden del día, pf.*

Randy: *(1) Demanda y si Epiphyte puede seguir existiendo. (2) Que el escucha de la NSA y el Mago, existen. (3) Quizás, Aretusa.*

Cantrell sonríe y escribe: *Tengo buenas noticias: Tombstone está /.*

«/» en este contexto es la raíz del sistema de archivos UNIX, que en el caso de Tombstone es sinónimo del disco duro que Randy intentó borrar. Randy arquea las cejas con escepticismo y Cantrell sonríe, asiente y se pasa el pulgar por la garganta.

Chez Howard es una estructura de cemento de tejado plano que, desde algunos ángulos, tiene el aspecto de una tubería de alcantarilla colocada verticalmente sobre un montón de lechada en lo alto de una colina. Se hace visible desde uno de esos ángulos como diez minutos antes de que lleguen de verdad, porque la carretera debe realizar muchos cambios de rasante sobre la pendiente ancha de la colina, que el drenaje constante ha intrincado y fractalizado. Incluso cuando no llueve, la mera condensación de la humedad de los mares del sur se acumula en las hojas y cae continuamente desde sus puntas. Entre la lluvia y la vida vegetal, aquí la erosión es una fuerza violenta y voraz, lo que hace que Randy se sienta un poco incómodo con respecto a todas estas montañas, porque las montañas sólo pueden existir allí donde las fuerzas tectónicas subyacentes lanzaban rocas al aire a una velocidad que te haría estallar los oídos simplemente quedándote quieto. Pero claro, como acaba de perder una casa en un terremoto, está naturalmente inclinado a adoptar el punto de vista conservador.

Cantrell dibuja ahora un diagrama elaborado, e incluso ha reducido la marcha, casi hasta detenerse, para poder dibujarlo mejor. Se inicia con un rectángulo alto. En su interior hay un paralelogramo, del mismo tamaño, pero inclinado un poco hacia abajo, y con un pequeño círculo dibujado en medio de un borde. Randy comprende que está mirando una representación en perspectiva de un marco de puerta con la puerta ligeramente abierta, y el pequeño círculo es el pomo. *MARCO DE ACERO*, escribe Cantrell, *canales metálicos huecos*. Garabatos rápidos y serpenteantes sugieren la pared que lo rodea, y el piso que lo sostiene. Donde el marco se hunde en el suelo, Cantrell dibuja pequeñas elipses. *Agujeros en el suelo*. Luego rodea el marco de la puerta con un bucle continuo, que comienza en una de esas elipses y sube por el marco, atraviesa la parte alta, desciende por el otro lado, pasa por la otra elipse en el suelo, la atraviesa y sale por la otra elipse completando así el bucle. Dibuja una o dos iteraciones cuidadosas de esa idea y luego un montón de ellas descuidadas hasta que el conjunto está rodeado por un tornado impreciso y alargado. *Muchas vueltas de cable fino*. Finalmente dibuja dos conductores que salen de esa espiral del tamaño de la puerta y la conectan a un sándwich de líneas largas y cortas alternas, que Randy reconoce como el símbolo de una batería. El diagrama se completa con una enorme flecha dibujada con vigor que atraviesa el centro de la puerta, como si fuese un ariete aéreo, marcado con la letra B, que significa campo magnético. *Puerta de la sala de ordenadores de Ordo*.

—Guau —dice Randy.

Cantrell acaba de dibujar un electroimán clásico de escuela elemental, de los que el joven Randy solía fabricar enrollando un cable alrededor de un clavo y conectándolo a una pila de linterna. Excepto que éste está enrollado alrededor del marco de una puerta y, supone Randy, oculto en el interior de la pared y bajo el suelo de forma que nadie sabría que está allí a menos que derribasen el edificio. Los campos magnéticos son el método de escritura del mundo moderno, son los que escriben bits en los discos, o los borran. Las cabezas lectoescritoras del disco duro de Tombstone son exactamente iguales pero mucho más pequeñas. Si esas cabezas son plumas de dibujante de punta fina, lo que Cantrell acaba de dibujar es una manguera de incendios que lanza tinta china. Probablemente no tendría ningún efecto en un disco duro que se encontrase a unos metros de distancia, pero cualquier disco duro que atravesase la puerta quedaría completamente borrado. Entre el cañón de pulso que dispararon hacia el edificio desde fuera (destruyendo todos los chips en las inmediaciones) y ese truco del marco de la puerta (perdiendo todo bit en todos los discos) el asalto a Ordo no debe haber sido más que una operación de cargar con chatarra, lo organizase quien lo organizase, Andrew Loeb o (según los Adeptos al Secreto) las siniestras fuerzas federales del Fiscal General Comstock que empleaban a Andy como instrumento. Lo único que hubiese podido atravesar la puerta intacto hubiese sido la información almacenada en CD-ROM o cualquier otro soporte no magnético, y Tombstone no tenía de ésos.

Finalmente llegan hasta lo alto de la colina, que Tom Howard ha despejado dejando la roca como si fuese una tonsura de monje. No es porque odie las cosas vivas, aunque probablemente no siente ningún afecto en particular por ellas, sino para mantener a raya la erosión y crear una zona defensiva sobre la cual los movimientos de serpientes increíblemente venenosas, insectos del tamaño de una ardilla, primates inferiores muy oportunistas y primates superiores con malas intenciones sean visibles en un conjunto de cámaras de vídeo que ha instalado en recovecos y hendiduras, razonablemente sutiles, de las paredes. Vista desde cerca, la casa sorprendentemente no tiene tanto aspecto hosco y de fortaleza como parecería al principio. No es una única tubería enorme sino un montón de ellas de diámetros y longitudes diferentes, como un haz de bambú. Hay un número decente de ventanas, especialmente en la parte norte, donde hay vista, bajando por donde John y Randy acaban de subir, hasta una playa en forma de creciente. Las ventanas están situadas muy en el interior de las paredes, en parte para protegerlas de los rayos casi verticales del sol y en parte porque cada una de ellas tiene una contraventana replegable de acero, oculta en la pared, que puede caer frente a ella. La casa está bien, y Randy se pregunta si Tom Howard estaría dispuesto a cedérsela al Dentista, cargar con su colosal juego de mobiliario Gomer Bolstrood y trasladar a su familia a un edificio de apartamentos atestado simplemente para mantener el control de Epiphyte Corporation. Pero quizá no sea necesario.

John y Randy bajan del Humvee oyendo disparos. Luz artificial radia hacia arriba de un zanja cuidadosamente cavada en la jungla cercana. Ahí la humedad y las nubes de insectos hacen que la luz sea una cosa casi sólida y palpable. John Cantrell guía a Randy a través de una zona de aparcamiento perfectamente estéril para llegar a un túnel protegido y delimitado que ha sido creado a hachazos en la vegetación negra. En el suelo hay una especie de rejilla plástica que impide que la tierra desnuda se convierta en una trampa para moscas. Caminan por el túnel, hasta que veinte o treinta pasos más tarde se abre a un claro extremadamente largo y estrecho: la fuente de la luz. Al otro extremo, el terreno se eleva abruptamente para formar una especie de reborde, en parte natural, es la opinión de Randy, y en parte incrementado con la tierra excavada de los cimientos de la casa. Allí hay dos grandes dianas de papel con la forma de siluetas humanas montadas sobre un soporte. En el extremo más cercano, dos hombres con protectores auditivos colgados de los cuellos examinan un arma. Uno de esos hombres es Tom Howard. A Randy le choca pero en realidad no le sorprende el hecho de que el otro hombre sea Douglas MacArthur Shaftoe, evidentemente recién llegado de Manila. El arma tiene exactamente el aspecto del modelo que algunos del pelotón de sombreros negros y pañuelos de cabeza llevaban ayer en Los Altos: una tubería larga con un cargador en forma de hoz sobresaliendo de un lateral, y una culata muy simple fabricada con algunas piezas de metal desnudas y soldadas entre sí.

Doug está en medio de una frase, y no es el tipo de hombre que interrumpa sus procesos mentales y se vuelva amistoso sólo porque Randy acabe de atravesar el Pacífico.

—Nunca conocí a mi padre —dice—, pero mis tíos

filipinos me solían contar las historias que él había contado. Cuando estuvo en Guadalcanal, ellos, los marines, seguían usando los Springfield, el modelo cero tres, con ya unas cuatro décadas a su espalda, cuando aparecieron por fin los rifles M-1. Así que cogieron uno de cada y los arrojaron al agua, los hicieron rodar por la arena y le hicieron Dios sabe qué más... pero nada que no pudiese darse en una situación real de combate, para un marine... y luego los probaron y descubrieron que el cero tres seguía funcionando y el M-1 no. Así que se quedaron con los Springfield. Y yo diría que una prueba similar sería de rigor si de verdad pensáis que estáis diseñando un arma de insurgencia como decís. Buenas noches, Randy.

—Doug, ¿cómo estás?

—Estoy bien, gracias. —Doug es uno de esos tipos que siempre se toman un «¿cómo estás?» como una petición literal de información y no sólo como una formalidad sin sentido, y siempre parece ligeramente emocionado de importarle a alguien lo suficiente como para que se lo pregunten—. El señor Howard dice que cuando estabas sentado sobre el techo de tu coche tecleando en realidad hacías algo inteligente. Y peligroso. Al menos desde el punto de vista legal.

—¿Lo monitorizabas? —le pregunta Randy a Tom.

—Vi paquetes moviéndose por la Cripta, y luego te vi por la tele. Sumé dos y dos —dice Tom—. Buen trabajo, Randy. —Se acerca y le da la mano. Es casi una expresión vergonzosa de emociones en lo que se refiere a lo normal para Tom Howard.

—Lo que hice probablemente falló —dice Randy—. Si el disco de Tombstone quedó borrado, fue por la espiral de la puerta y no por lo que yo hice.

—Bien, mereces igualmente el reconocimiento, que

es lo que tu amigo intenta darte —dice Doug, ligeramente irritado por la obtusidad de Randy.

—Debería ofrecerte una bebida, la posibilidad de relajarte y todo lo demás —dice Tom, mirando en dirección a la casa—, pero por otro lado, Doug dice que volabas en clase Sultán.

—Hablemos aquí fuera —dice Randy—. Pero sí hay algo que podrías ofrecerme.

—¿Qué es? —pregunta Tom.

Randy se saca del bolsillo el pequeño disco duro incorpóreo y lo levanta para que le dé la luz, con el cable colgando.

—Un portátil y un destornillador.

—Hecho —dice Tom, y desaparece por el túnel. Mientras tanto, Doug comienza a desmantelar el arma, como si quisiese mantener las manos ocupadas. Retira las piezas una a una y las observa con curiosidad.

—¿Qué opinas del rifle PEPH? —pregunta Cantrell.

—Creo que no es una locura tan grande como la primera vez que oí hablar de él —dice Doug—, pero si vuestro amigo Avi cree que la gente va a poder fabricar cañones estriados en el sótano para protegerse contra la limpieza étnica, va a llevarse una buena sorpresa.

—Los cañones estriados son complicados —dice Cantrell—. Eso no hay forma de evitarlo. Hay que almacenarlos o entrarlos de contrabando. Pero la idea es que cualquiera que se baje el PEPH, y que tenga acceso a algunas herramientas simples, pueda construir el resto del arma.

—Un día tengo que sentarme contigo y explicarte todo lo que está mal en esa idea —dice Doug.

Randy cambia de tema.

—¿Cómo está Amy?

Doug levanta la vista y examina a Randy detenidamente.

—¿Quieres mi opinión? Creo que se siente sola, y que precisa de apoyo y compañía segura.

Ahora que Doug ha alienado por completo tanto a John como a Randy, el campo de tiro permanece en silencio durante un rato, que probablemente es como a Doug le gusta que esté. Tom regresa con un portátil en una mano y, en la otra, media docena de botellas de agua de plástico unidas entre sí, ya dejando caer un rastro de condensación.

—Tengo un orden del día —dice Cantrell, mostrando el bloc.

—¡Guau! Sí que vais organizados —dice Tom.

—Primero: la demanda y si Epiphyte podrá seguir existiendo.

Randy coloca el portátil sobre la misma mesa en la que Doug trabaja con el rifle PEPH y comienza a desmontarlo.

—Doy por supuesto que sabéis lo de la demanda y que podéis deducir las implicaciones —dice—. Si el Dentista puede demostrar que Doug descubrió el naufragio como resultado del trabajo que realizó para nosotros, y si el valor del naufragio es lo suficientemente grande comparado con el valor de la compañía, entonces el Dentista nos posee, y a todos los efectos prácticos posee la Cripta.

—¡Guau! Espera un segundo. El *Sultán* posee la Cripta —dice Tom—. Si el Dentista controla Epiphyte, todo lo que tiene es un contacto para ofrecer ciertos servicios técnicos a la Cripta.

Randy siente que todos le miran. Saca tornillos del ordenador, negándose a estar de acuerdo.

—A menos que haya algo que yo no entiendo —dice Tom.

—Supongo que simplemente estoy siendo paranoico dando por supuesto que el Dentista colabora de alguna forma con las fuerzas del gobierno de Estados Unidos que se oponen a la intimidad y a la criptografía —dice Randy.

—En otras palabras, el grupo del fiscal general Comstock —dice Tom.

—Sí. Cosa de la que jamás he visto ninguna prueba. Pero después del asalto a Ordo es lo que todo el mundo opina. Si es así, y el Dentista acaba ofreciendo servicios técnicos a la Cripta, entonces la Cripta estará comprometida. En ese caso, debemos asumir que Comstock tiene un hombre dentro.

—No sólo Comstock —dice Cantrell.

—Vale, el gobierno de Estados Unidos.

—No sólo el gobierno de Estados Unidos —dice Cantrell—. La Cámara Negra.

—¿A qué te refieres con eso? —pregunta Doug.

—Hace un par de semanas tuvo lugar en Bruselas una conferencia de alto nivel. Creemos que se organizó a toda prisa. El presidente era el fiscal general Comstock. Había representantes de todos los países del G7 y algunos más. Sabemos que había gente de la NSA. Gente de Hacienda. Gente del Tesoro... El Servicio Secreto. Sus equivalentes en los otros países. Y un montón de matemáticos que se sabe trabajan para el gobierno. También estaba el vicepresidente de Estados Unidos. Básicamente creemos que planeaban alguna forma de organización internacional para poner freno a la criptografía y especialmente al dinero digital.

—La Organización Internacional de Regulación de la Transferencia de Datos —dice Tom Howard.

—¿La Cámara Negra es el apodo? —pregunta Doug.

—Así es como ha empezado a llamarla la gente en la

lista de correo de los Adeptos al Secreto —dice Cantrell.

—¿Por qué formar ahora semejante organización? —comenta Randy.

—Porque la Cripta está a punto de ponerse en marcha, y lo saben —dice Cantrell.

—Se cagan de miedo pensando que no podrán cobrar impuestos cuando todo el mundo use sistemas como la Cripta —le explica Tom a Doug.

—Durante la última semana no se ha hablado de otra cosa en la lista de correo de los Adeptos al Secreto. Y cuando se produjo el asalto a Ordo dio en el nervio.

—Vale —dice Randy—. Me preguntaba cómo es que apareció gente tan pronto con rifles y cosas extrañas. —Ya tiene abierto el portátil y desmonta el disco duro.

—Nos hemos alejado del orden del día —dice Doug, pasando un trapo grasiento por el cañón del rifle PEPH—. La pregunta es, ¿el Dentista os tiene por las pelotas o sólo por los pelos? Y esa pregunta básicamente gira alrededor de vuestro seguro servidor. ¿No es así?

—¡Así es! —dice Randy, un poco con demasiada energía... desea desesperadamente cambiar de tema. El asunto Kepler/Epiphyte/Semper Marine ya le resulta lo suficientemente estresante, y lo último que necesita es relacionarse con gente que cree que no es más que una escaramuza en una guerra para decidir el destino del Mundo Libre... un ensayo preliminar del Apocalipsis. A Randy le parecía bien la obsesión de Avi con el Holocausto siempre que los Holocaustos sucediesen en el pasado o muy lejos... estar metido en persona en uno de ellos es algo que a Randy le gustaría evitar. Debería haberse quedado en Seattle. Pero no lo hizo, así que lo segundo mejor es limitar la conversación a temas simples como lingotes de oro.

—Para que pueda ganar, el Dentista debe demostrar

que Semper Marine descubrió el naufragio cuando realizaba la exploración para el cable. ¿No? —pregunta Doug.

—Exacto —dice Cantrell, antes de que Randy pueda intervenir y decir que es un pelín más complicado.

—Bien, he estado dando vueltas por esta parte del mundo desde hace media vida, y siempre puedo testificar que encontré el naufragio en una exploración anterior. El hijo de puta jamás podría demostrar que miento —dice Doug.

—Andrew Loeb, su abogado, es lo suficientemente listo para saber tal cosa. No te hará subir al estrado —dice Randy, atornillando su propio disco duro.

—Vale. Entonces sólo tienen pruebas circunstanciales. Es decir, la proximidad del naufragio al corredor de la exploración del cable.

—Exacto. Lo que implica una correlación —dice Cantrell.

—Bien, tampoco está tan cerca —dice Doug—. En ese momento cubría una franja muy amplia.

—Tengo malas noticias —dice Randy—. Primero, se trata de un caso civil y sólo precisa de pruebas circunstanciales para ganar. Segundo, acabo de saber por Avi, en el avión, que Andrew Loeb va a presentar una segunda demanda, por incumplimiento de contrato.

—¿Qué jodido contrato? —exige Doug.

—Ya ha anticipado todo lo que acabas de decir —dice Randy—. Todavía no sabe dónde está el naufragio. Pero si resulta estar a millas y millas de distancia del corredor de exploración, dirá que al examinar una franja tan amplia estabas esencialmente arriesgando el dinero del Dentista para ir en busca de tesoros y que por tanto el Dentista merece una parte de las ganancias.

—¿Por qué querría el Dentista meterse conmigo? —dice Doug.

—Para presionarte para testificar en contra de Epiphyte. Podrás quedarte con el oro. El oro se convierte en perjuicio que el Dentista convierte en control de Epiphyte.

—¡Me cago en Dios! —exclama irritado Doug—. Puede besarme el culo.

—Eso ya lo sé —dice Randy—, pero si sabe de esa actitud, ya se le ocurrirá otra estrategia y presentará otra demanda.

—Eso es un poco derrotista... —empieza a decir Doug.

—A donde quiero llegar —dice Randy— es a que no podemos luchar contra el Dentista en su terreno, que es el tribunal, de la misma forma que el Viet Cong no hubiese podido librar una batalla frontal y abierta contra el ejército de Estados Unidos. Así que hay muy buenas razones para sacar el oro del submarino furtivamente antes de que el Dentista pueda demostrar que existe.

Doug adopta una expresión de indignación.

—Randy, ¿alguna vez has intentado nadar sosteniendo un lingote de oro en una mano?

—Debe de haber alguna forma de hacerlo. Pequeños submarinos o algo así.

Doug se ríe en voz alta y misericordiosamente decide no desenmascarar la idea de los pequeños submarinos.

—Supongamos que fuese posible. ¿Qué hago a continuación con el oro? Si lo deposito en una cuenta bancaria, o lo gasto en algo, ¿qué le impediría a ese Andrew Loeb tomarlo como prueba circunstancial de que el naufragio contenía una tonelada de dinero? Lo que dices es que me tengo que sentar sobre ese dinero durante el resto de mi vida para protegeros de la demanda.

—Doug, puedes hacer lo siguiente —dice Randy—. Sacas el oro. Lo metes en un barco. Mis amigos podrán explicarte el resto. —Randy vuelve a colocar la cubierta de plástico del portátil y comienza a meter con cuidado los tornillitos en sus huecos.

—Traes el barco hasta aquí —dice Cantrell.

—A esa playa, justo colina abajo. Yo te esperaré con el Humvee —continúa Tom.

—Y tú y Tom podréis ir al centro y depositar ese oro en lingotes en las bóvedas del Banco Central de Kinakuta —concluye Cantrell.

Al fin alguien ha dicho algo que descoloca a Doug Shaftoe.

—¿Y qué obtengo a cambio? —pregunta con suspicacia.

—Dinero electrónico de la Cripta. Anónimo. Imposible de seguir. Libre de impuestos.

Doug ya ha recuperado la compostura, y vuelve a reírse.

—¿Y qué podré comprar? ¿Fotografías de chicas desnudas en la World Wide Web?

—Pronto podrás comprar todo lo que se *pueda* comprar con dinero —dice Tom.

—Tendríais que informarme mejor —dice Doug—. Pero una vez más nos alejamos del orden del día. Dejémoslo en esto: necesitáis que vacíe el pecio, rápido y en secreto.

—No es sólo que nosotros lo necesitemos. También podría ser lo mejor para ti —dice Randy, buscando el interruptor en la parte de atrás del portátil.

—Punto dos: un antiguo agente de la NSA nos vigila... ¿y algo respecto a un Mago? —dice John.

—Sí.

Doug le dirige a Randy miradas raras, por lo que Randy debe lanzarse a un breve resumen de su sistema de clasificación en Magos, Elfos, Enanos y Hombres, por no hablar de Gollum, lo que para Doug casi carece por completo de sentido porque no ha leído *El señor de los anillos*.

Randy les relata su conversación con Pontifex por el teléfono del avión. John Cantrell y Tom Howard se muestran interesados, como Randy esperaba, pero lo que le sorprende es la intensidad con la que Doug presta atención.

—¡Randy! —dice Doug casi gritando—. ¿En algún momento le preguntaste a ese tipo por qué el viejo Comstock estaba tan interesado en los mensajes de Aretusa?

—Qué coincidencia, es el punto tercero del orden del día —dice Cantrell.

—¿Por qué no se lo preguntaste en el telesilla? —bromea Randy.

—Le estaba ofreciendo un razonamiento pormenorizado de por qué estaba a punto de cortar la unión entre su cuerpo deforme y perfumado y su alma eterna y condenada —dice Doug—. ¡En serio! Conseguiste los mensajes de entre los recuerdos de guerra de tu abuelo. ¿No?

—Así es.

—Y tu abuelo, Waterhouse, ¿dónde los consiguió?

—A juzgar por las fechas, debía de estar en Manila.

—Bien, ¿qué te supones que pudo pasar en Manila en esas fechas que fuese tan importante para Earl Comstock?

—Ya te lo dije, Comstock pensó que era un código comunista.

—¡Eso es una puta mierda! —dice Doug—. ¡Por Dios! ¿No os habéis relacionado nunca con gente como Comstock? ¿No podéis reconocer una puta mierda? ¿No creéis que sería una herramienta útil a añadir a vuestro equipo intelectual el ser capaces de decir, cuando un chorro de puta mierda os cae encima: «Por Dios, esto parece ser una puta mierda»? Ahora, ¿cuál crees que es la verdadera razón por la que Comstock quería romper Aretusa?

—No tengo ni idea —dice Randy.

—La razón es oro —dice Doug.

Randy bufa.

—Tienes el cerebro lleno de oro.

—¿Te llevé o no te llevé a la jungla y te mostré algo? —pregunta Doug.

—Lo hiciste. Lo siento.

—El oro es lo único que podría explicarlo. Porque por lo demás en los años cincuenta Filipinas no era tan importante como para justificar tal esfuerzo por parte de la NSA.

—Se estaba produciendo una insurrección Huk —dice Tom—. Pero tienes razón. Lo importante, al menos en esta zona, era Vietnam.

—¿Sabes algo? —le responde Doug—. Durante la guerra de Vietnam, que fue la genial idea del viejo Comstock, la presencia militar norteamericana en Filipinas era enorme. Ese hijo de puta tenía soldados y marines arrastrándose por Luzón, supuestamente para entrenarse. Pero creo que buscaban algo. Creo que buscaban el Primario.

—¿Como en el depósito de oro primario?

—Acertaste.

—¿El que al final encontró Marcos?

—Las opiniones difieren —dice Doug—. Mucha gente cree que el Primario todavía aguarda ser descubierto.

—Bien, no hay ninguna información sobre el Primario o cualquier otra cosa en estos mensajes —dice Randy. El portátil ya ha arrancado, en modo UNIX, con un torrente de mensajes de error producidos al no encontrar diversos elementos de hardware que estaban presentes en el portátil de Randy (que se encuentra en el cubo de la basura de un concesionario Ford en Los Altos) pero no en el de Tom. Y sin embargo, el núcleo básico se ejecuta hasta el punto de que Randy puede comprobar el sistema de archivos y asegurarse de que está intacto. El directorio Aretusa sigue ahí, con su larga lista de pequeños archivos, cada uno resultado de pasar un montón diferente de tarjetas por el lector de tarjetas de Chester. Randy abre el primero y se encuentra con varias líneas aleatorias de letras mayúsculas.

—¿Cómo sabes que en esos mensajes no hay información sobre el Primario, Randy? —pregunta Doug.

—Durante diez años la NSA no pudo descifrar esos mensajes —dice Randy—. Resultó ser un fraude. El resultado de un generador de números aleatorios.

Randy regresa a la lista de archivos y teclea:

```
grep AADAA *
```

y le da a la tecla de retorno. Es un comando para encontrar el conjunto inicial de letras en los mensajes de las tarjetas ETC, ese famoso al que aludió Pontifex. La máquina responde casi de inmediato sin mostrar nada, lo que significa que la búsqueda ha fallado.

—¡Mierda! —dice Randy.

—¿Qué pasa? —dicen todos a la vez.

Randy respira larga y profundamente.

—Éstos no son los mismos mensajes que Earl Comstock intentó descifrar durante diez años.

Diluvio

A Goto Dengo le lleva como medio minuto vadear la estrecha entrada del túnel. Con los dedos de una mano toca la cubierta de piedra que tiene sobre la cabeza, palpando las heridas de la perforación. A su espalda puede oír a los cuatro miembros de su equipo adelantándose también, murmurando entre sí.

Sus dedos tocan un borde y se abren a un espacio vacío y oscuro; ahora está en el interior del túnel principal. Se pone en pie y se adelanta. Para él, la oscuridad perfecta le resulta acogedora y tranquilizante, en su interior siempre puede fingir que sigue siendo un muchacho, allá en Hokkaido. Puede fingir que los últimos años de su vida no han pasado nunca.

Pero de hecho es un adulto atrapado en un agujero en Filipinas y rodeado de demonios. Abre la válvula de una lámpara de cabeza de acetileno y le da la vida. A partir de ese punto, es perfectamente capaz de moverse por el interior del Gólgota a ciegas, pero su equipo no lo es, y los deja muy atrás. Se golpea el dedo del pie de forma brutal contra un enorme lingote de oro que alguien, por descuido, ha dejado tendido sobre los raíles, y lanza una maldición.

—¿Va todo bien, teniente? —dice uno del equipo, a cincuenta metros a su espalda.

—Genial —dice Goto Dengo, en voz alta y clara—. Vosotros cuatro tened cuidado de no romperos los dedos de los pies con este lingote.

Ahora Wing, Rodolfo y sus hombres, que esperan más adelante, saben qué número de soldados nipones tienen que matar.

—¿Dónde están los últimos trabajadores? —grita uno de los soldados.

—En la bóveda de los tontos.

Les lleva varios minutos atravesar la bóveda principal porque está abarrotada de tesoros. El núcleo estrellado de la galaxia debe tener este aspecto. Suben por el pozo en el techo y llegan hasta el Salón de la Gloria. Goto Dengo encuentra los cables desnudos que llevan hasta la bombilla eléctrica y los conecta a los terminales de la batería. Como el voltaje es incorrecto, la bombilla tiene el aspecto de una mandarina flotando sobre la tinta.

—Apagad las lámparas de cabeza —dice Goto Dengo—, para reservar combustible. Dejaré la mía encendida por si hay alguna interrupción de la corriente.

Saca un puñado de algodón blanco de una caja estéril. Es el objeto más blanco y limpio que ha visto en varios años. Lo rompe en pequeños tapones, como el padre Ferdinand rompiendo el pan para la misa, y los pasa a los hombres, que se los meten ritualmente en los oídos.

—No hay más tiempo para malgastar —aúlla—. El capitán Noda debe estar impacientándose.

—¡Señor! —dice uno de los hombres poniéndose firme y ofreciéndole un par de cables marcados como DEMOLICIÓN DEL TÚNEL PRINCIPAL.

—Muy bien —dice Goto Dengo, y conecta los cables a un par de bornes en una caja interruptora de madera.

Le parece como si debiese decir algo ceremonioso, pero no se le ocurre nada. Hay nipones muriendo por todo el Pacífico sin que primero puedan lanzar un discurso.

Aprieta los dientes, cierra los ojos y le da al interruptor.

La onda expansiva atraviesa primero el suelo, golpeándoles la suela de los zapatos como una tabla. Un momento más tarde viene por el aire y les golpea como si fuese un muro de piedra en movimiento. Parece como si el algodón no sirviese para nada. Goto Dengo siente que sus ojos saltan en sus cuencas. Todos sus dientes se comportan como si los estuviesen arrancando de las encías con cinceles helados. Todo el aire sale de sus pulmones. Están vacíos por primera vez desde el momento en que nació. Como bebés recién nacidos, él y los otros hombres no pueden más que retorcerse y mirar a su alrededor aterrados hasta que los cuerpos recuerdan cómo volver a respirar.

Uno de los hombres trajo una botella de sake, que se hizo añicos. Se pasan el fondo roto de la botella, y cada uno toma un sorbo de lo que queda. Goto Dengo intenta sacarse los algodones de los oídos y descubre que la onda expansiva los ha metido tan adentro que no puede extraerlos. Se limita a gritar:

—Comprobad la hora. —Todos los hacen—. En dos horas, el capitán Noda volará el tapón en el fondo del lago y llenará las trampas de agua. Mientras tanto, tenemos trabajo que hacer. Todos conocéis vuestra tarea... ¡A trabajar!

Todos dicen *hai*, se viran sobre los talones y se separan. Es la primera vez que Goto Dengo ha enviado hombres a morir. Pero en cualquier caso, ya estaban muertos, por lo que no sabe exactamente qué sentir.

Si todavía creyese en el emperador —si todavía creyese en la guerra— no le daría mayor importancia. Pero si todavía creyese no haría lo que está a punto de hacer.

Es importante mantener la apariencia de que se trata de una operación normal, así que desciende a la cámara para realizar su siguiente tarea asignada: inspeccionar lo que solía ser la entrada principal. La bóveda está llena de una nube de polvo de roca que aprieta su tráquea como un puño agarrando una cuerda. Su lámpara de acetileno sólo consigue que el polvo reluzca, ofreciéndole una visibilidad de quizás unas seis pulgadas. Lo único que puede ver son los lingotes frente a su cara, que siguen brillando bajo una fina capa de polvo y humo. La onda expansiva ha trastornado lo que solían ser ordenados montones de cajas y lingotes y ha convertido el tesoro en un montón informe del que siguen cayendo avalanchas mientras buscan su ángulo de reposo. Un lingote de oro de 75 kilos se desliza montón abajo como una vagoneta desbocada, surgiendo de entre la nube de polvo, y tiene que dar un salto para apartarse. Del techo roto siguen cayendo trocitos de roca que le golpean el casco.

Se sube con cuidado al montón, respirando sobre lo que solía ser un tapón de algodón, hasta que puede ver lo que solía ser el túnel principal. La dinamita ha hecho lo que debía: ha convertido el techo del túnel en un billón de fragmentos. Caídos sobre el suelo, ocupan un volumen mayor que la misma masa de piedra cuando formaba una sola pieza. El túnel está lleno de toneladas de piedra suelta, hasta llegar a la misma entrada junto al río Tojo, donde los hombres del capitán Noda trabajan ahora mismo, ocultando las pequeñas heridas tras rocas de río.

Siente más que oye una pequeña explosión, y sabe que algo va mal. Nadie debería estar provocando explosiones ahora mismo.

Los movimientos en ese lugar son angustiosamente lentos, como en una pesadilla cuando intentas huir de un demonio. Le lleva tanto tiempo regresar al Salón de la Gloria que casi no tiene sentido hacerlo; lo que estuviese sucediendo ya ha terminado cuando llega.

Lo que ve al llegar es un grupo de tres hombres que le esperan: Wing, Rodolfo y el filipino llamado Bong.

—¿Los soldados?

—Muertos todos —dice Rodolfo rotundo, irritado por lo estúpido de la pregunta.

—¿Los otros?

—Uno de los soldados lanzó una granada. Se mató a sí mismo y a mis dos hombres —dice Wing.

—Otro soldado oyó la granada y tenía el cuchillo listo cuando Agustín fue a por él —dice Bong. Agita la cabeza con pena—. No creo que Agustín estuviese preparado para matar a un hombre. Vaciló.

Goto Dengo mira fijamente a Bong, fascinado:

—¿Y tú?

Durante un momento Bong no comprende la pregunta. Luego le llega la iluminación.

—Oh, no, no vacilé, teniente Goto. En una ocasión un soldado nipón hizo daño a mi hermana, de una forma muy poco apropiada.

Goto Dengo permanece allí en silencio durante un rato, hasta que nota que los otros hombres le miran expectantes. Comprueba la hora. Le sobresalta comprobar que sólo ha pasado media hora desde que produjo la explosión.

—Tenemos una hora y media hasta que se llenen las trampas de agua. Si para entonces no estamos en la Burbuja, quedaremos atrapados, sin posibilidad de escape —dice Goto Dengo.

—Vamos allí y esperamos —sugiere Wing, en shanghainés.

—No. El capitán Noda está fuera, a la escucha, esperando más explosiones —dice Goto Dengo, también en chino; luego, en inglés, para los filipinos—. Tendremos que detonar las cargas de demolición en el momento preciso o Noda-san sospechará.

—Quien las haga detonar quedará atrapado para siempre en esta cámara —dice Rodolfo, haciendo un gesto a su alrededor para indicar todo el Salón de la Gloria.

—No las detonaremos desde aquí —dice Goto Dengo, levantando la tapa de una caja. En su interior hay varios rollos de cable telefónico. Les pasa los rollos a Rodolfo, Wing y Bongo. Éstos comprenden y comienzan a unir los nuevos cables a los que terminan allí.

Retroceden a través del Gólgota por fases, cargando baterías y desenrollando los cables, dinamitando una a una las secciones de túneles que quedan a su espalda. Mientras lo van haciendo, Rodolfo, Wing y Bong van comprendiendo ciertos aspectos extraños del túnel. Por primera vez les resulta totalmente evidente que Goto Dengo ha diseñado todo el complejo para servir a dos propósitos totalmente contradictorios. Para un ingeniero nipo leal como el capitán Noda parece ser, exactamente, lo que ordenó que se construyese: una bóveda rodeada de trampas. Pero para los cuatro hombres encerrados en su interior, el Gólgota tiene una segunda función. Es una máquina de huida. A medida que el propósito de ciertas salas, túneles y otros detalles va quedando claro, se yerguen, parpadean y se vuelven para mirar a Goto Dengo con la misma expresión del soldado que semanas atrás descubrió el Buda en el Mercedes.

Su destino es la Burbuja, un nicho que Goto Dengo les hizo cavar en la piedra durante el último par de meses. Afirmaba, ante cualquiera que le preguntase, que era un embalse de agua, puesto ahí para incrementar la mortalidad de una de las trampas. Es un pozo vertical ancho, de cuatro metros de diámetro, que comienza en lo alto de un túnel periférico y se eleva durante unos metros, y acaba de pronto. Todavía tiene escaleras pegadas a sus paredes, y trepando por ellas se puede llegar a un saliente de roca lo suficientemente amplio para sentarse. Wing y sus hombres ya han dejado allí agua y cajas de galletas.

Para cuando se sientan en lo alto de la Burbuja, todos ellos están maravillados por Goto Dengo y dispuestos a hacer lo que diga. Él lo siente. Eso le llena de tristeza desconsoladora.

Tienen quince minutos de espera. Los otros los pasan bebiendo agua y dando mordiscos a las galletas. Goto Dengo los ocupa en recriminarse.

—Soy un despreciable gusano —dice—, un traidor, un montón asqueroso de mierda de perro, ni siquiera digno de limpiar las letrinas de los verdaderos soldados de Nipón. Estoy falto... totalmente separado de la nación a la que he traicionado. Ahora pertenezco a la parte del mundo que odia Nipón... y que, por tanto, me odia a mí... pero a la vez soy objeto de odio de los míos. Me quedaré aquí y moriré.

—Estás vivo —dice Rodolfo—. Y salvaste nuestras vidas. Y eres rico.

—¿Rico?

Wing, Rodolfo y Bong se miran confundidos.

—¡Sí, claro! —dice Bong.

Goto Dengo sigue con aspecto de no entender. Suponiendo que la explosión le ha dejado sordo o tonto, Bong mete la mano en sus pantalones y saca una bolsita hecha a mano, la abre y muestra un par de buenos puñados de diamantes. Wing y Rodolfo no parecen impresionados.

Goto Dengo aparta la vista abatido. Él no ha salvado más tesoro que la vida de estos hombres. Pero no es por eso por lo que se siente tan mal. Había esperado que al ser salvados se comportarían con nobleza y no pensarían en el tesoro. Pero quizá fuese esperar demasiado.

Un golpe distante los levanta ligeramente del saliente. Goto Dengo siente una sensación extraña en la cabeza: la presión de aire comienza a aumentar. La columna de aire atrapada en el tunel diagonal comienza a comprimirse por el pistón de agua que viene del lago. El capitán Noda ha dinamitado el tapón.

Goto Dengo está tan emocionado que se olvida de morirse.

Es un ingeniero, atrapado en el interior de una de sus propias máquinas. La máquina se diseñó para mantenerlo con vida y nunca sabrá si funciona correctamente a menos que funcione correctamente. Después de que haya logrado esa satisfacción, supone, siempre podrá suicidarse con calma.

Se cierra la nariz con los dedos, aprieta los labios y empieza a bombear aire a las trompas de Eustaquio, equilibrando la presión. Los otros siguen su ejemplo.

Todas las trampas del Gólgota son básicamente iguales. Todas derivan su poder mortal de la presión de agua comunicada a este nivel desde el fondo del lago Yamamoto. En varios lugares del complejo se han construido paredes falsas, diseñadas para que las rompan ladrones codiciosos o para desmoronarse por sí mismas cuando los ladrones excavasen la arena que las sostienen. A continuación entrará agua con fuerza explosiva y probablemente los aplastará antes de que tengan la oportunidad de ahogarse.

Al final del Gólgota, el túnel diagonal se divide una y otra vez, como un río que se divide en afluentes. Goto Dengo lo explicó para los oficiales que venían de inspección relacionándolo con la fontanería en el interior de un hotel moderno, que recibe desde una única tubería presurizada por una lejana torre de agua, pero que se divide en muchas tuberías diferentes para llevar agua presurizada a grifos dispersos por toda la estructura.

El Gólgota bulle, silba y protesta a medida que su sistema ramificado se presuriza a causa del diluvio iniciado por la carga de dinamita del capitán Noda. Las burbujas de aire atrapadas en los extremos de esas tuberías buscan una forma de escapar: algunas salen por entre las grietas de las paredes y otras burbujean hacia el túnel diagonal. La superficie del lago Yamamoto debe estar hirviendo como un caldero, y allí debe encontrarse el capitán Noda, contemplando cómo el aire huye del Gólgota, sonriendo de satisfacción. En momentos, los suelos de los túneles quedan oscurecidos por lagunas bulliciosas de agua sucia, y las cubas y vagonetas abandonadas comienzan a elevarse, agitándose como corchos y entrechocando.

Pero sin embargo la mayor parte del aire atrapado en el Gólgota no sale burbujeando por el lago Yamamoto. La mayor parte se eleva hacia la Burbuja, porque así es como lo planeó Goto Dengo. Sabe que está funcionando porque sus oídos comienzan a estallar.

Finalmente el agua se eleva por la propia Burbuja, pero lo hace lentamente, porque la presión de aire contenido se ha vuelto muy alta. A medida que el agua sube, incrementa aún más la presión de la burbuja de aire en la que están atrapados Goto Dengo y los otros. La presión del aire va aumentando hasta que iguala la presión del agua. Luego se alcanza el equilibrio y el agua no puede ascender más. Otro tipo de equilibrio se está alcanzando en sus cuerpos, a medida que el aire comprimido inunda sus pechos y el nitrógeno de ese aire comienza a penetrar en las membranas de sus pulmones y a disolverse en su sangre.

—Ahora esperamos —dice Goto Dengo, y apaga la lámpara de acetileno, dejándolos en la oscuridad—. Siempre que no encendamos las lámparas, hay aire suficiente en esta cámara para mantenernos con vida durante varios días. El capitán Noda y sus hombres pasarán al menos ese tiempo poniendo en orden Bundok, borrando todo rastro de nuestro trabajo, y suicidándose. Así que debemos esperar o sus hombres nos matarán cuando nos presentemos en la orilla del lago Yamamoto. Me gustaría pasar ese tiempo educándoos en el tema de la enfermedad de descompresión, también conocida como apoplejía por cambio de presión.

Dos días más tarde, detonan una última carga de dinamita relativamente pequeña, abriendo un agujero en la pared de la Burbuja que es lo suficientemente grande para permitir pasar a un hombre. Al otro lado, comienza el túnel diagonal del lago Yamamoto.

Rodolfo es el que está más aterrado de todos, así que le envían el primero. Luego va Bong, y a continuación Wing. Finalmente, Goto Dengo deja atrás el aire enrarecido y usado de la Burbuja. En unos momentos se han abierto paso al túnel diagonal ascendente. Comienzan a nadar en medio de una oscuridad total. Durante el camino van sintiendo con la mano la parte alta del túnel, buscando la abertura del primer pozo vertical. Se supone que Rodolfo debe detenerse cuando lo encuentre, pero los otros también deben estar alerta en caso de que Rodolfo falle.

Chocan unos contra otros en la oscuridad como un tren que se detiene. Rodolfo se ha parado, con suerte, habrá encontrado el primer pozo vertical. Wing finalmente se adelanta y Goto Dengo se mete directamente por el pozo vertical para llegar al fin a un bulbo en lo alto donde hay atrapada una burbuja de aire. El bulbo tiene apenas el tamaño justo para acomodar cuatro hombres. Allí hacen una pausa, formando todos juntos un conjunto de cuerpos, jadeando a medida que exhalan el aire lleno de nitrógeno y dióxido de carbono del que han estado viviendo los últimos sesenta segundos, y respiran para llenar los pulmones con aire fresco. Goto Dengo siente que le saltan los oídos al rebajarse la presión.

Sólo han cubierto una pequeña fracción de los cuatrocientos cincuenta metros que separan horizontalmente el Gólgota del lago. Pero ya han cubierto la mitad del centenar de metros verticales. Es decir, la presión del aire que respiran en esa cámara es la mitad que en la Burbuja.

Goto Dengo no es un buceador, y sabe muy poco sobre medicina de buceo. Pero su padre hablaba de cómo se solían emplear campanas neumáticas para enviar trabajadores bajo el agua, para construir o extraer cosas. Así es como supo de la enfermedad de descompresión, y también como descubrió la regla práctica según la cual la mayoría de los hombres no sufrirán sus síntomas si pasan una descompresión durante un rato a la mitad de la presión de aire original. Si se detienen y respiran durante un rato, el nitrógeno saldrá de sus tejidos. Una vez hecho, la presión de aire debe reducirse de nuevo a la mitad.

En la Burbuja, la presión de aire era de unas nueve o diez atmósferas. Aquí, en la primera cámara, es más o menos de cinco. Pero no hay mucho aire en ésta, lo justo para permitirles respirar durante quince o veinte minutos, sacar el nitrógeno de sus tejidos y llenar los pulmones para el siguiente periodo de natación.

—Vale —dice Goto Dengo—, vamos. —Encuentra a Rodolfo en la oscuridad y le da una palmada de ánimo. Rodolfo respira profundamente en serie para prepararse, y Goto Dengo recita los números que todos se saben de memoria—. Veinte brazadas en línea recta. Luego el túnel se dobla hacia arriba. Cuarenta brazadas en una subida inclinada. Donde el túnel vuelve a doblarse vais directamente a la siguiente cámara de aire.

Rodolfo asiente, se persigna y luego da una voltereta en el agua y se sumerge. A continuación Bong, luego Wing y finalmente Goto Dengo.

Este recorrido es muy largo. Los últimos quince metros son un ascenso vertical hacia la cámara de aire. Goto Dengo había esperado que la flotabilidad natural de sus cuerpos lo hiciese más fácil, incluso si estuviesen a punto de ahogarse. Pero mientras patalea por el estrecho pozo, empujando frenéticamente los pies de Wing, quien está por encima y no va tan rápido como le gustaría, siente pánico creciente en sus pulmones. Finalmente comprende que debe luchar contra el impulso de contener el aliento, que sus pulmones están llenos de aire a una presión mucho mayor que el agua que le rodea, y que si no deja salir algo de ese aire le estallará el pecho. Por tanto, contra su instinto de reservar el precioso aire lo deja burbujear por su boca. Espera que las burbujas pasen frente a la cara de los otros hombres y eso les transmita la idea. Pero poco después de hacerlo, todos dejan de moverse.

Durante quizás unos diez segundos, Goto Dengo está atrapado en la oscuridad total de un agujero vertical en la roca lleno de agua y que no es mucho más ancho que su propio cuerpo. De todas las cosas que ha experimentado en la guerra, ésta es la peor. Pero justo cuando se rinde y se prepara para morir, comienzan a moverse de nuevo. Todos están medio muertos cuando llegan a la cámara.

Si los cálculos de Goto Dengo eran correctos, la presión ahí no debería ser mayor de dos o tres atmósferas. Pero empieza a dudar de esos cálculos. Cuando ha tomado aire suficiente para recuperar totalmente la conciencia, nota un dolor extremo en sus rodillas, y está claro por los ruidos que hacen los demás que sufren de igual forma.

—Esta vez esperamos todo lo que podamos —dice.

El siguiente es más corto, pero es más difícil por el dolor en las rodillas. Una vez más Rodolfo va el primero. Pero cuando Goto Dengo se eleva en la siguiente cámara de aire, como atmósfera y media sobre lo normal, sólo están Bong y Wing.

—Rodolfo perdió la abertura —dice Bong—. Creo que fue demasiado lejos... ¡por el pozo de ventilación!

Goto Dengo asiente. A sólo unos metros de donde entraron en este pasaje hay un pozo de ventilación que va hasta la superficie. Tiene una desviación lateral en medio que Goto puso allí para que cuando el capitán Noda lo llenase de escombros (cosa que presumiblemente ya ha hecho), el túnel diagonal —la ruta de escape— no se bloquease. Si Rodolfo subió por ese pozo, se encontró con un callejón sin salida, sin burbuja de aire en la parte alta.

Goto Dengo no tiene que decirle a los demás que Rodolfo está muerto. Bong se persigna y recita una oración. Luego se quedan un poco más y se aprovechan del aire que Rodolfo debería estar compartiendo. El dolor en las rodillas de Goto Dengo se hace más intenso, pero se estabiliza después de un rato.

—Desde aquí, sólo hay pequeños cambios en altitud, no hay mucha necesidad de descompresión. En general nadamos para ganar distancia —dice. Todavía les quedan más de trescientos metros horizontales, interrumpidos por cuatro pozos de aire más. El último ejerce como un pozo de ventilación legítimo.

Así que desde allí no es más que nadar y descansar, nadar y descansar, hasta que finalmente las paredes del túnel se separan y se encuentran en el lago Yamamoto.

Goto Dengo rompe la superficie y no hace nada durante un buen rato excepto flotar en el agua y respirar aire limpio. Es de noche, y por primera vez en un año Bundok está en calma, excepto por el sonido de Bong, de rodillas en la orilla del lago, persignándose y murmurando plegarias todo lo rápido que puede mover los labios.

Wing ya se ha ido, sin decir siquiera adiós. Eso afecta a Goto Dengo hasta que comprende lo que significa: él, también, es libre de irse. Por lo que al mundo respecta, está muerto, y han desaparecido sus obligaciones. Por primera vez en su vida, puede hacer lo que quiera.

Nada hasta la orilla, se pone en pie y empieza a caminar. Le duelen las rodillas. No puede creer que haya superado tantas cosas y que su único problema sean unas rodillas doloridas.

Detención

—Kopi —le dice Randy a la asistenta de vuelo, y luego se lo piensa mejor, recordando que en esta ocasión está en tercera clase, y llegar hasta un lavabo podría no ser fácil. No es más que un pequeño 757 de Malaysian Air. La asistenta de vuelo percibe la indecisión en su rostro y titubea. El rostro de la azafata está enmarcado en un pañuelo llamativo vagamente islámico que es el intento más simbólico de modestia sexual que Randy haya visto jamás.

—Kopi *nyahkafeina* —dice Randy, y ella sonríe y le sirve del termo naranja. No es que ella no hable inglés, sino que Randy empieza a sentirse cómodo con el pidgin local. Sabe que no es más que el primer paso de un largo proceso que con el tiempo le convertirá en uno de esos alegres expatriados, fornidos y curtidos por el sol, que infestan los bares de aeropuerto y hoteles Shangri-La de la cuenca del Pacífico.

Por su ventanilla, la larga y esbelta isla de Palawan

corre paralela a la ruta de vuelo. Un piloto paralizado por la niebla casi podría llegar desde Kinakuta hasta Manila siguiendo las playas de Palawan, pero en un día como hoy eso no tiene importancia. Esas playas descienden gradualmente hacia las aguas transparentes del mar meridional de China. Cuando estás allá abajo, plantado en la arena, mirando oblicuamente las olas, probablemente no tiene aspecto de ser gran cosa, pero desde aquí arriba puedes ver directamente a muchas brazas de profundidad, y así todas las islas, incluso las cabezas de coral, tienen faldas que empiezan en marrón oscuro y pardo y luego se funden en amarillo y finalmente en azul de piscina hasta con el tiempo convertirse en el azul profundo del océano. Cada pequeña isla de coral y banco de arena tiene el aspecto de un ojo iridiscente en una pluma de pavo real.

Después de la conversación la noche pasada en la casa de Tom Howard, Randy durmió en la habitación de invitados y luego pasó la mayor parte del día en Kinakuta comprando un nuevo portátil, con un nuevo disco duro, y transfiriendo todos los datos del disco que recuperó en Los Altos al nuevo, cifrándolo todo en el proceso. Teniendo en cuenta todos los documentos corporativos aburridos e inútiles a los que ha sometido a cifrado de alta tecnología, no puede creer que llevase los documentos Aretusa en su disco duro, sin cifrar, durante varios días y pasando por varias fronteras nacionales. Eso sin mencionar las tarjetas ETC originales, que ahora residen en la caja fuerte del sótano de Tom Howard. Claro está, Aretusa ya está cifrado, pero se hizo en 1945, así que según los estándares modernos, bien se podía haber cifrado con un anillo decodificador sacado de una caja de cereales. O eso es lo que Randy en cierta forma espera. Otra cosa que hizo por la mañana fue descargar una copia de

Criptonomicón del sitio ftp en el que vive en San Francisco. Randy nunca lo ha mirado con detalle, pero ha oído que contiene ejemplos de código, o al menos algoritmos, que podría emplear para atacar Aretusa. Con suerte, las últimas técnicas públicas para romper códigos contenidas en *Criptonomicón* podrían servir para la tecnología clasificada que Pontifex y sus colegas empleaban en la NSA treinta años atrás. Esas técnicas no funcionaron contra los mensajes Aretusa que intentaron descifrar, pero probablemente fue debido simplemente a que esos mensajes eran números aleatorios, no las interceptaciones reales. Ahora que Randy tiene lo que sospecha que son los verdaderos mensajes, podría conseguir lo que Earl Comstock intentó y no pudo durante los años cincuenta.

Están volando cerca del terminator, no el asesino robot del cine, sino la línea entre la noche y el día por la que rota incesantemente nuestro planeta. Mirando al este, Randy puede ver sobre el borde del mundo el lugar donde es de noche y las nubes sólo reflejan la fracción más roja de la luz solar, ocupando la oscuridad pero reluciendo con huraños fuegos contenidos como carbones entre las cenizas. El avión sigue en la zona de día, y es seguido diligentemente por misteriosas barras de arcoiris, pequeños dobles espectrales, probablemente alguna nueva tecnología de seguimiento de la NSA. Algunos de los ríos de Palawan corren azules directamente hacia el océano y algunos transportan enormes penachos de limo erosionado que se extienden al llegar al océanos y que las corrientes barren hacia la orilla. En Kinakuta hay menos deforestación que aquí, pero sólo porque en su lugar tienen petróleo. Todo estos países queman recursos a un ritmo fantástico para alimentar sus economías, apostando que podrán dar el salto al hiperespacio —presumiblemente, algún tipo de economía del conocimiento

—antes de que se les acabe la materia que vender y se conviertan en Haití.

Randy está ojeando las secciones iniciales de *Criptonomicón*, pero nunca ha podido concentrarse en un avión. Las secciones iniciales son páginas robadas de los manuales militares de la Segunda Guerra Mundial. Estaban clasificados hasta hace diez años, cuando uno de los amigos de Cantrell encontró copias en una biblioteca de Kentucky y se fue allí con un cargamento de monedas para fotocopiarlo todo. Eso hizo que el criptoanálisis público y civil llegase al nivel del gobierno en los años cuarenta. Las páginas fotocopiadas pasaron por un escáner y un programa de OCR y se convirtieron al formato HTML empleado para páginas web de forma que la gente pudiese añadir enlaces, anotaciones y correcciones sin alterar el texto original, lo que han hecho con entusiasmo, lo que está muy bien pero hace difícil leerlo. El texto original está compuesto con un tipo de letra deliberadamente apretado y de aspecto antiguo para que instantáneamente sea fácil distinguirlo de las anotaciones de la era cibernética. La introducción a *Criptonomicón* la escribió, probablemente antes de Pearl Harbor, un tipo llamado William Friedman, y está llena de aforismos que probablemente tienen como intención evitar que los rompecódigos neófitos se vuelen la cabeza con una granada después de pasar una larga semana luchando contra las cifras mecánicas más recientes de los nipones.

Aparentemente, no se reconoce lo suficiente el hecho de que el investigador científico trabaja el 50 por ciento de su tiempo según medios no racionales.

La intuición, al igual que un destello de luz, dura sólo un segundo. Por lo general, llega cuando a uno le atormenta un descifrado difícil y cuando uno repasa en la cabeza los infructuosos experimentos que ya se han probado. De pronto, la luz llega y uno encuentra después de unos minutos lo que días anteriores de trabajo fueron incapaces de lograr.

Y el favorito de Randy,

Con respecto a la suerte, hay un viejo proverbio minero: «El oro está allí donde se lo encuentra.»

Hasta ahora bien, pero luego, con algunos golpes a la tecla de avance de página, Randy está mirando una rejilla interminable de letras aleatorias (alguna especie de método predigital para romper códigos) que el autor no hubiese añadido al documento si no ofreciese alguna lección útil al lector. Randy es tristemente consciente de que hasta que no aprenda a leer esas rejillas no alcanzará el nivel de competencia de los criptoanalistas novatos de la Segunda Guerra Mundial. Los mensajes de ejemplo empleados son del tipo UN AVIÓN PERDIDO EN EL MAR Y LAS TROPAS TIENEN PROBLEMAS PARA MANTENER LA CONEXIÓN CON LA INFANTERÍA CUARENTA Y CINCO STOP que a Randy le resultan algo antiguo y melodramático hasta que recuerda que el libro lo escribió gente que probablemente no tenía tal impresión, que vivía en una era anterior a que las cosas fuesen antiguas y melodramáticas, una época radicalmente diferente donde los aviones se perdían realmente y la gente de esos aviones nunca regresaba para ver a sus familiares y que las personas que sacaban el tema del melodramatismo en las conversaciones recibían compasión, se las apartaba o quizá se las sometía a psicoanálisis.

Randy se siente como un mierda cuando piensa en esas cosas. Piensa en Chester. ¿Es el 747 destrozado que cuelga de su techo un monumental acto de mal gusto o Chester está haciendo un Comentario con esa cosa? ¿Podría ser que el inadaptado de Chester sea en realidad un profundo pensador que ha trascendido la superficialidad y la falta de sinceridad de su tiempo? Muchas personas serias han discutido eso mismo durante mucho tiempo, y es por eso que aparecen artículos sobre la casa de Chester en los lugares más inesperados. Randy se pregunta si alguna vez en su vida ha tenido una experiencia seria, una experiencia que valiese la pena reducir a un mensaje puntuado por un STOP en letras mayúsculas y pasarlo por un criptosistema.

Deben de haber volado ya sobre el punto del naufragio. En unos días, Randy dará la vuelta y regresará a medio camino de Kinakuta para contribuir lo que pueda a la tarea de sacar lingotes de oro. Sólo va a Manila para ocuparse de algunos asuntos, una especie de reunión urgente exigida por uno de los socios filipinos de Epiphyte. Lo que Randy vino a hacer a Manila, hace un año y medio, básicamente se dirige solo, y cuando exige su atención le parece terriblemente molesto.

Puede comprender que la forma moderna de pensar, aplicada al *Criptonomicón*, no va a ayudarle demasiado con la meta de descifrar los mensajes Aretusa. Los autores originales de *Criptonomicón* tenían que descifrar y leer esos malditos mensajes para poder salvar las vidas de sus compatriotas. Pero los comentaristas modernos no tienen interés per se en leer los mensajes de otras personas; sólo prestan atención al tema porque aspiran a crear nuevos criptosistemas que la NSA o la nueva OIRTD no puedan romper. La Cámara Negra. Los expertos en criptografía no se fiarían de un criptosistema hasta que no lo hubiesen atacado, y no pueden atacarlo hasta no conocer las técnicas criptoanalíticas básicas, de ahí la exigencia de un documento como la versión moderna y anotada de *Criptonomicón*. Pero sus ataques normalmente no van más allá de demostrar las vulnerabilidades de un sistema en abstracto. Todo lo que desean es poder decir que en teoría este sistema podría atacarse de la siguiente manera porque desde el punto de vista de la teoría formal de números pertenece a tal y tal clase de problemas, y esos problemas como grupo exigen tantos ciclos de procesador para ser atacados. Y todo eso encaja muy bien con la forma moderna de pensar sobre cosas en que lo único que precisas, para poder obtener cierta sensación de logro personal y ganarte el elogio de tus iguales, es demostrar la habilidad de encajar nuevos ejemplos de cosas en los agujeros intelectuales adecuados.

Pero el espacio que hay entre demostrar la vulnerabilidad de un criptosistema en abstracto y romper efectivamente un montón de mensajes escritos con ese criptosistema es tan amplio y profundo como el abismo que hay entre poder criticar una película (por ejemplo, clasificándola en un género o movimiento en particular) y ser capaz de salir al mundo con una cámara de cine y un montón de película y rodar una. Sobre esas cosas *Criptonomicón* no tiene nada que decir hasta llegar a sus estratos más profundos y antiguos. Algunos de los cuales, sospecha Randy, son obra de su abuelo.

La azafata jefe habla por el intercomunicador y dice algo en varios idiomas. Cada transición a una nueva lengua viene acompañada de un conato de confusión que recorre toda la cabina de pasaje: primero son los pasajeros angloparlantes los que empiezan a preguntarse unos a otros qué se ha dicho en la versión inglesa y están a punto de dejarlo por imposible cuando termina la versión cantonesa y son los pasajeros chinos los que empiezan a preguntar qué se ha dicho. La versión malaya no produce ninguna reacción porque en realidad nadie habla malayo, excepto quizá Randy cuando pide café. Presumiblemente el mensaje está relacionado con el hecho de que el avión esté a punto de aterrizar. Manila se extiende en la oscuridad, grandes zonas de la ciudad se apagan y encienden a medida que segmentos diferentes de la red eléctrica se enfrentan a su particular lucha entre el mantenimiento y la sobrecarga. En su mente, Randy ya está sentado frente al televisor con un cuenco de Cap'n Crunch. Quizás haya algún sitio en el AINA donde pueda comprar un brik de leche helada, de forma que, de camino a casa, ni siquiera tenga que parar en un 24 Jam.

Las azafatas de Malaysian Air le ofrecen grandes sonrisas a la salida; como saben los expatriados tecnócratas que se mueven por el mundo, la gente de la industria de la hospitalidad cree que es adorable, o fingen creerlo, el que intentes usar alguna lengua —cualquiera— aparte del inglés, y te recordarán por tu intento. Pronto está en el interior del viejo AINA, que dispone casi de un sistema de aire acondicionado. Hay todo un grupo de chicas ataviadas con chubasqueros reunidas cerca de la cinta de equipaje y que hablan como cotorras bajo una señal que dice MUERTE A LOS TRAFICANTES DE DROGAS. Las maletas tardan un montón en aparecer; Randy no hubiese facturado el equipaje si no fuese porque había comprado muchos libros, y otros recuerdos, en su viaje, algunos recuperados de la casa destrozada y otros heredados del baúl de su abuelo. Y en Kinakuta compró un equipo de inmersión nuevo al que espera dar uso muy pronto. Finalmente se tuvo que comprar una de esas enormes bolsas como petates con ruedas para poder llevarlo todo. Randy disfruta mirando a las chicas, aparentemente un equipo de hockey de instituto o universitario de viaje. Para ellas, incluso esperar que la cinta de equipaje se ponga en marcha es una gran aventura, llena de emociones y escalofríos; por ejemplo, cuando la cinta se pone en marcha durante unos momentos y luego vuelve a pararse. Pero al fin se pone en marcha de verdad, y aparece toda una fila de bolsas de gimnasia idénticas, de colores que hacen juego con los uniformes de las chicas, y en medio de ellas está la de Randy. La levanta de la cinta y comprueba los pequeños candados de combinación: uno en la cremallera del compartimiento principal y otro en el bolsillo más pequeño al extremo de la bolsa. Hay un bolsillo diminuto en la parte superior de la bolsa que no tiene ninguna función práctica que Randy pueda concebir; no lo usó y por tanto no le puso candado.

Tira del asa telescópica de la bolsa, la pone sobre las ruedas y se dirige a aduanas. Por el camino se mezcla con el grupo de jugadoras de hockey, a las que la operación de aduanas les parece excitante e hilarante, lo que a él le resulta ligeramente vergonzoso hasta que ellas empiezan a sentir que su propia hilaridad es hilarante. Sólo hay algunas filas de aduanas abiertas, y hay una especie de director de tráfico que envía a la gente a un lado o a otro: envía a las chicas a la fila verde y luego, inevitablemente, desvía a Randy hacia la roja.

Mirando más allá de la fila, Randy puede ver el área al otro lado donde la gente espera para recibir a los pasajeros. Allí hay una mujer con un bonito vestido. Es Amy. Randy se detiene por completo para apreciarla mejor. Tiene un aspecto fantástico. Se pregunta si es totalmente presuntuoso por su parte suponer que Amy se puso el vestido exclusivamente porque sabía que a Randy le gustaría verla con él puesto. Sea presuntuoso o no, eso es lo que piensa, y casi le hace desear desmayarse. No quiere adelantar acontecimientos, pero quizás esta noche le espere algo mejor que un cuenco de Cap'n Crunch.

Randy avanza. Quiere echar a correr e ir directamente a por Amy, lo que sería una mala idea. Pero no es problema. La expectación nunca ha matado a nadie. En realidad la expectación puede ser muy agradable. ¿Qué dijo Avi? «En ocasiones desear es mejor que tener.» Randy está bastante seguro de que tener a Amy no le defraudaría, pero desearla tampoco está tan mal. Lleva por delante la bolsa del portátil y arrastra a su espalda la bolsa grande, reduciendo velocidad gradualmente hasta detenerse para que no siga avanzando por su propio impulso y le rompa las rodillas. Está la habitual larga mesa metálica de acero inoxidable y tras ella el aburrido caballero con forma de boca de incendios que le dice:

—¿Nacionalidad? ¿Aeropuerto de embarque? —por millonésima vez en su vida.

Randy entrega sus documentos y contesta a las preguntas mientras se inclina para colocar la bolsa sobre la mesa.

—Retire los candados, por favor —dice el inspector de aduanas. Randy se inclina y entrecierra los ojos para intentar alinear las ruedecillas en la combinación correcta. Mientras lo hace, oye como el inspector de aduanas se mueve junto a su cabeza y abre el diminuto bolsillo vacío en lo alto de la bolsa. Se produce un crujido.

—¿Qué es esto? —pregunta el inspector—. ¿Señor? ¿Señor?

—Sí, ¿qué es? —dice Randy, poniéndose recto y mirando al inspector a los ojos.

Como un modelo en un documental publicitario, el inspector sostiene una pequeña bolsa Ziploc junto a su cabeza y la señala con la otra mano. Tras él se abre una puerta y sale gente. La bolsa Ziploc está parcialmente llena de azúcar, o algo —quizás azúcar glas— y enrollada para darle forma de cigarrillo.

—¿Qué es esto, señor? —repite el inspector.

Randy se encoge de hombros.

—¿Cómo voy a saberlo? ¿De dónde ha salido?

—De su bolsa, señor —dice el inspector, y señala el bolsillito.

—No. Ese bolsillo estaba vacío —dice Randy.

—¿Es ésta su bolsa, señor? —dice el inspector, alargando una mano para mirar la pegatina de equipaje que cuelga del asa. A su espalda se ha formado una buena multitud, indistinta para Randy, quien comprensiblemente se concentra en el inspector.

—Espero que sí... acabo de abrir los candados —dice Randy. El inspector se vuelve y hace un gesto a las personas que tiene a su espalda, que se mueven en masa hacia la luz. Visten uniformes y muchos de ellos llevan pistola. Muy pronto, algunas de ellas están a su espalda. De hecho, le rodean. Randy mira hacia Amy, pero ve un par de zapatos abandonados: ella corre descalza hacia un montón de teléfonos públicos. Probablemente nunca la vuelva a ver con un vestido.

Se pregunta si será mala idea, desde un punto de vista estrictamente práctico, pedir un abogado tan pronto.

La batalla de Manila

✠ A Bobby Shaftoe le despierta el olor a humo. No es el humo de las galletas que se han quedado demasiado tiempo en el horno, de un montón de hojas de otoño que arden, o de un fuego de campamento de *Boy Scouts*. Es la mezcla de otro tipo de olores que ha llegado a conocer muy bien en los últimos años: ruedas, combustible y edificios, por ejemplo.

Se levanta apoyándose sobre un codo y ve que está tendido en el fondo de un bote largo y estrecho. Justo sobre su cabeza, una vela sucia de lona se agita bajo una brisa traicionera y maloliente. Es de noche.

Gira la cabeza para mirar al otro lado. A su cabeza no le gusta. Un dolor feroz intenta derribar las defensas de su mente. Pero el dolor no consigue entrar. Siente los golpes apagados de las botas de clavos del dolor contra la puerta principal, pero eso es todo.

¡Ah! Alguien le ha dado morfina. Shaftoe sonríe agradecido. La vida es buena.

El mundo es oscuro, un hemisferio negro mate invertido sobre el plano del lago. Pero hay una abertura horizontal alrededor del borde, hacia babor, por donde penetra una luz amarilla. La luz brilla tenuemente y centellea como las estrellas vistas a través de la onda de calor sobre el capó de un automóvil negro.

Se sienta, mira y gradualmente obtiene conciencia de la escala. El sendero irregular de luz amarilla se extiende desde las ocho en punto del bote hasta más allá de proa, como a la una en punto. Quizá sea alguna especie de extrañísimo fenómeno del amanecer.

—Myneela —dice una voz a su espalda.

—¿Eh?

—Es Manila —dice otra voz, más cerca, que le ofrece la versión inglesa del nombre.

—¿Por qué está encendida? —Bobby Shaftoe no ha visto una ciudad iluminada por la noche desde 1941 y ya había olvidado cómo era.

—Los japoneses la han incendiado.

—¡La perla del Oriente! —dice alguien, más lejos dentro del bote, y se produce una risotada triste.

A Shaftoe ya se le va aclarando la cabeza. Se frota los ojos y mira con más atención. A un par de millas a babor, un bidón de acero lleno de combustible se lanza al cielo como un cohete y desaparece. Comienza a distinguir las esqueléticas siluetas de las palmeras junto a la orilla del lago, recortándose sobre las llamas. El bote se mueve sobre el agua en silencio, con pequeñas olas golpeando el casco. Shaftoe se siente como si acabase de nacer, una nueva persona que llega al mundo.

Cualquier otro preguntaría por qué viajan hacia la ciudad en llamas, en lugar de alejarse de ella. Pero Shaftoe no lo pregunta, de la misma forma que un bebé recién nacido no haría ninguna pregunta. Ha nacido en este mundo, y lo observa con los ojos bien abiertos.

El hombre que le había estado hablando está sentado en la borda junto a él, un rostro pálido que flota sobre una tela negra, con una muesca blanca y rectangular en el cuello. La luz de la ciudad en llamas se refleja cálida sobre una sucesión de cuentas ámbar de la que cuelga un crucifijo. Shaftoe se recuesta sobre el fondo del bote y le mira durante un rato.

—Me dieron morfina.

—Yo le di morfina. Se volvió difícil de controlar.

—Mis disculpas, señor —dice Shaftoe con profunda sinceridad. Recuerda a esos marines de China que se volvieron asiáticos en el viaje desde Shanghai, y cómo se avergonzaron a sí mismos.

—No podíamos tolerar el ruido. Los nipones nos hubiesen descubierto.

—Lo comprendo.

—Ver a Glory fue una conmoción para usted.

—Sea sincero conmigo, padre —dice Bobby Shaftoe—. Mi chico. Mi hijo. ¿También es un leproso?

Los ojos oscuros se cierran y el rostro pálido se mueve de un lado a otro negando.

—Glory contrajo la enfermedad no mucho después del nacimiento del niño, trabajando en un campamento en las montañas. El campamento no era un lugar muy limpio.

Shaftoe suelta:

—¡No me digas, Sherlock!

Se produce un silencio largo e incómodo. Luego el padre dice:

—Ya he recibido confesión de los otros hombres. ¿Le gustaría confesarse ahora?

—¿Es eso lo que hacen los católicos cuando están a punto de morir?

—Lo hacen continuamente. Pero sí, es aconsejable confesarse antes de morir. Ayuda, cuál es la expresión, a engrasar los esquíes. En la otra vida.

—Padre, me parece a mí que nos faltan todavía una hora o dos para llegar a la playa. Si empezase a confesarle mis pecados ahora mismo, podría llegar a cuando robaba galletas del bote cuando tenía ocho años.

El padre ríe. Alguien le pasa a Shaftoe un cigarrillo, ya encendido. Da una buena calada.

—No tendríamos tiempo de llegar a lo realmente bueno, como tirarme a Glory y matar a un buen montón de nipos y teutones. —Shaftoe medita durante un minuto, disfrutando del cigarrillo—. Pero si estamos en una de esas situaciones en la que todos vamos a morir, y la verdad es que me lo parece, hay algo que tengo que hacer. ¿Este bote regresará a Calamba?

—Esperamos que el dueño pueda llevar a algunas mujeres y niños al otro lado del lago.

—¿Alguien tiene lápiz y papel?

Alguien le pasa un cabo de lápiz, pero no hay papel

por ningún lado. Shaftoe busca en sus bolsillos y no encuentra nada más que una ristra de condones VOLVERÉ. Abre uno de ellos, apartando con cuidado las mitades del envoltorio y arroja la goma al lago. Luego extiende el envoltorio sobre una caja de pertrechos y comienza a escribir: «Yo, Robert Shaftoe, en plena posesión de mis facultades mentales, lego todas mis posesiones terrenales, incluyendo mi subsidio militar por fallecimiento, a mi hijo natural, Douglas MacArthur Shaftoe.»

Mira la ciudad en llamas. Considera añadir algo como «si sigue con vida», pero a nadie le gustan los lloricas. Se limita a firmar el jodido testamento. El padre añade su firma como testigo. Simplemente para dotarlo de algo de credibilidad extra, Shaftoe se quita sus placas de identificación y enrolla la cadena alrededor del papel. Lo pasa a la popa del bote donde el barquero acepta con alegría hacer lo correcto cuando regrese a Calamba.

El bote no es ancho, pero es muy largo y en él van una docena de Huks. Todo ellos están armados hasta los dientes con pertrechos que evidentemente han llegado hace poco en un submarino norteamericano. El peso de hombres y armas hace que el bote vaya tan bajo que en ocasiones el agua entra por la borda. Shaftoe busca en las cajas en plena oscuridad. No puede ver una mierda, pero sus manos identifican los componentes de algunos subfusiles Thompson.

—¡Piezas para armas! —le explica uno de los Huks—, ¡no las pierda!

—¡Nada de piezas! —dice Shaftoe, unos agitados segundos después. Saca de la caja un subfusil completamente montado. Las puntas rojas de media docena de cigarrillos VOLVERÉ de los Huks saltan a sus bocas dejando las manos libres para aplaudir. Alguien le pasa un cargador en forma de pastel, lleno de cartuchos del 45—. Sabéis que inventaron esta munición para poder derribar a los putos filipinos enloquecidos.

—Lo sabemos —dice uno de los Huks.

—Es demasiado para los nipos —sigue diciendo Shaftoe, uniendo el subfusil y el cargador. Todos los Huks ríen de forma desagradable. Uno de ellos se acerca desde popa, haciendo que el bote se agite de un lado a otro. Es un tipo muy joven y pequeño. Le alarga la mano a Bobby Shaftoe.

—Tío Robert, ¿me recuerda?

Que le llamen tío Robert no es ni de lejos lo más extraño que le ha sucedido a Shaftoe en los últimos años, así que lo deja pasar. Mira con atención el rostro del chico, débilmente iluminado por la combustión de Manila.

—Eres uno de los chicos Altamira —es su suposición.

El chico le saluda con presteza y sonríe.

Entonces es cuando Shaftoe recuerda. Tres años atrás, en el apartamento de la familia Altamira, llevando escalones arriba a la recién preñada Glory mientras las sirenas de ataque aéreo aullaban por toda la ciudad. Un apartamento repleto de Altamira. Un escuadrón de chicos con pistolas y rifles de madera, mirando sobrecogidos a Bobby Shaftoe. Shaftoe dedicándoles un saludo y luego huyendo a toda prisa de aquel lugar.

—Todos luchamos contra los nipos —dice el muchacho. Luego se le hunde el rostro y se persigna—. Dos están muertos.

—Alguno de vosotros erais muy jóvenes.

—Los más jóvenes todavía siguen en Manila —dice el muchacho. Él y Shaftoe miran en silencio más allá de las aguas hacia las llamas, que ahora forman un único muro.

—¿En el apartamento? ¿En Malate?

—Eso creo. Mi nombre es Fidel.

—¿Mi hijo también está allí?
—Eso creo. Quizá no.
—Iremos en busca de esos chicos, Fidel.

La mitad de la población de Manila parece estar de pie junto al borde del agua, o directamente en el agua, esperando la llegada de botes como ése. MacArthur viene desde el norte, y la Fuerza Aérea nipona viene desde el sur, de tal suerte que el istmo entre la bahía de Manila y la laguna de Bay está limitado en ambos extremos por grandes fuerzas militares enzarzadas en una guerra total. Una evacuación desordenada al estilo Dunkerque se está produciendo en el lado del lago del istmo, pero el número de botes no es el adecuado. Algunos de los refugiados se comportan como seres humanos civilizados, pero otros caminan por el agua y nadan hacia los botes intentando ser los primeros en subir. Una mano mojada sale del agua y agarra la borda del bote hasta que Shaftoe la aplasta con la culata del subfusil. El nadador cae, agarrándose la mano y gritando, y Shaftoe le dice que es asqueroso.

Se produce media hora más de asquerosidades a medida que el bote se acerca y se aleja de la orilla mientras el padre elige a dedo un conjunto de mujeres que portan niños pequeños. Suben al bote uno a uno y los Huks bajan uno a uno, y cuando la operación ha terminado, el bote da la vuelta y desaparece en la oscuridad. Shaftoe y los Huks llegan a la orilla, cargando entre ellos cajas de munición. Para entonces, Shaftoe ya tiene granadas colgando del cuerpo por todas partes, como tetas de una vaca preñada, y la mayoría de los Huks caminan despacio y con las piernas rígidas, intentando no desmoronarse bajo el peso de las bandoleras con las que prácticamente se han momificado. Entran tambaleándose en la ciudad, resistiéndose a una horda de refugiados ahumados.

Esa tierra baja que sigue la costa del lago no es exactamente la ciudad, es un suburbio de edificios humildes edificados al estilo tradicional, mamparas de roten tejido y techos de paja. Arden sin el mayor esfuerzo, lanzando las hojas rojas de llamas que han visto desde el bote. Más al interior, y unas millas al norte, se encuentra la ciudad en sí, con muchos edificios de cemento y piedra. Los nipones también la han incendiado, pero arde esporádicamente, formando torres aisladas de llamas y humo.

Shaftoe y su banda esperaban llegar a la playa como marines y ser acribillados en el borde del agua. En lugar de eso, marchan durante una buena milla y media hacia el interior antes de ver al enemigo.

A Shaftoe en realidad le alegra ver a algunos nipos de verdad; se estaba poniendo nervioso, porque la falta de oposición hacía que los Huks se envalentonasen y se mostrasen demasiado confiados. Luego, media docena de soldados de las fuerzas aéreas niponas salen de una tienda que evidentemente asaltaban —todos cargan con botellas de licor— y se detienen en la acera para incendiar el local, improvisando cócteles molotov con botellas de licor robadas. Shaftoe le quita el seguro a una granada y la lanza sobre la acera, la ve dar unos saltitos y luego perderse en una puerta. Cuando oye la explosión y ve que la metralla rompe el parabrisas de un coche aparcado en la calle, salta a la acera dispuesto a acabar con ellos usando el subfusil. Pero no es necesario; todos los nipos han caído y se agitan débilmente en la cuneta. Shaftoe y los otros Huks se ponen a cubierto y esperan a que lleguen más soldados nipones, para ayudar a sus camaradas caídos, pero no sucede tal cosa.

Los Huks están encantados. Shaftoe permanece de

pie en la calle reflexionando mientras el padre administra la extremaunción a los nipones muertos y moribundos. Evidentemente, la disciplina ha desaparecido. Los nipos saben que están atrapados. Saben que MacArthur está a punto de echárseles encima, como una segadora de césped que atacase un hormiguero. Se han convertido en una masa sin cerebro. Para Shaftoe, va a ser más fácil luchar contra muchedumbres de salteadores borrachos y enloquecidos, pero no hay forma de saber qué harán a los civiles que están más al norte.

—Estamos malgastando el puto tiempo —dice Shaftoe—, vayamos a Malate y evitemos otros encuentros.

—Tú no estás al mando de este grupo —dice uno de los otros—. Lo estoy yo.

—¿Quién eres? —pregunta Shaftoe, entrecerrando los ojos ante la luz de la tienda de licores que arde.

Resulta ser un teniente filipino-norteamericano, que estaba sentado al fondo del bote, y que hasta ese momento no ha resultado ser de la más mínima utilidad. Shaftoe sabe en las entrañas que ese tipo no va a ser un buen líder en el combate. Inhala profundamente, intentando suspirar, y lo que consigue es tragar humo.

—¡Señor, sí señor! —dice y saluda.

—Soy el teniente Morales, y si tienes más sugerencias, dímelas a mí o guárdatelas.

—¡Señor, sí señor! —dice Shaftoe. No se molesta en memorizar el nombre del teniente.

Durante un par de horas se dirigen al norte atravesando calles estrechas y obstruidas. Sale el sol. Un pequeño aeroplano sobrevuela la ciudad, atrayendo fuego disperso por parte de las tropas niponas cansadas y borrachas.

—¡Es un P-51 Mustang! —exclama el teniente Morales.

—¡Es un jodido Piper Cub, maldita sea! —dice Shaftoe. Ha estado conteniendo la lengua hasta ese momento, pero ya no puede evitarlo—. Es un avión de reconocimiento de artillería.

—Entonces, ¿por qué está sobrevolando Manila? —pregunta con suficiencia el teniente Morales. Disfruta de ese triunfo retórico durante unos treinta segundos. Luego, la artillería comienza a disparar desde el norte convirtiendo en mierda varios edificios.

Se encuentran con su primera batalla seria con fuego como media hora más tarde, contra un pelotón de soldados de las fuerzas aéreas niponas atrincherados en un banco de piedra situado en la uve formada por un par de avenidas en intersección. Al teniente Morales se le ocurre un plan muy complicado que consiste en dividirse en tres grupos más reducidos. Morales se adelanta con tres hombres a cubierto de una enorme fuente que hay en el centro de la plaza. Allí quedan atrapados de inmediato por el fuego pesado de los nipones. Permanecen agachados y ocultos bajo el refugio de la fuente como durante un cuarto de hora, hasta que un proyectil de artillería viene volando desde el norte, una bolita negra descendiendo siguiendo una trayectoria parabólica perfecta, y acierta de lleno a la fuente. Resulta ser un proyectil de explosivo potente, que no estalla hasta chocar contra algo, en este caso, la fuente. El padre da la extremaunción al teniente Morales y sus hombres desde una distancia de cien yardas, que es tan buen sitio como otro cualquiera considerando que no queda nada de sus cuerpos.

Bobby Shaftoe es elegido por aclamación como nuevo jefe. Les guía alrededor de la plaza, esquivando por completo toda la intersección. En algún lugar al norte, una de las baterías del general intenta obstinadamente darle al puto banco, volando medio vecindario en el proceso. Un Piper Cub se mueve en el aire trazando ochos con tranquilidad, ofreciendo sugerencias por la radio: «Ya casi está... un poco a la izquierda... no, demasiado lejos... entra ahora un poquito.»

El grupo de Shaftoe precisa todo un día para recorrer otra milla en dirección a Malate. Llegaría casi de inmediato limitándose a correr por la mitad de calles importantes, pero el fuego de artillería se va haciendo más intenso a medida que avanzan hacia el norte. Peor aún, en su mayoría consiste en proyectiles antipersona con disparadores de proximidad por radar que estallan cuando todavía están a varias yardas sobre el suelo para distribuir mejor la metralla. La explosión en el aire tiene el aspecto del follaje extendido de hojas de palma en llamas.

Shaftoe no cree que tenga sentido hacer que los maten a todos. Así que recorren las calles una a una, corriendo de puerta en puerta, y examinando los edificios con gran cuidado en caso de que haya nipos esperando a dispararles desde las ventanas. Cuando sucede tal cosa, tienen que agacharse, examinar todo el lugar, contar ventanas y puertas, hacer suposiciones sobre la distribución de la planta del edificio y enviar a varios hombres a comprobar las líneas de visión. Normalmente no es muy difícil acabar con esos nipos, pero lleva mucho tiempo.

Antes de la puesta de sol se ocultan en un edificio de apartamentos a medio quemar, y se turnan para dormir un par de horas. Luego se mueven durante la noche, cuando el fuego de artillería es menos intenso. Bobby Shaftoe lleva a lo que queda del pelotón, incluyendo al sacerdote, hasta Malate, como a las cuatro de la mañana. Para cuando amanece, han llegado a la calle donde viven los Altamira, o vivían. Llegan justo a tiempo para ver cómo todo el bloque de apartamentos es derribado sistemáticamente por disparo tras disparo de explosivos de alta potencia.

Nadie sale corriendo; no se oyen ni gritos ni lloros entre las explosiones. Está vacío.

Derriban la puerta atrancada de una farmacia al otro lado de la calle y mantienen una charla con sus únicos ocupantes con vida: una mujer de setenta y cinco años y un niño de seis años. Los nipones pasaron hace un par de días por el vecindario, dice ella, en dirección al norte, en dirección a Intramuros. Sacaron a las mujeres y niños de los edificios y se los llevaron en una dirección. Sacaron a todos los hombres y a los chicos mayores de cierta edad y se los llevaron en otra. Ella y su nieto escaparon ocultándose en la alacena.

Shaftoe y su pelotón salen a la calle, dejando al sacerdote detrás para que engrase algunas transiciones celestiales. Quince segundos más tarde, dos de ellos mueren por la metralla de una bomba antipersona que detona sobre una calle cercana. El resto del pelotón retrocede para dar con un grupo de nipones rezagados que doblan una esquina, y se produce un tiroteo a corta distancia que es una completa locura. Son más que los nipos, pero la mitad de los hombres de Shaftoe están demasiado aturdidos para luchar. Están acostumbrados a la jungla. Algunos de ellos jamás habían venido a una ciudad, incluso en tiempo de paz, y se limitan a quedarse boquiabiertos. Shaftoe se mete en un portal y comienza a causar un ruido fantástico con su subfusil. Los nipos empiezan a arrojar granadas como si fuesen petardos, causándose tanto daño a sí mismos como a los Huks. El enfrentamiento es una confusión ridícula, y realmente no acaba hasta que no se produce otro disparo de artillería, mata a varios nipos y deja al resto tan aturdido que Shaftoe puede salir al aire libre y encargarse de ellos con la Colt.

Arrastran a los dos heridos a la farmacia y los dejan allí. Hay otro hombre muerto. Se han quedado con cinco hombres capaces de luchar y un sacerdote cada vez más ocupado. El tiroteo ha provocado otro aluvión de fuego de artillería antipersona, y por tanto lo mejor que pueden hacer durante el resto del día es encontrar un sótano en el que ocultarse e intentar dormir algo.

Shaftoe apenas duerme, de tal forma que cuando cae la noche se toma un par de bencedrinas, se inyecta morfina para el efecto extra y lleva el pelotón a la calle. El siguiente vecindario al norte se llama Ermita. Tiene muchos hoteles. Después de Ermita está el parque Rizal. Los muros de Intramuros se elevan en el extremo norte del parque Rizal. Después de Intramuros se encuentra el río Pasig, y MacArthur está al otro lado del Pasig. Así que si el hijo de Shaftoe y el resto de los Altamira están vivos, deben encontrarse en algún lugar del par de millas entre este punto y Fuerte Santiago en esta orilla del Pasig.

Poco después de cruzar el vecindario de Ermita, se encuentran con un arroyo de sangre que sale de un portal, atraviesa la acera y va a dar a un canalón. Derriban a patadas la puerta del edificio y descubren que la planta baja está llena de cadáveres de hombres filipinos, varias docenas. A todos los han matado con bayoneta. Uno sigue con vida. Shaftoe y los Huks lo llevan a la acera y empiezan a buscar un lugar donde dejarle mientras el sacerdote circula por el edificio, tocando brevemente cada cadáver y murmurando algo en latín. Cuando sale, está manchado de sangre hasta las rodillas.

—¿Mujeres? ¿Niños? —le pregunta Shaftoe. El sacerdote niega con la cabeza.

Están a unas pocas manzanas del Hospital General de Filipinas, así que llevan al hombre herido en esa dirección. Al doblar la esquina descubren que el edificio del hospital ha sido medio destruido por la artillería de MacArthur, y el terreno está cubierto de seres humanos acostados sobre sábanas. A continuación se dan cuenta de que los hombres que circulan por la zona, cargando con rifles, son soldados nipones. Disparan un par de tiros en su dirección. Eso les obliga a ocultarse en un callejón y dejar al herido. Unos momentos después, aparece un trío de soldados nipones que les persigue. Shaftoe ha tenido tiempo de sobra para pensárselo, así que les deja entrar unos buenos pasos en el callejón. Luego él y los Huks los matan en silencio, usando los cuchillos. Para cuando han enviado refuerzos a buscarles, Shaftoe y su grupo han desaparecido entre los callejones de Ermita, que en muchos sitios está cubierto con la sangre roja de los hombres y muchachos filipinos asesinados.

Cautiverio

—Alguien intenta enviarle un mensaje —dice el letrado Alejandro, apenas minutos después de iniciar su primera entrevista con su nuevo cliente.

En esta ocasión Randy está preparado:

—¿Por qué todo el mundo emplea métodos tan increíblemente molestos para enviarme mensajes? ¿No tienen correo electrónico?

Filipinas es uno de esos países donde «letrado» se emplea como título, igual que «doctor». El letrado Alejandro lleva el pelo gris peinado hacia atrás, que se vuelve un pelín rizado en la base del cuello, lo que, como probablemente bien sabe, le hace parecer distinguido de un modo similar al de un hombre de estado del siglo XIX. Fuma mucho, lo que apenas molesta a Randy, quien lleva desde hace un par de días alojado en lugares donde todo el mundo fuma. En la cárcel ni siquiera tienes que conseguir cigarrillos y fósforos. Limítate a respirar y recibes el equivalente a uno o dos paquetes diarios de nicotina y alquitrán ligeramente de segunda mano.

El letrado Alejandro decide actuar como si Randy nunca hubiese hecho ese último comentario. Se ocupa un poco de su cigarrillo. Si quiere que ese cigarrillo esté listo y ardiendo entre sus labios, lo puede hacer sin siquiera mover las manos; de pronto, allí está, como si lo hubiese llevado oculto, ya encendido, en el interior de la boca. Pero si necesita introducir una pausa en la conversación, puede convertir la selección, preparación e ignición de un cigarrillo en algo que en términos de ritual solemne está ligeramente por debajo del *cha-no-yu*. En el tribunal debe de dejarlos boquiabiertos. Randy ya se está sintiendo un poco mejor.

—¿Cuál se supone que es el mensaje? ¿Que pueden matarme si quieren? Porque eso ya lo sé. Es decir, ¡mierda! ¿Cuánto cuesta matar a un hombre en Manila?

El letrado Alejandro frunce el ceño con intensidad. Se ha tomado la pregunta de la forma equivocada: como una insinuación de que es el tipo de hombre que sabría detalles como ése. Claro está, dado que lo recomendó en persona Douglas MacArthur Shaftoe, es muy posible que sea exactamente ese tipo de hombre, pero probablemente sea de malos modales asegurarlo.

—Su imaginación anda desbocada —dice—. Ha exagerado lo de la pena de muerte más allá de toda proporción. —Como el letrado Alejandro probablemente sabe, esa muestra de indiferencia deja a Randy mudo el tiempo suficiente para que él pueda ejecutar otro número con un cigarrillo y un encendedor de acero inoxidable incrustado con galas militares. El letrado Alejandro ha mencionado, dos veces, que fue coronel del Ejército y vivió durante años en Estados Unidos—. Reinstauramos la pena de muerte en 1995 después de un espacio de aproximadamente diez años. —La palabra aproximadamente crepita y explota desde su boca como una chispa de una bobina Tesla. Los filipinos pronuncian mejor que los norteamericanos y además lo saben.

Randy y Alejandro mantienen su reunión en una sala larga y estrecha en algún lugar entre la cárcel y la sala del tribunal en Makati. Un guardia de prisión merodeó en la habitación con ellos durante unos minutos, inclinado por el bochorno, y se fue sólo cuando el letrado Alejandro fue a su lado, le dijo algo en voz baja y tonos paternales y apretó algo contra su mano. Hay una ventana abierta y el sonido de las bocinas llega desde la calle dos pisos más abajo. Randy medio espera que Doug Shaftoe y sus camaradas bajen desde el tejado y entren de pronto rodeados por mantos relucientes y alaridos de cristales rotos y saquen a Randy mientras el letrado Alejandro empuja con su gran cuerpo la mesa de nara de media tonelada y la usa para bloquear la puerta.

Consentir fantasías similares a ésa es lo que le permite a uno romper el tedio de la cárcel, y probablemente explica satisfactoriamente el gusto de los compañeros de Randy por vídeos que no pueden ver pero sobre los que hablan incesantemente en una mezcla de inglés y tagalo que ahora casi comprende. Los vídeos, o más bien la falta de los mismos, han producido una especie de fenómeno de evolución mediática retrógrada: una tradición oral enraizada en vídeos que esos tíos vieron en alguna ocasión. Una descripción espacialmente impresionante de, por ejemplo, Stallone en *Rambo III*, cauterizándose la herida abdominal de bala prendiendo un cartucho de rifle abierto y pasando las llamas de pólvora por la herida, hace que todos los hombres se muestren reverentemente sobrecogidos durante algunos momentos. Básicamente es el único momento de paz que Randy pasa ahora, y en consecuencia ha empezado a trazar un nuevo plan: explotará su origen californiano para afirmar que ha visto películas de artes marciales que todavía no se venden en el mercado negro de las calles de Manila, y las narrará con términos tan elocuentes que toda la prisión se convertirá durante unos minutos en un lugar de contemplación monástica, como la prisión idealizada del Tercer Mundo donde a Randy le gustaría estar internado. Cuando era un niño Randy leyó *Papillon* de cabo a rabo un par de veces y siempre había imaginado las prisiones del Tercer Mundo como lugares de supremo y noble aislamiento: luz tropical encendiendo el aire húmedo y humeante al penetrar inclinada por entre los barrotes bien fijados a una pared de piedra. Lobos solitarios sudorosos y sin camisa yendo de un lado a otro en sus celdas, meditando sobre los giros equivocados que dieron a sus vidas. Diarios de prisión anotados furtivamente en papeles de fumar.

En lugar de eso, la cárcel donde han mantenido a Randy no es más que una atestada sociedad urbana donde la gente no se puede ir. Todos son extremadamente jóvenes exceptuando a Randy y una población de borrachos siempre en rotación. Le hace sentirse viejo. Si ve a otro muchachito fascinado por los vídeos pavoneándose con su camiseta de contrabando del Hard Rock Café e imitando gestos de bandas raperas norteamericanas, quizá tenga que convertirse en un asesino.

El letrado Alejandro comenta retóricamente:

—¿Por qué «Muerte a los traficantes de drogas»? —Randy no ha preguntado el porqué, pero el letrado Alejandro quiere compartirlo con él—. Los norteamericanos se pusieron muy furiosos porque algunas personas de esta parte del mundo persistían en seguir vendiéndoles la droga que tanto desean.

—Lo lamento. ¿Qué puedo decir? Somos unos imbéciles. Sé que somos unos imbéciles.

—Y por tanto, como gesto de buena voluntad entre nuestros pueblos, instauramos la pena de muerte. La ley especificaba dos y solamente dos métodos de ejecución —continúa el letrado Alejandro—, la cámara de gas y la silla eléctrica. Y como podrá comprobar, imitamos, como en muchas otras cosas para bien o para mal, a los norteamericanos. Ahora bien, en aquel momento no había ninguna cámara de gas en ningún lugar de Filipinas. Se realizó un estudio. Se prepararon planes. ¿Sabe lo que se necesita para construir una cámara de gas correcta? —El letrado Alejandro se lanza ahora a un relato bastante largo, pero a Randy le resulta difícil concentrarse hasta que algo en el tono de voz del letrado Alejandro le indica que se acerca una coda—: ... el servicio de prisiones dice: «¿Cómo esperan que construyamos esa instalación de la era espacial si ni siquiera tenemos fondos para comprar veneno para ratas para las prisiones atestadas que tenemos ahora?» Como podrá apreciar, lo que perseguían era más presupuesto. ¿Comprende? —El letrado Alejandro arquea las cejas con gesto conspirativo y hunde las mejillas, y convierte en ceniza unos buenos dos o tres centímetros de un Marlboro. Que considere necesario explicar con tanta claridad los motivos subyacentes del servicio de prisiones implica que no tiene una estimación muy favorable de la inteligencia de Randy, lo que podría ser justo considerando la forma en que le detuvieron en el aeropuerto—. Así que eso dejó sólo la silla eléctrica. ¿Pero sabe qué pasó con la silla eléctrica?

—No puedo ni imaginarlo —dice Randy.

—Ardió. Cableado incorrecto. Así que no tenemos forma de matar gente. —De pronto, el letrado Alejandro, que hasta ese momento no ha dado muestras de estar divirtiéndose, recuerda reírse. Es una sonrisa mecánica, y para cuando Randy ha conseguido obligarse a mostrar algo de amable entretenimiento, ya ha pasado y Alejandro vuelve a estar serio—. Pero los filipinos son muy adaptables.

»Una vez más —dice el letrado Alejandro—, buscamos la solución en Estados Unidos. Nuestro amigo, nuestro benefactor, nuestro gran hermano. ¿Le resulta familiar la expresión *Ninong*? Claro que sí, he olvidado que lleva mucho tiempo en este país. —A Randy siempre le impresiona la combinación de amor, odio, esperanza, decepción, admiración y escarnio que los filipinos manifiestan hacia América. Como en su tiempo fueron parte de Estados Unidos, pueden meterse con los norteamericanos de una forma normalmente reservada a sus conciudadanos. El fracaso de Estados Unidos en protegerlos de Nipón después de Pearl Harbor es todavía el hecho más importante de su historia. Probablemente sólo ligeramente más importante que el regreso de MacArthur al país sólo unos años después. Si eso no inspira una relación de amor-odio...

»A los norteamericanos —sigue diciendo el letrado Alejandro—, también les preocupaba el gasto de ejecutar gente y pasaban vergüenza con sus sillas eléctricas. Quizás hubiesen debido subcontratarlo.

—¿Perdóneme? —dice Randy. Se le cruza por la cabeza la idea de que el letrado Alejandro está comprobando si anda despierto.

—Subcontratarlo. A los nipones. Dirigirse a Sony, Panasonic o una de esas compañías importantes y decir —ahora cambia a un perfecto acento americano—: «Nos

encantan sus vídeos y todo lo que nos venden... ¿por qué no nos fabrican una silla eléctrica que funcione bien?» Cosa que los nipos hubiesen hecho. Ese tipo de cosas se les dan bien. Y después de venderle a los norteamericanos las sillas eléctricas que fuesen necesarias, nosotros podríamos haber comprado los restos a precio rebajado.
—Cuando los filipinos se meten con Estados Unidos cerca de un norteamericano, intentan seguir ese comentario con algún detalle realmente desagradable sobre los nipones, simplemente para añadir perspectiva.
—¿Adónde quiere llegar? —dice Randy.
—Por favor, perdone mi digresión. Los norteamericanos han pasado a ejecutar prisioneros por medio de una inyección letal. Así que una vez más decidimos seguir su ejemplo. ¿Por qué no colgarlos? Tenemos cuerda de sobra... de aquí viene la cuerda, ya sabe...
—Sí.
—¿O dispararles? Tenemos armas. Pero no, el Congreso quería que fuésemos modernos como el Tío Sam, así que tenía que ser inyección letal. Pero luego enviamos una delegación para ver cómo empleaban los norteamericanos la inyección letal, ¿y sabe cuál fue su informe?
—Que se precisa todo tipo de equipo especial.
—Que se precisa todo tipo de equipo especial y una habitación especial. Todavía no se ha construido la habitación. Así que ¿sabe cuántas personas tenemos ahora en el corredor de la muerte?
—No puedo ni imaginármelo.
—Más de doscientas cincuenta. Incluso si la habitación se construyese mañana, la mayoría de ellos no podrían ser ejecutados, porque es ilegal realizar una ejecución antes de que pase un año después de la apelación final.
—¡Espere un minuto! Si has perdido la apelación final, ¿a qué viene esperar un año?

El letrado Alejandro se encoge de hombros.

—En Estados Unidos, normalmente la apelación final se realiza mientras el prisionero está tendido sobre la mesa con la aguja en el brazo.

—Quizás esperen por si se produce un milagro durante ese año. Somos un pueblo muy religioso... incluso algunos prisioneros del corredor de la muerte son muy religiosos. Pero ahora ruegan ser ejecutados. ¡Ya no pueden soportar esperar más! —El letrado Alejandro ríe y golpea la mesa—. Ahora bien, Randy, cada una de esas doscientas cincuenta personas es pobre. Todas ellas. —Hace una pausa.

—Le oigo —dice Randy—. Por cierto, ¿sabe que mi valor neto está por debajo de cero?

—Sí, pero es rico en amigos y conexiones. —El letrado Alejandro empieza a cachearse a sí mismo. Una imagen de un nuevo paquete de Marlboro aparece sobre su cabeza encerrada en un pequeño bocadillo—. Hace poco recibí una llamada de teléfono de un amigo suyo en Seattle.

—¿Chester?

—Sí, ése. Tiene dinero.

—Podría decirse así.

—Chester busca formas de poner a trabajar sus recursos financieros en su beneficio. Se siente frustrado e inseguro de sí mismo porque aunque sus recursos son importantes no conoce los detalles delicados de cómo emplearlos en el contexto del sistema judicial de Filipinas.

—Es típico de él. ¿Hay alguna posibilidad de que usted pudiese darle algunas indicaciones?

—Hablaré con él.

—Déjeme que se lo pregunte —dice Randy—. Comprendo que recursos financieros bien manejados podrían liberarme. Pero ¿qué sucedería si alguien muy rico quisiese usar su dinero para enviarme al corredor de la muerte?

Esa pregunta hace que el letrado Alejandro guarde silencio durante un minuto.

—Una persona rica tiene formas más eficientes de matar a alguien. Por las razones que le he descrito, un asesino en potencia buscaría primero un lugar fuera del aparato de la pena capital filipino. Por eso, en mi opinión como su abogado, lo que realmente sucede es...

—Que alguien intenta enviarme un mensaje.

—Exacto. Veo que empieza a comprender.

—Bien, me preguntaba si podría darme una estimación primaria de cuánto tiempo es posible que pase encerrado. Es decir, ¿quiere que me declare culpable de algún cargo menor y pase aquí algunos años?

El letrado Alejandro adopta una expresión dolorida y se mofa. Ni se molesta en contestar.

—Creo que no —dice Randy—. Pero ¿en qué momento cree que podré salir? Es decir, se negaron a dejarme salir bajo fianza.

—¡Claro! ¡Se le acusa de un crimen capital! Aunque todo el mundo sabe que es una tontería, hay que mostrar el respeto adecuado.

—Sacaron la droga escondida de mi bolsa... hay un millón de testigos. Era droga, ¿no?

—Heroína malaya. Muy pura —dice el letrado Alejandro con admiración.

—Así que toda esa gente puede testificar que sacaron una bolsa de heroína de mi equipaje. Eso parece que complicaría mi salida de la cárcel.

—Probablemente podremos desestimarlo antes de que empiece el juicio, señalando fallos en la pruebas —dice el letrado Alejandro. Algo en su tono de voz, y en la forma en que mira por la ventana, sugieren que es la primera vez que piensa en cómo va a encarar el caso—. Quizás un manipulador de equipaje del AINA testificará que vio a un personaje sospechoso colocar la droga en su bolsa.

—¿Un personaje sospechoso?

—Sí —dice el letrado Alejandro con irritación, anticipándose al sarcasmo.

—¿Y hay muchos de ésos paseándose por la trastienda del AINA?

—No nos hacen falta muchos.

—¿Cuánto tiempo cree que podría pasar antes de que la conciencia de ese manipulador de equipaje le haga presentarse?

El letrado Alejandro se encoge de hombros.

—Quizás un par de semanas. Para que se haga correctamente. ¿Cómo es el alojamiento?

—Una mierda. ¿Pero sabe qué? En realidad ya nada me molesta.

—Hay preocupación entre algunos administradores del servicio de prisiones con respecto a que cuando salga diga cosas duras sobre las condiciones.

—¿Desde cuándo les preocupa?

—Es famoso en Estados Unidos. No mucho. Un poco. ¿Recuerda al muchacho norteamericano en Singapur, el de los bastonazos?

—Claro.

—Publicidad muy mala para Singapur. Así que hay administradores de prisiones que ven con buenos ojos la idea de asignarle una celda privada. Limpia. Tranquila.

Randy adopta un gesto interrogativo, levanta una mano y frota el pulgar y el índice en el gesto de «dinero».

—Ya está hecho.

—¿Chester?

—No. Otra persona.

—¿Avi?

El letrado Alejandro niega con la cabeza.

—¿Los Shaftoe?

—No puedo responder a esa pregunta, Randy, porque no lo sé. No estuve implicado en la decisión. Pero quien fuese también prestó atención a su petición de una forma de pasar el tiempo. ¿Pidió libros?

—Sí. ¿Tiene algunos?

—No. Pero le dejan tener esto. —El letrado Alejandro abre ahora su maletín, mete las dos manos y saca... el nuevo portátil de Randy. Todavía tiene pegatinas de prueba policial.

—¡No me joda! —dice Randy.

—¡No! ¡Cójalo!

—¿No es una prueba o algo así?

—La policía ya ha terminado. Lo abrieron y buscaron droga en su interior. Lo empolvorearon para buscar huellas... todavía se ve el polvo. Espero que no produjesen ningún daño en la maquinaria delicada.

—Sí, yo también. Bien, ¿me está diciendo que me lo puedo llevar a mi nueva celda, limpia y tranquila?

—Eso es lo que estoy diciéndole.

—¿Y lo puedo usar allí? ¿Sin restricciones?

—Le darán un conector eléctrico. Un adaptador —dice el letrado Alejandro, y luego añade—: Se lo pedí. —Lo que claramente es un pequeño recordatorio de que cualquier minuta que se le paga se la habrá ganado con creces.

Randy respira profundamente pensando: «Bien, es fantásticamente generoso —de hecho, ligeramente sobrecogedor— que los poderes que desean condenarme y ejecutarme se tomen tantas molestias y me permitan hacer el imbécil con mi ordenador mientras espero mi juicio y mi muerte.» Exhala y dice:

—Gracias a Dios, al menos podré trabajar un poco.

El letrado Alejandro asiente aprobador.

—Su novia le espera para verle —anuncia.

—En realidad no es mi novia. ¿Qué quiere? —exige Randy.

—¿Qué quiere decir con qué quiere? Quiere verle. Para darle apoyo emocional. Hacerle saber que no está solo.

—¡Mierda! —murmura Randy—. No quiero apoyo emocional. Quiero salir de la puta cárcel.

—Ése es mi cometido —dice el letrado Alejandro con orgullo.

—¿Sabe qué es esto? Es una de esas situaciones los-hombres-son-de-Marte-y-las-mujeres-de-Venus.

—Nunca he oído esa expresión pero comprendo perfectamente lo que quiere decir.

—Es uno de esos libros norteamericanos de los que en cuanto oyes el título ya no necesitas leerlo —dice Randy.

—En ese caso no lo haré.

—Usted y yo comprendemos que alguien intenta joderme y que necesito salir de la cárcel. Muy simple y claro. Pero para ella es mucho más que eso... ¡es una oportunidad para mantener una conversación!

El letrado Alejandro pone los ojos en blanco y realiza el gesto universal de «mujer parloteando»: pulgar y dedos abriéndose y cerrándose como una mandíbula incorpórea.

—Para compartir sentimientos profundos y conectar emocionalmente —sigue diciendo Randy mientras cierra los ojos.

—Pero eso no está tan mal —dice el letrado Alejandro, irradiando insinceridad como una bola de espejos en una disco.

—Me va bien en esta cárcel. Sorprendentemente bien —dice Randy—, pero irme bien consiste en mantener una especie de fachada sin emociones. Muchas barreras entre mi yo y lo que me rodea. Y por tanto me vuelve loco que ella elija este momento precisamente para exigir implícitamente que baje la guardia.

—Sabe que es usted débil —dice el letrado Alejandro, y guiña un ojo—. Ella huele su vulnerabilidad.

—No es sólo eso lo que va a oler. ¿La nueva celda tendrá ducha?

—Todo. Recuerde poner algo pesado en el desagüe para que las ratas no salgan por la noche.

—Gracias. Pondré el portátil. —Randy se reclina en la silla y agita el culo. Ahora hay un problema con una erección. Hace ya una semana. Tres noches en la cárcel, la noche anterior en la casa de Tom Howard, antes en el avión, antes de eso en el sótano de Avi... en realidad probablemente ha pasado mucho más de una semana. Randy necesita con urgencia llegar a esa celda privada aunque no sea más que para dar una oportunidad a salir a lo que le está oprimiendo la próstata y así reconducir la mente al equilibrio. Ruega a Dios ver a Amy sólo a través de una gruesa ventana de vidrio.

El letrado Alejandro abre la puerta y dice algo al guardia que espera, quien les guía por el pasillo hasta otra habitación. Ésa es mayor, y dispone de varias mesas largas con diversos grupos familiares de filipinos repartidos por ellas. Si alguna vez se pretendió que esas mesas sirviesen como barrera al contacto físico, hace tiempo que se olvidó; se necesitaría algo parecido al Muro de Berlín para impedir que los filipinos manifestasen su afecto unos por otros. Y Amy está allí, acercándose ya el extremo de una de las mesas mientras un par de guardias apartan la vista (aunque sus ojos giran para comprobar su culo cuando pasa a su lado). En esta ocasión no lleva vestido. Randy predice que pasarán algunos años antes de que vuelva a ver a Amy con un vestido. La última vez se le puso dura la polla, se le encabritó el corazón, salivó literalmente y de pronto hombres armados le ponían esposas.

Ahora mismo, Amy lleva tejanos viejos rotos por las rodillas, un top y una chaqueta de cuero negra, mejor para ocultar las armas. Conociendo a los Shaftoe, probablemente se han puesto en algún nivel alto de defensa, el que está justo por debajo de un intercambio nuclear total. Es probable que Doug Shaftoe ahora se duche con un cuchillo entre los dientes. Amy, quien normalmente prefiere un abrazo bajo, de lado y con un solo brazo, lanza los dos como si señalase un ensayo y dobla los codos en la base del cuello de Randy y deja que él lo sienta todo. La piel de su vientre puede contar los puntos de la cicatriz de apendicetomía de Amy. Por tanto, el hecho de que tiene una erección probablemente le resulta a ella tan evidente como el hecho de que huele mal. Bien podría tener uno de esos banderines fluorescentes naranjas para bicicletas flameando en su falo y que éste sobresaliese de los pantalones.

Ella se echa atrás, mira hacia abajo y luego deliberadamente le mira a los ojos y dice:

—¿Cómo te sientes? —que siendo la pregunta habitual de las mujeres es difícil de interpretar... ¿irónica/seria o sólo dulcemente ingenua?

—Te echo de menos —dice—, y me disculpo porque mi sistema límbico haya malinterpretado tu gesto de apoyo emocional.

Ella se lo toma con serenidad, se encoge de hombros y dice:

—No es necesario disculparse. Es parte de ti, Randy. No te tengo que conocer a trocitos, ¿verdad?

Randy se resiste al impulso de mirar la hora, lo que no tendría sentido porque le han confiscado el reloj. Sin duda Amy acaba de establecer algún récord mundial, en la categoría de conversación de hombre y mujer, en desviar el tema a las limitaciones de Randy en lo que respecta a su disposición emocional. Hacerlo en semejante entorno requiere cierta cara dura que no puede evitar admirar.

—Has hablado con el letrado Alejandro —dice ella.

—Sí. Asumo que me ha comunicado lo que se suponía que debía comunicarme.

—No tengo mucho más para ti —dice. Lo que desde un punto de vista puramente táctico significa mucho. Si los adláteres del Dentista hubiesen descubierto los restos, o por alguna razón los Shaftoe hubiesen tenido que interrumpir las labores de recuperación, habría dicho algo. Si no dice nada significa que probablemente en este mismo momento están sacando oro del submarino.

Bien. Amy está ocupada con la operación de recuperación de oro, para la cual sin duda su contribución es vital. No tiene absolutamente ninguna información específica que comunicarle sobre nada. Por tanto, ¿por qué ha realizado el trayecto largo y alternativamente aburrido y peligroso hasta Manila? ¿Exactamente para hacer qué? Es uno de esos ejercicios diabólicos de comunicación telepática. Ella tiene los brazos sobre el pecho y le mira con serenidad. «Alguien intenta enviarte un mensaje.»

De pronto tiene la sensación de que ella le tiene exactamente donde quiere tenerle. Quizá fue ella la que puso la heroína en la bolsa. Es un asunto de poder, eso es todo.

Un gran trozo de recuerdo sube a la superficie de la mente de Randy, como un bandejón salido de la capa ártica. Él, Amy y los chicos Shaftoe estaban en California, justo después del terremoto, ordenando toda la porquería del sótano buscando unas cajas importantes de papel. Randy oyó a Amy morirse de risa y se la encontró sentada en la esquina sobre un montón de cajas de libros viejos, leyendo una novela de bolsillo ayudada por una linterna. Ha descubierto un enorme escondrijo de novelas románticas, ninguna de las cuales Randy ha visto antes.

Novelas eróticas del estilo más increíblemente cutre. Randy dio por supuesto que se las habían dejado los antiguos ocupantes de la casa hasta que ojeó un par de ellas, comprobando las fechas del *copyright:* todas de los años en que Charlene y él vivían juntos. Charlene debía de leerlas al ritmo de una por semana.

—Oh, genial —dijo Amy, y le leyó un párrafo sobre un héroe duro pero sensible pero fuerte pero inteligente lidiando con una mujer protestona pero deseosa pero resistente pero complaciente—. ¡Dios! —Lanzó el libro a un charco en el suelo del sótano.

—Siempre me dio la impresión de que tenía hábitos de lectura furtivos.

—Bien, ahora ya sabes lo que quería —dijo Amy—. ¿Le diste lo que quería, Randy?

Y Randy lo ha estado meditando desde entonces. Y cuando se recuperó de la sorpresa de que Charlene era adicta a las novelas eróticas algo masoquistas, decidió que no era necesariamente algo malo, aunque en el círculo de ella leer un libro semejante sería equivalente a llevar un largo sombrero de punta en las calles de Salem Village, Mass., alrededor de 1692. Ella y Randy habían intentado, con todas sus fuerzas, mantener una relación de igualdad. Habían gastado dinero en consejeros de parejas intentado mantener viva la relación de igualdad. Pero ella cada vez se mostraba más furiosa, sin darle a él jamás una razón, y él se había vuelto más y más confuso. Con el tiempo dejó de estar confuso y se sintió irritado con ella y cansado. Después de que Amy descubriese esos libros en el sótano, Randy montó en su cabeza una historia nueva y diferente: que el sistema límbico de Charlene estaba cableado de tal forma que le gustaban los hombres dominantes. Eso sí, no en el sentido de látigos y cadenas, sino en el sentido de que en la relación alguien debía ser activo y alguien debía ser pasivo, lo que no tiene sentido en sí, pero tampoco es malo. Al final, el miembro pasivo puede tener tanto poder e igual cantidad de libertad.

La intuición, al igual que un destello de luz, dura sólo un segundo. Por lo general, llega cuando a uno le atormenta un descifrado difícil y cuando uno repasa en la cabeza los infructuosos experimentos que ya se han probado. De pronto, la luz llega y uno encuentra después de unos minutos lo que días anteriores de trabajo fueron incapaces de lograr.

Randy tiene la sensación insistente de que Amy no lee novelas eróticas algo masoquistas. Ella va al otro lado. No puede tolerar rendirse ante nadie. Lo que le hace difícil funcionar en la sociedad civilizada; no hubiese sido feliz quedándose sentada en su casa en los años de instituto esperando a que un chico la invitase al baile. Es muy fácil malinterpretar ese aspecto de su personalidad, así que se lanzó en paracaídas. Preferiría estar sola, y ser sincera consigo misma, y controlar la situación en algún lugar alejado del mundo, con su música de cantautoras inteligentes para hacerle compañía, a ser malinterpretada y molestada en Estados Unidos.

—Te quiero —dice él. Amy aparta la vista y lanza un gran suspiro de, «Al final llegamos a algún sitio». Randy sigue hablando—: He estado locamente enamorado de ti desde que nos conocimos.

Ahora ella vuelve a mirarle expectante.

—Y la razón por que he sido, eh, tan lento, o no he hecho nada al respecto, es ante todo porque no estaba seguro de si eras o no lesbiana.

Amy se mofa y pone los ojos en blanco.

—Y últimamente por reticencia personal. Que es un desafortunado aspecto de mi personalidad, al igual que ésta. —Baja la vista por un microsegundo.

Ella agita la cabeza con asombro.

—No se reconoce lo suficiente el hecho de que el investigador científico trabaja el 50 por ciento de su tiempo según medios no racionales —dice Randy.

Amy se sienta al lado de la mesa de Randy, se pone en un ángulo de noventa grados, gira sobre el culo y aparece por el otro lado.

—Pensaré en lo que acabas de decir —dice—. Aguanta ahí dentro, colega.

—Buen viaje, Amy.

Amy le dedica una sonrisita sobre el hombro, luego se dirige directamente a la salida, volviéndose en la puerta para asegurarse de que sigue mirándola.

Randy la está mirando. Lo que es, está casi seguro, la respuesta correcta.

Seducción

Un par de pelotones de soldados nipones de las fuerzas aéreas, armados con rifles y Nambus, persiguen a Bobby Shaftoe y su conjunto de Huks hacia el malecón de la bahía de Manila. Si llega el momento de ponerse a disparar, probablemente puedan matar a un montón de nipos antes de que los superen. Pero están allí para ayudar a los Altamira, no para morir heroicamente, así que retroceden por el vecindario de Ermita. Uno de los Piper Cubs de MacArthur ve a uno de esos pelotones nipones mientras avanza sobre las ruinas de un edificio derribado y pide un ataque; proyectiles de artillería llegan desde el norte como pases largos en un juego de béisbol. Shaftoe y los Huks intentan calcular el tiempo de los proyectiles, tratando de descubrir cuántos cañones les disparan para intentar correr de un lugar a otro cuando creen que va a producirse una pausa de algunos segundos en la metralla. Casi la mitad de los nipos mueren o quedan heridos en esa barrera de fuego, pero pelean tan de cerca que dos de los Huks de Shaftoe también caen. Shaftoe intenta apartar del peligro a uno de ellos cuando baja la vista y ve que camina sobre trozos de vajilla rota que está marcada con el nombre de un hotel, el mismo hotel donde bailó lentamente con Glory la noche en que comenzó la guerra.

Los Huks heridos todavía pueden moverse, así que continúan la retirada. Shaftoe se está calmando un poco, pensando en la situación con mayor claridad. Los Huks encuentran una buena posición defensiva y contienen a sus atacantes durante unos minutos mientras él recupera la compostura y prepara un plan. Quince minutos después, los Huks abandonan su posición presas del pánico, o eso parece. Algo así como la mitad del pelotón nipón corre en su persecución y se encuentran con que han sido atraídos a una zona de muerte, un callejón sin salida creado por el derrumbamiento parcial de un edificio en el callejón. Uno de los Huks abre fuego con una ametralladora mientras Shaftoe —quien se quedó detrás, oculto tras un coche incendiado— lanza granadas a la otra mitad del pelotón, deteniéndolo y evitando que vaya en ayuda de sus camaradas, que están siendo asesinados con mucho estruendo.

Pero estos nipos son implacables. Se reagrupan al mando de un oficial superviviente y siguen con la persecución. Shaftoe, ahora solo, acaba perseguido alrededor de la base de otro hotel, un lugar lujoso que se alza sobre la bahía, cerca de la embajada norteamericana. Tropieza con el cuerpo de una joven que aparentemente saltó, se cayó o la tiraron desde una de las ventanas. Oculto tras unos arbustos para tomar aliento, oye los gritos que salen de las ventanas del hotel. Comprende que el edificio está lleno de mujeres, y todas ellas lloran y gritan.

Sus perseguidores parecen haberle perdido la pista. También los Huks le han perdido. Shaftoe permanece oculto un rato, escuchando a todas esas mujeres y deseando poder entrar y hacer algo por ellas. Pero el edificio debe estar lleno de soldados nipones, o las mujeres no gritarían de semejante forma.

Escucha con atención durante un rato, intentando ignorar los lamentos de las mujeres. Una joven de catorce años vestida con un camisón ensangrentado cae en picado desde el quinto piso del hotel, golpea el suelo como un saco de cemento y rebota una vez. Shaftoe cierra los ojos y escucha hasta estar completamente seguro de no oír a ningún niño.

La imagen es cada vez más clara. A los hombres los llevan a otro lado y los ejecutan. A las mujeres las llevan a otro sitio. Las jóvenes sin hijos terminan en ese hotel. A las mujeres con niños las deben haber llevado a otro sitio. ¿Adónde?

Oye ruido de ametralladora al otro lado del hotel. Deben de ser sus camaradas. Se arrastra hasta una esquina del hotel y presta atención, intentando descubrir dónde se encuentran... en algún punto del parque Rizal, cree. Pero en ese momento la artillería de MacArthur se desencadena con furia y el mundo comienza a agitarse a sus pies como si fuese una alfombra de la que alguien tirase, y no puede oír disparos, mujeres gritando o cualquier otra cosa. Puede ver al este y al sur hacia las partes de Ermita y Malate de donde han venido, y puede ver grandes fragmentos que saltan del suelo en esos puntos, así como gotas de polvo. Ha visto guerra suficiente para saber lo que eso significa: los norteamericanos ahora avanzan también desde el sur, dirigiéndose hacia Intramuros. Shaftoe y su banda de Huks operaban por iniciativa propia, pero parece que inadvertidamente sirvieron de avanzadilla a una gran ofensiva de infantería.

Aterrorizados por el fuego, un grupo de soldados nipos usan la salida lateral del hotel, casi demasiado borrachos como para mantenerse en pie, algunos de ellos todavía subiéndose los pantalones. Shaftoe, asqueado, les arroja una granada y luego sale como un rayo sin molestarse en comprobar el resultado. Está llegando el momento en que matar nipos ya no es divertido. No hay sensación de haber conseguido nada. Es un trabajo tedioso y peligroso que jamás parece tener fin. ¿Cuándo van a rendirse esos estúpidos cabrones? Se están poniendo en evidencia frente al mundo entero.

Encuentra a sus hombres en el parque Rizal, bajo la cubierta de la antigua muralla española de Intramuros, disputándose la posesión de un campo de béisbol con lo que queda del pelotón nipón que les persiguió hasta aquí. El momento es bueno y malo. Un poco antes, y los refuerzos nipones en las vecindades hubiesen oído la escaramuza, hubiesen llegado hasta el parque y hubiesen acabado con ellos. Un poco más tarde, y la infantería norteamericana ya estaría ahí. Pero el parque Rizal está ahora mismo en medio de un desquiciado campo de batalla urbano, y ya nada tiene sentido. Deben imponer su voluntad sobre la situación, actividad en la que Bobby Shaftoe se ha vuelto muy bueno.

Lo que tienen a favor es que por ahora la artillería apunta a otra parte. Shaftoe se agacha tras un cocotero e intenta decidir cómo coño va a llegar a ese campo de béisbol, que se encuentra a un centenar de yardas sobre un territorio totalmente plano y abierto.

Conoce el lugar; el tío Jack lo llevó allí para un partido. Gradas de madera se elevan siguiendo las líneas izquierdas y derechas, y por tanto sabe que uno de esos banquillos está lleno de nipos y el otro lleno de Huks y que cada grupo está atrapado allí por el fuego del otro como tropas de la Gran Guerra en sus trincheras opuestas. Bajo las gradas hay algunos edificios, que contienen retretes y puestos de refrigerios. Ahora mismo los nipos y los Huks se arrastran alrededor de esos edificios, intentando alcanzar una posición que les permita disparar mejor.

Una granada nipona viene volando hacia él desde la grada del campo izquierdo, agitando las palmas al atravesar la copa de una palmera. Shaftoe oculta la cabeza tras otro árbol para no ver la granada. Estalla y le arranca la ropa, y una buena porción de piel, de sus brazos y de una de sus piernas. Pero como todas las granadas niponas, es de mala calidad y terriblemente ineficaz. Shaftoe se da la vuelta y lanza una ráfaga de calibre 45 en la dirección general del origen de la granada; eso debería dar al que la lanzó algo en que pensar mientras Shaftoe decide qué hacer.

Resulta ser una idea bastante estúpida, porque se le acaba la munición. Le quedan unos tiros en la Colt y eso es todo. También le queda una granada. Considera la idea de lanzarla hacia el campo de béisbol, pero ahora tiene en muy mala forma el brazo de lanzar.

Además... ¡Dios! El campo de béisbol está demasiado lejos, así de simple. Incluso en su mejor momento no podría lanzar una granada tan lejos.

Quizás uno de esos cadáveres sobre la hierba, entre aquí y allí, no sea en realidad un cadáver. Shaftoe se arrastra hacia ellos y concluye que efectivamente son muertos.

Dando un gran rodeo alrededor del campo, comienza a dirigirse tras la base meta hacia la línea exterior derecha donde está su gente. Le encantaría atacar a los nipos por detrás, pero el tío que lanzó la granada le ha asustado. ¿Dónde coño está?

Los disparos desde los banquillos, que están por debajo del nivel del suelo, se han vuelto esporádicos. Ahora mismo están en punto muerto e intentan conservar la munición. Shaftoe se arriesga a ponerse en cuclillas. Corre como tres pasos antes de ver la puerta del baño de mujeres abrirse y a un hombre saltar de él, estirando el brazo como Bob Feller preparándose para lanzar una bola rápida justo al medio de la base. Shaftoe dispara su 45 una vez, pero el retroceso absurdamente violento del arma la hace saltar de su mano herida. La granada vuela hacia él, con puntería perfecta. Shaftoe se lanza al suelo y busca frenético su 45. La granada le rebota en el hombro y cae girando al polvo, produciendo un ruido efervescente. Pero no estalla.

Shaftoe levanta la vista. El nipo está enmarcado en la puerta del baño de mujeres. Sus hombros le cuelgan tristes. Shaftoe le reconoce; sólo hay un nipo que podría lanzar una granada de semejante forma. Se queda tendido durante un momento, contando sílabas con los dedos, luego se pone en pie, hace bocina con las manos y grita:

Bola rápida...
Aplaude Manila...
¡Ganas la base!

Goto Dengo y Bobby Shaftoe se encierran en el interior del baño de señoras y comparten un trago de la botella de oporto que el primero había robado de una tienda. Pasan unos minutos en saber cada uno de la vida del otro. Goto Dengo ya está casi borracho, lo que hace que su habilidad para lanzar granadas sea aún más impresionante.

—Yo estoy hasta el culo de bencedrina —dice Shaftoe—. Te permite seguir en marcha pero te jode la puntería.

—¡Me he dado cuenta! —dice Goto Dengo. Está tan delgado y demacrado que se parece más a un hipotético tío enfermo de Goto Dengo.

Shaftoe finge ofenderse por el comentario y adopta una postura de judo. Goto Dengo se ríe incómodo y hace un gesto con la mano.

—No más peleas —dice. Una bala de rifle atraviesa la pared del lavabo de señoras y abre un cráter en el lavabo de porcelana.

—Se nos tiene que ocurrir un plan —dice Shaftoe.

—El plan: tú vives, yo muero —dice Goto Dengo.

—Una mierda —dice Shaftoe—. Eh, ¿sois unos idiotas que no tenéis ni idea de que estáis rodeados?

—Lo sabemos —dice Goto Dengo con cansancio—. Hace tiempo que lo sabemos.

—¡Pues rendíos, subnormales! Agitad una bandera blanca y todos volveréis a casa.

—No es la costumbre nipona.

—¡Pues inventaos otra puta costumbre! ¡Demostrad algo de adaptabilidad!

—¿Qué haces aquí? —pregunta Goto Dengo, cambiando de tema—. ¿Cuál es tu misión?

Shaftoe le explica que busca a su hijo. Goto Dengo le dice dónde están todas las mujeres con hijos: en la iglesia de San Agustín en Intramuros.

—Eh —dice Shaftoe—, si nosotros nos rindiésemos a vosotros, nos mataríais, ¿no?

—Sí.

—Si vosotros os rendís, no os mataremos. Lo prometo. Palabra de *Boy Scout*.

—Para nosotros, vivir o morir no es lo importante —dice Goto Dengo.

—¡Eh! ¡Cuéntame alguna mierda que no sepa ya! —dice Shaftoe—. Para vosotros ni siquiera ganar batallas es importante. ¿No es así?

Goto Dengo aparta la vista, avergonzado.

—¿Todavía no habéis comprendido que la carga banzai ES UNA PUTA MIERDA QUE NO SIRVE PARA NADA?

—Todas las personas que lo comprendieron murieron en cargas banzai —dice Goto Dengo.

Como si fuese una señal, los nipos del exterior izquierdo comienzan a gritar «¡Banzai!» y cargan, como un grupo, contra los del exterior derecho. Shaftoe pone el ojo en un agujero de bala y les ve avanzar por el diamante con las bayonetas caladas. Su líder se sube al montículo del *pitcher* como si fuese a plantar una bandera, y recibe un tiro en mitad de la cara. A su alrededor sus hombres son desmantelados por disparos de rifle juiciosamente administrados que vienen del banquillo hundido de los Huks. La guerrilla urbana no es el fuerte de los Hukbalahaps, pero masacrar con calma nipones en una carga banzai es algo que saben hacer. Uno de los nipos consigue arrastrarse hasta el banquillo del entrenador en primera base. Luego algunas libras de carne salen volando de su espalda y se relaja.

Shaftoe se vuelve para ver cómo Goto Dengo le apunta con un revólver. Decide ignorarlo por el momento.

—¿Ves a qué me refiero?

—Ya lo he visto muchas veces antes.

—Entonces, ¿por qué no estás muerto? —Shaftoe plantea la pregunta con la falta de seriedad obligatoria, pero produce un efecto terrible en Goto Dengo. Su rostro se contrae y empieza a llorar—. Ah, mierda. ¿Me apuntas con una pistola y simultáneamente comienzas a llorar a lágrima viva? ¿Puedes ser más tramposo? Ya que estás, ¿por qué no me arrojas un poco de polvo a los ojos?

Goto Dengo se lleva el revólver a su propia sien. Pero Shaftoe ya lo había visto venir desde hacía un rato. Conoce a los nipos lo suficiente para saber cuándo van a empezar con el asunto del *harakiri*. Shaftoe salta tan pronto como el cañón del revólver comienza a moverse.

Para cuando ha llegado al cráneo de Goto Dengo, Shaftoe tiene el dedo metido en el espacio que hay entre el martillo y la aguja.

Goto Dengo se desmorona en el suelo sollozando lastimosamente. Lo que hace que Shaftoe desee darle una patada.

—¡Déjalo ya! —dice—. ¿Qué coño te pone tan triste?

—Vine a Manila a redimirme... ¡para recuperar mi honor perdido! —dice Goto Dengo—. Podría haberlo hecho aquí. Ahora podría estar muerto en ese campo, y mi espíritu habría ido a Yasukuni. Pero luego... ¡viniste tú! ¡Destrozaste mi concentración!

—¡Concéntrate en esto, gilipollas! —dice Shaftoe—. Mi hijo está en una iglesia al otro lado de esa muralla, con un montón de otras mujeres y niños indefensos. Si quieres redimirte, ¿por qué no me ayudas a rescatarlos con vida?

Ahora parece como si Goto Dengo hubiese entrado en trance. Su rostro, que hace un minuto estaba lloriqueando, se ha solidificado en una máscara.

—Me gustaría poder creer lo que tú crees —dice—. He muerto, Bobby. Me enterraron en una tumba de piedra. Si fuese cristiano, ahora podría nacer de nuevo, y ser un hombre nuevo. En lugar de eso, debo seguir viviendo y aceptar mi karma.

—¡Bien, mierda! Ahí fuera, en el banquillo, hay un sacerdote. Puede cristianizarte el culo en diez segundos. —Bobby Shaftoe atraviesa el baño y abre la puerta de un golpe.

Se sorprende al ver a un hombre de pie a unos pocos pasos. El hombre está vestido con un uniforme caqui viejo pero limpio carente por completo de insignia excepto un pentágono de estrellas en el cuello. Ha metido un fósforo de madera en la cazoleta de una pipa «olote» y chupa de ella inútilmente. Pero es como si todo el oxígeno del aire se hubiese consumido en el incendio de la ciudad. Arroja contrariado la cerilla y luego mira la cara de Bobby Shaftoe, mirándole a través de un par de gafas oscuras de aviador que le dan a su rostro demacrado la apariencia de un cráneo. Su boca forma una O durante un momento. Luego su mandíbula se ajusta.

—Shaftoe... ¡Shaftoe...! ¡Shaftoe! —dice.

Bobby Shaftoe siente cómo su cuerpo se pone firme. Incluso si llevase algunas horas muerto, su cuerpo lo haría por efecto de algún estúpido reflejo innato.

—¡Señor, sí señor! —dice con cansancio.

El general compone sus ideas durante medio segundo, y luego dice:

—Se suponía que debía estar en Concepción. No estaba allí. Sus superiores no sabían qué pensar. Estaban muy preocupados por usted. Y el Departamento de Marina se ha vuelto extremadamente insufrible desde que supieron que trabajaba para mí. Afirman, de la forma más despótica posible, que conoce secretos importantes y que nunca debería haber estado en peligro de ser capturado. En resumen, su paradero y su situación han sido objeto durante las últimas semanas de las más febriles, intensas y negativas elucubraciones. Muchos suponían que estaba muerto, o, peor, había sido hecho prisionero. No he apreciado esa distracción, en la medida que la planificación y ejecución de la reconquista de las islas Filipinas me han dejado poco tiempo para dedicarme a distracciones molestas. —Un proyectil de artillería atraviesa el aire y detona en las gradas, lanzando fragmentos rotos de madera, del tamaño de remos de canoa, al aire. Uno de ellos se clava como una jabalina en la tierra que separa al general de Bobby Shaftoe.

El general se aprovecha de ese suceso para tomar aliento y luego seguir hablando como si leyese un guión.

—Y ahora, cuando menos lo esperaba, me lo encuentro aquí, a muchas leguas de distancia del puesto que tenía asignado, sin uniforme, desarreglado, acompañado de un oficial nipón, ¡y violando la santidad de la sala de maquillaje de las damas! Shaftoe, ¿no tiene ningún sentido del honor militar? ¿No respeta el decoro? ¿No cree que un representante del estamento militar de Estados Unidos debería comportarse con mayor dignidad?

Las rodillas de Shaftoe se agitan incontrolables. Las entrañas se le han fundido, y siente un extraño proceso burbujeante en el recto. Sus molares chocan entre sí como si fuesen un teletipo. Siente a Goto Dengo a su espalda, y se pregunta qué podrá estar pensando el pobre cabrón.

—Le pido perdón, general, pero no es por cambiar de tema o nada similar, pero ¿está aquí completamente solo?

El general eleva la barbilla en dirección al baño de hombres.

—Mis asistentes están ahí, aliviándose. Tenían prisa por hacerlo, y es bueno que hayamos llegado a este lugar. Pero ninguno de ellos consideró ni por un momento asaltar el tocador de señoras —dice con severidad.

—Me disculpo por ello, señor —dice Bobby Shaftoe apresuradamente—, y por todas las otras cosas que ha mencionado. Pero todavía me considero un marine, y los marines no se excusan, así que no voy siquiera a intentarlo.

—¡No es satisfactorio! Necesito una explicación de dónde ha estado.

—He estado vagando por el mundo —dice Bobby Shaftoe—, dejando que la Fortuna me diese por el culo.

Se abre la puerta del baño de hombres y uno de los asistentes del general sale de él, aturdido y patizambo. El general le ignora; mira detrás de Shaftoe.

—Perdone mis modales, señor —dice Shaftoe, poniéndose de lado—. Señor, mi amigo Goto Dengo. Goto-san, di hola al general del Ejército de Tierra Douglas MacArthur.

Goto Dengo se había quedado de pie como una estatua de sal durante todo el rato, totalmente pasmado, pero ahora sale de la parálisis y se inclina. MacArthur asiente resueltamente. Su asistente mira mal a Goto Dengo y ya tiene la Colt fuera.

—Es un placer —dice el general con despreocupación—. Por favor, díganme, ¿a qué asuntos se dedicaban en el tocador de señoras?

Bobby Shaftoe sabe cómo aprovechar una oportunidad.

—Eh, es curioso que haga esa pregunta, señor —dice con despreocupación—, pero Goto-san acaba, ahora mismo, de ver la luz y convertirse al cristianismo.

Algunos nipos en lo alto de la muralla abren fuego con una ametralladora. La andanada ligera y picada atraviesa el aire y golpea el suelo. El general del Ejército de Tierra Douglas MacArthur permanece inmóvil durante mucho tiempo, con los labios apretados. Sorbe por la nariz una vez. A continuación se quita con cuidado las gafas de aviador y se limpia los ojos con la manga inmaculada del uniforme. Saca un pañuelo cuidadosamente doblado, se lo coloca alrededor de la nariz aguileña y se suena un par de veces. Lo dobla con cuidado y se lo vuelve a guardar en el bolsillo, cuadra los hombros, se acerca a Goto Dengo y lo envuelve en un enorme y varonil abrazo de oso. Los demás asistentes del general salen del cagadero en bloc y observan la escena con tensión y reticencia palpables en el rostro. Profundamente mortificado, Bobby Shaftoe se mira los pies, agita los dedos y se acaricia la costra lineal que le sube por la cabeza, allí donde el remo le golpeó hace unos días. Al grupo de la ametralladora allá en la muralla se lo están cargando uno a uno los francotiradores; se retuercen y gritan operísticamente. Los Huks han salido del banquillo hundido y se acercan a este pequeño retablo viviente; todos permanecen inmóviles con las mandíbulas colgándoles a la altura de los ombligos.

Finalmente, MacArthur suelta el cuerpo rígido de Goto Dengo, retrocede dramáticamente y le presenta al personal.

—Conozcan a Goto-san —anuncia—. ¿Todos han oído la expresión «El único nipo bueno es el nipo muerto»? Bien, este joven es el contraejemplo, y como todos aprendimos en matemáticas, sólo es necesario un contraejemplo para demostrar la falsedad de un teorema.

El personal guarda un silencio cauto.

—Parece adecuado que llevemos a este joven a la

iglesia de San Agustín, al interior de Intramuros, para que pueda realizar el sacramento del bautismo —dice el general.

Uno de los asistentes se adelanta, inclinado, porque espera recibir un disparo entre los hombros en cualquier momento.

—Señor, es mi deber recordarle que Intramuros sigue bajo el control del enemigo.

—Entonces, ¡ya es hora de que dejemos clara nuestra presencia! —dice MacArthur—. Shaftoe nos llevará allí. Shaftoe y estos amables caballeros filipinos. —El general pasa un brazo sobre el cuello de Goto Dengo en un gesto muy afectuoso de camaradería, y comienza a guiarle hasta la puerta más cercana—. Me gustaría que supiese, joven, que cuando establezca mi cuartel general en Tokio, que si Dios quiere será dentro de un año, ¡quiero que esté despierto y listo el primer día!

—¡Sí, señor! —dice Goto Dengo. Teniéndolo todo en cuenta, es poco probable que hubiese dicho otra cosa.

Shaftoe respira profundamente, echa la cabeza hacia atrás y mira el cielo lleno de humo.

—Dios —dice—, normalmente inclino la cabeza cuando Te hablo, pero he supuesto que era un buen momento para vernos las caras. Lo ves todo y lo sabes todo así que no voy a explicarTe la situación. Simplemente me gustaría hacerTe un ruego. Sé que recibes peticiones de soldados en todo el mundo y todo el tiempo, pero como está relacionada con un montón de mujeres y niños, y también con el general MacArthur, quizá me puedas poner en lo alto de la pila. Ya sabes lo que quiero. Vamos a hacerlo.

Toma prestado un cargador pequeño y recto de veinte de uno de sus camaradas y se dirigen hacia Intramuros. Es seguro que las entradas estarán protegidas, así que Shaftoe y los Huks suben por las murallas inclinadas, directamente bajo el nido de ametralladora ya eliminado. Giran la ametralladora hacia el interior de Intramuros, y plantan allí a uno de los Huks heridos para que la maneje.

La primera vez que Shaftoe mira la ciudad casi se cae del muro. Intramuros ha desaparecido. Si no supiese dónde está, no podría reconocerla. Esencialmente, todos los edificios han sido aplastados. La catedral de Manila y la iglesia de San Agustín siguen en pie, las dos muy dañadas. Algunas de las antiguas casas españolas siguen existiendo como bosquejos apresurados y a mano alzada de sus antiguas identidades, faltando tejados, alas o paredes. Pero la mayoría de las manzanas no son más que montones de cemento y tejas rojas destrozadas de los que sale humo.

Por todas partes hay cuerpos muertos, sembrados por el vecindario como semillas de fleo de los prados esparcidas sobre un terreno recién arado. La artillería ya ha terminado —ya no queda nada que destruir—, pero casi en cada calle se oyen disparos de armas pequeñas y ametralladoras.

Shaftoe está pensando que tendrán que asaltar una de las puertas. Pero antes incluso de que pueda ocurrírsele un plan, MacArthur está allí arriba con el resto de su grupo, habiendo trepado por la muralla. Evidentemente, ésta es la primera vez que el general le ha dado un buen vistazo a Intramuros, porque queda aturdido y, por primera vez, sin habla. Permanece allí durante mucho tiempo, con la boca abierta, y comienza a atraer el fuego de algunos nipos ocultos entre las ruinas. La ametralladora los silencia.

Les lleva varias horas recorrer las calles hasta la iglesia de San Agustín. Un montón de nipos se han hecho fuertes en su interior junto con lo que parece cada niño pequeño hambriento e irritable de Manila. La iglesia no es más que un lado de un complejo que incluye un monasterio y otros edificios. El fuego de artillería ha fracturado muchas de las estructuras. A la calle han caído los tesoros acumulados por los monjes durante los últimos quinientos años. Desperdigadas como metralla por todo el vecindario, y mezcladas con los cadáveres atravesados por bayoneta de jóvenes filipinos, hay enormes pinturas al óleo de Cristo flagelado, fantásticas esculturas de madera de los romanos clavándole muñecas y tobillos, mármoles de María sosteniendo en su regazo a un Cristo muerto y maltratado, tapices del poste de los latigazos y el látigo de nueve colas en acción, sangre fluyendo de la espalda de Cristo a través de cientos de cortes paralelos.

Los nipos que siguen en el interior de la iglesia defienden sus puertas principales con una resolución suicida que a Shaftoe empieza a resultarle tediosa pero, gracias a la artillería del general, ahora hay muchas otras formas de entrar aparte de las puertas. Por tanto, mientras una compañía de infantería norteamericana monta un asalto frontal contra la entrada principal, Bobby Shaftoe, sus Huks, Goto Dengo, el general y sus asistentes ya están arrodillándose en una pequeña capilla de lo que solía ser el monasterio. El sacerdote les guía a través de un par de oraciones de agradecimiento, extremadamente truncadas, y bautiza a Goto Dengo con agua de una fuente, con Bobby Shaftoe interpretando el papel de sonriente papá y el general del Ejército de Tierra Douglas MacArthur sirviendo de padrino. Más tarde, Shaftoe sólo recuerda una línea de la ceremonia.

—¿Rechazas la seducción del mal, renuncias a todas sus obras? —dice el sacerdote.

—¡Sí! —dice MacArthur con tremenda autoridad mientras Bobby Shaftoe murmura:

—¡Coño, claro!

Goto Dengo asiente, se moja y se convierte en cristiano.

Bobby Shaftoe se excusa y va a dar vueltas por el complejo. Le parece tan grande y desquiciado como aquella *casbah* en Argel, todo lóbrego y polvoriento por dentro, y está lleno de más arte de La Pasión, ejecutado por artistas que evidentemente habían presenciado latigazos de primera mano, y que no necesitaban que ningún cura les lanzase homilías sobre la seducción del Mal. Sube y baja las grandes escaleras una vez, por los viejos tiempos, recordando la noche que Glory le llevó allí.

Hay un patio con una fuente en el centro, rodeado por una larga galería cubierta donde monjes españoles podían caminar a la sombra, mirar las flores y oír el canto de los pájaros. Ahora mismo, el único canto es el de las bombas que pasan volando. Pero niñitos filipinos hacen carreras por la galería, y sus madres, tías y abuelas acampan en el patio, sacando agua de la fuente y preparando arroz sobre una fogata de patas de silla.

Un niño de dos años de ojos grises con una cachiporra improvisada persigue a unos chicos mayores por un pasaje de piedra. Parte de su pelo es del color del de Bobby y parte del color del de Glory, y Bobby Shaftoe puede ver el reflejo de Glory reluciendo casi fluoroscópicamente en su rostro. El muchacho tiene la misma estructura ósea que Bobby vio en el banco de arena hace unos días, pero en esta ocasión está cubierta con carne roja y regordeta. La carne lleva magulladuras y contusiones. Sin duda, ganadas con honor. Bobby se agacha y mira al pequeño Shaftoe a los ojos, preguntándose cómo empezar a explicarlo todo. Pero el niño dice:

—Bobby Shaftoe, tienes pupitas. —Y deja caer su cachiporra para acercarse a examinar las heridas del brazo de Bobby. Los niños pequeños no se molestan en decir hola, simplemente empiezan a hablarte, y Shaftoe supone que es una buena forma de encargarse de una situación que de cualquier otra forma sería muy incómoda. Probablemente los Altamira le han estado diciendo al pequeño Douglas M. Shaftoe, desde el día que nació, que un día Bobby Shaftoe volvería lleno de gloria desde el otro lado del mar. Que ahora lo haya hecho es tan rutinario y tan milagroso como que el sol salga todos los días.

—Veo que tú y los tuyos habéis demostrado adaptabilidad, y eso es bueno —le dice Bobby Shaftoe a su hijo, pero ve inmediatamente que el niño no le comprende en absoluto. Siente la necesidad de transmitirle algo que recuerde, y esa necesidad es más intensa de lo que jamás fueron el deseo de morfina o sexo.

Así que coge al pequeño y lo lleva por el complejo, recorren pasillos semiderruidos, atraviesan montones de escombros, esquivan cuerpos de muchachos nipones muertos hasta la gran escalera, y le muestra las grandes losas de granito, le cuenta cómo las colocaron en su sitio, una sobre la otra, año tras año, a medida que los galeones llenos de plata llegaban desde Acapulco. Doug M. Shaftoe ha estado jugando con bloques, así que comprende de inmediato el concepto básico. Papá lleva al hijo arriba y abajo por la escalera un par de veces. Permanecen al pie y miran hacia arriba. La analogía de los bloques ha calado. Sin tener que animarle, Doug M. levanta ambos brazos sobre la cabeza y grita:

—¡Taaaaan grande! —Y el sonido recorre los escalones.

Bobby desea explicarle al muchacho que así es como se hace, apilas una cosa sobre la siguiente y sigues y sigues; en ocasiones el galeón se hunde en un tifón, y ese año no tienes tu losa de granito, pero sigues con ello y con el tiempo acabas con algo taaaan grande.

Le gustaría poder hacer algún comentario sobre Glory y cómo ella ha estado muy ocupada construyendo su propia escalera. Quizá si fuese un hombre de palabras como Enoch Root podría explicarlo. Pero sabe que el renacuajo no acaba de entenderlo, al igual que Bobby no lo entendió cuando Glory le mostró los escalones por primera vez. Lo único que permanecerá con Douglas MacArthur Shaftoe es el recuerdo de que su padre le llevó allí y lo subió y bajó por la escalera, que si vive lo suficiente y medita lo suficiente también él llegará a comprenderlo, como lo hace Bobby. Es un buen comienzo.

Se ha corrido la voz, por entre las mujeres del patio, de que Bobby Shaftoe ha llegado —¡mejor tarde que nunca!—, por lo que de todas formas no tiene tiempo para discursos. Los Altamira le envían un recado: encontrar a Carlos, un niño de once años que fue acorralado hace unos días cuando los nipos atravesaron Malate. Shaftoe encuentra primero a MacArthur y a Goto Dengo, y se excusa. Los dos están profundamente absortos en una discusión sobre el conocimiento de Goto Dengo sobre cómo se cavan túneles, y cómo ese conocimiento podría usarse durante la reconstrucción de Nipón, un proyecto en el que el general desea embarcarse en cuanto haya terminado de convertir en escombros la cuenca del Pacífico.

—Tiene pecados que expiar, Shaftoe —dice el general—, y no podrá expiarlos poniéndose de rodillas y diciendo Ave María.

—Lo comprendo, señor —dice Shaftoe.

—Necesito un trabajito que es preciso hacer... precisamente el tipo de cosa para la que un marine raider con entrenamiento de paracaidismo está perfectamente capacitado.

—¿Qué opinará sobre eso el Departamento de Marina, señor?

—No tengo intención de hacerles saber que le he encontrado hasta que no haya completado la misión. Pero cuando haya terminado... todo habrá acabado.

—Volveré inmediatamente —dice Shaftoe.

—¿Adónde va, Shaftoe?

—Hay otras personas que tienen que perdonarme primero.

Se dirige en dirección al Fuerte Santiago con un pelotón reconstituido, rearmado y reforzado de Huks. Los norteamericanos han liberado, en el último par de horas, el viejo fuerte español. Han abierto de par en par las puertas de los calabozos y las cavernas subterráneas junto al río Pasig. En ese caso, encontrar al Carlos Altamira de once años se convierte en un problema de buscar entre varios miles de cadáveres. Casi todos los filipinos llevados como animales a ese lugar por los nipos murieron, ya fuese ejecutados, asfixiados en las mazmorras o ahogados cuando la marea subió por el río e inundó las celdas. Bobby Shaftoe no sabe en realidad cómo era Carlos, así que lo mejor que puede hacer es escoger los cadáveres que parecen más jóvenes y presentárselos a los miembros de la familia Altamira para su inspección. La bencedrina que tomó hace unos días ha dejado de hacer efecto, y él mismo se siente muerto. Camina con dificultad por las mazmorras españolas con una linterna de queroseno, iluminando con luz amarilla el rostro de los muertos, murmurando para sí como si fuese una plegaria:

—¿Rechazas la seducción del Mal, renuncias a todas sus obras?

Buen juicio

✠ Unos años antes, cuando Randy se cansó de la presión incesante en la mandíbula inferior, fue al mercado de cirugía oral del centro norte de California buscando a alguien que le sacase las muelas del juicio. El dentista le tomó una de esas placas de rayos X totales de la mandíbula inferior, de ésas en las que te forran la boca con medio rollo de película de alta velocidad, te fijan la cabeza y la máquina de rayos X da vueltas a tu alrededor lanzando radiación a través de una rendija, mientras todo el personal del dentista se oculta tras una pared de plomo, lo que produce una imagen impresa que es la distorsión no demasiado agradable de tu mandíbula en un único plano. Mirándola, a Randy se le ocurrieron analogías groseras como «cabeza de hombre aplastada varias veces por una apisonadora mientras estaba tendido de espaldas» e intentó considerarla como una transformación de cartografía, una más en la larga historia de la humanidad de intentar descabelladamente representar cosas tridimensionales sobre una superficie plana. Las esquinas de ese plano de coordenadas estaban ancladas en las muelas del juicio, que incluso para alguien con tan pocos conocimientos odontológicos como Randy ofrecían un aspecto inquietante porque cada una tenía el tamaño de un pulgar (aunque quizá se tratase de una distorsión de la transformación de coordenadas, como la famosa Groenlandia hinchada de Mercator) y estaban muy separadas de cualquier otro diente, lo que (lógicamente) las situaría en partes de su cuerpo que normalmente no se consideran territorio de un dentista, y el ángulo no era el correcto; no es que estuviesen ligeramente inclinadas, sino casi invertidas y hacia atrás. Al principio lo atribuyó todo al fenómeno Groenlandia. Con el mapa de la mandíbula en la mano, se echó a la calle del territorio de las Tres Hermanas buscando un cirujano oral. Estaba empezando a ponerse nervioso. ¡Eran unas muelas enormes! Traídas por la acción de hebras de ADN antiguas de la época de los cazadores recolectores. Diseñadas para reducir la corteza de los árboles y el cartílago de mamut a una pasta fácil de digerir. Ahora esos pedruscos de esmalte viviente estaban horriblemente a la deriva en una grácil cabeza de cromagnon que simplemente no tenía espacio para ellos. Sólo había que considerar el peso extra que cargaba. Sólo había que considerar los usos que se podían dar a ese espacio. Cuando hubiesen desaparecido, ¿qué llenaría el espacio de los enormes vacíos en forma de muela de su melón? No tenía demasiada importancia hasta que no encontrase la forma de deshacerse de ellas. Pero un cirujano oral tras otro lo rechazó. Ponían la placa en las cajas de luz, la miraban y palidecían. Quizá no fuese más que la luz pálida que salía de las cajas pero Randy podría jurar que empalidecían. Falsos —como si las muelas del juicio saliesen normalmente en otro sitio—, ellos comentaban que las muelas del juicio estaban enterradas muy, muy, muy profundamente en la cabeza de Randy. Las de abajo estaban tan atrás que eliminarlas prácticamente rompería estructuralmente el hueso en dos; en ese punto, un movimiento en falso haría que un pico de demolición quirúrgico llegase a su oído medio. Las de arriba estaban tan profundamente metidas en el cráneo que las raíces estaban enroscadas en partes del cerebro que normalmente se ocupaban de la percepción del color azul (a un lado) y la capacidad de suspender la incredulidad en las películas malas (al otro), y entre esas muelas y el aire, la luz y la saliva había muchos niveles de piel, carne, cartílago, nervios importantes, arterias que alimentaban el cerebro, abultados nodos linfáticos, vigas y puntales de hueso, médulas que funcionaban perfectamente, algunas glándulas de cuyo funcionamiento se conocía inquietantemente poco y muchas de las otras cosas que hacían que Randy fuese Randy, todas ellas pertenecientes definitivamente a la categoría de elementos que es mejor no tocar.

Parecía que a los cirujanos orales no les gustaba meterse en la cabeza más allá de los codos. Habían estado viviendo en grandes mansiones y conduciendo berlinas Mercedes-Benz al trabajo mucho antes de que Randy hubiese arrastrado su triste culo a sus consultas cargando con la placa de rayos X y no tenían absolutamente nada que ganar intentando sacarlas, no tanto muelas del juicio en el sentido normal sino presagios apocalípticos del Libro de las Revelaciones. La mejor forma de sacarlas era con una guillotina. Ninguno de esos cirujanos se plantearía siquiera proceder a la extracción hasta que Randy hubiese firmado una excepción de responsabilidad legal demasiado gruesa para ir grapada, algo que vendría en un archivador, cuyo contenido general sería más o menos que una de las consecuencias normales de la operación sería que la cabeza del paciente acabase flotando en un tarro de formaldehído en una atracción turística más allá de la frontera mejicana. De tal guisa vagó Randy de una consulta a otra durante unas semanas, como un descastado teratómico recorriendo un desierto posnuclear al que echaban de los pueblos las críticas de los desdichados y aterrorizados campesinos. Hasta un día en que entró en un despacho y la enfermera que le atendió casi parecía estar esperándole, y le llevó hasta una sala de examen para mantener una consulta privada con el cirujano, que en ese momento estaba muy ocupado, en algo que consistía en lanzar al aire un montón de polvo, en otra de las pequeñas salas. La enfermera le ofreció asiento, preparó café, luego encendió la caja de luz, cogió la placa de Randy y la colocó en su sitio. Dio un paso atrás, se cruzó de brazos y miró maravillada a la imagen.

—Bien —murmuró—. ¡Así que éstas son las famosas muelas del juicio!

Ése fue el último cirujano oral que Randy visitó durante un par de años. Todavía tenía la inexorable presión veinticuatro horas al día en la cabeza, pero ahora había cambiado de actitud; en lugar de considerarla como una condición anómala de fácil remedio, se convertía en una cruz a soportar, y en realidad no tan dura considerando lo que otras personas tenían que sufrir. En ese caso, como en otras muchas ocasiones inesperadas, su extensa experiencia en los juegos de rol de fantasía le fue de ayuda, ya que mientras recorría diversos escenarios épicos había habitado las mentes, si no los cuerpos, de muchos personajes a los que les faltaban miembros o a los que el aliento de dragón o una bola de fuego de un mago había quemado una extensión de su cuerpo decidida de forma algorítmica, y parte de la ética del juego exigía que pensase profundamente en cómo sería vivir con tales heridas e interpretar al personaje en consecuencia. Según esos estándares, sentirte continuamente como si tuvieses un gato de coche metido en el cráneo, incrementando la presión un poquito cada pocos meses, ni siquiera merecía mención. Se perdía en el ruido somático.

Así que Randy vivió de esa forma durante varios años, mientras él y Charlene subían insensiblemente en la escala socioeconómica y se encontraban en las fiestas con personas que habían llegado en Mercedes-Benz. Fue en una de esas fiestas donde Randy oyó por casualidad a un dentista alabar a un joven cirujano oral que recientemente se había trasladado a la zona. Randy tuvo que morderse la lengua para no empezar a preguntar todo tipo de detalles sobre el significado exacto de «brillante» en el contexto de la cirugía oral, preguntas motivadas exclusivamente por la curiosidad pero que el dentista muy probablemente se tomaría mal. Entre los programadores era bastante evidente quién era brillante y quién no, pero ¿cómo se distinguía a un cirujano oral brillante de uno simplemente excelente? Te meterías con rapidez en una gran mierda epistemológica. Cada juego de muelas del juicio sólo se podía extraer una vez. No podías hacer que un centenar de cirujanos orales extrajesen las mismas muelas del juicio y comparar científicamente los resultados. Y sin embargo quedaba claro mirando la cara de ese dentista que ese cirujano en particular, ese chico nuevo, era brillante. Por tanto, más tarde, Randy se acercó sigilosamente al dentista y admitió que él podría tener un desafío —el mismo podría personificar un desafío— que daría buen uso a esas inefables cualidades de brillantez de cirugía oral, y si podría darle el nombre del tipo.

Unos días más tarde ya estaba hablando con ese cirujano oral, quien era efectivamente joven y llamativamente brillante y que tenía más en común con otras personas brillantes que Randy había conocido —en su mayoría hackers— que con los otros cirujanos orales. Conducía una furgoneta y tenía ejemplares recientes de la revista *TURING* en su sala de espera. Llevaba barba, y disponía de un equipo de enfermeras y otras acólitas femeninas a las que se les aceleraba continuamente el corazón por su brillantez y que le seguían apartándole de los grandes obstáculos y recordándole que comiese. Ese tipo no empalideció al examinar el Mercator-roentgenograma. En realidad, se agarró la barbilla con la mano, se mantuvo algo más erguido y no habló durante varios minutos. De vez en cuando movía la cabeza, prestando atención a una esquina diferente del plano de coordenadas, y admiraba la situación exquisitamente grotesca de cada muela, su peso paleolítico y sus largas raíces retorcidas introduciéndose en partes de la cabeza jamás registradas por los anatomistas.

Cuando al final se volvió para encararse con Randy, estaba poseído por un aura sacerdotal, una especie de éxtasis santo, la revelación de un sentimiento de simetría cósmica, como si la mandíbula de Randy, y su brillante cerebro de cirujano oral, hubiesen sido concebidos por el arquitecto del universo, quince mil millones de años atrás, específicamente para que se encontrasen, aquí y ahora, frente a esa placa. No dijo nada del estilo «Randy, déjame mostrarte lo cerca que están las raíces de esta muela del conjunto de nervios que te distinguen de un tití», o «Mi agenda está increíblemente llena y en realidad estaba pensando pasarme al negocio de los bienes raíces», o «Déjame unos segundos mientras llamo a mi abogado». Ni siquiera dijo nada como «Guau, esas cabronas están bien hundidas». El joven y brillante cirujano oral simplemente dijo:

—Vale.

Permaneció en pie con incomodidad durante unos momentos, y luego salió de la habitación demostrando una ineptitud social que cementó totalmente la confianza de Randy en él. Una de sus adláteres hizo más tarde que Randy firmase un documento legal en el que se estipulaba que estaba bien si el cirujano oral decidía meter todo el cuerpo de Randy en una astilladora, pero en ese caso, y por una vez, parecía simplemente una mera formalidad y no el punto de partida en una saga de litigios al estilo *Casa desolada*.

Y finalmente llegó el gran día, y Randy se preocupó de disfrutar del desayuno porque sabía que, teniendo en cuenta los daños nerviosos que estaba a punto de sufrir, podría ser la última vez en la vida en que podría saborear la comida, o incluso masticarla. Las adláteres del cirujano oral parecían estar todas maravilladas cuando atravesó la puerta de la consulta como si pensasen «¡Dios mío, se ha atrevido a venir!», y luego se lanzaron tranquilizadoras a la acción. Randy se sentó en el sillón, le pusieron inyecciones y luego vino el cirujano y le preguntó cuál era la diferencia, si la había, entre Windows 95 y Windows NT.

—Ésta es una de esas conversaciones que tiene como propósito dejar claro cuándo he perdido el conocimiento, ¿no? —dijo Randy.

—En realidad, hay un propósito secundario. Estoy considerando dar el salto y me gustaría conocer su opinión —dijo el cirujano.

—Bien —dijo Randy—. Tengo mucha más experiencia con UNIX que con Windows NT, pero por lo que he visto, parece que NT es un sistema operativo bastante decente, y ciertamente bastante más serio que Windows. —Hizo una pausa para tomar aliento y de pronto comprobó que todo era diferente. El cirujano oral y sus adláteres seguían allí y ocupaban más o menos las mismas posiciones en su campo de visión que cuando empezó a emitir la frase, pero ahora las gafas del cirujano estaban ladeadas y las lentes manchadas de sangre, y tenía el rostro completamente sudado, y su mascarilla estaba salpicada de trocitos que parecían haber salido muy del interior del cuerpo de Randy, y el aire de la sala estaba turbio por el hueso que flota en el aire convertido en aerosol, y las enfermeras parecían mustias y cansadas y tenían aspecto de necesitar un nuevo maquillaje, estiramientos de piel y unas cuantas semanas en la playa. El pecho y el regazo de Randy, así como el suelo, estaban cubiertos por algodones ensangrentados y suministros médicos arrancados a toda prisa. Le dolía la parte de atrás de la cabeza por los golpes contra el cabezal de la silla producidos por el retroceso del martillo neumático craneal del joven y brillante cirujano. Cuando intentó terminar la frase («así que si está dispuesto a pagar la diferencia, creo que el cambio es muy aconsejable») se dio cuenta de que tenía la boca llena de algo que le impedía hablar. El cirujano se bajó la mascarilla y se rascó la barba manchada de sudor. No miraba fijamente a Randy sino a un punto mucho más lejano. Lanzó un largo y lento suspiro. Le temblaban las manos.

—¿Qué día es? —murmuró Randy a través del algodón.

—Como le dije antes —dijo el brillante y joven cirujano oral—, cobramos las extracciones de las muelas del juicio empleando una escala móvil, dependiendo del grado de dificultad. —Hizo una pausa momentánea, buscando las palabras—. En su caso, me temo que le cobraremos el máximo en las cuatro. —Luego se puso en pie y salió arrastrando los pies, con los hombros caídos, pensó Randy, no tanto por el estrés del trabajo como por la idea de que nadie iba a darle un premio Nobel por lo que acababa de lograr.

Randy se fue a casa y pasó una semana tendido en el sofá frente al televisor comiendo narcóticos orales como si fuesen gominolas y gimiendo de dolor, y luego se puso mejor. La presión del cráneo había desaparecido. Se había ido por completo. Ni siquiera podía recordar cómo era.

Ahora mientras va en el coche de policía hacia su nueva celda privada, recuerda toda la saga de la extracción de las muelas del juicio porque tiene muchos puntos en común con lo que acaba de pasar emocionalmente con la joven America Shaftoe. Randy ha tenido algunas novias en su vida —no muchas— pero todas ellas eran como cirujanos orales que no valían nada. Amy es la única con la habilidad y los cojones suficientes para mirarle, decir «vale», atravesarle el cráneo y volver con el tesoro. Probablemente para ella fuese agotador. A cambio le cobrará un precio muy alto. Y durante mucho tiempo va a dejar a Randy tendido de dolor. Pero ya nota que su presión interna se ha aliviado y se alegra, se alegra tanto de que ella haya entrado en su vida, y que al final haya tenido el sentido común y, posiblemente, las agallas de hacerlo. Olvida completamente durante unas horas que el gobierno filipino le ha marcado para morir.

Del hecho de estar en un coche, infiere que su nueva y privada celda se encuentra en un edificio diferente. Nadie le explica nada porque, después de todo, no es más que un prisionero. Desde el arresto en el AINA ha estado encerrado en un edificio nuevo de cemento, al sur, en el borde de Makati, pero ahora le llevan al norte, a las partes antiguas de Manila, probablemente a unas instalaciones góticas anteriores a la guerra y con más estilo. El Fuerte Santiago, en las riberas del Pasig, tenía celdas que se encontraban en la zona entre mareas, de forma que los prisioneros allí encerrados durante la marea baja morían en la alta. Ahora es un lugar histórico, así que sabe que no le llevan allí.

La nueva celda está ciertamente en un enorme y terrorífico edificio viejo en algún lugar del toroide de importantes instituciones gubernamentales que rodean el agujero negro de Intramuros. No está en, pero se encuentra justo al lado de un tribunal. Atraviesan callejones durante un rato entre esos viejos edificios de piedra y luego presentan credenciales en una prisión y esperan a que abran una enorme portezuela de hierro, y luego atraviesan un patio pavimentado que hace tiempo que no limpian, enseñan más credenciales y esperan a que levanten una verja de hierro de verdad, dejando un orificio que desciende bajo el edificio. Luego el coche se detiene y de pronto están rodeados de hombres vestidos con uniformes.

El proceso se parece extrañamente a llegar a la entrada principal de un hotel de negocios de Asia, excepto que los hombres uniformados llevan pistolas y no se ofrecen a llevar la bolsa del portátil de Randy. Tiene una cadena alrededor de la cintura y esposas fijadas a esa cadena, y cadena en los pies que le acorta el paso. La cadena entre sus tobillos está sostenida en el medio por otra cadena que llega hasta la cintura de forma que no se arrastre por el suelo al caminar. Tiene la destreza manual justa para sostener el portátil y mantenerlo apretado contra la parte baja del abdomen. No es un simple granuja encadenado, es un granuja encadenado digital, el fantasma de Marley de la Superautopista de la Información. Que a un hombre en su situación se le permita tener un portátil es tan grotescamente inadmisible que le hace dudar de su valoración extremadamente cínica de la situación, es decir que Alguien —es de suponer, el mismo Alguien que le está Enviando un Mensaje— ya ha descubierto que todo lo que hay en su disco duro está cifrado, y ahora intenta engañarle para que encienda la máquina y la use de forma que... ¿qué? Quizás hayan instalado una cámara en su celda y miren por encima de su hombro. Pero eso sería fácil de evitar; simplemente no debe comportarse como un idiota total.

Los guardias le llevan por un pasillo y algunos procedimientos para prisioneros que en realidad no se le aplican ya que ya ha rellenado todos los formularios y entregado los efectos personales en otra cárcel. Luego comienzan las grandes y terroríficas puertas de metal, y pasillos que no huelen tan bien, y escucha el bullicio generalizado de la cárcel. Pero le llevan más allá del bullicio a otro corredor que parece ser más antiguo y tener menos uso, y finalmente atraviesan una puerta de cárcel pasada de moda con sus barras de hierro y que lleva a una larga habitación de piedra abovedada que contiene una fila única de como media docena de celdas, con un pasillo para los guardias que recorre las puertas de las jaulas de hierro. Como si fuese el simulacro de una cárcel en un parque temático. Le llevan hasta el final, hasta la última celda, y le dejan allí. Le aguarda un único jergón, un colchón delgado con sábanas manchadas pero limpias y una manta del ejército doblada y apoyada encima. Un viejo archivador de madera y una silla plegable están en una esquina, contra la pared al final de la larga habitación. Evidentemente se supone que el archivador debe servir como mesa de trabajo de Randy. Los cajones están cerrados con llave. De hecho, el archivador lo han fijado con algunas vueltas de una cadena pesada y un candado, por lo que queda muy claro que debe usar el ordenador allí, en esa esquina de la celda, y en ningún otro sitio. Como prometió el letrado Alejandro, han enchufado un alargador en una toma de la entrada del bloque, que corre por el pasillo, está atado alrededor de una tubería lejos del alcance de Randy y se le permite avanzar en la dirección del archivador. Pero no llega del todo a la celda de Randy, así que la única forma de enchufar el ordenador es colocarlo sobre el archivador, encajar el cable de corriente en la parte de atrás y luego lanzar el otro extremo más allá de las barras de hierro hacia el guardia, quien podrá ayuntarlo con el alargador.

Al principio parece la desquiciada obra de un loco del control, un ejercicio de poder simplemente por el placer sádico. Pero después de que le quiten las cadenas a Randy, le hayan encerrado en la celda y le dejen a solas para meditar durante unos minutos, piensa algo diferente. Es evidente que, normalmente Randy podría dejar el ordenador sobre el tapete mientras las baterías se cargan y luego llevárselo a la cama y usarlo allí hasta que se le agotase la batería. Pero quitaron las baterías de la máquina antes de que el letrado Alejandro se la entregase, y no parece haber ninguna batería de ThinkPad corriendo por la celda. Así que tendrá que mantenerlo enchufado todo el tiempo, y por la forma en que han dispuesto el archivador y el alargador, se ve obligado por ciertas propiedades inmutables del espacio-tiempo tridimensional euclídeo a usar la máquina en un único lugar: allí mismo, sobre el maldito archivador. No cree que sea un accidente.

Se sienta frente al archivador y examina la pared y el techo en busca de cámaras de vídeo ocultas, pero no se lo toma demasiado en serio y tampoco espera verlas. Para distinguir el texto sobre la pantalla tendrían que usar cámaras de alta resolución, lo que sería grande y evidente; las cámaras pequeñas no valdrían. Por aquí no hay ninguna cámara grande.

Randy está casi seguro de que si pudiese abrir el archivador, en su interior encontraría algún sistema electrónico. Probablemente justo debajo de su portátil hay una antena Van Eck para recibir la señal que emana de la pantalla. Por debajo, algún cacharro para traducir esas señales a forma digital y transmitir el resultado a alguna estación de escucha cercana, probablemente al otro lado de la pared. Al fondo de todo probablemente hay algunas baterías para que todo funcione. Mueve el archivador de un lado a otro todo lo que las cadenas le dejan, y descubre que efectivamente el fondo es muy pesado, como si hubiese una batería de coche allí metida. O quizá no sea más que su imaginación. Quizá le dejen tener el portátil porque son tipos simpáticos.

Así que es eso. Ése es el montaje. Ése es el trato. Todo muy limpio y simple. Randy enciende el portátil para comprobar que todavía funciona. Luego se hace la cama y se tiende, simplemente porque le hace sentirse bien el estar tendido. Es la primera vez que ha tenido algo parecido a intimidad en al menos una semana. A pesar de la estrafalaria admonición de Avi contra el autoabuso en la playa de Pacífica, es hora de que Randy se ocupe de un asuntillo. Ahora necesita concentrarse, y hay que eliminar cierta distracción. Repasando su última conversación con Amy es más que suficiente para provocarle una erección. Mete la mano en los pantalones y de pronto se queda dormido.

Se despierta al oír que se abre la puerta del bloque. Traen a otro prisionero. Randy intenta sentarse y descubre que todavía tiene la mano metida en los pantalones, habiendo fracasado en su misión. La saca renuente y se sienta. Retira los pies de la cama y los apoya sobre el suelo de piedra. Ahora da la espalda a la celda adyacente, que es una imagen especular de la suya; es decir, las camas y los retretes de ambas celdas están juntos siguiendo la partición compartida. Se pone en pie, se da la vuelta y observa cómo llevan al otro prisionero a la celda junto a la suya. El tipo nuevo es un blanco, probablemente de unos sesenta y tantos años, quizá setenta y tantos, aunque podría defenderse la idea de cincuenta y tantos y ochenta y tantos. En cualquier caso, muy vigoroso. Viste un mono de prisionero como el de Randy, pero con otros accesorios: en lugar de un portátil, lleva un crucifijo colgando de un rosario de grandes cuentas de ámbar, y alguna especie de medallón que cuelga de una cadena de plata, y sostiene varios libros contra el vientre: una Biblia y algo enorme en alemán, y una novela *best seller* actual.

Los guardias le tratan con extrema reverencia; Randy asume que el tipo es un sacerdote. Le hablan en tagalo, haciéndole preguntas —preocupándose, cree Randy, por sus necesidades y deseos— y el hombre blanco les responde en un tono tranquilizador e incluso cuenta un chiste. Realiza una petición cortés; un guardia sale corriendo y regresa momentos después con un mazo de cartas. Finalmente los guardias se alejan de la celda, prácticamente haciendo reverencias, y le encierran entre disculpas que ya se están volviendo un poco monótonas. El hombre blanco dice algo, primero para perdonarles y luego algo ingenioso. Ellos se ríen nerviosos y se van. El hombre blanco se queda de pie en medio de la celda durante un minuto, contemplando el suelo, quizá rezando o algo así. Luego entra en acción y empieza a mirar a su alrededor. Randy se inclina sobre la partición y pasa la mano por entre los barrotes.

—Randy Waterhouse —dice.

El hombre blanco lanza sus libros sobre la cama, se desliza en su dirección y le responde dándole la mano.

—Enoch Root —dice—. Un placer conocerte en persona, Randy. —Su voz es inconfundiblemente la de Pontifex... root@eruditorum. org.

Randy se queda inmóvil durante mucho tiempo, como un hombre que comprende que le están gastando una broma colosal, pero no cuán colosal es, o de qué va. Enoch Root ve que Randy está paralizado, y se traslada con tranquilidad. Flexiona el mazo de cartas con una mano y las lanza a la otra; la columna de cartas aéreas permanece colgada durante un momento entre sus manos, como un acordeón.

—No son tan versátiles como las tarjetas ETC, pero sí son sorprendentemente útiles —comenta—. Con suerte, Randy, tú y yo podremos establecer un puente... siempre que estemos simplemente pontificando.

—¿Establecer un puente? —repite Randy, sintiéndose y probablemente sonando bastante estúpido.

—Lo lamento, mi inglés está un poco oxidado... me refiero al *bridge*, el juego de cartas. ¿Sabes jugar?

—¿Al *bridge*? No. Pero pensaba que hacían falta cuatro personas.

—Me he inventado una versión a la que pueden jugar dos. Sólo espero que el mazo esté completo... el juego exige cincuenta y cuatro cartas.

—Cincuenta y cuatro —comenta Randy—. ¿Tu juego se parece a Pontifex?

—Son uno y el mismo.

—Creo que tengo las reglas de Pontifex metidas en algún lugar del disco duro —dice Randy.

—Entonces juguemos —dice Enoch Root.

Caída

Shaftoe salta del aeroplano. Allí arriba el aire es tonificantemente frío, y el factor congelante del viento es asombroso. Es la primera vez en un año que no se siente asquerosamente caliente y sudoroso.

Algo le tira con fuerza titánica de la espalda: la línea estática, que todavía sigue conectada con el aeroplano. Dios no permita que se confíe a los soldados norteamericanos que tiren de sus propios cordones de apertura. Se puede imaginar la reunión del estado mayor donde se les ocurrió la idea de la línea estática:

—Por amor de Dios, general, ¡son simplemente soldados rasos! Tan pronto como salten del aeroplano probablemente empiecen a pensar en sus novias, se tomarán un par de tragos de la petaca, se echarán una cabezadita, y antes de que se den cuenta ¡chocarán contra el suelo a cien millas por hora!

El paracaídas de la etapa inicial salta, recoge aire y luego destripa la mochila principal de un tirón. Se produce algo de flexión y golpes porque el cuerpo de Bobby Shaftoe tira hacia abajo de la nube desorganizada de seda, luego ésta se abre del todo, y queda colgando en el espacio su cuerpo oscuro formando una dianita perfecta en medio de un cielo blanco para beneficio de cualquier tirador nipón que esté en el suelo.

No es de extrañar que los paracaidistas se consideren dioses entre los hombres: disfrutan de una vista tan genial, mucho mejor que la de un pobre marine atrapado en la playa, que siempre mira colina arriba buscando fortines. Todo Luzón se extiende frente a él. Puede ver cien o doscientas millas al norte, sobre una alfombra de vegetación tan densa como el fieltro, hasta las montañas en el distante norte donde el general Yamashita, el León de Malaya, está escondido con cien mil soldados, cada uno de los cuales está dispuesto a atarse explosivos al cuerpo, atravesar las líneas por la noche, correr hasta estar en medio de una gran concentración de soldados norteamericanos y volarse por los aires en nombre del emperador. A estribor de Shaftoe está la bahía de Manila, e incluso desde esa distancia, unas treinta millas, puede ver cómo la jungla de pronto se hace más escasa y se vuelve marrón al acercarse a la orilla, como una hoja cortada que se estuviese muriendo desde el borde hacia dentro, eso sería lo que queda de la ciudad de Manila. La gruesa lengua de tierra de veinte millas de largo que se dirige hacia él debe ser Batan. Justo cerca de la punta hay una isla rocosa que tiene forma de renacuajo con cabeza verde y una esquelética cola marrón: Corregidor. Sale humo de muchos respiraderos de la isla, que en su mayoría ha sido reconquistada por los norteamericanos. Bastantes nipones prefirieron volarse por los aires en sus búnkeres subterráneos antes que rendirse. Ese acto heroico ha inspirado una buena idea a alguien en la cadena de mando del general.

A un par de millas de Corregidor, inmóvil sobre el agua, hay algo que tiene el aspecto de un acorazado absurdamente rechoncho y asimétrico, excepto que es mucho más grande. Está rodeado por cañoneras norteamericanas y fuerzas de desembarco anfibias. De una fuente en su tapa sale una larga voluta de humo rojo: una bomba de humo lanzada desde el avión de Shaftoe hace unos minutos, también con paracaídas. A medida que Shaftoe desciende, y el viento le empuja hacia la forma, puede ver el grano del cemento reforzado con el que está construida. Solía ser una roca seca en la bahía de Manila. Los españoles edificaron un fuerte en ella, los norteamericanos construyeron una cadena de emplazamientos de cañones sobre el fuerte, y cuando los nipos se presentaron la convirtieron por completo en una fortaleza sólida de cemento reforzado con muros de treinta pies de ancho, y en lo alto un par de torretas con cañones dobles de catorce pulgadas. Hace tiempo que se silenciaron esos cañones; Shaftoe puede ver largas grietas en los cañones, y cráteres, como salpicaduras congeladas sobre el acero. Aunque está cayendo en paracaídas sobre el tejado de una fortaleza nipona impenetrable llena hasta arriba de hombres que buscan desesperadamente una forma pintoresca de morir, Shaftoe está perfectamente seguro; cada vez que un nipo saca el cañón de un rifle o un par de binoculares por alguna rendija, media docena de artilleros antiaéreos norteamericanos abren fuego contra él a bocajarro desde los buques cercanos.

Se produce un tremendo alboroto cuando un pequeño bote a gran velocidad sale de una cueva en la costa de la isla y se dirige directamente hacia un transporte norteamericano. Un centenar de cañones abren fuego simultáneamente. Fragmentos supersónicos de metal se estrellan contra el agua alrededor del botecito, tonelada tras tonelada. Cada fragmento produce una salpicadura. Todas las salpicaduras se combinan para producir una erupción volcánica irregular de agua blanca centrada en el botecito. Bobby Shaftoe se lleva los dedos a los oídos. Estallan dos mil libras de explosivo potente colocadas en la parte delantera del botecito. La onda de choque recorre la superficie del agua, un anillo blanco como la nieve que se expande con velocidad sobrenatural. Golpea a Bobby Shaftoe como una pelota de béisbol en el puente de la nariz. Durante un momento se olvida de dirigir el paracaídas, y confía en que los vientos le lleven al lugar correcto.

La bomba de humo se lanzó como demostración de la idea de que un hombre en paracaídas podría llegar a aterrizar sobre el tejado de la fortaleza. Bobby Shaftoe es, evidentemente, la prueba final e irrefutable de esa proposición. Al acercarse, y cuando comienza a aclarársele la cabeza después de la explosión, Shaftoe comprueba que la bomba de humo nunca llegó al tejado: su pequeño paracaídas se enredó en un brezo de antenas que crece en lo alto.

¡Todo tipo de jodidas antenas! Incluso durante sus días en Shanghai, Shaftoe tenía una sensación extraña con respecto a las antenas. Esos listillos de la estación Alfa, en la pequeña choza de madera del tejado con antenas sobresaliendo, no eran soldados, ni marineros, ni marines en el sentido normal del término. Corregidor estaba cubierta de antenas antes de que llegasen los nipos y la tomasen. Y allí adonde Shaftoe iba durante su periodo en el Destacamento 2702 había antenas.

Va a pasar unos momentos concentrándose mucho en esas antenas, así que gira la cabeza un momento para comprobar la posición de la barcaza de desembarco norteamericana, la nave que el bote suicida nipón aspiraba a destruir. Está exactamente donde se supone que debe estar, a medio camino entre la fuerza circundante de naves militares y el muro escarpado de cuarenta pies de la fortaleza. Incluso si Shaftoe no conociese el plan, podría, mirándola, identificar la nave como una barcaza de desembarco (Mark 3), una caja de zapatos de cincuenta pies de largo diseñada para escupir un tanque de tamaño medio sobre una playa. Tiene varias ametralladoras de calibre cincuenta que obedientemente machacan varios blancos en la muralla de la fortaleza que Shaftoe no puede ver. Desde su punto de vista, en lo alto puede ver algo que los nipones no aprecian: la barcaza de desembarco no lleva un tanque, en el sentido de un vehículo con ruedas de oruga con una torreta. En lugar de eso, lleva un tanque en el sentido de un contenedor con tuberías y mangueras, y otras cosas pegadas.

Los nipos de la fortaleza prueban a disparar a la barcaza de desembarco que se aproxima, pero el único blanco a tiro es la portezuela frontal, un trozo de metal que puede bajar para convertirse en una rampa, y que se diseñó, increíblemente, con la suposición de que nipos condenados invertirían mucho tiempo en intentar abrirle agujeros con diversos proyectiles. Así que los defensores no están consiguiendo nada. Los artilleros antiaéreos de otros barcos han empezado a barrer con locura las murallas de la fortaleza, haciendo que los nipones lo tengan difícil para sacar la cabeza y los cañones. Shaftoe aprecia fragmentos de las antenas saltando y rebotando sobre el tejado de la fortaleza, una ráfaga ocasional de trazadoras, y espera que los hombres de los barcos tengan la presencia mental suficiente para contener el fuego antes de que aterrice, lo que sucederá en unos segundos.

Shaftoe comprende que su concepto mental sobre la naturaleza de la misión, tal como la repasó con los oficiales en la barcaza de desembarco, no tiene la más mínima relación con la realidad. Shaftoe ha experimentado ese fenómeno no menos de cinco mil veces en el curso de la Segunda Guerra Mundial; uno pensaría que ya no se sorprendería. Las antenas, que parecían raquíticas y poco importantes en las fotos de reconocimiento, son de hecho obras de ingeniería considerables. O lo eran hasta que fueron desingenierizadas por el fuego naval que silenció esos grandes cañones. Ahora son unos restos sobre los que será particularmente desagradable caer en paracaídas. Las antenas estaban hechas, y ahora lo están los restos, de todo tipo de mierdas diferentes: palos de caoba filipina, fuertes columnas de bambú, racimos de acero soldado. Los trozos más comunes son los que llaman la atención de un paracaidista: largas cosas metálicas puntiagudas, y millas y millas de cable de sujeción, convertido en un brezo, algunos trozos tan tensos como para cortar la cabeza de un marine descendente y algunos sueltos y enredados con afilados extremos flotantes.

Shaftoe comprende que ese montón no es sólo un emplazamiento para cañones; es un cuartel nipo de inteligencia.

—¡Waterhouse, hijo de la gran puta! —aúlla Shaftoe. Por lo que sabe, Waterhouse sigue en Europa. Pero comprende, al ponerse las manos sobre los ojos como protección y caer sobre una pesadilla, que Waterhouse debe de tener algo que ver con todo esto.

Bobby Shaftoe ha aterrizado. Intenta moverse y los restos se mueven con él; es uno con ellos.

Abre los ojos con cuidado. Su cabeza está envuelta en una maraña de cable pesado, un cable de sujeción que se rompió por la tensión y se enrolló a su alrededor.

Mirando por entre las vueltas de cable, ve cómo tres tubos de un cuarto de pulgada sobresalen de su torso. Otro le ha atravesado el muslo, y otro más el antebrazo. También está bastante seguro de tener una pierna rota.

Se queda tendido durante un rato, escuchando los sonidos de los cañones a su alrededor.

Hay trabajo que es preciso hacer. Sólo puede pensar en el muchacho.

Con la mano libre busca el cortaalambres y comienza a liberarse de la maraña.

El cortaalambres apenas puede encajarse sobre los tubos de metal de la antena. Busca tras él, encuentra los lugares donde los tubos se clavan en su espalda y los corta, tijeretazo, tijeretazo, tijeretazo. Corta el tubo que le ha empalado el brazo. Se inclina hacia adelante y corta el que le atraviesa la pierna. Luego saca los tubos de su cuerpo y los deja caer sobre el cemento, plin, plin, plin, plin, plin. A lo que sigue un montón de sangre.

Ni siquiera intenta caminar. Se limita a arrastrarse sobre el tejado de cemento de la fortaleza. El sol ha calentado el cemento y la sensación es agradable. No puede ver la barcaza de desembarco, pero puede ver algunas de las antenas que lleva en lo alto y sabe que ya está en posición.

La cuerda debería estar allí. Shaftoe se apoya sobre los codos y mira. Perfecto, allí está, una cuerda de cáñamo (¡pues claro!) atada a un arpeo, una punta del arpeo alojada en el cráter de un proyectil cerca del borde del tejado.

Finalmente llega allí y comienza a tirar de la cuerda. Cierra los ojos, pero intenta no dormirse. Sigue tirando, y finalmente siente algo grande y grueso entre las manos: la manguera.

Ya casi está. Tendido de espaldas, agarrando el extremo de la manguera sobre el pecho, gira la cabeza de un lado a otro hasta que puede ver la salida de aire que eligieron en las fotos de reconocimiento. Antes tenía una hoja de metal que la cubría, pero hace tiempo que desapareció, y ahora no es más que un agujero de metal en el tejado con unos trozos desiguales de metal a su alrededor. Se arrastra hasta ella y mete el extremo de la manguera.

Alguien debe estar viéndole desde los barcos, porque la manguera se pone rígida, como una serpiente que ha decidido actuar, y entre las manos Bobby Shaftoe puede sentir el combustible que corre por ella. Diez mil galones de ese líquido. Directamente a la fortaleza. Puede oír a los nipos allá abajo, cantando canciones roncas. A estas alturas ya habrán comprendido lo que está a punto de suceder. El general MacArthur va a darles exactamente lo que han estado pidiendo en sus oraciones.

En ese punto, se supone que Bobby Shaftoe debe hacer rappel por la cuerda hasta la barcaza de desembarco, pero sabe que no va a suceder. Ahora nadie puede llegar hasta él, nadie puede ayudarle. Cuando el combustible deja de correr por la manguera, invoca toda la concentración que le queda. Finge, por última vez, que en realidad le importa. Saca la anilla de seguridad de una granada blanca de fósforo, deja que salte por el tejado y se agite con alegría. Puede sentirla despertar en su mano, el silbido animal de la espoleta en el interior. La arroja por el conducto de aire: una tubería circular que baja directamente, un disco negro en el centro de un campo de gris sombrío, como las cenizas de una bandera nipona.

Luego, en un impulso, se arroja detrás.

> *Semper fidelis*
> *Luz blanca en la noche*
> *Caigo hacia el sol*

Metis

La aparición de root@eruditorum.org en la celda contigua a la suya es como el último giro de la trama en un espectáculo de títeres que se ha ejecutado para su beneficio desde que su avión aterrizó en el AINA. Como en cualquier espectáculo de títeres, sabe que debe haber muchas personas ocultas allí donde no puede verlas, moviéndose furiosamente, organizándolo todo. Por lo que sabe, una parte importante del producto nacional bruto de Filipinas está dedicado a mantener esta farsa.

Hay una comida esperando en el suelo de la celda de Randy, y una rata sobre la comida. Randy normalmente reacciona muy mal al ver una rata; rompen el sistema de contención que su crianza y educación construyeron alrededor de esa parte de su mente donde habita el inconsciente colectivo, y le lanzan directamente al territorio de Hieronymus Bosch. Pero en estas circunstancias, no le importa más que ver a cualquier animal en un zoo. La rata tiene un pelaje sorprendentemente atractivo del color de un ciervo y una cola tan gruesa como un lápiz que evidentemente se ha cruzado en el camino de la mujer de algún granjero armada con un cuchillo de cocina, y que alza rígida en el aire como la antena roma de un teléfono móvil. Randy tiene hambre, pero no quiere comer nada en lo que la rata haya dejado su huella, así que se limita a observarla.

Siente su cuerpo como si hubiese dormido durante mucho tiempo. Enciende el ordenador y teclea un comando llamado «date». Las uñas de su mano izquierda tienen un aspecto curioso, como si se las hubiese golpeado. Prestando atención, ve un trébol dibujado con bolígrafo azul sobre la uña del dedo índice, un diamante en el dedo corazón, un corazón en el anular y una pica en el meñique. Enoch Root le dijo que en Pontifex, al igual que en el bridge, cada carta del mazo tiene un valor numérico: tréboles 1-13, diamantes 14-26, corazones 27-39, picas 40-52. Randy dibujó los símbolos en las uñas para no olvidarse.

En todo caso, «date» le indica que aparentemente durmió toda la tarde de ayer, la noche, y como la mitad del día de hoy. Así que la rata se está comiendo su almuerzo.

El ordenador de Randy ejecuta Finux, así que cuando arranca le ofrece una pantalla negra con enormes letras blancas que suben línea a línea, un verdadero interfaz de usuario de alrededor del año 1975. También presumiblemente lo más fácil de leer por medio de phreaking Van Eack. Randy teclea «startx» y la pantalla se pone negra durante un momento antes de cambiar a un tono especial de añil que a Randy le gusta, y aparece una ventana beige con letras negras mucho más pequeñas y claras. Así que ahora está ejecutando el sistema X Windows, o X como lo llama la gente como Randy, que ofrece toda la basura gráfica que se espera de un interfaz de usuario: menús, botones, barras de desplazamiento y demás. Como con cualquier otra cosa bajo UNIX (del que Finux es una variante), hay un millón de opciones que sólo una persona joven, obsesionada y solitaria tendría la paciencia y el tiempo de explorar. Randy ha sido esas tres cosas en momentos diversos de su vida y sabe mucho sobre esas opciones. Por ejemplo, en estos momentos el fondo de la pantalla resulta ser un añil uniforme, pero podría ser una imagen. Teóricamente, podría usar una película, por lo que las ventanas y menús flotarían encima de, digamos, *Ciudadano Kane* ejecutándose en un bucle interminable. De hecho, puedes coger cualquier programa y convertirlo en el fondo de la pantalla, y se ejecutará alegremente, haciendo lo que sea que hace, y ni siquiera sabría que se le usa para decorar ventanas. Eso le ha dado a Randy algunas ideas de cómo ocuparse del asunto Van Eck.

En su estado actual, este ordenador es tan vulnerable al *phreaking* Van Eck como lo era antes de que Randy iniciase X. Antes eran letras blancas sobre fondo negro. Ahora es negro sobre beige. Las letras son un poco más pequeñas y viven en una ventana, pero eso no presenta ninguna diferencia: la electrónica del interior sigue teniendo que realizar esas transiciones entre ceros y unos, es decir, entre alta intensidad (blanco sobre beige) y mínima (negro) al formar esos patrones de puntos sobre la pantalla.

En lo fundamental, Randy no tiene ni puñetera idea de lo que está sucediendo en su vida ahora mismo, y probablemente ha sido así desde hace mucho tiempo, incluso en la época en que pensaba que lo sabía. Pero su hipótesis de trabajo consiste en que las personas que montaron toda esta situación (candidatos principales: el Dentista y su cohorte de mafiosos Bolobolos) saben que tiene información importante en su disco duro. ¿Cómo iban a saberlo? Bien, Pontifex —el Mago, Enoch Root o como coño se llame—, cuando telefoneó a Randy al avión, sabía que Randy tenía Aretusa, así que sólo Dios sabe quién más podría saberlo. Alguien montó la falsa detención por drogas en el AINA para poder birlarle el portátil, sacar el disco duro y copiar el contenido. Luego descubrieron que todo estaba doblemente cifrado. Es decir, los mensajes interceptados de Aretusa están cifrados para empezar con un criptosistema de la Segunda Guerra Mundial bastante bueno, que hoy en día cualquiera debería ser capaz de romper, pero además de eso, están también cifrados con un sistema moderno de lo más avanzado que nadie puede romper. Si saben lo que les conviene, ni siquiera intentarían romperlo. La única forma de conseguir la información es hacer que Randy la descifre para ellos, cosa que puede hacer identificándose biométricamente en el portátil (hablándole) o tecleando una frase clave que sólo él conoce. Tienen la esperanza de que Randy descifre los mensajes Aretusa y, como un gilipollas, muestre el contenido en la pantalla. En el momento en que esa información aparezca en la pantalla, el juego habrá terminado. Los tipos de vigilancia del Dentista (o quien sea) podrán meter los mensajes en algún supercomputador criptoanalítico que los romperá de inmediato.

Eso no implica que Randy no se atreva a abrir esos archivos, simplemente que no se atreve a mostrarlos en pantalla. La distinción es crucial. Ordo puede leer los archivos cifrados desde el disco duro. Puede escribirlos en la memoria del ordenador. Puede descifrarlos, y escribir el resultado en otra región de la memoria del ordenador, y dejar allí los datos indefinidamente y los escuchas nunca lo sabrían. Pero tan pronto como Randy le diga al ordenador que muestre esa información en una ventana en la pantalla, los mensajes Aretusa pertenecerán a los escuchas Van Eck; y sean quienes sean, probablemente los romperán más rápido que Randy.

Lo divertido e interesante es que en realidad Randy no tiene por qué verlos para trabajar con ellos. Siempre que se encuentren en la memoria del ordenador, puede someterlos a cualquier técnica criptoanalítica que aparezca en *Criptonomicón*.

Comienza a teclear algunas líneas en un lenguaje llamado Perl. Perl es un lenguaje de *script*; útil para controlar las funciones del ordenador y automatizar tareas repetitivas. Una máquina UNIX como ésa contiene un sistema de archivos con decenas de miles de archivos diferentes, en su mayoría en formato ASCII puro. Hay muchos programas diferentes para abrir esos archivos, mostrarlos en la pantalla y editarlos. Randy tiene la intención de escribir un script Perl que recorra el sistema de archivo buscando archivos al azar, abriéndolos en ventanas de posición y tamaño aleatorios, recorriéndolos durante un rato, y que los vuelva a cerrar. Si el *script* se ejecuta con la velocidad suficiente, las ventanas se abrirán por todas partes en una especie de fuegos artificiales rectangularizados que se ejecutarán por siempre. Si el *script* se usa como fondo de pantalla, en lugar de añil continuo, eso sucederá debajo de la pantalla en la que trabaje Randy. La gente que vigile su trabajo se volverá loca intentando seguir toda esa actividad. Especialmente si Randy escribe un *script* que haga que la ventana real cambie de forma y posición al azar cada pocos segundos.

Sería realmente estúpido abrir los mensajes Aretusa en una ventana, no va a hacer tal cosa. Pero puede emplear esta técnica para ocultar cualquier otra cosa que esté haciendo para descifrarlos. Pero se le ocurre, cuando lleva escritas algunas líneas en Perl, que si usa un truco como ése tan pronto, la gente que le vigila sabrá inmediatamente que él sabe lo que pasa. Y quizá sea mejor dejarles creer, por un rato, que no sospecha nada. Por tanto, salva el *script* Perl y deja de trabajar por el momento. Si escribe a ráfagas cortas, abriéndolo una o dos veces al día para teclear una líneas y luego cerrándolo, es poco probable que los vigilantes se den cuenta de lo que trama, incluso si son hackers. Para joder más, modifica las opciones de X Windows de forma que ninguna de las ventanas de la pantalla tenga barra de título. De esa forma, los vigilantes no podrán saber en qué archivos está trabajando en un momento dado, lo que les hará mucho más difícil conectar una larga serie de observaciones para formar una imagen coherente del *script* Perl.

Además, abre el viejo mensaje de root@eruditorum.org donde venía la transformación Pontifex, expresada como unas pocas líneas de código Perl. Los pasos que parecían tan torpes ejecutados por un ordenador parecen simples —incluso fáciles— ahora que los ve como manipulaciones sobre un mazo de cartas.

—Randy.

—¿Hum? —Randy aparta la vista de la pantalla y se sorprende al darse cuenta de que está en una celda de Filipinas.

—La cena está servida.

Se trata de Enoch Root, que le mira a través de los barrotes. Señala el suelo de la celda de Randy donde han deslizado una nueva bandeja de comida.

—En realidad, la sirvieron hace una hora... quizá desees tomarla antes de que vengan las ratas.

—Gracias —dice Randy.

Después de asegurarse de que todas las ventanas de la pantalla están cerradas, se acerca y levanta la cena de entre las salpicaduras de cagarrutas de rata del suelo. Es arroz y lechón, un plato sencillo y tradicional de cerdo. Enoch Root terminó de comer hace mucho tiempo; está sentado en su cama, cerca de Randy, y juega un inusual solitario, deteniéndose ocasionalmente para marcar una letra. Randy observa la manipulación del mazo con todo cuidado, cada vez más seguro de que se trata del mismo conjunto de manipulación sobre el que acaba de leer en el mensaje de correo.

—¿Por qué te han encerrado? —pregunta Randy.

Enoch Root termina de contar, mira un 7 de picas, cierra los ojos durante un momento y marca una W en la servilleta. Luego dice:

—Conducta desordenada. Entrada ilegal. Incitación a la rebelión. Probablemente soy culpable de los dos primeros cargos.

—Cuéntame.

—Cuéntame tú primero.

—En el aeropuerto encontraron heroína en mi bolsa. Se me acusa de ser el traficante de drogas más estúpido del mundo.

—¿Alguien está enfadado contigo?

—Eso sería una historia todavía más larga —dice Randy—, pero creo que has pillado la idea.

—Bien, en mi caso, la cosa es así. He estado trabajando en un hospital de misión en las montañas.

—¿Eres un sacerdote?

—Ya no. Soy un trabajador seglar.

—¿Dónde está tu hospital?

—Al sur de aquí. En los boondocks —dice Enoch Root—. Allí la gente cultiva piña, café, cocos, plátanos y algunas otras cosechas. Pero su tierra está siendo destrozada por los cazadores de tesoros.

Es curioso que de pronto Enoch Root haya llegado

al tema de los tesoros enterrados. Y sin embargo no ha dicho nada. Randy supone que su intención es parecer estúpido. Decide arriesgarse:

—¿Se supone que allá abajo hay algún tesoro?

—Los viejos dicen que muchos camiones nipones subieron por esa carretera durante las semanas anteriores al regreso de MacArthur. Más allá de cierto punto no era posible saber adónde iban, porque la carretera estaba bloqueada, y habían creado campos de minas para ahuyentar a los curiosos.

—O matarlos —dice Randy.

Enoch gana velocidad.

—La carretera llega hasta una vasta zona en la que hipotéticamente se escondió oro. Cientos de millas cuadradas. En su mayoría jungla. Muy difícil de topografiar. Muchos volcanes, algunos extinguidos, algunos que vomitan barro de vez en cuando. Pero hay zonas lo suficientemente planas para cultivos tropicales, y en esos lugares la gente se ha establecido desde la guerra, y ha creado los rudimentos de una economía.

—¿Quién es el dueño de la tierra?

—Has llegado ha conocer bien a los filipinos —dice Enoch Root—. Vas directamente a la pregunta central.

—Por aquí, preguntar quién es el dueño de la tierra es como quejarse del tiempo en el Medio Oeste —comenta Randy.

Enoch Root asiente.

—Podría pasar mucho tiempo respondiendo a tu pregunta. La respuesta es que las propiedades cambiaron después de la guerra, y luego de nuevo bajo Marcos, y una vez más en los últimos años. Así que tenemos varias épocas, si te gusta más. Primera época: antes de la guerra. La tierra era propiedad de ciertas familias.

—Claro.

—Claro. Segunda época: la guerra. Los nipones sellan una vasta zona. Algunas de las familias que poseían la tierra prosperaron bajo la ocupación. Otras se arruinaron. Tercera época: después de la guerra. Las familias arruinadas se fueron. Las prósperas expandieron sus posesiones. Al igual que la Iglesia y el gobierno.

—¿Por qué?

—El gobierno convirtió parte de la tierra, la jungla, en un parque nacional. Y después de las erupciones, la Iglesia estableció la misión en la que trabajo.

—¿Erupciones?

—A principios de los años cincuenta, para que las cosas se pusiesen interesantes, ya sabes que en Filipinas las cosas nunca son lo suficientemente interesantes, los volcanes actuaron. Algunos lahars recorrieron la zona, borraron algunos poblados, cambiaron el curso de algunos ríos, desplazaron a mucha gente. La Iglesia estableció el hospital para ayudar a esa gente.

—Un hospital no ocupa demasiado terreno —observa Randy.

—También tenemos granjas. Estamos intentando ayudar a los locales a depender más de sí mismos. —Enoch Root actúa como si básicamente no desease hablar de ese asunto—. En cualquier caso, las cosas se fijaron en una estructura que perduró más o menos hasta la era de Marcos, cuando a varias personas se les obligó a vender sus tierras a Ferdinand, Imelda y a varios de sus primos, sobrinos, viejos y lameculos.

—Buscaban oro nipón de la guerra.

—Algunos habitantes de la zona han convertido en un negocio el pretender saber dónde está el oro —dice Enoch Root—. Una vez que comprendieron lo lucrativo que podía ser, la táctica se extendió como un virus. Todos afirman tener recuerdos vagos de la guerra, o los relatos de papá o el abuelo. Los buscadores de tesoros de la era Marcos no mostraron el escepticismo cauteloso que podría esperarse de personas con intelectos más ágiles. Se cavaron muchos agujeros. No se encontró oro. Las cosas se calmaron. Luego, en los últimos años, llegaron los chinos.

—Filipinos de ascendencia china, o...

—Chinos de ascendencia china —dice Enoch Root—. Chinos del norte. Robustos, a los que les gusta la comida picante. No los gráciles hablantes de cantonés que comen pescado.

—¿De dónde vienen... Shanghai?

Root asiente.

—Su compañía es una de esas monstruosidades postmaoístas. Dirigida por un verdadero veterano de la Larga Marcha. Astuto superviviente de muchas purgas. El nombre es Wing. El señor Wing, o general Wing como le gusta que le llamen cuando se siente nostálgico, manejó con destreza la transición al capitalismo. Construyó proyectos hidroeléctricos usando esclavos durante el Gran Salto Adelante, usándolos como baza para conseguir el control de un importante ministerio gubernamental que ahora se ha convertido en una especie de corporación. El señor Wing tiene la capacidad de cortar la electricidad de cualquier hogar, fábrica o incluso base militar de China, y según los estándares chinos, eso le convierte en un hombre de estado muy distinguido.

—¿Qué quiere el señor Wing aquí?

—Tierra. Tierra. Más tierra.

—¿Qué tipo de tierra?

—Tierra en la jungla. Aunque suene extraño.

—Quizá desee construir un proyecto hidroeléctrico.

—Sí, y quizá tú seas un traficante de heroína. Por cierto, Randy, no pienses que soy descortés al comentarlo, pero tienes salsa en la barba. —Enoch Root pasa una mano por entre los barrotes sosteniendo una servilleta de papel. Randy la coge y, al llevársela a la cara, nota que tiene letras escritas: OSKJJ JGTMW. Randy finge quitarse salsa de la barba.

—Vaya, sí que la he hecho buena —le dice Enoch Root—. Te he dado todo mi suministro de papel higiénico.

—El hombre no tiene mayor amor —le dice Randy—. Y veo que también me has dado tu otro mazo de cartas... eres tan generoso.

—Para nada... pensé que quizá te gustaría jugar un solitario, como acabo de hacer yo.

—Eso haré —dice Randy, poniendo la bandeja a un lado y cogiendo el mazo.

La carta en lo alto es un 8 de picas. Pasando ésa y algunas más, encuentra un comodín con pequeñas estrellas en las esquinas; según pistas que le ha dado Enoch, ése es el comodín A. Lo pasa bajo la carta siguiente, que resulta ser la jota de tréboles. Como dos tercios hacia abajo encuentra un comodín con una gran estrella, así que ése es el comodín B; lo pasa dos cartas más abajo, bajo el 6 de tréboles y el 9 de diamantes. Cuadrando el mazo y luego repasándolo una vez más, mete varios dedos cuando se encuentra de nuevo esas sotas, y acaba con una buena mitad del mazo —toda la sección inter-comodín, además de los dos comodines— atrapada entre el índice y el corazón. Los más delgados por encima y por debajo los saca y los intercambia entre sí. Enoch observa toda la operación y parece aprobarla.

Ahora Randy mira la carta que está más abajo y resulta ser una jota de tréboles. Pensándoselo mejor, la saca por completo y la deja por el momento sobre sus rodillas, para no confundirse con lo que viene ahora. Según los símbolos mnemotécnicos que ha marcado en las uñas, el valor numérico de la sota de tréboles es simplemente once. Por tanto, empezando desde lo alto del mazo, cuenta hasta la carta oncena, corta el mazo por debajo, luego intercambia las dos mitades y finalmente coge la sota de tréboles de las rodillas y la vuelve a colocar en lo más bajo del mazo.

Ahora resulta que la carta en la parte alta del mazo es un comodín.

—¿Cuál es el valor numérico de un comodín? —pregunta, y Enoch Root dice:

—Es cincuenta y tres, para cualquiera de ellos.

Así que en esta ocasión Randy lo tiene fácil; sabe que si empieza a contar desde la parte de arriba del mazo, cuando llegue a la carta cincuenta y tres estará mirando la última carta. Y resulta que esa carta es la sota de tréboles con un valor de once. Por tanto, once es el primer número en la secuencia de clave.

Bien, la primera letra del texto cifrado que Enoch Root escribió en la servilleta es O, y (dejando el mazo por un momento para poder contar con los dedos) O es la letra décimo quinta. Si le resta once, obtiene cuatro, y no tiene que contar con los dedos para saber que esa letra es D. Ya ha descifrado una letra.

Randy comenta:

—Todavía no hemos llegado a tu arresto.

—¡Cierto! Bien, así es —dice Enoch Root—. El señor Wing ha estado cavando últimamente algunos agujeros por cuenta propia en la jungla. Y han estado pasando un montón de camiones. Destrozando las carreteras. Atropellando a los perros, que como ya sabes son una importante fuente de comida para esa gente. Atropellaron también a un niño y lleva en el hospital desde entonces. Los desechos de las operaciones del señor Wing han estado ensuciando el río del que mucha gente depende para obtener agua limpia. Y también está el detalle de la propiedad; algunos opinan que el señor Wing se está metiendo en tierras propiedad del gobierno. Lo que en un sentido muy atenuado implica que son propiedad de la gente.

—¿Tiene permisos?

—¡Ah! Una vez más se manifiesta tu conocimiento de la política local. Como sabes, el procedimiento normal es que los agentes locales hablen con las personas que cavan grandes agujeros en el suelo, o que se embarquen en cualquier actividad productiva o destructiva de cualquier tipo, y exigirles que obtengan un permiso, lo que simplemente significa que quieren un soborno o en caso contrario habrá problemas. La compañía del señor Wing no ha obtenido un permiso.

—¿Ha habido problemas?

—Sí. Pero el señor Wing ha forjado una relación muy fuerte con ciertos filipinos de ascendencia china que ocupan buenas posiciones en el gobierno, por lo que los problemas se han resuelto.

La segunda vez, lo de mover el comodín fue rápido ya que uno de ellos apareció en la parte de arriba. El rey de corazones acaba en la parte de abajo, y por tanto en la rodilla de Randy. El hijo de puta tiene un índice numérico de 39, por lo que Randy debe contar desde arriba del mazo hasta llegar a la carta en la posición trigésimo novena, que es el 10 de diamantes. Divide e intercambia el mazo, y luego vuelve a colocar el rey de corazones en la parte de abajo. La carta superior es ahora el 4 de diamantes, que se traduce a un índice de 17. Contando las diecisiete primeras cartas en la mano se para y mira la dieciocho, que es el 4 de corazones. Eso da un valor de 26 + 4 = 30. Pero aquí todo es en módulo 26, así que añadir 26 fue una pérdida de tiempo, porque ahora tiene que volver a restarlo. El resultado es cuatro. La segunda letra en el texto cifrado de Enoch es S, que es la letra décimo novena del alfabeto, y restándole cuatro obtiene O. Así que el texto llano, hasta ahora, es «DO».

—Me hago una idea.

—Estaba seguro de que así sería, Randy.

Randy no sabe qué pensar del asunto Wing. Le recuerda una de las historias de Doug Shaftoe. Quizá Wing esté buscando el Primario, y quizá también Enoch Root, y quizás el Primario era lo que el viejo Comstock intentaba encontrar descifrando los mensajes Aretusa. En otras palabras, quizá la ubicación del Primario esté contenida ahora mismo en el disco duro de Randy, y a Root le preocupa que Randy, como un idiota, vaya a entregarla al mundo.

¿Cómo se las arregló para que le metiesen en la celda contigua a la suya? Presumiblemente las líneas de comunicación interna de la Iglesia son de primera categoría. Root podría saber desde hace días que Randy estaba en la trena. Tiempo suficiente para poner en marcha un plan.

—Entonces, ¿cómo acabaste aquí? —pregunta Randy.

—Decidimos causar problemas nosotros mismos.

—¿Nosotros es la Iglesia?

—¿A qué te refieres con la Iglesia? Si me preguntas si el Pontifex Maximus y el Colegio de Cardenales se pusieron sus sombreros bifurcados y puntiagudos y se reunieron en Roma para decidir cuáles iban a ser los problemas, la respuesta es no. Si por la «Iglesia» te refieres a la comunidad local en mi vecindad, de los que casi todos resultan ser devotos católicos, entonces sí.

—Así que la comunidad protestó, o algo así, y tú eras el líder.

—Yo era un ejemplo.

—¿Un ejemplo?

—No es frecuente que a esa gente se le ocurra desafiar a los poderes fácticos. Cuando alguien lo hace, siempre les resulta increíblemente novedoso, y les resulta muy entretenido. Ése era mi papel. Ya llevaba tiempo quejándome del señor Wing.

Randy casi puede adivinar cuáles van a ser las siguientes dos letras, pero tiene que seguir el algoritmo o el mazo se descontrolará. Genera un 23 y luego un 47 que, módulo 26, es 21, y sustrayendo el 23 y el 21 de las dos letras del texto cifrado, K y J (una vez más, módulo 26), obtiene N y O como esperaba. Así que ya tiene descifrado «DONO». Y siguiendo con el proceso, una letra cada vez, las cartas ya se están poniendo un poco sudadas, con el tiempo obtiene DONOTUSEP y finalmente se confunde al intentar generar la última letra de la cadena de cifras. Así que ahora el mazo está mal y es completamente irrecuperable, lo que le recuerda que tendrá que ser más cuidadoso la próxima vez. Pero supone que el mensaje debe ser: NO USES EL PC. A Enoch le preocupa que Randy no pensase en el *phreaking* Van Eck.

—Bien. Hubo una protesta. ¿Bloqueasteis una carretera o algo así?

—Bloqueamos carreteras, nos tendimos frente a los bulldozers. Algunas personas pincharon algunas ruedas. Los lugareños dieron buen uso a su ingenio, y las cosas se salieron un poco de madre. Los queridos amigos del señor Wing en el gobierno se ofendieron y enviaron al ejército. Arrestaron a diecisiete personas. Como medida punitiva, se establecieron para ellas fianzas exorbitantemente altas... Si esas personas no pueden salir de la cárcel, no pueden ganar dinero y sus familias sufren terriblemente. Yo podría haber salido bajo fianza si hubiese querido, pero decidí permanecer entre rejas como gesto de solidaridad.

A Randy le suena como una tapadera bastante plausible.

—Pero doy por supuesto que a muchos miembros del gobierno les resulta horrible que hayan metido a un santo en la cárcel —dice—, así que te han trasladado aquí, a una cárcel prestigiosa y lujosa con celdas privadas.

—Una vez más, se manifiestan tus conocimientos de la cultura local —dice Enoch Root. Cambia de posición sobre la cama y el crucifijo se agita pesado de un lado a otro. También lleva un medallón alrededor del cuello con algo sobrecogedor escrito.

—¿Es un símbolo ocultista? —pregunta Randy, entrecerrando los ojos.

—¿Perdona?

—Puedo distinguir la palabra «oculto» en tu medallón.

—Dice *ignoti et quasi occulti*, lo que significa «desconocido y parcialmente oculto» o algo similar —dice Enoch Root—. Es el lema de una sociedad a la que pertenezco. Debes saber que la palabra «oculto» no tiene intrínsecamente nada que ver con los rituales satánicos, beber sangre y todo eso. Es...

—Estudié astronomía —dice Randy—. Así que aprendí algo sobre la ocultación, cuando un cuerpo queda tras otro, como en un eclipse.

—Oh. Bien, entonces, me callo.

—De hecho, sé más de lo que podrías pensar sobre la ocultación —dice Randy. Podría parecer que habla de un tema sin importancia, excepto que mira a Enoch Root a los ojos mientras lo dice y luego de refilón al ordenador. Root lo procesa durante un momento y asiente.

—¿Quién es la dama de en medio? ¿La Virgen María? —pregunta Randy.

Root agarra el medallón sin mirarlo y dice:

—Una suposición razonable. Pero errónea. Es Atenea.
—¿La diosa griega?
—Sí.
—¿Cómo cuadra eso con el cristianismo?
—Cuando te llamé hace unos días, ¿cómo sabías que era yo?
—No lo sé. Simplemente te reconocí.
—¿Me reconociste? ¿Qué quieres decir? No reconociste mi voz.
—¿Se trata de un rodeo para responder a mi pregunta sobre Atenea vs. cristianismo?
—¿No te parece asombroso que puedas mirar una serie de caracteres en la pantalla de un ordenador, un correo electrónico de alguien a quien no has visto nunca, y luego «reconocer» a esa persona al teléfono? ¿Cómo se hace, Randy?
—No tengo ni la más remota idea. El cerebro puede hacer cosas...
—Algunos se quejan de que el correo electrónico es impersonal... que tu contacto conmigo, durante la fase por correo de nuestra relación, estuvo mediatizado por cables y pantallas. Algunos dirían que no es tan buen medio como charlar cara a cara. Y sin embargo, nuestra visión de las cosas siempre está mediatizada por las córneas, retinas, nervios ópticos y cierta maquinaria neurológica que toma la información de nuestros nervios ópticos y la propaga a nuestra mente. Por tanto, ¿es inferior mirar palabras en una pantalla? Yo creo que no; al menos en ese caso eres consciente de la distorsión. Mientras que, cuando ves a alguien con tus propios ojos, te olvidas de la distorsión y te imaginas que tienes una experiencia pura e inmediata.
—Por tanto, ¿cuál es tu explicación de mi reconocimiento?

—Argumentaría que en tu mente había algún patrón de actividad neurológica que no estaba allí antes de que intercambiásemos correo. La Representación Root. No soy yo. Yo soy este enorme montón de carbono, oxígeno y otras cosas sentado en este catre junto a ti. En contraste, la Representación Root es lo que llevarás en tu mente durante el resto de tu vida, a menos que se produzca algún daño neurológico importante, lo que tu mente emplea para representarme. En otras palabras, cuando piensas en mí, no piensas en mí como este montón de carbono, estás pensando en la Representación Root. Es más, puede que algún día te suelten y te encuentres con alguien que te diga: «Sabes, una vez estuve en Filipinas, vagando por los boondocks, y me encontré con un vejestorio que no dejaba de hablar sobre Representaciones Root.» E intercambiando notas (como si dijéramos) con ese tipo podrás establecer más allá de toda duda razonable que la Representación Root en tu cerebro y la Representación Root en el de él fueron generadas por el mismo montón de carbono, oxígeno y demás: yo.

—¿Y tiene esto, pregunto otra vez, alguna relación con Atenea?

—Si piensas en los dioses griegos como seres sobrenaturales reales que vivían en el monte Olimpo, no. Pero si los consideras como la misma clase de entidades que la Representación Root, es decir, un patrón de actividad neurológica que la mente emplea para representar cosas que ve, o cree ver, en el mundo exterior, entonces sí. De pronto, los dioses griegos pueden ser tan interesantes e importantes como la gente real. ¿Por qué? Porque, de la misma forma que algún día puede que encuentres a otra persona con su propia Representación Root, si mantuvieses una conversación con una persona de la Grecia clásica, y él empezase a hablar de Zeus, tú podrías, una vez que te hubieses sobrepuesto a tu sensación inicial de superioridad, descubrir que tienes algunas representaciones mentales en tu cabeza que, aunque no las llamabas Zeus ni las representabas como enormes y peludos hijos de Titán que se dedicaban a lanzar rayos, sin embargo han sido generadas como resultado de las interacciones con entidades del mundo exterior que son las mismas que hicieron que la Representación Zeus apareciese en la mente griega. Y aquí podríamos hablar durante un rato de la Caverna de Platón, el robot de cocina de las metáforas, ¡corta!, ¡pica!

—En la que —dice Randy— las verdaderas entidades del mundo real son las cosas reales y tridimensionales que proyectan las sombras, el griego ese y yo somos los desdichados encadenados que miramos las sombras de esas cosas sobre las paredes, y se da la circunstancia que la forma de la pared que yo tengo delante es diferente de la forma de la pared frente al griego...

— ... de tal suerte que una sombra proyectada sobre tu pared adoptará una forma diferente a la misma sombra proyectada sobre su pared, donde las diferentes formas de las paredes son digamos la visión científica moderna frente a la antigua visión pagana.

—Sí. Ésa es la metáfora de la Caverna de Platón.

En ese mismo instante, un guardia chistoso, en el pasillo, le da a un interruptor y apaga todas las luces. Ahora, la única luz viene del salvapantallas del ordenador de Randy, que está ejecutando la animación de unas galaxias en colisión.

—Creo que podemos estipular que la pared frente a ti, Randy, es considerablemente más plana y lisa, es decir, por lo general ofrece una sombra mucho más precisa que su pared, y sin embargo está claro que él sigue siendo capaz de ver las mismas sombras y probablemente extraer conclusiones sobre la forma de los objetos que las proyectan.

—Vale. Así que la Atenea a la que honras en tu medallón no es un ser sobrenatural...

—... que vive en una montaña de Grecia, etcétera, sino más bien cualquier entidad, patrón, tendencia o lo que sea que, cuando la percibían los antiguos habitantes de Grecia, y era filtrada por su maquinaria perceptiva y su visión pagana, producía la representación mental interna que ellos denominaban Atenea. La distinción es muy importante porque Atenea-la-tía-sobrenatural-con-el-casco evidentemente no existe, pero «Atenea» la generadora-externa-de-la-representación-interna-que-los-antiguos-griegos-llamaban-Atenea debe haber existido entonces, o la representación interna no se hubiese producido jamás, y si existía en esa época, entonces es muy probable que exista ahora, y si eso es así, cualquier idea que los antiguos griegos (quienes aunque en muchos aspectos eran unos gilipollas, eran personas terriblemente inteligentes) tuviesen sobre ella probablemente siga siendo válida.

—Vale, pero ¿por qué Atenea y no Deméter o alguien así?

—Bien, es una perogrullada que no puedes comprender a una persona sin conocer algo sobre su pasado familiar, así que tendremos que repasar con rapidez la teogonía griega. Empezamos con Caos, que es donde comienzan todas las teogonías, y al que me gusta considerar como un mar de ruido blanco: estática de banda ancha totalmente aleatoria. Y por alguna razón que en realidad no comprendemos, en él comienzan a formarse ciertas polaridades: Día, Noche, Oscuridad, Luz, Tierra, Mar. Personalmente, me gusta considerarlas cristales; no en el sentido *hippy* de California, sino en el sentido técnico de resonadores, que reciben ciertos canales enterrados en la estática del Caos. En algún momento, de entre algún emparejamiento incestuoso entre esas entidades, aparecen los Titanes. Y posiblemente sea interesante comentar que los Titanes ofrecen el juego completo de dioses básicos; tienes al dios del sol, Hiperión, y el dios del océano, Océano, y demás. Pero son derrotados en una lucha de poder llamada la Titanomaquia y son reemplazados por nuevos dioses como Apolo y Poseidón, que, digamos, acaban ocupando los mismos puestos en el organigrama. Lo que posiblemente resulta interesante porque parece conectarlo con lo que estaba diciendo sobre las mismas entidades o patrones persistiendo en el tiempo, pero proyectando sombras de formas ligeramente diferentes para diferentes personas. En cualquier caso, ahora tenemos a los dioses del Olimpo como los conocemos habitualmente: Zeus, Hera y demás.

»Un par de comentarios básicos: primero, todos ellos, excepto en un caso al que llegaré pronto, fueron el producto de algún emparejamiento sexual, ya fuese entre Titán y Titanesa, entre Dios y Diosa, entre Dios y Ninfa, entre Dios y Mujer o básicamente Zeus y lo que, o a quien, Zeus se estuviese follando ese día. Lo que me lleva al siguiente comentario: los dioses del Olimpo son la familia más sórdida y disfuncional que imaginarse pueda. Y sin embargo hay algo en la variopinta asimetría de ese panteón que lo hace más creíble. Como la Tabla Periódica de los Elementos o el árbol familiar de las partículas elementales o, simplemente, la estructura anatómica que puedes sacar de un cadáver, se parece lo suficiente a un patrón como para que nuestra mente pueda apreciarlo, pero también tiene irregularidades que indican algún tipo de origen orgánico: por ejemplo, tienes un dios del sol y una diosa de la luna, lo que es claro y simétrico, pero allá también tienes a Hera, que no tiene ningún papel excepto ser una zorra de diosa, y luego Dionisos que ni siquiera es un dios del todo, es medio humano, pero que consigue meterse en el Panteón y sentarse en el Olimpo con los dioses, como si fueses al Tribunal Supremo y te encontrases a Bozo el payaso entre los jueces.

»A donde quiero llegar es que Atenea era excepcional en todos los aspectos. Para empezar, no fue creada por medio de la reproducción sexual en el sentido normal; surgió totalmente formada de la cabeza de Zeus. Según algunas versiones de la historia, tal cosa sucedió después de que Zeus se tirase a Metis, de la que hablaremos más en su momento. Luego le advirtieron de que Metis daría a luz un hijo que le destronaría, así que se la comió, y luego Atenea le salió de la cabeza. Aceptes o no la historia de Metis, creo que aceptarás que hay algo raro en la natividad de Atenea. También era excepcional en que no participaba en la miseria moral del Olimpo; era una virgen.

—¡Ajá! Sabía que en el medallón había la imagen de una virgen.

—Sí, Randy, tienes buen ojo para las vírgenes. Hefesto la folló en una pierna una vez pero no consiguió la penetración. Atenea es muy importante en la *Odisea*, pero hay muy pocos mitos, en el sentido normal del término, en los que aparezca. La única excepción demuestra la regla: la historia de Aracne. Aracne era una excelente tejedora que se volvió arrogante y empezó a atribuirse todo el crédito, en lugar de atribuir su talento a los dioses. Aracne llegó al extremo de desafiar abiertamente a Atenea, que entre otras cosas era la diosa de los tejidos.

»Ahora bien, ten en mente que el mito griego típico tiene más o menos esta estructura: un joven pastor inocente se está ocupando de sus propios asuntos, un dios que pasa volando por allí le ve y tiene una erección, cae sobre él y lo viola; mientras la víctima todavía no ha conseguido recuperarse y vaga por ahí confuso, la mujer del dios o su amante, llena de furia vengadora, lo convierte, a la pobre víctima inocente, digamos que en una tortuga inmortal y, por ejemplo, lo grapa a una lámina de chapa con un plato de comida para tortuga fuera de su alcance y le deja bajo el sol para que lo devore repetidamente un ejército de hormigas y le piquen los avispones, o cosa similar. Así que si Aracne hubiese despreciado a cualquier otro en el Panteón, sería un agujero humeante en el suelo antes de que se diese cuenta de lo que se le había caído encima.

»Pero en este caso, Atenea se le apareció con la forma de una anciana y le recomendó que mostrase la debida humildad. Aracne declinó el consejo. Finalmente, Atenea se reveló como quien era y la desafió a una competición, lo que hay que admitir fue bastante justo por su parte. Y lo interesante es que el resultado de la competición fue un empate; ¡Aracne era efectivamente tan buena como Atenea! El único problema era que su tapiz mostraba a los dioses del Olimpo en sus peores momentos de violar pastores y folleteo entre especies. El tapiz era simplemente una ilustración literal y exacta de todos los otros mitos, lo que convierte a este mito en una especie de metamito. Atenea aprovechó el pretexto y golpeó a Aracne con la rueca, lo que podría parecer exagerado hasta que consideras que durante la lucha contra los gigantes, ¡derrotó a Encélado tirándole Sicilia encima! El único efecto fue hacer que Aracne reconociese su propia hubris, de la que se sintió tan avergonzada que se colgó. Posteriormente, Atenea le devolvió la vida en forma de araña.

»En cualquier caso, probablemente aprendiste en la escuela elemental que Atenea lleva un casco, carga con un escudo llamado Aegis y es la diosa de la guerra y la sabiduría, así como de los oficios... como el ya mencionado de tejedor. ¡Una combinación algo extraña, como mínimo! Especialmente porque se suponía que Ares era el dios de la guerra y Hestia la diosa de la economía doméstica... ¿A qué venía la redundancia? Pero mucho se pierde en la traducción. El tipo de sabiduría que asociamos con vejetes como tu seguro servidor, y que intento transmitirte, Randy Waterhouse, los griegos la llamaban *dike*. ¡De ésa no era diosa Atenea! Ella era la diosa de *metis*, que significa ingenio y artes manuales, y que recordarás era el nombre de su madre en una versión de la historia. Curiosamente, Metis (el personaje, no el atributo) fue quien dio al joven Zeus la poción que hizo que Cronos vomitase a todos los bebés dioses que se había tragado, dejando servida la situación para toda la Titanomaquia. Así que ahora se hace evidente la conexión con la habilidad; las artes manuales no son más que la aplicación práctica de la *metis*.

—Yo asocio la expresión «arte manual» con fabricar cinturones mierdosos y ceniceros durante un campamento de verano —dice Randy—. Es decir, ¿quién querría ser la jodida diosa del macramé?

—El problema es una mala traducción. La palabra que usamos hoy, en referencia al mismo concepto, es en realidad tecnología.

—Vale. Ahora estamos llegando a alguna parte.

—Por lo cual, en lugar de llamar a Atenea la diosa de la guerra, la sabiduría y el macramé, deberíamos decir guerra y tecnología. Y aquí de nuevo tenemos el problema de la superposición con la jurisdicción de Ares, que se supone es el dios de la guerra. Y simplemente digamos que Ares es un completo gilipollas. Sus asistentes personales son Temor y Terror y en ocasiones Conflicto. Está constantemente en lucha con Atenea aunque, o quizá porque, son nominalmente el dios y la diosa de lo mismo: la guerra. Heracles, uno de los protegidos humanos de Atenea, hiere físicamente a Ares en dos ocasiones, ¡e incluso en un momento le quita sus armas! Comprenderás que el aspecto más fascinante de Ares es que es un incompetente total. Un par de gigantes le encadenaron y lo aprisionaron en un recipiente de bronce durante trece meses. Durante la *Ilíada*, uno de los compañeros de borrachera de Odiseo le hiere. En cierto momento, Atenea le golpea con una roca. Cuando no se está portando como un idiota en medio de la batalla, se está follando a todas las mujeres humanas a las que puede echar el guante, y, ésta es buena, sus hijos son todos lo que hoy llamaríamos asesinos en serie. Y por lo tanto me resulta claro que Ares realmente era el dios de la guerra, como personas que se pasaban guerreando todo el día percibirían tal entidad, y que además tenían una idea realmente clara de lo estúpida y brutal que era la guerra.

»Atenea es famosa por ser la partidaria de Odiseo, quien, no lo olvidemos, es el tipo al que se le ocurre la idea del caballo de Troya. Atenea guía tanto a Odiseo como a Heracles por sus aventuras, y aunque los dos son excelentes luchadores, ganan la mayor parte de sus batallas por medio de la astucia o (menos peyorativo) *metis*. Y aunque los dos se ven implicados con facilidad en actividades violentas (a Odiseo le gusta definirse como "saqueador de ciudades") está claro que se les tiene en oposición al tipo de violencia idiota y salvaje que se asocia con Ares y sus retoños; el mismo Heracles en persona libera al mundo de algunos de los hijos psicópatas de Ares. Es decir, los registros no están del todo claros, no es como si pudieses ir al Juzgado del Condado de Tebas y pedir los certificados de defunción de esos tipos, pero parece que Heracles, apoyado por Atenea en todo momento, asesinó personalmente al menos a la mitad de los retoños Hannibal Lecter de Ares.

»Por tanto, en la medida en que Atenea es la diosa de la guerra, ¿qué queremos decir con eso? Ten en cuenta que su arma más famosa no es su espada, sino su escudo Aegis, y Aegis lleva una cabeza de Gorgona, así que cualquiera que la ataque corre el peligro de transformarse en piedra. Siempre se la describe como tranquila y majestuosa, dos adjetivos que nadie jamás aplicó a Ares.

—No sé, Enoch. ¿Quizá guerra defensiva en oposición a guerra ofensiva?

—La distinción está sobrevalorada. ¿Recuerdas que te conté que Hefesto le folló una pierna a Atenea?

—Generó en mi cabeza una representación mental muy clara.

—¡Como debería hacerlo un mito! Atenea/Hefesto es una especie de pareja interesante en cuanto los dos son dioses de la tecnología. Metal, metalurgia y fuego eran sus especialidades... actividades del Cinturón Industrial chapado a la antigua. Por tanto, ¡no es de extrañar que Atenea le pusiese cachondo! Después de eyacular en el muslo de Atenea, ella se pone a chillar, se limpia y tira el trapo al suelo, donde de alguna forma se combina con la tierra para generar a Erictonio. ¿Sabes quién es Erictonio?

—No.

—Uno de los primeros reyes de Atenas. ¿Sabes por qué era famoso?

—Dímelo.

—Inventó el carro de guerra... e introdujo el uso de la plata como moneda.

—¡Oh, Dios! —Randy se agarra la cabeza entre las manos y gime, sólo durante un ratito.

—Bien, en otras muchas mitologías puedes encontrarte con dioses que tienen paralelos con Atenea. Los sumerios tenían a Enki, los nórdicos a Loki. Loki era el dios inventor, pero psicológicamente tenía más en común con Ares; no sólo era el dios de la tecnología sino también el dios del mal, lo más cercano que tenían al Diablo. Los nativos norteamericanos tenían en su mitología a los burlones, criaturas llenas de astucia, como Coyote y Cuervo, pero todavía no tenían tecnología, y por lo tanto no habían combinado el Burlón con las Habilidades para generar ese dios híbrido de la Tecnología.

—Vale —dice Randy—, así que obviamente a donde quieres llegar es que hay algún patrón universal de acontecimientos que cuando se filtra a través del sistema sensorial y equipamiento neurológico de gente primitiva y supersticiosa, siempre genera las representaciones internas mentales que identificaban con dioses, héroes, etc.

—Sí. Y se las puede reconocer entre culturas, de la misma forma que dos personas con la Representación Root en la cabeza pueden «reconocerme» a mí simplemente comparando notas.

—Por tanto, Enoch, quieres que crea que esos dioses, que en realidad no son dioses, pero es una palabra buena y concisa, comparten todos ciertas cosas en común precisamente porque la realidad externa que los generó es consistente y universal entre culturas.

—Exacto. Y en el caso de los dioses burlones, el patrón consiste en que la gente ingeniosa tiende a obtener un poder que la gente no ingeniosa no consigue. Y a todas las culturas les fascina ese fenómeno. Algunas, como los nativos norteamericanos, lo admiran, pero nunca lo combinaron con el desarrollo tecnológico. Otros, como los nórdicos, lo odian y lo identifican con el Diablo.

—De ahí la extraña relación de amor-odio que los norteamericanos mantienen con los hackers.

—Exacto.

—Los hackers siempre se quejan de que los periodistas siempre los pintan como los tipos malos. Pero tú crees que esa ambivalencia es más profunda.

—En algunas culturas. Los vikingos, juzgando por su mitología, odiarían instintivamente a los hackers. Pero algo diferente sucedió con los griegos. A los griegos les gustaban los sabihondos. De ahí recibimos Atenea.

—Eso me lo creo... pero ¿de dónde sale lo de diosa de la guerra?

—Admitámoslo, Randy, todos conocemos a tipos como Ares. El patrón de comportamiento humano que produjo que la representación mental interna conocida como Ares apareciese en las mentes de los antiguos griegos nos acompaña hoy, en la forma de terroristas, asesinos en serie, disturbios, pogromos y agresivos dictadores de hojalata que resultan ser militarmente incompetentes. Y sin embargo, a pesar de toda su estupidez e incompetencia, gente como ésa puede conquistar y controlar grandes regiones del mundo si no encuentran resistencia.

—Deberías conocer a mi amigo Avi.

—¿Quién va a luchar contra ellos, Randy?

—Me temo que vas a decir que nosotros.

—En ocasiones son otros adoradores de Ares, como cuando Irán e Irak entraron en guerra y a nadie le importaba quién iba a ganar. Pero si se quiere que los adoradores de Ares no acaben controlando el mundo alguien tiene que ejercer violencia contra ellos. No es muy agradable, pero es un hecho: la civilización requiere un Aegis. Y, al final, la única forma de luchar contra los cabrones hasta el final es por medio de la inteligencia. El ingenio. *Metis*.

—Ingenio táctico, como Odiseo y el caballo de Troya, o...

—Tanto eso como el ingenio tecnológico. De vez en cuando se produce una batalla que la gana una nueva tecnología; como los arcos largos en Crécy. Durante la mayor parte de la historia, esas batallas se producen una vez cada pocos siglos; tienes el carro de guerra, el arco compuesto, la pólvora, barcos acorazados, y demás. Pero algo sucede alrededor de, digamos, el momento en que el *Monitor*, que el Norte creía el único barco acorazado sobre el planeta, se encuentra con el *Merrimack*, del que el Sur creía exactamente lo mismo, y se enzarzan en una batalla durante horas y horas. Es tan buen momento como cualquier otro para identificar cuándo se produce un despegue espectacular en tecnología militar; el codo de una curva exponencial. Al estamento militar básicamente conservador del mundo le lleva varias décadas comprender totalmente lo que ha sucedido, pero para cuando estamos en lo más terrible de la Segunda Guerra Mundial, todo el mundo que tenga la cabeza sobre los hombros acepta que la guerra la va a ganar quien tenga mejor tecnología. Así que sólo del lado alemán tenemos cohetes, aviones a reacción, gas nervioso, misiles guiados. Y de los aliados tenemos tres grandes esfuerzos que básicamente dieron empleo a todos los hackers, cerebrines y estudiosos de alto nivel: lo de romper códigos, que como sabes dio lugar al ordenador digital; el proyecto Manhattan, que nos dio armas nucleares; y el Radiation Lab, que nos dio la industria moderna de la electrónica. ¿Sabes por qué ganamos la Segunda Guerra Mundial, Randy?

—Creo que acabas de decírmelo.

—¿Porque construimos mejores cosas que los alemanes?

—¿No es eso lo que acabas de decir?

—Pero, ¿por qué construimos mejores cosas que los alemanes, Randy?

—Supongo que no tengo competencia para contestar, Enoch, no he estudiado ese periodo en profundidad.

—Bien, la respuesta corta es que ganamos porque los alemanes adoraban a Ares y nosotros adorábamos a Atenea.

—¿Y debo suponer que tú, o tu organización, tuvo algo que ver con eso?

—¡Oh, vamos, Randy! No dejemos que esto degenere en una teoría de conspiraciones.

—Lo lamento. Simplemente estoy cansado.

—Yo también. Buenas noches.

Y entonces Enoch se echa a dormir. Así de fácil.

Randy no.

¡A *Criptonomicón*!

Randy está preparando un ataque contra un texto cifrado único: el más difícil. Tiene el texto cifrado (las interceptaciones Aretusa) y nada más. No conoce el algoritmo empleado para cifrarlas. En el criptoanálisis moderno, tal cosa es rara: normalmente los algoritmos son de conocimiento público. Eso se debe a que los algoritmos que se discuten públicamente y que han sido sometidos a ataques por parte de la comunidad académica tienden a ser más potentes que los que se mantienen en secreto. La gente que depende de que sus algoritmos se mantengan en secreto pierden toda la ventaja en cuanto se desvela el secreto. Pero Aretusa es de la Segunda Guerra Mundial, cuando la gente no era tan astuta con respecto a esas cosas.

Sería muchísimo más fácil si Randy conociese parte del texto llano que está codificado en los mensajes. Evidentemente, si conociese todo el texto llano no tendría siquiera que descifrarlos; en ese caso, romper Aretusa no sería más que un ejercicio académico.

Hay un compromiso entre los extremos de, por una parte, no conocer nada del texto llano, y por la otra, conocerlo por completo. En el *Criptonomicón* caen bajo la denominación de ganchos. Un gancho es una suposición juiciosa sobre qué palabras o frases podrían estar presentes en el mensaje. Por ejemplo, si estuvieses descifrando mensajes alemanes de la Segunda Guerra Mundial, podrías suponer que el texto llano contendría frases como «HEIL HITLER» o «SIEG HEIL». Podría elegir al azar una secuencia de diez caracteres y decir: «Demos por supuesto que esto representa HEIL HITLER. Si tal es el caso, ¿qué podríamos deducir del resto del mensaje?»

Randy no espera encontrarse con ningún HEIL HITLER en los mensajes Aretusa, pero puede haber otras palabras fáciles de predecir. En su cabeza está preparando una lista de ganchos: MANILA, con toda seguridad. Quizá WATERHOUSE. Y, ahora que lo piensa, ORO y LINGOTE. Por tanto, en el caso de MANILA, podría escoger cualquier cadena de seis caracteres y decir: «¿Y si estos caracteres fuesen la forma cifrada de MANILA?», y trabajar a partir de ahí. Si estuviese trabajando con una interceptación de sólo seis caracteres, sólo habría un segmento de seis caracteres para elegir. Un mensaje de siete caracteres de largo le daría dos posibilidades: podrían ser los primeros seis caracteres o los seis últimos. El resultado es que para un mensaje interceptado de n caracteres de largo, el número de segmentos de seis caracteres es igual a $(n-5)$. En el caso de un mensaje de 105 caracteres, tendría 100 posiciones diferentes posibles para la palabra MANILA. En realidad, 101: porque podría ser posible —incluso probable— que MANILA no esté ahí. Pero cada una de esas 100 suposiciones tiene su propio conjunto de ramificaciones con respecto a todos los demás caracteres en el mensaje. Cuáles son exactamente esas suposiciones depende de las suposiciones que Randy esté realizando con respecto al algoritmo subyacente.

Cuanto más lo piensa, más cree que tiene a qué agarrarse, gracias a Enoch, quien (en retrospectiva) le ha estado dando algunas pistas útiles cuando no le bombardeaba por entre los barrotes con análisis teogónicos. Enoch mencionó que cuando la NSA comenzó a atacar lo que luego resultaron ser las interceptaciones falsas de Aretusa, lo hicieron asumiendo que estaba relacionado de alguna forma con otro criptosistema llamado Azur.

Y sí, Randy descubre en *Criptonomicón* que Azur era un sistema estrafalario usado por nipones y alemanes, y que empleaba un algoritmo matemático para generar una clave única cada día. La descripción es terriblemente vaga, pero permite a Randy desechar muchas opciones. Sabe, por ejemplo, que Aretusa no es un sistema de rotores como Enigma. Y sabe que si puede encontrar dos mensajes enviados el mismo día, probablemente usarán la misma clave.

¿Qué tipo de algoritmo matemático se usaba? Hay pistas en el contenido del baúl del abuelo. Recuerda la fotografía del abuelo con Turing y Van Hacklheber en Princeton, donde los tres evidentemente jugueteaban con funciones zeta. Y en el baúl había varias monografías sobre ese tema.

Y el *Criptonomicón* afirma que incluso hoy en día se emplean funciones zeta en criptografía, como generadores de secuencia, es decir, como máquinas para escupir números seudoaleatorios, exactamente como un cuaderno de uso único. Todo apunta a que Azur y Aretusa son hermanos y que ambos no son más que implementaciones de funciones zeta.

El gran obstáculo en esos momentos es que en su celda no hay tirado ningún libro de texto sobre funciones zeta. El contenido del baúl del abuelo sería un excelente recurso, pero en esos momentos anda almacenado en una habitación de la casa de Chester. Pero por otra parte, Chester es rico y quiere ayudar.

Randy llama al guardia y exige ver al letrado Alejandro. Enoch Root se pone rígido durante unos momentos, y luego vuelve a hundirse directamente en el sueño tranquilo y apacible de un hombre que se encuentra exactamente donde quiere estar.

Esclavos

Antes de arder, la gente huele de muchas formas diferentes, pero sólo de una después del fuego. Mientras los chicos del ejército de tierra guían a Waterhouse por entre la oscuridad, olisquea con cautela, con la esperanza de no tener que oler ese hedor.

En general huele a petróleo, diesel, acero caliente, el olor fuerte azufrado de la goma quemada y la munición explotada. Esos olores son extraordinariamente intensos. Llena los pulmones del tufo, lo expulsa. Y es entonces, claro, cuando recibe un airecillo de barbacoa y sabe que esa isla cubierta de cemento es, entre otras cosas, un crematorio.

Sigue a los chicos del ejército de tierra por entre túneles manchados de negro que atraviesan una matriz abigarrada de cemento, albañilería y roca sólida. Primero estuvieron las cuevas, abiertas en la piedra por la lluvia y las olas, luego agrandadas y racionalizadas por los españoles con cinceles, martillos y pólvora. Luego llegaron los norteamericanos con ladrillos y finalmente los nipones con cemento reforzado.

Mientras se abren camino por entre el laberinto, pasan por unos túneles que aparentemente actuaron como sopletes: las paredes han quedado completamente limpias, como si un torrente las hubiese recorrido durante un millón de años, con charcos plateados en el suelo allí donde las armas y los archivadores se fundieron. El calor almacenado sigue radiando de las paredes, sumándose al calor del clima filipino, haciéndoles sudar aún más, si tal cosa es posible.

Otros pasillos, otras salas, no fueron más que remansos en el río de fuego. Mirando por las puertas, Waterhouse puede ver libros que quedaron chamuscados pero no ardieron, papel ennegrecido saltando de archivadores reventados...

—Un momento —dice. Su escolta se gira en el momento justo para verle agacharse y atravesar una puerta baja para entrar en una habitación pequeña en la que algo le ha llamado la atención.

Es un armario pesado de madera, ahora en su mayoría transmutado en carbón vegetal, por lo que da la impresión de que el armario ha desaparecido pero su sombra persiste. Alguien ya ha arrancado una de las puertas de las bisagras, permitiendo que confeti negro cubriese el suelo. El armario estaba lleno de tiras de papel, en su mayoría ahora quemadas, pero metiendo la mano en el montón de cenizas (¡lentamente!, todo está todavía caliente), Waterhouse saca un fajo intacto.

—¿Qué clase de dinero es ése? —pregunta el tipo del ejército de tierra.

Waterhouse saca un billete de arriba. La parte alta lleva impresos caracteres japoneses y una imagen grabada de Tojo. Le da la vuelta. Por detrás dice en inglés: DIEZ LIBRAS.

—Moneda australiana —dice Waterhouse.

—A mí no me parece australiana —dice el tipo del ejército de tierra mirando con furia a Tojo.

—Si los nipos hubiesen ganado... —dice Waterhouse y se encoge de hombros. Lanza el montón de billetes de diez libras al montón de cenizas de historia y se lleva al pasillo el que ha cogido. Siguiendo el techo han colgado una guirnalda de bombillas. La luz se refleja en el suelo sobre lo que parecen charcos de mercurio: los restos de pistolas, hebillas de cinturón, archivadores de acero y pomos de puertas, fundidos en el holocausto y ya solidificados.

La letra pequeña del billete dice: BANCO DE LA RESERVA IMPERIAL, MANILA.

—¡Señor! ¿Está bien? —dice el tipo del ejército de tierra.

Waterhouse se da cuenta de que lleva un rato pensando.

—Sigamos —dice, y se mete el billete en el bolsillo.

Estaba pensando si estaría bien llevarse parte de ese dinero consigo. Está bien coger recuerdos, pero no saquear. Así que puede coger el dinero si no tiene valor, pero no si es dinero de verdad.

Ahora bien, alguien que no estuviese tan inclinado a considerarlo y meditarlo todo hasta la enésima potencia llegaría inmediatamente a la conclusión de que, después de todo, ese dinero no tiene el más mínimo valor porque los japoneses no ocuparon Australia y no lo harán jamás.

Por tanto, ese dinero no es más que un recuerdo, ¿no?

Probablemente. El dinero a todos los efectos carece de valor. Pero si Waterhouse encontrase un verdadero billete australiano de diez libras y leyese la letra pequeña, probablemente también llevaría el imprimátur de algún banco de la reserva.

Dos trozos de papel, cada uno afirmando valer diez libras, cada uno con aspecto oficial, cada uno portando el nombre de un banco. Uno de ellos un recuerdo sin valor y el otro moneda de curso legal para todas las deudas públicas y privadas. ¿Y eso?

Al final todo se reduce a que la gente confía en las promesas impresas en uno de esos trozos de papel pero no en las del otro. Creen que podrían llevar el verdadero billete australiano a un banco de Melbourne, ponerlo sobre el mostrador y recibir plata u oro —o al menos algo— a cambio.

La confianza da para mucho, pero en algún momento, si vas a mantener estable una moneda, debes demostrar su valor o callarte. En algún lugar debes tener un cargamento de oro. Más o menos cuando se producía la evacuación de Dunkerque, cuando los británicos aguardaban la invasión inminente de sus islas por parte de los alemanes, cogieron todas sus reservas de oro, las cargaron en algunos acorazados y barcos de pasaje y las enviaron al otro lado del Atlántico, a bancos en Toronto y Montreal. Eso les hubiese permitido mantener su moneda a flote incluso si los alemanes hubiesen conquistado Londres.

Pero los japoneses tienen que jugar con las mismas reglas que todos los demás. Oh, claro, puedes obtener la sumisión de los pueblos conquistados asustándolos, pero no va muy bien ponerle a alguien un cuchillo al cuello y decir: «Quiero que creas que este trozo de papel vale diez libras esterlinas.» Puede que diga que lo cree, pero no lo creerá de verdad. No actuará como si lo creyese. Y si la gente no actúa de esa forma, entonces no hay moneda, los trabajadores no reciben su paga (puedes esclavizarlos, pero sigues teniendo que pagar a los esclavistas), la economía deja de funcionar, y no puedes extraer los recursos naturales que, en primer lugar, te hicieron conquistar el país. Básicamente, si vas a administrar una economía, debes tener una moneda. Cuando alguien entra en un banco con uno de tus billetes, debes poder darle oro a cambio.

Los nipones son unos maníacos planeándolo todo. Waterhouse lo sabe; ha estado leyendo sus mensajes descifrados durante doce, dieciocho horas al día durante un par de años, y sabe cómo piensan. Sabe, con tanta seguridad como sabe tocar una escala en re mayor, que los nipones deben haber meditado sobre el problema de respaldar su moneda imperial, no sólo para Australia, sino también en Nueva Zelanda, Nueva Guinea, Filipinas, Hong Kong, China, Indochina, Manchuria...

¿Cuánto oro y plata te haría falta para convencer a tantos seres humanos de que tu papel moneda vale algo en realidad? ¿Dónde lo guardarías?

El escolta le guía un par de niveles más abajo y finalmente hasta una sala sorprendentemente grande en lo más profundo. Si están en los intestinos de la isla, ése debe ser el apéndice vermiforme o algo así. Tiene forma de glóbulo, con las paredes en su mayoría lisas y acanaladas, cortadas por los escoplos allí donde consideraron conveniente agrandarla. Las paredes siguen frías y también lo está el aire.

En esa sala hay mesas largas. Y al menos tres docenas de sillas vacías, así que Waterhouse al principio olisquea el aire con cuidado, temiendo oler a gente muerta. Pero no.

Vaya una cosa. Está en el centro de la roca. Sólo hay una forma de llegar hasta esa sala. No hay forma de obtener un buen tiro hasta ese sitio —nada de efecto soplete—, aparentemente, nada de fuego. La habitación se libró. El aire es tan espeso como una salsa fría.

—Encontramos cuarenta muertos en esta sala —dice el escolta.

—¿De qué murieron?

—De asfixia.

—¿Oficiales?

—Un capitán japonés. El resto esclavos.

Antes de que empezase la guerra, para Lawrence Waterhouse el término «esclavo» le era tan obsoleto como «tonelero» o «velero». Ahora que los nazis y los nipones han resucitado la esclavitud, lo oye continuamente. La guerra es extraña.

Desde que entró en la cámara sus ojos se han estado ajustando a la baja iluminación. Hay una única bombilla de 25 vatios para toda la sala y las paredes absorben casi toda la luz.

Puede ver cosas cuadradas sobre las mesas, una frente a cada silla. Cuando entró pensó que eran hojas de papel; en realidad, algunas lo son. Pero a medida que se acostumbra a la luz puede ver que en su mayoría son marcos vacíos, salpicados con patrones abstractos de puntos redondos.

Busca la linterna y le da al interruptor. En general, lo que consigue es crear un cono amarillo desdibujado de humo grasiento, que se agita pesado y perezoso frente a él. Avanza ahuyentando el humo y se inclina sobre la mesa.

Es un ábaco, las cuentas todavía congeladas en medio de un cálculo. A dos pies hay otro. Y luego otro.

Se vuelve para mirar al tipo del ejército de tierra.

—¿Cuál es el plural de ábaco?*

—¿Perdone, señor?

—¿Digamos que ábacos?

—Lo que usted diga, señor.

—¿Alguno de sus hombres ha tocado estos ábacos?

Se produce una discusión agitada. El tipo del ejército de tierra debe conferenciar con varios soldados, enviar recaderos a entrevistar a otro y realizar un par de llamadas de teléfono. Es una buena señal; hay muchos hombres que simplemente hubiesen dicho «no, señor», o lo que creyesen que Waterhouse quería oír, y él no sabría si estaban diciendo la verdad. Este tipo parece entender que para Waterhouse es importante recibir una respuesta sincera.

Waterhouse recorre las filas de mesas con las manos cuidadosamente juntas a su espalda, mirando los ábacos. Junto a la mayoría de ellos hay una hoja de papel, o todo un cuaderno, con un lápiz a mano. Todo está cubierto de números. De vez en cuando ve un carácter chino.

—¿Alguno de vosotros vio los cuerpos de los esclavos? —le dice a uno de los soldados.

—Sí, señor. Ayudé a sacarlos.

—¿Parecían filipinos?

—No, señor. Parecían asiáticos normales.

—¿Chinos, coreanos o algo así?

—Sí, señor.

Después de unos minutos llega la respuesta: nadie admite haber tocado un ábaco. Esta cámara fue la última zona de la fortaleza a la que llegaron los norteamericanos. Los cuerpos de los esclavos se encontraron en su

---

* Evidentemente, la pregunta carece de sentido en español. (*N. del T.*)

mayoría apilados cerca de la puerta. El cuerpo del oficial nipón estaba en el fondo del montón. La puerta había sido cerrada desde dentro. Es una puerta metálica, y está ligeramente pandeada hacia fuera: el fuego de arriba sacó de golpe todo el aire de la habitación.

—Vale —dice Waterhouse—. Voy a volver arriba e informar a Brisbane. Personalmente voy a desmontar esta sala como si fuese un arqueólogo. Asegúrese de que no se toca nada. Especialmente los ábacos.

Aretusa

El letrado Alejandro viene al día siguiente a ver a Randy y pasan el rato hablando sobre el tiempo y la Asociación de Baloncesto de Filipinas mientras sobre la mesa intercambian notas escritas a mano. Randy le pasa a su abogado una nota que dice: «Pásele esta nota a Chester» y luego otra que le pide a Chester que revise el baúl de su abuelo y encuentre cualquier viejo documento sobre el tema de las funciones zeta y que de alguna forma se lo haga llegar. El letrado Alejandro le pasa a Randy una nota algo defensiva y claramente orgullosa de sí misma detallando sus esfuerzos recientes a favor de Randy, que probablemente pretendía que le animase pero que a Randy le resulta inquietantemente vaga. La verdad es que, a estas alturas, esperaba resultados más concretos. La lee y mira con recelo al letrado Alejandro, quien sonríe y se golpea en la mandíbula, que es la señal para «el Dentista» y que Randy interpreta como que dicho billonario interfiere en lo que sea que el letrado Alejandro intente conseguir. Randy le pasa otra nota que dice: «Pásesela a Avi», y luego otra más que le pide a Avi que descubra si el general Wing es cliente de la Cripta.

A continuación no pasa nada durante una semana. Como Randy carece de la información necesaria sobre las funciones zeta, no puede dedicarse a romper códigos durante esa semana. Pero puede edificar los cimientos para el trabajo que realizará más tarde. El *Criptonomicón* contiene muchos fragmentos de código C que tienen como función realizar ciertas operaciones criptoanalíticas básicas, pero en su mayoría es código personal (mal escrito) y en cualquier caso es preciso traducirlo al más moderno lenguaje C++. Así que eso es lo que Randy hace. El *Criptonomicón* también describe varios algoritmos que probablemente le vendrán bien, y Randy también los implementa en C++. Puro trabajo rutinario, pero no tiene otra cosa que hacer, y uno de los aspectos positivos de ese tipo de trabajo rutinario es que te familiariza en profundidad con todos los detalles de la matemática; si no comprendes la matemática no puedes escribir el código. Y mientras pasan los días, su mente se transforma en algo parecido a la de un criptoanalista. Esa transformación queda reflejada por la lenta acumulación de código en su biblioteca para romper códigos.

Él y Enoch Root adoptan el hábito de conversar durante y después de sus comidas. Parece que los dos tienen vidas interiores bastante complejas que requieren mucho mantenimiento, y durante el resto del día se ignoran mutuamente. Anécdota tras anécdota, Randy dibuja la trayectoria de su vida hasta ese día. De igual forma, Enoch relata vagamente algunos acontecimientos de la guerra, luego cuenta cómo era vivir en la Inglaterra de posguerra, y luego en los Estados Unidos de los cincuenta. Aparentemente fue durante un tiempo un sacerdote católico, pero le echaron de la Iglesia por alguna razón; no dice por qué, y Randy no pregunta. Después de eso, todo se vuelve vago. Menciona que empezó a pasar mucho tiempo en Filipinas durante la guerra de Vietnam, lo que encaja en la hipótesis general de Randy: si es cierto que las tropas norteamericanas del viejo Comstock peinaron los boondocks de las Filipinas en busca del Primario, entonces Enoch querría estar por la zona, para interferir o al menos vigilarles. Enoch afirma que también viajó mucho para intentar llevar material de Internet a China, pero a Randy le suena a tapadera para otra cosa.

Es difícil no tener la sensación de que Enoch Root y el general Wing tienen otras razones para estar cabreados mutuamente.

—Bien, si puedo ser el abogado de Platón, ¿qué quieres decir exactamente con lo de defender la civilización?

—Oh, Randy, ya sabes lo que quiero decir.

—Sí, pero China es un lugar civilizado, ¿no? Lleva ya mucho tiempo.

—Sí.

—Por tanto, quizá tú y el general Wing estéis realmente en el mismo equipo.

—Si los chinos están tan civilizados, ¿cómo es que nunca inventaron nada?

—¡Qué! El papel... la pólvora.

—Quiero decir, algo en el último milenio.

—Ni idea. ¿Qué opinas tú, Enoch?

—Es como los alemanes durante la Segunda Guerra Mundial.

—Sé que todas las cabezas brillantes huyeron de Alemania en los años treinta: Einstein, Born...

—Y Schrödinger, y Von Neumann, y otros... pero ¿sabes por qué huyeron?

—Bien, porque no les gustaban los nazis, ¡evidentemente!

—¿Pero sabes específicamente por qué ellos no gustaban a los nazis?

—Muchos de ellos eran judíos...

—Es más profundo que el simple antisemitismo. Hilbert, Russell, Whitehead, Gödel, todos estaban implicados en un esfuerzo monumental por derribar las matemáticas y reconstruirlas de nuevo desde los cimientos. Pero los nazis creían que las matemáticas eran una ciencia heroica cuyo propósito era reducir el caos hasta obtener orden... como se suponía que tenía que hacer el Nacional Socialismo en la esfera política.

—Vale —dice Randy—, pero lo que los nazis no comprendían era que si la derribabas y la reconstruías desde los cimientos era todavía más heroica que antes.

—Cierto. Llevó a un renacimiento —dice Root—, como en el siglo XVII, cuando los puritanos lo derribaron todo y luego lo reconstruyeron lentamente desde los cimientos. Una y otra vez vemos cómo se repite el patrón de la Titanomaquia: se expulsa a los viejos dioses, regresa el caos, pero del caos resurgen los mismos modelos.

—Vale. Bien... una vez más... ¿hablamos de civilización?

—Ares siempre resurge del caos. Nunca desaparecerá. La civilización ateniense se defendió de las fuerzas de Ares con *metis*, o tecnología. La tecnología se construye sobre la ciencia. La ciencia es como el uroboros del alquimista, devorándose continuamente su propia cola. El proceso de la ciencia no funciona a menos que los jóvenes científicos tengan la libertad de atacar y derribar los viejos dogmas, para embarcarse en una Titanomaquia. La ciencia florece allí donde florece el arte y la libertad de expresión.

—Suena teleológico, Enoch. Los países libres tienen mejor ciencia, por tanto una potencia militar superior, por tanto pueden defender sus libertades. Estás proclamando una especie de Destino Manifiesto.

—Bien, alguien tiene que hacerlo.

—¿No estamos ahora un poco más allá de esas cosas?

—Sé que lo dices sólo para cabrearme. En ocasiones, Randy, Ares queda atrapado en un depósito durante unos años, pero nunca desaparece. La próxima vez que aparezca, Randy, el conflicto girará alrededor de la bio-, micro- y nanotecnología. ¿Quién ganará?

—No lo sé.

—¿Y no te incomoda ni un poquito no saberlo?

—Mira, Enoch, intento mantener la mejor cara, de verdad, pero estoy arruinado y encerrado en esta puta celda, ¿vale?

—Oh, deja de quejarte.

—¿Qué hay de ti? Supongamos que vuelves a tu granja de ñame, o de lo que sea, y un día tu pala golpea algo metálico y de pronto desentierras algunos kilotones de oro. ¿Lo invertirías todo en armas de alta tecnología?

Root, sin sorpresa, tiene una respuesta: el oro lo robaron los nipones por toda Asia con la intención de emplearlo para apoyar la moneda que se convertiría en la de curso legal en toda la Esfera de Co-Prosperidad de la Gran Asia Oriental, y aunque no hay que añadir que esos nipos en particular eran los idiotas más grandes de la historia planetaria, algunos aspectos del plan no eran tan mala idea. En la medida en que la vida todavía jode a muchos asiáticos, las cosas se volverían mucho mejor, para un buen montón de gente, si la economía del continente pudiese saltar al siglo XXI, o al menos al XX, y se quedase allí durante un ratito en lugar de derrumbarse cuando algún sobrino-de-dictador-encargado-del-banco-central pierde el control del esfínter y se carga una moneda importante. Así que estabilizar la situación monetaria sería algo positivo a conseguir con un buen montón de oro, y es además el único acto moral teniendo en cuenta a quiénes se lo robaron, no puedes simplemente gastarlo. A Randy esa respuesta le parece apropiadamente sofisticada y jesuítica y extrañamente en sincronía con lo que Avi ha escrito en la última edición del plan de negocios de Epiphyte (2).

Después de que haya pasado un número decente de días, Enoch Root vuelve al tema y le pregunta a Randy qué haría con algunos kilotones de oro, y Randy menciona el Paquete de Educación y Prevención del Holocausto. Resulta que Enoch Root ya sabe de PEPH, y que ya ha descargado varias revisiones del texto a través de las relucientes nuevas redes de comunicación que Randy y el Dentista han tejido entre las islas. Considera que encaja bien con sus ideas sobre Atenea, Aegis, etc., pero tiene un montón de preguntas complejas y varias críticas mordaces.

Poco después, Avi en persona viene a visitarle y dice muy poco, pero le hace saber a Randy que sí, que el general Wing es uno de los clientes de la Cripta. El caballero chino y de aspecto duro que se sentó con ellos en la reunión de Kinakuta, y cuya foto fue capturada en secreto por la cámara del portátil de Randy, es uno de los lugartenientes de Wing. Avi también le hace saber que la presión legal ha descendido; el Dentista de pronto ha tomado las riendas de Andrew Loeb y ha permitido que se extiendan algunas fechas legales. El hecho de que Avi no diga nada en absoluto sobre el submarino hundido parecería implicar que la operación de rescate va bien, o al menos va.

Randy sigue procesando esas nuevas cuando recibe la visita de no otro sino el Dentista en persona.

—Asumo que cree que le tendí una trampa —dice el doctor Hubert Kepler. Él y Randy están a solas en una habitación, pero Randy es consciente de los muchos asistentes, guardaespaldas, abogados, Furias, Harpías o lo que sean al otro lado de la puerta. El Dentista parece ligeramente divertido, pero Randy comprende gradualmente que habla muy en serio. El labio superior del Dentista está permanentemente arqueado, o es más corto de lo que debería ser, o ambas cosas simultáneamente, de forma que sus incisivos glaciares siempre están ligeramente expuestos, y dependiendo de cómo se ilumine su cara tiene un aspecto vagamente parecido al de un castor y en otras ocasiones parece como si estuviese conteniendo una sonrisa de desprecio. Incluso un alma bondadosa como Randy no puede mirar semejante cara sin pensar en cómo mejoraría con la aplicación de algunos nudillos. Por la perfección de la dentición de Hubert Kepler sería posible inferir que tuvo una infancia protegida (guardaespaldas permanentes desde el mismo momento en que sus dientes adultos salieron de las encías) o que su elección profesional se vio motivada por un interés muy personal en la cirugía bucal reconstructiva—. Y sé que probablemente no vaya a creerme. Pero he venido a decir que no tuve absolutamente nada que ver con lo que sucedió en el aeropuerto.

El Dentista se detiene y mira a Randy durante un rato, porque está lejos de ser uno de esos tipos que siente la necesidad de rellenar nervioso cualquier hueco en la conversación. Y es durante esa larga pausa que Randy comprende que el Dentista no está sonriendo en absoluto, que su rostro se encuentra simplemente en un estado de reposo natural. Randy se estremece al pensar en cómo deber ser no poder librarse nunca de ese aspecto alternativo de castor y de desprecio. Que tu amante te mire mientras duermes y vea eso. Claro está, si se cree lo que se cuenta, Victoria Vigo tiene sus propios métodos para exigir retribuciones, por lo que quizás Hubert Kepler esté realmente sufriendo los abusos y humillaciones que su rostro parece estar pidiendo. Randy lanza un suspiro cuando lo piensa, sintiendo que acaba de revelársele parte de una simetría cósmica.

Kepler ciertamente tiene razón al decir que Randy no se siente inclinado a creer ni una palabra de lo que dice. La única forma en que Kepler pudiese ganar algo de credibilidad sería presentarse en persona en esa cárcel y decirle a la cara esas palabras, lo que, considerando todas las otras cosas que podría estar haciendo por diversión o por dinero en este mismo momento, da mucha credibilidad a lo que dice. Queda implícito que si el Dentista quisiese mentir, mucho, a Randy, podría enviar a sus abogados a hacerlo por él, o simplemente mandarle un telegrama, ya puestos. Por tanto, o dice la verdad o miente pero le resulta muy importante que Randy crea lo que le dice. A Randy no se le ocurre ninguna razón por la que al Dentista pudiese importarle que Randy creyese sus mentiras o no, lo que le lleva en la dirección de pensar que quizá realmente esté diciendo la verdad.

—Entonces, ¿quién lo hizo? —pregunta Randy, más o menos retóricamente. Estaba justo a punto de escribir un código C++ bastante genial cuando lo sacaron de su celda para mantener ese encuentro sorpresa con el Dentista, y realmente le sorprende lo aburrido e irritado que se siente. En otras palabras, ha vuelto a un aislamiento de empollón puro del tipo pelota-contra-el-muro que sólo se compara con sus antiguos días de jugar y programar en Seattle. La profundidad absoluta y la involución del atracón actual de empollar sería difícil de describir a cualquier otro. Intelectualmente, está haciendo malabarismos con media docena de antorchas encendidas, jarrones Ming, cachorritos vivos y sierras mecánicas en funcionamiento. En ese estado mental, no puede conseguir que le importe una mierda que ese billonario increíblemente poderoso se haya tomado tantas molestias para venir a charlar con él cara a cara. Y por tanto no plantea la pregunta más que como un gesto rutinario, con el subtexto indicando «Me gustaría que te largases, pero los niveles mínimos de decencia social dictan que diga algo.» El Dentista, que tampoco se queda atrás en lo que a incapacidad social se refiere, responde como si realmente le estuviese pidiendo información.

—Sólo puedo asumir que por alguna razón se ha visto implicado con alguien que tiene mucha influencia en este país. Parece como si alguien estuviese intentando...

—¡No! Pare —dice Randy—. No lo diga. —Ahora Hubert Kepler le mira inquisitivo, así que Randy sigue hablando—. La teoría del mensaje no se sostiene.

Durante unos momentos Kepler parece genuinamente sorprendido, luego llegar a sonreír un poquito.

—Bien, ciertamente no es un intento de deshacerse de usted porque...

—Evidentemente —dice Randy.

—Sí. Evidentemente.

Se produce otra de esas largas pausas; Kepler no parece estar muy seguro de sí mismo. Randy arquea la espalda y se estira.

—La silla de mi celda no es lo que uno llamaría ergonómica —dice. Alarga los brazos y mueve los dedos—. Mi síndrome carpiano va a volver a la carga. Lo sé.

Randy está observando a Kepler con mucha atención al decir esas palabras, y no hay duda que lo que ahora se extiende por el rostro del Dentista es verdadero y genuino asombro. El Dentista sólo tiene una única expresión facial (ya descrita) pero cambia en intensidad; se vuelve más así y menos así dependiendo de sus emociones. La expresión del Dentista demuestra que no tenía ni idea, hasta ahora mismo, de que a Randy le permitiesen tener un ordenador en su celda. En lo que se refiere a intentar-descubrir-qué-coño-está-pasando-aquí, el ordenador es el dato más importante, y Kepler ni siquiera lo conocía hasta ahora. Así que en la medida en que todo eso le importe una mierda al Dentista, tiene muchas cosas en que pensar. Muy poco después se excusa.

Ni media hora más tarde, un tipo norteamericano de unos veinticinco años con una coleta se presenta allí y mantiene una breve audiencia con Randy. Resulta ser que trabaja para Chester en Seattle y acaba de atravesar el Pacífico a bordo del jet personal de Chester y ha venido directamente desde el aeropuerto. Está completamente fuera de sí, totalmente en modo caballo-desbocado, y no puede parar de hablar. El total asombro de su apresurado vuelo a través del océano en el jet privado de un millonario le ha provocado una impresión realmente profunda y es evidente que precisa compartirla con alguien. Ha traído un «paquete de socorro» consistente en algo de comida basura, algunas novelas malas, la botella más grande de Pepto-Bismol que Randy haya visto jamás, un Walkman CD y un montón cúbico de cedés. El tipo no consigue explicarse lo de las baterías; le dijeron que trajese muchas baterías extras, y así lo hizo, y como era previsible, entre los manipuladores de equipaje del aeropuerto y los inspectores de aduanas, todas las baterías desaparecieron durante el trayecto excepto el paquete que se había metido en el bolsillo de sus largos y amplios shorts de chico-grunge-de-Seattle. Seattle está llena de tipos así, que lanzaron al aire una moneda el día en que terminaron la universidad (cara Praga, cruz Seattle) y se presentaron allí con la expectativa de que siendo jóvenes e inteligentes encontrarían un trabajo y empezarían a ganar dinero, y luego, horrorosamente, eso es lo que hicieron. Randy no puede entender cómo debe ver el mundo un tipo así. Le resulta difícil librarse de él, porque el tipo comparte la suposición común (que es cada vez más molesta) de que simplemente por el hecho de que Randy esté en prisión no tiene nada mejor que hacer en la vida que hablar con todos sus visitantes.

Cuando Randy regresa a su celda, se sienta con las piernas cruzadas sobre la cama con el Walkman y empieza a repartir los cedés como cartas en un solitario. La selección es bastante razonable: una edición en dos discos de los *Conciertos de Brandenburgo*, una recopilación de las fugas para órgano de Bach (a los colgados de los ordenadores les gusta Bach), algo de Louis Armstrong, algo de Wynton Marsalis, y luego una selección de Hammerdown Systems, que es una compañía discográfica de Seattle de la que Chester es un accionista importante. Es una compañía discográfica de la escena musical de segunda generación de Seattle; todos sus artistas son jóvenes que llegaron a Seattle después de terminar la universidad en busca del legendario ambiente musical de Seattle para descubrir que no existía en realidad —no era más que un par de docenas de tíos que recorrían los sótanos de unos y otros tocando la guitarra— y por tanto se vieron obligados a elegir entre volver a casa avergonzados o fabricar, con lo que tuviesen a mano, el ambiente musical de Seattle que habían imaginado. Ello llevó a la creación de diversos clubes pequeños, y a la formación de muchas bandas, que no hundían sus raíces en ninguna realidad auténtica sino que simplemente reflejaban los sueños y aspiraciones de jóvenes panglobales que habían caído en bandada sobre Seattle en busca de la misma quimera. Esa ola de la segunda escena sufrió los ataques de aquellos de las dos docenas originales que todavía no habían muerto de sobredosis o suicidio. Se produjo una especie de reacción violenta y repentina; y sin embargo, unas treinta y seis horas después de que la reacción alcanzase su intensidad máxima, se produjo una antirreacción a la reacción por parte de los jóvenes inmigrantes que reafirmaron sus derechos a una especie de identidad cultural única como gente que, con toda su ingenuidad, había ido a Seattle para descubrir lo que no estaba allí y que tendrían que crearlo ellos mismos. Alimentados por esa convicción, y por su libidinosa energía juvenil, y por algunos comentaristas de cultura a quienes la idea les parecía atrayentemente postmoderna, fundaron un montón de bandas de segunda generación y un par de compañías discográficas, de las que Hammerdown Systems fue la única que en seis meses no quebró o se convirtió en una subsidiaria de una importante compañía discográfica de L. A. o Nueva York.

Y Chester ha decidido hacer entrega a Randy de los últimos discos de Hammerdown, de los que se siente más orgulloso. Para mayor perversidad, la mayoría de ellos no son de bandas que residan en Seattle sino en pequeñas ciudades universitarias prohibitivamente marchosas de Carolina del Norte y de la península superior de Michigan. Pero Randy encuentra uno de una banda evidentemente afincada en Seattle llamada Shekondar. Es decir, evidentemente porque en la parte posterior del cedé hay una fotografía borrosa de varios miembros de la banda bebiendo café de dieciséis onzas en tazas que llevan el logotipo de una cadena de cafeterías que por lo que Randy sabe todavía no se ha liberado de los límites de Seattle para aplastar todo lo que se ponga a su paso en este mundo, de esa forma ya tan fatigosa propia de las compañías afincadas en Seattle. Ahora bien, resulta que Shekondar había sido el nombre de una deidad del averno especialmente horrible que tenía un importante papel en algunos de los escenarios de juego que Randy jugaba con Avi, Chester y el resto de los chicos en los viejos días. Randy abre la caja del cedé y nota de inmediato que el disco tiene el tono dorado de un máster, no el plateado tradicional de una simple copia. Randy pone el máster dorado en el Walkman y le da al *play* y se deleita con un material post-Cobain-mortem pasable, alterado por ingeniería genética para no tener nada que ver con lo que tradicionalmente se considera el sonido de Seattle y que en ese sentido es absolutamente representativo del *du jour* de Seattle. Pasa un par de cortes más y luego se arranca los auriculares de la cabeza, lanzando una maldición, cuando el Walkman intenta traducir una cadena de pura información digital, que representa algo que no es música, a sonido. Se siente como si le hubiesen clavado agujas de hielo en los oídos.

Randy cambia el disco al lector de cd-rom del portátil y lo examina. Efectivamente, tiene un par de cortes de música (descubre) pero casi toda la capacidad del disco está dedicada a archivos de ordenador. Hay varios directorios, o carpetas, cada uno con el nombre de uno de los documentos en el baúl de su abuelo. En cada uno de esos directorios hay una larga lista de archivos con nombres como PÁGINA.001.jpeg, PÁGINA.002.jpeg, y sucesivamente. Randy empieza a abrirlos, empleando el mismo navegador web que usa para leer *Criptonomicón*, y descubre que son todos imágenes escaneadas. Evidentemente, Chester hizo que un grupo de sus lacayos quitasen las grapas a los documentos y los pasasen página a página por un escáner. Al mismo tiempo, debió hacer que unos ilustradores, presumiblemente la gente que conoce a través de Hammerdown System, creasen con rapidez una portada falsa de Shekondar. Incluso vienen las letras y las fotografías de Shekondar en concierto. En realidad es una parodia de la escena de Seattle posterior a la escena-de-Seattle que se ajusta perfectamente a la idea errónea de la misma que podría tener un inspector de aduanas de Filipinas, quien como todo el mundo tiene la fantasía de trasladarse a Seattle. El guitarrista se parece a Chester con una peluca.

Todo este sigilo probablemente sea gratuito. Probablemente hubiese sido perfectamente válido que Chester enviase los jodidos documentos por Federal Express directamente a la cárcel. Pero Chester, allá en su casa del lago Washington, trabaja con un conjunto de suposiciones sobre Manila tan erróneas como lo que la mitad del mundo cree sobre Seattle. Al menos Randy tiene la oportunidad de reírse antes de sumergirse en las funciones zeta.

Una palabra sobre la libido; Randy ya lleva como tres semanas. Estaba empezando a tratar el asunto cuando introdujeron de pronto en la celda contigua a la suya a un ex cura católico muy inteligente y perceptivo, que empezó a dormir a seis pulgadas de él. Desde entonces, la masturbación *per se* ha quedado más o menos descartada. En la medida en que Randy cree en algún dios, ha estado rezando para tener una emisión nocturna. Su próstata tiene ya el tamaño y la consistencia de una pelota de croquet. Es consciente de ella continuamente y empieza a considerarla como su Masa de Ardiente Amor. Randy tuvo en una ocasión problemas de próstata, cuando bebía de forma crónica demasiado café, e hizo que le doliese todo lo que había entre sus pezones y rodillas. El urólogo le explicó que la Pequeña Prostatita está conectada neurológicamente con casi todas las otras partes de su cuerpo, y no tuvo que hacer uso de ningún recurso retórico, o emitir ningún argumento detallado, para hacer que Randy lo creyese. Desde entonces Randy ha creído que la habilidad de los hombres para obsesionarse hasta la estupidez con la copulación es en cierta forma un reflejo de ese diagrama de conexiones; cuando estás preparado para entregar al mundo las maravillas de tu material genético, es decir, cuando la próstata está llena por completo, incluso tus deditos y tus cejas lo saben.

Y por tanto sería de esperar que Randy pensase continuamente en America Shaftoe, su blanco sexual por elección, quien (para que las cosas sean aún peor) probablemente ha estado vistiendo recientemente un traje de submarinismo. Y efectivamente ahí se dirigían sus pensamientos cuando trajeron a Enoch Root. Pero desde entonces se ha hecho evidente que debe ejercer algo de disciplina férrea y no pensar para nada en Amy. Mientras hace malabarismos con esas sierras y cachorritos, también está recorriendo una cuerda floja intelectual, con el desciframiento de las interceptaciones Aretusa en un extremo de la cuerda, y mientras pueda mantener la vista fija en esa meta y siga poniendo un pie frente al otro, llegará hasta allí. Amy-vestida-de-submarinista está allá abajo, sin duda intentando darle todo su apoyo emocional, pero si mira una sola vez en esa dirección está perdido.

Lo que lee es una serie de artículos académicos, fechados en los años treinta y principios de los cuarenta, muy anotados por su abuelo, que los leyó sin demasiada sutileza remarcando cualquier cosa que pudiese ser útil en el frente criptográfico. Para Randy es una suerte que no sean demasiado sutiles, porque sus conocimientos de teoría de números son apenas adecuados. Los lacayos de Chester no sólo tuvieron que escanear la parte delantera de las páginas, sino también las de atrás, que originalmente estaban en blanco pero en las que el abuelo escribió muchas notas. Por ejemplo, hay un artículo escrito por Alan Turing en 1937 en el que Lawrence Pritchard Waterhouse encontró algún error, o al menos algo que Turing no desarrolló con el detalle suficiente, lo que le obligó a cubrir varias páginas con anotaciones. A Randy se le hiela la sangre en las venas al pensar que es tan presuntuoso como para participar en semejante coloquio. Cuando comprende la magnitud de las profundidades intelectuales en que se ha metido, apaga el ordenador, se va a la cama y duerme durante diez horas el sueño insensible de los deprimidos. Finalmente logra convencerse de que la mayor parte de la basura en esos artículos no tiene relevancia con Aretusa y que no tiene más que calmarse y filtrar adecuadamente el material.

Pasan dos semanas. Sus oraciones relativas a la Masa de Ardiente Amor reciben respuesta, lo que le ofrece un par de días de alivio durante los que puede admitir en su mente el concepto de Amy Shaftoe, pero sólo de una forma austera y realmente desapasionada. El letrado Alejandro se presenta ocasionalmente para contarle a Randy que las cosas no están yendo demasiado bien. Todas las personas a las que planeaba sobornar han sido sobornadas de forma preventiva por Alguien. Para Randy, quien cree haberlo descubierto todo, esas reuniones son tediosas. Para empezar, es Wing y no el Dentista el que ha provocado todo esto, por lo que el letrado Alejandro trabaja bajo suposiciones falsas.

Enoch, cuando llamó a Randy al avión, dijo que su antiguo compañero de la NSA trabajaba para uno de los clientes de la Cripta. Ahora parece claro que ese cliente es Wing. En consecuencia, Wing sabe que Randy tiene Aretusa. Wing cree que las interceptaciones Aretusa contienen información sobre la ubicación del Primario.

Quiere que Randy descifre esos mensajes para saber dónde excavar. De ahí todo el asunto con el portátil. Todos los esfuerzos del letrado Alejandro por liberar a Randy no darán fruto hasta que Wing tenga la información que quiere, o crea tenerla. Entonces, de pronto, el hielo se romperá y a Randy se le dejará marchar por algún detalle técnico. Randy está tan seguro que las visitas del letrado Alejandro le resultan molestas. Le gustaría explicárselo todo, de forma que el letrado Alejandro pudiese dejar de perseguir fantasmas y de enviar sus cada vez más tenebrosos informes sobre la persecución. Pero claro, entonces Wing, quien presumiblemente vigila esas charlas abogado cliente, sabría que Randy lo sabe todo, y Randy no quiere que Wing lo sepa. Así que asiente continuamente durante las reuniones con su abogado y luego, para que quede claro, vuelve a la celda e intenta sonar convincentemente perplejo y deprimido al informar a Enoch Root.

Conceptualmente llega al punto en que se encontraba su abuelo cuando comenzó a romper los mensajes Aretusa. Es decir, ahora tiene en mente una teoría de cómo actuaba Aretusa. Si no conoce el algoritmo concreto, sabe a qué familia de algoritmos pertenece, y eso le ofrece un espacio de búsqueda con muchas menos dimensiones que antes. Ciertamente lo suficientemente reducido para que lo pueda explorar un ordenador moderno. Se lanza a un atracón de programación de cuarenta y ocho horas. Los estragos nerviosos en sus muñecas han llegado al punto en que prácticamente le salen chispas de las puntas de los dedos. Su médico le dijo que nunca más volviese a trabajar con uno de esos teclados no ergonómicos. También los ojos empiezan a salírsele, y tiene que invertir los colores de la pantalla y trabajar con letras blancas sobre fondo negro, incrementando gradualmente el tamaño de las letras a medida que pierde la capacidad de enfocar. Pero al final obtiene algo que cree que funcionará, y lo ejecuta y lo deja actuando sobre las interceptaciones Aretusa, que viven en el interior de la memoria del ordenador pero que jamás han sido representadas en la pantalla. Se queda dormido. Al despertar, el ordenador le informa de que probablemente haya conseguido romper uno de los mensajes. En realidad, tres de ellos, todos interceptados el 4 de abril de 1945 y por tanto cifrados usando la misma clave.

Al contrario que los rompecódigos humanos, los ordenadores no saben leer. No pueden siquiera reconocer palabras con significado. Pueden producir posibles versiones descifradas de mensajes a gran velocidad, pero dadas dos cadenas de caracteres como

ENVÍA AYUDA AHORA

y

XUEBP TOAFF NMQPT

carecen de cualquier habilidad evidente para reconocer la primera como un versión descifrada con éxito y la segunda como un fallo. Pero pueden realizar un recuento de frecuencia de las letras. Si, tratándose de inglés, el ordenador descubre que la E es la letra más común, seguida de la T, y demás, entonces tiene una indicación muy probable de que el texto esté en algún lenguaje natural humano y no sea sólo basura aleatoria. Empleando esa prueba y otras ligeramente más sofisticadas, Randy ha obtenido una rutina que debería ser muy buena reconociendo el éxito. Y esta mañana le está diciendo que el 4 de abril de 1945 está roto. Randy no se atreve a mostrar el mensaje descifrado en pantalla por miedo a que contenga la información que Wing busca, así que en realidad no puede leer el mensaje, por muy desesperado que esté. Pero empleando un comando llamado *grep*, que busca por entre archivos de textos sin abrirlos en pantalla, puede al menos verificar que la palabra MANILA aparece en dos lugares.

Basándose en esos mensajes rotos, con varios días más de trabajo Randy resuelve por completo Aretusa. Obtiene, en otras palabras, $A(x)=C$, de tal forma que dada una fecha x puede obtener C, la secuencia clave de ese día; y simplemente para demostrarlo, hace que el ordenador produzca C para cada día de 1944 y 1945, y luego las emplea para descifrar las interceptaciones Aretusa que llegaron esos días (sin mostrarlas en pantalla) y realiza recuentos de frecuencia para verificar que en cada caso ha tenido éxito.

Así que ahora ya ha descifrado todos los mensajes. Pero en realidad no puede leerlos sin transmitir su contenido a Wing. Y por tanto ahora es cuando hay que introducir el canal subliminal.

En jerga criptográfica, un canal subliminal es un truco por el que una información secreta se incrusta sutilmente en una fuente de otra cosa. Normalmente implica algo como manipular los bits menos significativos de una imagen para enviar un mensaje de texto. Randy obtiene su inspiración de su trabajo en prisión. Sí, ha estado trabajando en descifrar Aretusa, y eso ha implicado trabajar con un número tremendo de archivos y escribir mucho código. El número de archivos diferentes que ha leído, creado y editado en las últimas semanas probablemente ronda los millares. Ninguno de ellos tenía barra con el nombre en sus ventanas, por lo que presumiblemente los que le vigilan las habrán pasado canutas para saber cuál es cuál. Randy puede abrir un archivo tecleando su nombre en una pantalla y pulsando la tecla de retorno, lo que sucede con tal rapidez que probablemente los que le vigilan no tienen tiempo de leer o comprender lo que ha tecleado antes de que desaparezca. De fondo ha mantenido un canal subliminal: trabajando en otros programas que no tienen nada que ver con romper Aretusa.

Se le ocurrió la idea de uno de ellos mientras ojeaba *Criptonomicón* y descubrió un apéndice que contenía un listado del código Morse. Randy sabía Morse cuando era *Boy Scout*, y lo estudió de nuevo hace unos años cuando se preparaba para su licencia de radioaficionado, y no le lleva mucho tiempo refrescar su memoria. Y tampoco le lleva mucho tiempo escribir un programita que convierte la barra espaciadora en una tecla Morse, de forma que pueda hablarle a la máquina simplemente golpeando puntos y rayas con el pulgar. Puede que parezca un poco llamativo, si no fuese por el hecho de que Randy pasa la mitad de su tiempo leyendo archivos de texto en pequeñas ventanas en pantalla, y la forma de pasar páginas en un archivo de texto en la mayoría de los sistemas UNIX es golpeando la barra espaciadora. Todo lo que precisa es golpear con un ritmo en especial, un detalle que espera que pase desapercibido a los que le vigilan. El resultado de sus golpes pasa a un buffer que nunca se representa en pantalla, y se escribe en archivos con nombres completamente carentes de sentido. De tal forma, por ejemplo, Randy puede golpear con el ritmo siguiente mientras finge leer una larga sección de *Criptonomicón*:

raya punto punto punto (pausa) punto punto raya (pausa) raya punto (pausa) raya punto punto (pausa) raya raya raya (pausa) raya punto raya

que debería deletrear BUNDOK. No quiere abrir en pantalla el archivo resultante, pero más tarde, en medio de otra larga serie de comandos crípticos puede teclear

```
    grep ndo (nombre de archivo sin sentido) >
(otro nombre de archivo sin sentido)
```

y grep buscará dentro del primer archivo para ver si contiene la cadena «ndo» y pondrá el resultado en el segundo archivo, que Randy podrá examinar bastante más tarde. También puede hacer «grep bun» y «grep dok» y si el resultado de todos esos greps es cierto entonces puede tener confianza en que ha codificado con éxito la secuencia «BUNDOK» en ese archivo. De la misma forma puede codificar «COORDENADAS» en algún otro archivo y «LATITUD» en otro, y diversos números en otros, y finalmente, empleando otro comando llamado «cat» puede combinar lentamente esos archivos de una palabra para formar unos más grandes. Todo esto requiere la misma ridícula paciencia que, digamos, cavar un túnel para escapar de la prisión usando una cucharilla de café, o aserrar los barrotes usando una lima de uñas. Pero llega un momento, como después de haber pasado un mes en prisión, en que es capaz de hacer que aparezca una ventana en pantalla que contiene el siguiente mensaje:

```
COORDENADAS DE LAS UBICACIONES PRIMARIAS DE
ALMACENAMIENTO
   UBICACIÓN BUNDOK: LATITUD NORTE CATORCE GRADOS
TREINTA Y DOS MINUTOS... LONGITUD ESTE UNO DOS CE-
RO GRADOS CINCUENTA Y SEIS MINUTOS...
   UBICACIÓN MAKATI: (etc.)
   UBICACIÓN ELDORADO: (etc.)
```

Todo un conjunto de patrañas que se ha inventado. Las coordenadas dadas para la ubicación Makati son las de un hotel de lujo en Manila, situado en una intersección importante donde solía estar una base aérea militar nipona. Randy resulta que tiene esos números en su ordenador porque los tomó durante sus primeros días en Manila, cuando realizaba la exploración GPS para situar las antenas de Epiphyte. Las coordenadas dadas para UBICACIÓN ELDORADO no son más que las del montón de lingotes de oro que él y Doug Shaftoe fueron a examinar, más un pequeño factor de error. Las dadas para UBICACIÓN BUNDOK son las coordenadas reales del Gólgota más un par de factores de error que deberían hacer que Wing excavase un agujero muy profundo como a unos veinte kilómetros de la posición real.

¿Cómo sabe Randy que hay un lugar llamado Gólgota, y cómo conoce sus coordenadas reales? Se lo dijo su ordenador empleando código Morse. Los teclados de ordenador tienen varios LED que son esencialmente inútiles: uno para decirte que el teclado numérico está activado, uno para las mayúsculas y un tercero cuyo propósito Randy no puede recordar. Y sin ninguna otra razón más que la creencia general que todo aspecto de un ordenador debería estar bajo el control de los programadores, alguien, en algún lugar, escribió algunas rutinas en una biblioteca llamada XLEDS que hace posible que un programador los encienda y apague a voluntad. Y durante un mes Randy ha estado escribiendo un programita que emplea esas rutinas para dar salida al contenido de un archivo de texto en código Morse, encendiendo y apagando uno de esos LED. Y mientras todo tipo de basura inútil recorría la pantalla del ordenador para servir de camuflaje, Randy ha estado prestando atención al canal subliminal de ese LED parpadeante, leyendo el contenido de las interceptaciones Aretusa descifradas. Una decía:

```
EL PRIMARIO TIENE COMO NOMBRE EN CÓDIGO GÓLGO-
TA. LAS COORDENADAS DEL TÚNEL PRINCIPAL SON LAS SI-
GUIENTES: LATITUD NORTE (etc.)
```

El sótano

En ese momento de la historia (abril de 1945) la palabra para describir a una persona que se sienta y realiza operaciones aritméticas es «computador». Waterhouse acaba de encontrar toda una sala llena de computadores muertos. Cualquiera que tuviese la cabeza en su sitio —cualquiera que no fuese Waterhouse y algunos de sus extraños amigos de Bletchley Park, como Turing— habría mirado esos computadores y habría dado por supuesto que eran el departamento de contabilidad, o algo similar, y que cada esclavo de la sala sumaba cifras de forma independiente. Waterhouse debe permanecer con todas sus fuerzas abierto a esa idea, porque es muy evidente. Pero desde el comienzo ha tenido una hipótesis propia, mucho más interesante y peculiar. Consiste en que los esclavos actuaban, colectivamente, como engranajes de una máquina de computación mayor, cada uno realizando una pequeña porción de un cálculo complejo: recibiendo números de otro computador, realizando algunas operaciones, produciendo nuevos números y pasándoselos a otro computador.

La Oficina Central es capaz de identificar a cinco de los esclavos muertos. Venían de lugares como Saigón, Singapur, Manila y Java, pero tenían en común ser de etnia china y tenderos. Aparentemente, los nipones habían extendido una red muy amplia para cazar usuarios expertos del ábaco y los habían reunido, desde todos los puntos de la Esfera de Co-Prosperidad, en esa isla de la bahía de Manila.

Lawrence Waterhouse localiza por su cuenta un computador entre las ruinas de Manila, un tal señor Gu, cuyo pequeño negocio de importación/exportación quedó destruido por la guerra (es difícil mantener semejante negocio cuando te encuentras en una isla y cada barco que entra o sale es hundido por los norteamericanos). Waterhouse le muestra al señor Gu fotografías de los ábacos tal como los dejaron los computadores muertos. El señor Gu le dice qué números hay codificados en las posiciones de las cuentas, así como le da a Waterhouse un curso de un par de días sobre técnicas básicas de ábaco. Lo que aprende de importancia en esas clases no son en realidad unas habilidades con el ábaco sino la asombrosa velocidad y precisión con la que computadores como el señor Gu pueden realizar cálculos.

En este punto, Waterhouse ha reducido el problema a datos puros. La mitad de ellos se encuentran en su memoria y la otra mitad está disperso sobre su mesa. Los datos incluyen todos los fragmentos de papel que los computadores dejaron atrás. No es realmente difícil conectar los números en los trozos de papel con los números dejados en los ábacos y compilar así una imagen congelada instantánea de los cálculos que se realizaban en esa sala cuando llegó el Apocalipsis, o al menos según los estándares de dificultad que se aplican en tiempo de guerra, cuando, por ejemplo, desembarcar varios miles de hombres y toneladas de equipo en una isla remota y arrebatársela a tropas japonesas suicidas y muy bien armadas con la pérdida de sólo unas docenas de vidas se considera fácil.

A partir de esa imagen es posible (aunque la aproximación es difícil) generalizar y descubrir el algoritmo matemático subyacente que generó los números en los ábacos. Waterhouse se familiariza con la letra de alguno de los computadores, y demuestra que algunos trozos de papel pasaban de un computador a otro pero algunos trozos no. Algunos de los computadores tenían a su disposición tablas logarítmicas, que es una pista muy importante con respecto a lo que hacían. De tal forma, es capaz de dibujar un mapa de la sala, con la posición de cada computador identificada con un número, y una red de flechas interconectando los computadores que representa el flujo de papel y datos. Eso le ayuda a visualizar el cálculo colectivo como un todo, y a reconstruir lo que sucedía en esa cámara subterránea.

Durante semanas avanza pasito a pasito, y luego una noche, una bombilla se enciende en la mente de Lawrence Waterhouse, y sabe, de forma preconsciente, que está a punto de conseguirlo. Trabaja durante veinticuatro horas. Para entonces ha obtenido muchas pruebas que apoyan, y ninguna que contradiga, la hipótesis de que esos cálculos eran una variación de la función zeta. Duerme seis horas, se levanta, trabaja durante otras treinta. Para entonces ha constatado que se trata de alguna especie de función zeta, y ha conseguido descubrir alguna de sus constantes y términos. Ya casi lo ha conseguido. Duerme durante doce horas, se levanta, pasea por Manila para despejarse la cabeza y vuelve al trabajo, y se pelea con él durante treinta y seis horas. Ésta es la parte divertida, cuando porciones del puzzle, cuidadosamente montadas con las piezas, empiezan de pronto a encajar entre sí, y toda la imagen empieza a cobrar sentido.

Todo se reduce a una ecuación escrita en una hoja de papel. El simple hecho de mirarla le hace sentir extrañamente nostálgico, porque es el mismo tipo de ecuación con la que solía trabajar en Princeton con Alan y Rudy.

Otra pausa para dormir, porque debe estar alerta para completarlo.

Completarlo consiste en lo siguiente: desciende al sótano de un edificio en Manila. El edificio se ha convertido en el cuartel general de inteligencia de señales del Ejército de Tierra de Estados Unidos. Él es una de la media docena de personas sobre la superficie del planeta a las que se permite entrar en esa habitación en particular. La habitación ocupa como una cuarta parte de la superficie del sótano, y en realidad comparte el sótano con otras habitaciones, algunas de las cuales son más grandes, y algunas de las cuales sirven de oficinas a hombres con graduaciones más altas que la que Waterhouse lleva en su uniforme. Pero hay algunos aspectos extraños relacionados con la habitación de Waterhouse.

(1) En todo momento, no hay menos de tres marines de Estados Unidos merodeando directamente frente a la puerta, llevando escopetas de repetición y otras armas optimizadas para destrozar el cuerpo humano a distancias cortas y en el interior.

(2) A la habitación llegan muchos cables eléctricos; dispone de su propio panel de fusibles separado del sistema eléctrico del edificio.

(3) La habitación emite unos ruidos cuasimusicales amortiguados pero ensordecedores.

(4) A la habitación se la llama el Sótano, aunque es sólo parte del sótano. Cuando alguien escribe «el Sótano», lo hace con mayúscula. Cuando alguien (digamos que el teniente coronel Earl Comstock) va a verbalizar el nombre, se detiene en medio de la frase de forma que las palabras que lo preceden choquen entre sí como un tren en colisión. De hecho, encajará «el Sótano» entre un par

de cesuras de un segundo de largo. Durante la primera, arqueará las cejas y simultáneamente fruncirá los labios, alterando las proporciones de su rostro de forma que se alargue en la dimensión vertical, y sus ojos mirarán de lado en caso de que algunos espías nipones hayan conseguido de alguna forma escapar al Apocalipsis reciente y hayan encontrado la forma de esconderse justo en los bordes de su visión periférica. Luego dirá «el» y luego añadirá «Sótano», extendiendo la *s* y articulando perfectamente la *t*. Y luego vendrá la otra cesura durante la que inclinará la cabeza hacia el interlocutor y le dedicará una mirada formal y valorativa, aparentemente exigiendo alguna especie de reconocimiento verbal o gestual por parte del interlocutor de que algo tremendamente importante ha sido transmitido. Y luego seguirá con lo que sea que estuviese diciendo.

Waterhouse saluda a los marines, uno de los cuales le abre la puerta. Pasó una cosa realmente graciosa poco después de que se montase el Sótano, cuando sólo era un montón de cajones de madera y varios segmentos de tubería de treinta y dos pies de largo, y los electricistas todavía estaban instalando las líneas de corriente: el teniente coronel Earl Comstock intentó entrar en el Sótano para inspeccionarlo. Pero debido a un error administrativo, el nombre del teniente coronel Earl Comstock no estaba en la lista, lo que dio lugar a una diferencia de opinión que llevó a que uno de los marines sacase su Colt 45, le quitase el seguro, cargase, pusiese el cañón justo en el centro del muslo derecho de Comstock y luego recordase alguna de las espectaculares heridas de fémur de las que había sido testigo presencial en lugares como Tarawa, y en general intentó ayudar a Comstock a visualizar cómo sería su vida, tanto a corto como a largo plazo, si un trozo grande de plomo atravesase un hueso tan importante. Para sorpresa de todos, Comstock salió contentísimo del encuentro, casi encantado, y desde entonces no había dejado de relatar el incidente. Evidentemente, ahora su nombre está en la lista.

El Sótano está lleno de máquinas de tarjetas ETC y varios equipos sin logotipo corporativo, en la medida que fueron diseñados y en su mayoría construidos por Lawrence Pritchard Waterhouse en Brisbane. Cuando todas esas cosas se conectan entre sí de la forma correcta, forman un Computador Digital. Como un órgano de tubo, un Computador Digital no es tanto una máquina como una metamáquina que se puede transformar en un gran número de máquinas diferentes alterando su configuración interna. Ahora mismo, Lawrence Pritchard Waterhouse es el único tipo en todo el mundo que comprende el Computador Digital lo suficientemente bien para realizar la alteración, aunque esté entrenando a un par de hombres de la ETC, del equipo de Comstock, para que sepan hacerlo por sí mismos. En el día en cuestión, está convirtiendo el Computador Digital en una máquina para calcular la función zeta que cree que forma el núcleo del criptosistema llamado Azur o Tetraodóntido.

La función exige ciertas entradas. Una de ellas es la fecha. Azur es un sistema para generar secuencias de uso único que cambian cada día, y pruebas circunstanciales encontradas en la sala de los esclavos muertos le indican que, en el momento de sus muertes, trabajaban en la secuencia para el 6 de agosto de 1945, que se encuentra cuatro meses en el futuro. Waterhouse la apunta al estilo europeo (primero el día del mes, luego el mes) como 06081945, y luego corta el cero inicial para obtener 6.081.945, una cantidad pura, un entero, carente de coma digital, error de redondeo, o cualquiera de los otros compromisos que resultan tan detestables a cualquiera que practique la teoría de números. Lo emplea como una de las entradas de la función zeta. La función zeta requiere también otras entradas más, que la persona que diseñó este criptosistema (presumiblemente Rudy) tenía libertad para elegir. Conjeturar qué entradas empleó Rudy había ocupado gran parte de la mente de Waterhouse durante la última semana. Mete los números que ha supuesto, que es una cuestión de convertirlos a notación binaria y luego encarnarlos físicamente en unos y ceros en una fila ordenada de interruptores de acero inoxidable: abajo para cero, arriba para uno.

Finalmente se atavía con los protectores acústicos de un artillero y deja que el Computador Digital realice las cuentas. La habitación se calienta mucho. Un tubo de vacío arde y otro también. Waterhouse los reemplaza. Eso es fácil porque el teniente coronel Comstock ha puesto a su disposición un suministro básicamente infinito, una hazaña bastante extraordinaria durante la guerra. Los filamentos de todos los tubos brillan en rojo y emiten un calor palpable desde el otro lado de la habitación. El olor a aceite caliente se eleva desde las rejillas de ventilación de las máquinas de tarjetas ETC. El montón de tarjetas en blanco en la bandeja de entrada se acorta misteriosamente a medida que se desvanecen en el interior de la máquina. Las tarjetas caen en el cesto de salida. Waterhouse las coge y las mira. El corazón le palpita con mucha fuerza.

Vuelve a hacerse el silencio. Las tarjetas tienen números, nada más. Resulta que son exactamente los mismos números que quedaron congelados en ciertos ábacos de la sala de computadores esclavos.

Lawrence Pritchard Waterhouse acaba de demoler otro criptosistema del enemigo: Azur/Tetraodóntido puede ahora mostrarse como una cabeza disecada en la pared del Sótano. Y efectivamente, mirando esos números siente la misma desilusión que debe sentir un cazador de grandes animales después de haber perseguido a una bestia legendaria por medio continente africano y al final consigue derribarla metiéndole plomo en el corazón, se acerca al cadáver y descubre que después de todo no es más que un montón enorme y desagradable de carne. Un cadáver sucio y cubierto de moscas. ¿No hay más? ¿Por qué no resolvió este código hace ya mucho tiempo? Ahora se pueden descifrar todas las antiguas interceptaciones Azur/Tetraodóntido. Las tendrá que leer en persona y resultarán ser la charla inane usual de grandes burocracias intentando conquistar el mundo. Francamente, ya no le importa. Quiere salir de aquí lo antes posible, casarse, tocar el órgano y programar su Computador Digital y, con suerte, conseguir que alguien la pague un sueldo por hacer una cosa o la otra. Pero Mary está en Brisbane y la guerra todavía no ha terminado —ni siquiera hemos todavía podido invadir Nipón, por amor de Dios, y conquistarlo va a llevar una eternidad, con todas esas valientes mujeres niponas y sus niños entrenándose en los estadios de fútbol armadas con palos de bambú acabados en punta— y probablemente llegará 1955 antes de que consiga que los militares le licencien. La guerra todavía no ha terminado, y mientras dure necesitarán que siga metido en el Sótano haciendo exactamente lo que acaba de hacer.

Aretusa. Todavía no ha roto Aretusa. ¡Ése sí que es un criptosistema!

Está demasiado cansado. Ahora mismo no puede romper Aretusa.

Lo que realmente necesita es alguien con quien hablar. No sobre nada en particular. Simplemente hablar. Pero sólo hay media docena de personas en el planeta con las que realmente puede hablar, y ninguna de ellas está en Filipinas. Por suerte, hay largos cables de cobre que recorren el fondo de los océanos y que han convertido en irrelevante la posición geográfica, siempre que tengas la autorización adecuada. Waterhouse la tiene. Se pone en pie, abandona el Sótano y se va a charlar con su amigo Alan.

Akihabara

Mientras el avión de Randy inicia la aproximación a Narita, un estrato bajo de nubes cubre el paisaje como un velo de seda. Debe de ser Nipón: los únicos dos colores son el naranja de las maquinarias para mover tierra y el verde de la tierra que todavía no ha sido removida. Aparte de eso, todo viene en una escala de grises: aparcamientos grises divididos en rectángulos de líneas blancas, los rectángulos ocupados por coches blancos, negros o grises, perdiéndose en una niebla argentina bajo un cielo del color de una aleación aeronáutica. Nipón es tranquilizador, un buen destino para un hombre al que acaban de sacar de su celda y presentar ante un juez, que acaba de sufrir un castigo verbal y al que han llevado al aeropuerto y expulsado de Filipinas.

Los nipones tienen más aspecto de norteamericanos que los norteamericanos. La prosperidad de clase media es lapidaria; el flujo de dinero redondea y suaviza los bordes de una persona como hace el agua con las piedrecillas de río. La meta de todas esas personas parece ser volverse encantadores y nada amenazadores. Las chicas en especial son preciosas hasta lo insoportable, aunque quizá Randy lo cree así por el complejo enlace neurológico entre su cerebro y la Pequeña Prostatita. Los viejos, en lugar de tener aspecto de cansados y formidables, tienden a llevar zapatillas y gorras de béisbol. Cuero negro, tachuelas y esposas-usadas-como-accesorios son las marcas de las clases inferiores sin poder, la gente que acaba en las cárceles de Manila, y no las personas que en realidad controlan el mundo y lo aplastan todo a su paso.

—Las puertas están a punto de cerrarse. El autobús saldrá en cinco minutos.

En Nipón no sucede nada sin que una voz animada y sugerente de mujer te dé la oportunidad de sujetarte. Puede decir con toda seguridad que lo mismo no es cierto en Filipinas. Randy considera la idea de coger el bus hasta Tokio hasta recuperar la cordura y recordar que lleva en la cabeza las coordenadas precisas de una mina que probablemente no contiene menos de un millar de toneladas de oro. Llama a un taxi. De camino a la ciudad, pasa un accidente de tráfico: un camión cisterna ha atravesado la línea amarilla y ha volcado en el arcén. Pero en Nipón, incluso los accidentes de tráfico poseen la seria precisión de los antiguos rituales sintoístas. Policías de guantes blancos dirigen el tráfico, operarios de rescate vestidos para ir a la luna descienden de inmaculados furgones de emergencia. El taxi pasa por debajo de la bahía de Tokio por un túnel construido, hace tres décadas, por Goto Engineering.

Randy acaba en un gran hotel antiguo. «Antiguo» significa que la estructura física se construyó durante los años cincuenta, cuando los norteamericanos competían con los soviéticos en la construcción de los edificios más brutales de la era espacial empleando los materiales industriales más deprimentes. Y es fácil imaginarse a Ike y

Mamie llegando a la puerta principal en un Lincoln Continental de cinco toneladas. Claro está, el interior ha sido reformado más veces de las que muchos hoteles limpian las alfombras, así que todo está perfecto. Randy siente el poderoso impulso de tenderse en la cama como un saco de mierda, pero está cansado de sentirse confinado. Y hay muchas personas con las que podría hablar por teléfono, pero ahora mismo siente una paranoia suprema con respecto al teléfono. Tendría que mantener cualquier conversación censurándose. Hablar abiertamente y con libertad es un placer, hablar midiendo las palabras es trabajo, y a Randy no le apetece trabajar. Llama a sus padres para decirles que todo está bien, llama a Chester para darle las gracias.

Luego baja con el portátil y se sienta en medio del vestíbulo del hotel, que para los estándares de Tokio es ostentosamente grande; el valor de la tierra que hay debajo del vestíbulo probablemente excede al de Cape Cod. Nadie podría ni acercársele con una antena Van Eck, e incluso si pudiesen hacerlo, habría muchas interferencias por los ordenadores de la recepción. Empieza a pedir bebidas, alternando entre cerveza rubia nipona brutalmente fría y té caliente, y escribe un memorando explicando más o menos lo que ha conseguido en el último mes. Escribe muy lentamente, porque ahora sus manos están prácticamente inmovilizadas debido al síndrome del túnel carpiano, y cualquier movimiento que se parezca remotamente a teclear le produce mucho dolor. Acaba pidiendo de gorra un lápiz en recepción y luego usa la goma para pulsar las teclas una a una. El memorando comienza con la palabra «carpiano» que es un código que ha desarrollado para explicar por qué el texto subsiguiente parece tan seco y carece de letras mayúsculas. Apenas ha conseguido terminar de teclearlo cuando se le acerca una jovencita devastadoramente mona y vibrante vestida con kimono que le informa de que en el Centro de Negocios hay un equipo de mecanógrafos dispuestos a ayudarle si así lo desea. Randy rechaza la oferta con toda su capacidad para la amabilidad, que probablemente no es suficiente. La Chica Kimono retrocede dando pequeños pasitos, inclinando y emitiendo *hais* truncados y subvocalizados. Randy vuelve a enredarse con la goma. Explica, todo lo conciso y claramente que puede, lo que ha estado haciendo, y lo que cree que pasa entre el general Wing y Enoch Root. Deja a la imaginación de todos el tema de qué coño pueda estar pasando con el Dentista.

Cuando termina, lo cifra y vuelve a la habitación a enviarlo. No puede soportar la limpieza de sus aposentos. Parece que las sábanas las sujetaron con mordazas metálicas sobre el colchón y luego las empaparon de almidón. Es la primera vez en más de un mes que a su nariz no llega la peste cálida y húmeda del gas de alcantarilla, ni que el olor amoniacal de la orina evaporada le irrite los ojos. En algún lugar de Nipón, un hombre vestido con un mono blanco y limpio permanece de pie en medio de una sala sosteniendo una gruesa manguera que vomita fibra de vidrio recién cortada mezclada con resina de poliéster en el interior de una forma llena de curvas; retirado el molde, el resultado es un baño como éste: una única superficie topológica atravesada como mucho en dos o tres lugares por desagües y boquillas. Mientras Randy envía el memorando por email, deja que el agua caliente llene la depresión más grande y suave de la superficie del baño. Luego se quita la ropa y se mete en ella. Nunca toma baños, pero entre el mal olor que ahora parece cubrir su cuerpo y la palpitación de su Masa de Ardiente Amor nunca ha habido mejor ocasión que ahora.

Los últimos días fueron los peores. Cuando Randy

terminó su proyecto, y mostró los resultados falsos en pantalla, esperaba que la puerta de la celda se abriese de inmediato. Que saldría caminando por las calles de Manila y que, para obtener puntos extras, Amy podría incluso estar esperándole. Pero no sucedió nada durante todo un día, y luego vino el letrado Alejandro y le dijo que podría ser posible un acuerdo, pero que requeriría trabajo. Y luego resultó que el acuerdo era bastante malo: Randy no iba a ser exonerado. Se le iba a deportar del país bajo la orden de no regresar. El letrado Alejandro nunca dijo que fuese un acuerdo especialmente bueno, pero algo en su expresión dejó claro que no tenía sentido quejarse; Se Había Tomado La Decisión en niveles que no eran accesibles.

Ahora mismo podría encargarse con toda facilidad del problema con la Masa de Ardiente Amor, pero se sorprende a sí mismo decidiendo no hacerlo. Podría ser perversidad; no está seguro. El último mes y medio de celibato total, aliviado exclusivamente por emisiones nocturnas a intervalos de más o menos dos semanas, le ha situado definitivamente en un espacio mental donde nunca había estado antes, ni siquiera se había acercado a él, ni siquiera había oído rumores sobre su existencia. Cuando estaba en la cárcel tuvo que desarrollar una feroz disciplina mental para no distraerse pensando en el sexo. Después de un tiempo se le dio alarmantemente bien. Es una solución muy antinatural al problema mente/cuerpo, básicamente la antítesis de toda filosofía de los sesenta y setenta que hubiese absorbido de sus mayores de la Generación del Baby Boom. Es el tipo de cosas que asocia con tipos duros e impresionantes: espartanos, victorianos y héroes militares norteamericanos de mediados del siglo XX. Ha convertido a Randy en una especie de tipo duro en lo que a programación se refiere y, mientras tanto, sospecha, le ha colocado en un espacio mental mucho más intenso y apasionado de lo que hubiese experimentado antes con respecto a las cosas del corazón. No lo sabrá con seguridad hasta que no se encuentre cara a cara con Amy, lo que parece que va a llevar su tiempo porque acaban de echarle a patadas del país donde ella vive y trabaja. Simplemente como experimento, ha decidido mantener por ahora las manos apartadas de su cuerpo. Si eso le pone un poco más tenso y volátil en comparación con su personalidad patológicamente sosegada de la Costa Oeste, pues será una pena. Una de las cosas agradables de encontrarse en Asia es que la gente tensa y volátil encaja perfectamente. No es como si alguien se hubiese muerto por estar cachondo.

Así que sale inmaculado del baño y se envuelve en una túnica vestal de color blanco. Su celda de Manila no tenía espejo. Sabía que probablemente estaba perdiendo peso, pero no es hasta salir del baño que se da un vistazo en el espejo y comprende cuánto. Por primera vez desde que era un adolescente, tiene cintura, lo que convierte un albornoz blanco en una prenda cuasipráctica.

Apenas se reconoce. Antes del comienzo de su Tercera Aventura Empresarial había asumido que, alcanzando ya los treinta y tantos, ya había descubierto quién era, y que seguiría siendo así por siempre, excepto con un cuerpo cada vez más deteriorado y un valor neto mayor. No se imaginaba que fuese posible cambiar tanto, y se pregunta dónde acabará ese proceso. Pero no es más que un momento anómalo de reflexión. Agita la cabeza y regresa con su vida.

Los nipones tienen, y han tenido siempre, una maravillosa habilidad con las imágenes gráficas, queda claro en los mangas y animes, pero alcanza su mayor expresividad en los ideogramas de seguridad. Flameantes llamas rojas, edificios que se parten y caen mientras la tierra se abre a sus pies, una figura que huye recortada en el marco de una puerta, suspendida en el destello estroboscópico de una detonación. El material escrito que acompaña a esas imágenes es, por supuesto, incomprensible para Randy, así que su mente racional no tiene nada en que centrarse; los aterradores ideogramas resplandecen con fuerza, fragmentos de pesadilla surgiendo de las paredes, y en los cajones de la mesa de su habitación, en cuanto baja la guardia por un momento. Lo que puede leer no es exactamente tranquilizador. Intentando dormir, se queda tendido en la cama, comprobando mentalmente la localización de la linterna de emergencia y un par de zapatillas gratuitas (demasiado pequeñas) que con buen sentido le han dejado para que pueda salir corriendo del hotel en llamas que se derrumba, cuando el siguiente temblor de 8.0 saque las ventanas de sus marcos, sin convertirse los pies en pescado picado. Mira fijamente el techo, que está repleto de equipos de seguridad cuyos LED forman una reluciente constelación roja, una figura agachada conocida por los antiguos griegos como Ganímedes, el Copero Analmente Receptivo, y para los nipones como Hideo, el Valiente Asistente en Caso de Desastre inclinado para comprobar si hay algo blando bajo ese montón de cemento. Todo ello le deja en un estado de terror puro. Se levanta a las cinco de la mañana, coge dos cápsulas de Japanese Snacks del minibar y abandona el hotel, siguiendo una de las dos rutas de salida de emergencia que ha memorizado. Inicia un vagabundeo, pensando que estaría bien perderse. Lo de perderse lo consigue en unos treinta segundos. Debería haber traído su GPS, y haber apuntado la latitud y la longitud del hotel.

La latitud y la longitud del Gólgota están expresadas, en las interceptaciones Aretusa, en grados, minutos, segundos y décimas de segundo de latitud y longitud. Un minuto es una milla náutica, un segundo es como cien pies. En la segunda cifra, los números del Gólgota sólo tienen un dígito después de la coma decimal, lo que implica una precisión de diez pies. Un receptor GPS te puede dar esa precisión. Randy no está tan seguro con respecto a los sextantes que los topógrafos nipones presumiblemente usaron durante la guerra. Antes de irse, apuntó los números en un trozo de papel, pero cortó los segundos y los expresó de la forma «XX grados y veinte minutos y medio», dando a entender una precisión de algunos miles de pies. Luego inventó otras ubicaciones en los alrededores, pero a millas de distancia y las añadió a la lista, con la ubicación real como número dos en la lista. Encima escribió: «¿Quién es dueño de estas parcelas de tierra?» o, en criptojerga, QUIEN ESDUE ÑODEE etc., y luego pasó toda una tarde casi increíblemente tediosa sincronizando los dos mazos de cartas y cifrando todo el mensaje con el algoritmo Solitario. Dio a Enoch Root el texto cifrado y el mazo de cartas sin usar, luego mojó el texto llano en algo de grasa sobrante de la cena y colocó el papel en el desagüe. En una hora, una rata había venido a comérselo.

Vaga durante todo el día. Al principio, la situación es fría y deprimente y piensa que va a rendirse pronto, pero luego se mete en el espíritu y aprende a comer: te acercas a un caballero en una esquina que vende bolas de pulpo fritas y emites ruidos neolíticos y sostienes yenes, hasta que te encuentras con comida en la mano. Luego te la comes.

Por medio de una especie de instinto guía de un fanático de la informática, va a dar con Akihabara, el distrito electrónico, y pasa un rato vagando por entre las tiendas mirando todos los productos electrónicos de consumo que se venderán en Estados Unidos dentro de un año. Allí se encuentra cuando suena su teléfono GSM.

—¿Hola?

—Soy yo. Estoy de pie tras una línea amarilla muy gruesa.

—¿Qué aeropuerto?

—Narita.

—Encantado de oírlo. Dile al chófer que te lleve a Mr. Donut en Akihabara.

Randy está allí una hora más tarde, ojeando un épico manga del grueso de una guía telefónica, cuando Avi entra. El protocolo implícito de saludos Randy/Avi les indica que deben abrazarse en ese momento, así que lo hacen, para asombro de sus colegas comedores de donuts que normalmente se conforman con una inclinación. El Mr. Donut es un negocio de tres pisos encajado en una franja inmueble de aproximadamente el mismo tamaño que una escalera en espiral y está repleto de gente que cursó inglés obligatorio en sus excelentes y muy competitivas escuelas. Además, Randy emitió la hora y posición de la reunión por radio hace una hora. Así que mientras permanecen allí, Randy y Avi hablan de cosas relativamente inocuas. Luego salen a pasear. Avi sabe cómo moverse por ese vecindario. Guía a Randy por una puerta para entrar en nerdvana.

—Mucha gente —le explica Avi— no sabe que la palabra que normalmente se deletrea y escribe como «nirvana» puede transliterarse de forma más exacta como «nirdvana» o, podría argumentarse, «nerdvana». Esto es el nerdvana.* El núcleo alrededor del cual se forma Aki-

---

* La palabra «nerd» suele referirse a los fanáticos de los ordenadores y empollones sin demasiadas habilidades sociales. Randy Waterhouse, por ejemplo. *(N. del T.)*

habara. Aquí es a donde vienen a buscar los que necesitan los *pasocon otaku*.

—¿*Pasocon otaku*?

—Fanáticos de los ordenadores personales —dice Avi—. Pero como en otras muchas cosas, los nipones lo llevan a unos extremos que apenas podemos imaginar.

El lugar está dispuesto casi exactamente como un mercado asiático de comida: es un laberinto de pasillos estrechos que serpentean por entre casetas diminutas, apenas mayores que una cabina de teléfonos, donde los tenderos exhiben su mercancía. Lo primero que ven es un puesto de cables: al menos un centenar de rollos de diferentes tipos y anchos de cable cubiertos de aislamientos plásticos de llamativos colores.

—¡Qué apropiado! —dice Avi, admirando el muestrario—, tenemos que hablar de cables. —Ni que decir tiene que ese lugar es genial para mantener una conversación: los caminos entre los puestos son tan estrechos que tienen que andar en fila india. Nadie puede seguirles, o acercárseles, sin que sea ridículamente descarado. Un conjunto de soldadores se alzan perversamente, dándole a uno de los puestos el aspecto de una tienda de artes marciales. Apilados formando pirámides hay potenciómetros del tamaño de una lata de café.

—Háblame de los cables —dice Randy.

—No necesito decirte lo mucho que nosotros dependemos de los cables submarinos —dice Avi.

—¿Con «nosotros» te refieres a la Cripta o a la sociedad en general?

—A ambas. Evidentemente, la Cripta no podría funcionar sin una conexión al mundo exterior. Pero Internet y todo lo demás dependen de los cables de la misma forma.

Un *pasocon otaku* vestido con una guerrera, sosteniendo un cuenco de plástico como carrito de la compra, se inclina sobre una muestra de relucientes rollos toroidales de cobre que parecen haber sido pulidos a mano por el dueño en persona. Puntos de luz halógenos del tamaño de dedos, montados encima del muestrario, resaltan la perfección geométrica.

—¿Y?

—Y los cables son vulnerables.

Pasan junto a un puesto especializado en clavijas, con un apartado dedicado a las pinzas cocodrilo, dispuestas en rosetas coloridas alrededor de discos de cartón.

—Esos cables solían ser propiedad de las PTAs. Que básicamente eran propiedad de los gobiernos. Así que básicamente hacían lo que el gobierno les decía que hiciesen. Pero los nuevos cables de hoy en día son propiedad, y están controlados, por corporaciones que no escuchan a nadie excepto a sus inversores. Eso pone a ciertos gobiernos en una posición que no les gusta mucho.

—Vale —dice Randy—, antes tenían control final sobre el flujo de información entre países al dirigir las PTTs que tendían los cables.

—Sí.

—Y ahora no.

—Exacto. Se ha producido una gran transferencia de poder bajo sus narices sin que pudiesen preverla. —Avi se detiene frente a un puesto que vende LED de todos los colores del chicle, reunidos en diminutas cajitas como si fuesen frutas tropicales en cajas, o sobresaliendo de cubos de poliuretano como si fuesen hongos psicodélicos. Avi está haciendo grandes gestos de transferencia de poder con las manos, pero para la mente cada vez más distorsionada de Randy tiene el aspecto de un hombre que mueve lingotes de oro de un montón a otro. Al otro lado del pasillo, les observan los ojos muertos de un centenar de cámaras de vídeo en miniatura. Avi sigue hablando—: Y como ya hemos hablado muchas veces, hay muchas razones para que gobiernos diferentes deseen controlar el flujo de información. China podría querer instituir una censura política, mientras que Estados Unidos podría querer regular la transferencia de dinero electrónico para poder seguir recaudando impuestos. En los viejos días podían hacerlo en la medida que eran dueños de los cables.

—Pero ahora ya no pueden —dice Randy.

—Ahora ya no pueden, y el cambio se produjo con gran rapidez, o al menos así se lo parecía a un gobierno con un metabolismo intelectual retardado, y ahora se han quedado muy atrás, y están asustados y cabreados, y empiezan a contraatacar.

—¿Sí?

—Sí.

—¿Cómo están contraatacando?

Un vendedor de interruptores de palanca pasa un trapo sobre filas y columnas de mercadería de acero inoxidable. La punta del trapo rompe la barrera del sonido y provoca un pequeño estallido sónico que hace saltar una molécula de polvo de la superficie de un interruptor. Todos les ignoran cortésmente.

—¿Sabes cuánto cuesta hoy en día el tiempo de desconexión de un cable de última generación?

—Claro que lo sé —dice Randy—. Puede llegar a cientos de miles de dólares por minuto.

—Exacto. Y se requieren al menos un par de días para reparar un cable roto. Un par de días. Una única rotura en un cable puede costar a la compañía propietaria decenas e incluso centenares de millones de dólares en ingresos perdidos.

—Pero eso no ha importado nunca demasiado —dice Randy—. Ahora los cables se tienden muy profundos. Allí donde sólo están expuestos al océano profundo.

—Sí... donde sólo una entidad con los recursos navales de un gobierno importante puede cortarlos.

—¡Oh, mierda!

—Tal es el nuevo equilibrio de poder, Randy.

—No puedes decirme en serio que los gobiernos están amenazando con...

—Los chinos ya lo han hecho. Cortaron un cable más viejo, un cable de fibra óptica de primera generación, que unía Corea con Nipón. El cable no era demasiado importante... lo hicieron sólo como disparo de advertencia. ¿Y cuál es la regla que siguen los gobiernos con respecto a ponerse a cortar cables submarinos?

—Que es como la guerra nuclear —dice Randy—. Muy fácil de iniciar. Devastadora en los resultados. Así que nadie lo hace.

—Pero si los chinos han cortado un cable, entonces otros gobiernos con gran interés en reducir el flujo de información podrían plantearse: «Eh, los chinos lo han hecho, debemos demostrar que podemos responder de la misma forma.»

—¿Está sucediendo tal cosa?

—¡No, no, no! —dice Avi. Se han detenido frente al mayor muestrario de tenacillas curvas que Randy haya visto jamás—. No son más que posturitas. No están dirigidas a los otros gobiernos sino más bien a los emprendedores que poseen y operan los cables.

La luz se hace en la mente de Randy.

—Como el Dentista.

—El Dentista ha metido más dinero en cables submarinos de financiación privada que casi cualquier otro. Tenía una participación minoritaria en ese cable que los chinos cortaron entre Corea y Nipón. Así que está atrapado como una rata. No tenía elección, no tenía más elección que hacer lo que le dijeron.

—¿Y quién da las órdenes?

—Estoy seguro de que los chinos están muy implicados... su gobierno no tiene ningún tipo de mecanismo interno de control, así que están más dispuestos a hacer algo claramente irregular.

—Y evidentemente son los que más tienen que perder con el flujo incontrolado de información.

—Sí. Pero poseo el cinismo suficiente para sospechar que otros muchos gobiernos vienen justo detrás.

—Si tal cosa es cierta —dice Randy—, estamos jodidos. Tarde o temprano estallará una guerra de corte de cables. Seccionarán todos los cables. Final de la historia.

—El mundo ya no se mueve de semejante forma, Randy. Los gobiernos se reúnen y negocian. Como hicieron en Bruselas justo antes de Navidad. Llegan a acuerdos. La guerra no estalla. Normalmente no.

—Entonces... ¿hay un acuerdo?

Avi se encoge de hombros.

—Por lo que puedo intuir, se ha alcanzado un equilibrio entre la gente que posee fuerzas navales, es decir, la gente que tiene la capacidad de cortar cables impunemente, y la gente que posee y opera los cables. Cada lado teme lo que el otro puede hacer. Así que han alcanzado un acuerdo entre caballeros. Su encarnación burocrática es la OIRTD.

—Y el Dentista está metido.

—Precisamente.

—Así que quizás el asalto a Ordo vino dictado al final por el gobierno.

—Dudo mucho que Comstock lo ordenase —dice Avi—. Creo que se trataba del Dentista demostrando su lealtad.

—¿Qué hay de la Cripta? ¿El Sultán es parte de ese acuerdo?

Avi se encoge de hombros.

—Pragasu no suelta prenda. Le conté lo que te acabo de decir. Dibujé mi teoría de lo que estaba pasando. Puso cara de diversión tolerante. Ni la confirmó ni la negó. Pero me dio razones para creer que la Cripta sigue en marcha y que se pondrá en marcha en la fecha prevista.

—Me resulta difícil de creer —dice Randy—. Da la impresión de que la Cripta es su peor pesadilla.

—¿La peor pesadilla de quién?

—De cualquier gobierno que tenga que recaudar impuestos.

—Randy, los gobiernos siempre encontrarán una forma de recaudar impuestos. Si al final se produce lo peor, Hacienda se limitará a basarlo todo en impuestos sobre la propiedad... no puedes esconder un bien inmueble en el ciberespacio. Pero ten en cuenta que el gobierno de Estados Unidos es sólo una parte de todo el asunto... los chinos también son muy importantes.

—¡Wing! —suelta Randy. Él y Avi se encogen de miedo y miran a su alrededor. Los *pasocon otaku* no les prestan atención. Un hombre que vende cables de los colores del arco iris les mira con curiosidad cortés y luego aparta la vista. Salen del bazar y llegan a la calle. Ha empezado a llover. Una docena de jóvenes casi idénticas ataviadas con minifaldas y tacones altos marchan en formación de uve por el centro de la calle portando enormes paraguas con el rostro de un personaje de videojuego.

—Wing busca oro en Bundok —dice Randy—. Cree que sabe dónde está el Gólgota. Si lo encuentra, va a necesitar un banco muy especial.

—No es el único tipo del mundo que necesita un banco especial —dice—. Durante muchos años, Suiza ha hecho buenos negocios con los gobiernos o con personas relacionadas con gobiernos. ¿Por qué Hitler no invadió Suiza? Porque los nazis no hubiesen podido mantenerse sin ella. Así que la Cripta definitivamente ocupa un nicho ecológico.

—Vale —dice Randy—, así que permitirán que la Cripta siga existiendo.

—Tiene que existir. El mundo la necesita —dice Avi—. Y nosotros la necesitaremos, cuando excavemos el Gólgota.

De pronto Avi adopta una expresión traviesa; tiene aspecto de acabar de perder diez años de edad. El espectáculo hace que Randy se ría con ganas, la primera vez que se ha reído de verdad en un par de meses. Su humor acaba de sufrir un cambio sísmico, ahora el mundo entero parece un lugar diferente.

—No es suficiente saber dónde está. Enoch Root dice que el oro está enterrado en minas profundas, en medio de la roca más dura. Así que no vamos a poder sacar el oro sin poner en marcha una operación de ingeniería bastante importante.

—¿Qué crees que hago en Tokio? —dice Avi—. Vamos, volvamos al hotel.

Mientras Avi va a recepción, Randy recoge sus mensajes en el mostrador principal y se encuentra con un sobre de Federal Express esperándole. Si lo abrieron por el camino, los que lo hicieron ocultaron muy bien el rastro. Contiene un mensaje cifrado a mano de Enoch Root, quien evidentemente ha encontrado la forma de que le dejasen salir del trullo con sus escrúpulos intactos. Está formado por varias líneas de letras mayúsculas aparentemente aleatorias, en grupos de cinco.

Desde que salió de la cárcel, Randy ha estado cargando con un mazo de cartas: la clave preasignada que descifrará este mensaje. La idea de varias horas de solitario parecen menos agradables en Tokio que en la cárcel, y sabe que le llevará al menos ese tiempo descifrar un mensaje tan largo. Pero ya ha programado su ordenador para jugar al Solitario según las reglas de Enoch, y ya ha metido la clave expresada en el mazo de cartas que Enoch le dio, y lo tiene almacenado en un disco que lleva pegado con un elástico al forro del bolsillo. Así que él y Avi suben a la habitación de Avi, deteniéndose por el camino para recoger el portátil de Randy, y mientras Avi mira sus mensajes, Randy teclea el texto cifrado y hace que lo descifre.

—El mensaje de Enoch dice que la tierra sobre el Gólgota es propiedad de la Iglesia —mascula Randy—, pero que para llegar hasta allí es preciso pasar por territorio propiedad de Wing y algunos filipinos.

Avi no parece oírle. Tiene los ojos fijos en un mensaje.

—¿Qué pasa? —pregunta Randy.

—Un pequeño cambio de planes para esta noche. Espero que tengas un traje realmente bueno.

—No sabía que tuviésemos planes para esta noche.

—Íbamos a reunirnos con Goto Furudenendu —dice Avi—. Supuse que serían los tipos adecuados a los que encargarles que hiciesen un gran agujero en el suelo.

—Me parece bien —dice Randy—. ¿Cuál es el cambio de planes?

—El viejo viene desde su retiro en Hokkaido. Quiere invitarnos a cenar.

—¿El viejo?

—El fundador de la compañía, el padre de Goto Furudenendu —dice Avi—. Protegido de Douglas MacArthur. Multi-multi-multi-millonario. Compañero de golf y confidente de primeros ministros. Un tío mayor llamado Goto Dengo.

Proyecto X

Es principios de abril del año 1945. Una viuda nipona de mediana edad siente cómo se agita la tierra y sale corriendo de su casita de papel temiendo un temblor. Su casa está en la isla de Kyushu, cerca del mar. Mira el océano y ve un barco negro en el horizonte, surgiendo de un sol naciente que ha provocado él mismo: porque cuando se disparan los cañones, todo el buque queda envuelto en fuego rojo durante un momento. Tiene la esperanza de que el *Yamato*, el mayor barco de guerra del mundo que se perdió en el horizonte hace unos días, haya regresado victorioso y esté disparando sus cañones para celebrarlo. Pero se trata de un acorazado norteamericano y arroja proyectiles sobre el puerto que el *Yamato* abandonó hace poco, haciendo que las entrañas de la tierra se agiten como si se preparase para vomitar.

Hasta ese momento, la mujer nipona había estado convencida de que las fuerzas armadas de su nación estaban aplastando a los norteamericanos, británicos, holandeses y chinos en todas las batallas. Esa aparición debe de ser una especie de alocado ataque suicida. Pero el barco negro se queda donde está durante todo el día, lanzando tonelada tras tonelada de dinamita sobre el suelo sagrado. No viene ningún avión a bombardearlo, ningún barco a enfrentársele, ni siquiera un submarino a torpedearlo.

Demostrando de forma aberrante sus malos modales, Patton ha atravesado el Rin antes de tiempo, para irritación de Montgomery, que había estado preparándose laboriosamente para ejecutar primero esta operación.

El submarino alemán U-234 se encuentra en el Atlántico Norte, dirigiéndose al cabo de Buena Esperanza, portando diez contenedores que conservan mil doscientas libras de óxido de uranio. El uranio va en dirección a Tokio, donde se le empleará en algunos experimentos todavía en fase preliminar, con la idea de construir un dispositivo explosivo nuevo y extremadamente potente.

La fuerza aérea del general Curtis LeMay ha pasado casi todo el último mes volando peligrosamente bajo sobre ciudades niponas arrojándoles dispositivos incendiarios. Una cuarta parte de Tokio es escombros; allí murieron ochenta y tres mil personas, y eso sin contar bombardeos similares sobre Nagoya, Osaka y Kobe.

La noche antes del bombardeo a Osaka, unos marines alzaron una bandera sobre Iwo Jima y la foto apareció en todos los periódicos.

En los últimos días, el Ejército Rojo, ahora convertido en la fuerza militar más terrible sobre la tierra, ha ocupado Viena y los campos de petróleo de Hungría, y los soviéticos han declarado que dejarán que su Pacto de Neutralidad con Nipón expire en lugar de renovarlo.

Acaban de invadir Okinawa. La lucha es la peor. La invasión tiene el apoyo de una vasta flota contra la que los nipones han lanzado todo lo que tienen. El *Yamato* fue tras ellos, con los cañones de dieciocho pulgadas listos, cargando con combustible sólo para un día de viaje. Pero los criptoanalistas de la Marina de Estados Unidos interceptaron y descifraron sus órdenes y la gran nave se hundió con dos mil quinientos hombres a bordo. Los nipones han lanzado el primero de sus ataques Crisantemo Flotante contra la flota de invasión: nubes de aviones kamikaze, bombas humanas, torpedos humanos, lanchas rápidas cargadas de explosivos.

Para irritación y desconcierto del alto mando alemán, el gobierno nipón le ha enviado un mensaje pidiéndoles que, en caso de que se pierdan todas las bases navales europeas de Alemania, se ordene a la Kriegsmarine que siga operando con los nipones en el Lejano Oriente. El mensaje está cifrado en Índigo. Los aliados lo interceptan y lo leen, como es su deber.

En el Reino Unido, el doctor Alan Mathison Turing, al considerar que la guerra a todos los efectos ha terminado, hace ya tiempo que ha dedicado su atención al problema del cifrado de voz y a la creación de máquinas pensantes. Durante diez meses —desde que el Colossus Mark II se entregó a Bletchley Park— ha tenido la oportunidad de trabajar con una máquina computadora verdaderamente programable. Alan inventó esas máquinas mucho antes de que se construyesen, pero sus experiencias con el Colossus Mark II le han ayudado a solidificar algunas ideas sobre cómo habría que diseñar la siguiente máquina. Piensa en ella como una máquina posterior a la guerra, pero eso se debe exclusivamente a que él es europeo y no le preocupa el problema de conquistar Nipón como a Waterhouse.

—He estado trabajando en ENTERRAR y DESENTERRAR —dice una voz que surge de unos agujeritos en un auricular de baquelita colocado sobre la cabeza de Waterhouse. La voz llega extrañamente distorsionada, casi oscurecida por el ruido blanco y un zumbido enloquecedor.

—Por favor, repite —dice Lawrence, apretándose el auricular sobre el oído.

—ENTERRAR y DESENTERRAR —dice la voz—. Son conjuntos de instrucciones que la máquina debe ejecutar, para realizar ciertos algoritmos. Son programas.

—¡Vale! Lo lamento, no pude oírte la primera vez. Sí, yo también he estado trabajando en ellos —dice Waterhouse.

—La siguiente máquina tendrá un sistema de almacenamiento de memoria, Lawrence, en forma de ondas de sonido viajando por el interior de cilindros llenos de mercurio... robamos la idea de John Wilkins, fundador de la Royal Society, a quien se le ocurrió hace trescientos años, excepto que él iba a usar aire en lugar de mercurio. Eh... perdóname, Lawrence, ¿dices que has estado trabajando en ellos?

—Hice lo mismo con tubos. Válvulas, como las llamarías tú.

—Bien, eso está muy bien para los yanquis —dice Alan—. Supongo que si eres infinitamente rico podrías crear un sistema ENTERRAR/DESENTERRAR con locomotoras de vapor, o algo así, y tener un equipo de mil personas para correr por ahí poniendo aceite en las partes que crujan.

—La línea de mercurio es una buena idea —admite Waterhouse—. Muy ingeniosa.

—¿Has conseguido realmente que ENTERRAR y DESENTERRAR funcione con válvulas?

—Sí. Mi DESENTERRAR funciona mejor que nuestras expediciones con palas —dice Lawrence—. ¿Llegaste a encontrar los lingotes de plata que enterraste?

—No —dice Alan ausente—. Se perdieron. Se perdieron en medio del ruido del mundo.

—Sabes, lo que acabo de administrarte ha sido un test de Turing —dice Lawrence.

—Perdona.

—Esta maldita máquina altera tanto la voz que no puedo distinguirte de Winston Churchill —dice Lawrence—. Así que la única forma que tengo de verificarlo es hacerte decir algo que sólo Alan Turing podría decir.

Oye la risa aguda de Alan al otro lado de la línea. Efectivamente es él.

—Esto del Proyecto X es malísimo —dice Alan—. Delilah es infinitamente superior. Me gustaría que pudieses verlo por ti mismo. U oírlo.

- C. Consecuencias del fracaso: los alemanes descifran nuestros mensajes secretos, mueren millones de personas, la humanidad es esclavizada, el mundo se hunde en una Edad Oscura eterna.
- D. Cómo saber si una serie de números es aleatoria 1, 2, 3... (Una lista de diferentes pruebas estadísticas de aleatoriedad, ventajas y desventajas de cada una.)

III. Un montón de cosas que yo, Alan Turing, he probado.

A, B, C... (Una lista de diferentes funciones matemáticas que Alan empleó para generar números aleatorios; como casi todas ellas fallaron miserablemente, la confianza inicial de Alan queda reemplazada por la sorpresa; luego la exasperación, a continuación la desesperación, y luego una confianza cauta al encontrar al fin algunas técnicas que funcionan.)

IV. Conclusiones:
- A. Es más difícil de lo que parece.
- B. No es para los que se asustan fácilmente.
- C. Puede hacerse si tienes inteligencia.
- D. En retrospectiva, se trata de un interesante problema matemático que merece mayores investigaciones.

Cuando Alan termina con ese viaje en remolino perfectamente estructurado por el Sorprendente Mundo de la Pseudoaleatoriedad, Lawrence dice:

—¿Qué hay de las funciones zeta?

—Ni siquiera las tuve en cuenta —dice Alan.

Lawrence se queda boquiabierto. Puede ver su propio reflejo semitransparente superpuesto sobre el disco giratorio, y ve que tiene en el rostro una expresión de ligero ultraje. Debe de haber algo evidentemente no aleatorio en el núcleo de la función zeta, algo tan evidente que Alan tuvo que rechazarla sin pensarlo. Pero Lawrence no ha visto tal cosa. Sabe que Alan es más listo que él, pero no está acostumbrado a quedarse tan desesperadamente atrás.

—¿Por qué... por qué no? —consigue soltar al final.

—¡Por Rudy! —grita Alan—. ¡Tú, Rudy y yo trabajamos en esa maldita máquina en Princeton! Rudy sabe que tú y yo tenemos los conocimientos para construir tal dispositivo. Así que es lo primero que asumiría que emplearíamos.

—Ah. —Lawrence suspira—. Pero dejando eso de lado, la función zeta parece una buena forma de conseguirlo.

—Podría ser —dice Alan a la defensiva—, pero no lo he investigado. No estarás pensando en usarla, ¿verdad?

Lawrence le cuenta a Alan lo de los ábacos. Incluso a través del ruido y el zumbido le queda claro que Alan está estupefacto. Se produce una pausa mientras los técnicos a cada lado dan la vuelta a los discos. Cuando se reestablece la conexión, Alan sigue muy emocionado.

—Deja que te cuente algo más —dice Lawrence.

—Sí, adelante.

—Sabes que los nipones usan una plétora de códigos diferentes, y que todavía no hemos roto muchos de ellos.

—Sí.

—Hay un sistema de cifrado que todavía no hemos roto que la Oficina Central llama Aretusa. Es increíblemente escaso. Sólo se han interceptado unos treinta y tantos mensajes Aretusa.

—¿El código de alguna empresa? —pregunta Alan. Es una buena suposición; cada corporación nipona importante tenía su propio código antes de la guerra, y se habían dedicado muchos esfuerzos para robar los libros de códigos, y por tanto romper el código de Mitsubishi, por nombrar un ejemplo.

—No podemos descubrir la fuente y los destinos de los mensajes Aretusa —sigue diciendo Lawrence—, porque emplean un sistema de código único para las ubicaciones. Sólo podemos suponer sus orígenes empleando huffduff. Y huffduff nos dice que la mayoría de los mensajes Aretusa han tenido su origen en submarinos. Posiblemente un único submarino, navegando por la ruta entre Europa y el sudeste asiático. También los hemos visto desde Suecia, Londres, Buenos Aires y Manila.

—¿Buenos Aires? ¿Suecia?

—Sí. Y por tanto, Alan, me interesé por Aretusa.

—Bien, ¡no te lo discuto!

—El formato de mensajes encaja con el de Azur/Tetraodóntido.

—¿El sistema de Rudy?

—Sí.

—Por cierto, buen trabajo con eso.

—Gracias, Alan. Como ya habrás oído, se basa en funciones zeta. Que tú ni consideraste para usar en Delilah porque temías que Rudy pensase en ellas. Y eso saca la cuestión de si Rudy pretendió siempre que rompiésemos Azur/Tetraodóntido.

—Sí, así es. Pero ¿por qué querría que lo hiciésemos?

—No tengo ni idea. Puede que los viejos mensajes Azur/Tetraodóntido contengan algunas claves. Estoy haciendo que mi Computador Digital genere cuadernos de uso único retroactivos para descifrar esos mensajes y leerlos.

—Bien, entonces haré que Colossus haga lo mismo. Ahora mismo está ocupado —dice Alan— trabajando para descifrar mensajes Fish. Pero la verdad es que no creo que a Hitler le quede mucho tiempo. Cuando haya desaparecido, probablemente podré ir a Bletchley Park y descifrar esos mensajes.

—También estoy trabajando en Aretusa —dice Lawrence—. Mi suposición es que está relacionado con el oro.

—¿Por qué lo dices? —pregunta Alan. Pero en ese punto la aguja del fonógrafo llega al final de la espiral y se aleja del disco. El tiempo se ha agotado. Bell Labs, y los poderes de los gobiernos aliados, no instalaron la red Proyecto X para que los matemáticos se dedicasen a charlas intrascendentes sobre funciones oscuras.

En tierra

El velero *Gertrude* penetra en la cala poco después de la puesta de sol, y Bischoff no puede contener la risa. Los percebes han cubierto de tal forma el casco, formando una capa tan gruesa que (supone) se podría retirar el casco por completo y al cascarón de percebes se le podría poner un palo y velas y navegar hasta Tahití. Una madeja de cien yardas de largo formada por algas, pegadas a los percebes, viaja tras ella, produciendo una larga alteración en su estela. El palo se ha caído al menos una vez. Ha sido reemplazado por un remiendo improvisado, un tronco de árbol que ha recibido algo de atención por parte de un cuchillo pero sigue conservando la corteza en algunas partes, y largos hilillos de savia dorada como la cera que corren por una vela, también a su vez cubiertos de sal. Las velas están casi por completo negras por la suciedad y el rocío, y han sido crudamente remendadas, aquí y allá, con enormes punzadas negras, como si se tratase de la piel del monstruo de Frankenstein.

Los hombres que la tripulan apenas están mejor. Ni siquiera se molestan en lanzar el ancla, se limitan a embarrancar el *Gertrude* en una lengua de coral a la entrada de la cala y ya está. La mayor parte de la tripulación de Bischoff se ha reunido en la cubierta del *V-Million*, el submarino cohete, y opinan que es lo más hilarante que han visto nunca. Pero cuando los hombres del *Gertrude* se suben a un bote y comienzan a remar hacia ellos, los hombres de Bischoff recuerdan sus modales, se ponen firmes y saludan.

Bischoff intenta reconocerlos a medida que se acercan. Le lleva un rato. Hay cinco en total. Otto ha perdido la barriga y tiene el pelo mucho más gris. Rudy es un hombre completamente diferente: tiene una larga coleta que le llega a la espalda, y una sorprendente barba gruesa al estilo vikingo, y parece que en algún momento del camino perdió el ojo izquierdo, ¡porque lleva un genuino parche negro!

—¡Dios mío —exclama Bischoff—, piratas!

A los otros tres no los había visto antes: un negro con tirabuzones; un tipo de piel marrón y aspecto indio, y un europeo pelirrojo.

Rudy observa cómo una manta raya pliega y despliega sus alas carnosas a diez metros de profundidad.

—La claridad del agua es exquisita —comenta.

—Cuando los Catalinas vengan a por nosotros, Rudy, echarás de menos el viejo mar tenebroso del norte —dice Bischoff.

Rudolf von Hacklheber mueve el único ojo para fijarse en Bischoff, y permite que un ligero rastro de diversión se manifieste en su cara.

—¿Permiso para subir a bordo, capitán? —pide Rudy.

—Concedido con placer —dice Bischoff. El bote se ha acercado al casco redondeado del submarino y la tripulación de Bischoff deja caer una escalera de cuerda para que suban—. ¡Bienvenidos al *V-Million*!

—He oído hablar de la V-1 y de la V-2, pero...

—No sabíamos cuántas otras armas V habría inventado Hitler, así que escogimos un número muy, muy grande —dice Bischoff con orgullo.

—Pero, Günter, ¿sabes lo que significa la V?

—*Vergeltungswaffen* —dice Bischoff—. Tienes que concentrarte más, Rudy.

Otto está perplejo, y la perplejidad le pone furioso.

—*Vergeltung* significa venganza, ¿no?

—Pero también puede significar pagar lo que se debe, compensar, recompensar —dice Rudy—, incluso *bendecirlos*. Me gusta mucho, Günter.

—Para ti, almirante Bischoff —responde Günter.

—Eres el comandante supremo del *V-Million*... ¿no hay nadie por encima de ti?

Bischoff golpea los talones con fuerza y levanta el brazo derecho.

—¡Heil Dönitz! —grita.

—¿De qué coño hablas? —pregunta Otto.

—¿No has leído los periódicos? Hitler se suicidó ayer. En Berlín. El nuevo Führer es mi amigo personal Karl Dönitz.

—¿También *él* es parte de la conspiración? —masculla Otto.

—Pensaba que mi querido mentor y protector Hermann Göring iba a ser el sucesor de Hitler —dice Rudy, sonando casi abatido.

—Está en algún lugar del sur —dice Bischoff—, a

dieta. Justo antes de que Hitler se tomase el cianuro ordenó a la SS que arrestase a ese gordo cabrón.

—Pero en serio, Günter... cuando te subiste a este submarino en Suecia, se llamaba de otra forma y había algunos nazis a bordo, ¿no? —pregunta Rudy.

—Me había olvidado por completo de ellos. —Bischoff hace bocina con las manos y grita por la abertura de la esbelta torrecilla—: ¿Alguien ha visto a nuestros nazis?

La pregunta reverbera por el interior del submarino pasando de marinero a marinero: *nazis?, nazis?, nazis?,* pero en algún momento se convierte en *nein!, nein!, nein!* y vuelve a subir por la torrecilla y sale por la escotilla.

Rudy trepa por el casco liso del *V-Million* con los pies desnudos.

—¿Tienes algún cítrico? —Sonríe y muestra cráteres magentas en las encías allí donde debería haber dientes.

—Trae los calamansis —dice Bischoff a uno de sus hombres—. Rudy, para ti tenemos limas en miniatura de Filipinas, un buen montón de ellas, con más vitamina C de la que podrías querer.

—Lo dudo mucho —dice Rudy.

Otto se limita a mirar a Bischoff con reproche, haciéndole personalmente responsable de haberse tenido que juntar con esos cuatro hombres durante todo 1944 y los primeros cuatro meses de 1945. Al fin habla:

—¿Está aquí ese hijo de puta de Shaftoe?

—El hijo de puta de Shaftoe está muerto —dice Bischoff.

Otto aparta la vista y asiente.

—Asumo que recibiste mi carta desde Buenos Aires —dice Rudy von Hacklheber.

—Señor G. Bishop, Lista de correos, Manila, Filipinas —recita Bischoff—. Claro que la recibí, amigo mío, o no hubiese sabido dónde encontraros. La cogí cuando fui a la ciudad a renovar mi amistad con Enoch Root.

—¿Lo consiguió?

—Lo consiguió.

—¿Cómo murió Shaftoe?

—Gloriosamente, por supuesto —dice Bischoff—. Y hay noticias de Julieta: ¡la conspiración tiene un hijo! Felicidades Otto, eres tío abuelo.

Esto último provoca una sonrisa, aunque oscura y llena de huecos, por parte de Otto.

—¿Cuál es su nombre?

—Günter Enoch Bobby Kivistik. Ocho libras, tres onzas... magnífico para un niño nacido durante la guerra.

Todos se dan la mano. Rudy, siempre el caballero, saca algunos puros de Honduras para celebrar la ocasión.

Él y Otto se quedan al sol fumando los puros y bebiendo zumo de calamansi.

—Llevamos tres semanas esperándoos aquí —dice Bischoff—. ¿Qué os retrasó?

Otto escupe algo de muy mal aspecto.

—¡Lamento que tuvieseis que pasar tres semanas bronceándoos en la playa mientras nosotros atravesábamos el Pacífico en esta bañera!

—Perdimos el palo y a tres hombres, mi ojo izquierdo, dos dedos de Otto y algunas cosas más atravesando el cabo de Hornos —dice Rudy como disculpa—. Los puros se mojaron un poco. Y jodió nuestro itinerario.

—No importa —dice Bischoff—. El oro no va a irse a ningún sitio.

—¿Sabemos dónde está?

—No exactamente. Pero hemos encontrado a alguien que lo sabe.

—Está claro que hay mucho de que hablar —dice

Rudy—, pero primero tengo que morirme. A ser posible sobre una cama blanda.

—Perfecto —dice Bischoff—. ¿Hay algo que debamos sacar del *Gertrude* antes de que le cortemos el cuello y dejemos que los percebes se lo lleven al fondo?

—Hunde ahora mismo a esa zorra, por favor —dice Otto—. Incluso me quedaré aquí a mirar.

—Primero hay que sacar cinco cajas *Propiedad del Reichsmarschall* —dice Rudy—. Están en la sentina. Las usamos como lastre.

Otto parece sorprendido, y se rasca la cabeza desconcertado.

—Me olvidé de ellas. —Los recuerdos de hace año y medio se clarifican lentamente—. Llevó todo un día cargarlas. Quería matarte. Todavía me duele la espalda.

Bischoff dice:

—Rudy... ¿huiste con la colección de pornografía de Göring?

—No me hubiese gustado su tipo de pornografía —contesta Rudy con calma—. Éstos son tesoros culturales. Botín.

—¡Habrán quedado destrozados por el agua de la sentina!

—Es todo oro. Hojas de oro con agujeros. Impermeables.

—Rudy, se supone que vamos a exportar oro desde Filipinas, no a importarlo.

—No te preocupes. Algún día lo exportaré de nuevo.

—Para entonces, tendremos dinero para contratar estibadores, de forma que el pobre Otto no tenga que lastimarse la espalda.

—No nos harán falta estibadores —dice Rudy—. Cuando exporte lo que hay en esas láminas, lo haré por cable.

Todos se quedan sobre la cubierta del *V-Million* en una cala tropical, mirando la puesta de sol, oyendo cómo saltan los peces voladores, oyendo los chillidos de pájaros y el zumbido de los insectos provenientes de la jungla que les rodea. Bischoff intenta imaginarse cables tendidos desde ese punto hasta Los Ángeles y láminas de oro deslizándose por ellos. No le acaba de cuadrar.

—Ven abajo, Rudy —dice—, tenemos que meterte algo de vitamina C en el cuerpo.

Goto-sama

Avi se encuentra con Randy en el vestíbulo del hotel. Se ha cargado con un maletín cuadrado y pasado de moda que tira de su delgado cuerpo hacia un lado, haciéndole adoptar la curva asintótica de un árbol joven al viento. Él y Randy toman un taxi para ir a Alguna Otra Parte de Tokio —Randy no puede siquiera empezar a entender cómo está dispuesta la ciudad—, penetran en el vestíbulo de un rascacielos y cogen el ascensor para subir tanto que a Randy le estallan los oídos. Cuando se abren las puertas, un *maître d'* está allí de pie anticipándose a su llegada con una sonrisa radiante y una inclinación. Les guía hasta una sala donde esperan cuatro hombres: un par de jóvenes adláteres, Goto Furudenendu y un caballero mayor. Randy esperaba encontrarse con una de esas personas mayores gráciles y traslúcidas de Nipón, pero Goto Dengo es un tipo grande con el pelo blanco y cortado con una maquinilla, algo encorvado y derruido por la edad, lo que sólo consigue hacerle parecer más compacto y sólido. A primera vista parece más un herrero de pueblo retirado, o quizá un sargento en el ejército de un señor feudal, que un ejecutivo empresarial, y sin embargo en cinco o diez segundos esa impresión queda tragada por un buen traje, buenos modales y el hecho de que Randy sabe quién es en realidad. Es el único de ellos que no sonríe de oreja a oreja: aparentemente, cuando llegas a cierta edad se te permite atravesar con la mirada los cráneos de los demás. De esa forma típica de muchas personas mayores, parece vagamente sorprendido de que se hayan presentado.

Aun así, se apoya sobre un enorme bastón retorcido y les da la mano con firmeza. Su hijo Furudenendu le ofrece una mano para ayudarle a levantarse y él la rechaza con una mirada de ultraje fingido, esa transacción parece haber sido muy bien ensayada. Se produce un intercambio de charla intrascendente que pasa muy por encima de la cabeza de Randy. A continuación los dos adláteres se alejan, como una escolta de cazas que ya no fuese necesaria, y el *maître d'* guía a Randy, Avi y Goto *père et fils* a través de un restaurante vacío —veinte o treinta mesas con manteles blancos y cristalería— hasta una mesa en una esquina, donde esperan los camareros para retirarles las sillas. El edificio pertenece a la escuela arquitectónica de todo-una-pared-de-vidrio por lo que las ventanas van de suelo a techo, ofreciendo, a través de una cortina de gotas de lluvia, una visión del Tokio nocturno que se extiende hasta el horizonte. Les entregan menús, impresos sólo en francés. A Randy y Avi les dan menús de chicas, sin precios. Goto Dengo se apropia de la lista de vinos, y la examina durante unos buenos diez minutos antes de elegir a regañadientes un blanco de California y un tinto de Borgoña. Mientras tanto, Furudenendu les entretiene charlando tranquilamente sobre la Cripta.

Randy no puede dejar de mirar Tokio por un lado y el restaurante vacío por el otro. Es como si hubiesen escogido el escenario específicamente para recordarles que la economía nipona derrapa desde hace unos años, una situación que la crisis monetaria asiática no ha hecho más que empeorar. Medio espera ver a los ejecutivos cayendo ventana abajo.

Avi se aventura a preguntar por varios túneles y otras obras de ingeniería pasmosamente vastas que resulta que ha visto por Tokio y si Goto Engineering ha tenido algo que ver con ellas. Eso al menos consigue que el patriarca aparte momentáneamente la vista de la lista de vinos, pero el hijo responde a las preguntas, comentando que sí, que su compañía tuvo su pequeño papel en esas empresas. Randy supone que no es la operación más fácil del mundo conseguir que un amigo personal del fallecido general del Ejército de Tierra Douglas MacArthur hable de cosas intrascendentes; no es como si pudieses preguntarle si ha visto el último episodio de *Star Trek: más anomalías espacio-temporales*. Lo único que pueden hacer es agarrarse a Furudenendu y dejarle llevar las riendas. Goto Dengo se aclara la garganta como si fuese el motor de un gran equipo para remover terrenos que empieza a ponerse en marcha, y recomienda la ternera de Kobe. El sommelier regresa con los vinos y Goto Dengo le interroga en una mezcla de niponés y francés durante un rato, hasta que una película de sudor empieza a formarse en la frente del sommelier. Prueba los vinos con mucho cuidado. La tensión es explosiva mientras los hace girar en su boca, mirando al infinito. El sommelier parece genuinamente asombrado, por no mencionar que parece aliviado, cuando los acepta los dos. El subtexto parece ser que ser el anfitrión de una cena realmente de primera clase es un desafío administrativo nada trivial, y que a

Goto Dengo no deberían molestarle con cháchara sociales mientras se encarga de esas responsabilidades.

En ese momento se dispara la paranoia de Randy: ¿es posible que Goto-sama haya reservado todo el restaurante por esta noche para tener algo de intimidad? ¿Eran los dos adláteres meros asistentes con maletines anormalmente grandes o eran personal de seguridad examinando el restaurante en busca de dispositivos de vigilancia? Una vez más, en el subtexto, el mensaje parece ser que Randy y Avi no deberían dejar que sus jóvenes cabecitas se preocupasen por esos detalles. Goto Dengo está sentado justo bajo una luz directa del techo. El pelo le sobresale perpendicular de la cabeza, como si fuese un punto erizado de vectores normales, radiando halogénicamente. En las manos y la cara porta un número formidable de cicatrices, y de pronto Randy comprende que debe haber estado en la guerra. Lo que debería ser perfectamente evidente considerando su edad.

Goto Dengo pregunta cómo Randy y Avi se metieron en sus trabajos actuales, y cómo formaron su sociedad. Es una pregunta razonable, pero les obliga a explicar el concepto en sí de los juegos de rol fantásticos. Si Randy hubiese sabido que tal cosa iba a suceder, se habría tirado por la ventana en lugar de tomar asiento. Pero Goto Dengo se lo toma con mucha tranquilidad e instantáneamente lo relaciona con los últimos adelantos en la industria de juegos nipona, que ha estado realizando su desplazamiento gradual de paradigma de los juegos de plataforma a los de rol con narrativa; para cuando Goto Dengo ha terminado consigue hacerles sentir no como colgados de segunda sino como genios visionarios que se adelantaron diez años a su tiempo. Eso más o menos obliga a Avi (que está llevando la conversación) a preguntar a Goto Dengo cómo llegó a su trabajo. Los dos Goto intentan desestimar la pregunta riéndose, al estilo de cómo podría ser que un par de jóvenes visionarios norteamericanos pioneros en Dragones y Mazmorras estuviesen interesados en algo tan trivial como el hecho de que Goto Dengo con sus propias manos reconstruyera el Nipón de la posguerra, pero después de que Avi muestre algo de persistencia, el patriarca finalmente se encoge de hombros y dice algo relativo a que su papá se dedicaba a las minas y que por tanto él siempre tuvo cierta habilidad para excavar agujeros en el suelo. Su inglés comenzó siendo mínimo y ha estado mejorando a medida que avanza la noche, como si lentamente estuviese activando bancos de memoria sustanciales así como capacidad de procesamiento, vigilando su activación como si fuesen amplificadores de tubo.

Llega la cena, y por tanto todos deben comer durante un rato y agradecerle a Goto-sama su excelente recomendación. Avi se vuelve algo temerario y le pregunta al viejo si podría entretenerles con algún recuerdo de Douglas MacArthur. Goto Dengo sonríe burlón, como si le hubiesen arrancado algún secreto y se limita a decir:

—Conocí al General en Filipinas.

Así de simple, ya ha llevado la conversación al tema del que todos quieren hablar. El pulso y la respiración de Randy se aceleran en un buen veinticinco por ciento y todos sus sentidos se afinan, casi como si se le hubiesen aclarado los oídos, y pierde el apetito. Todos los demás también parecen estar sentados un poco más rectos, agitándose ligeramente en las sillas.

—¿Pasó mucho tiempo en ese país? —pregunta Avi.
—Oh, sí. Mucho tiempo. Cien años —dice Goto Dengo, con una sonrisa bastante helada. Hace una pausa, dándoles a todos la oportunidad de prestar atención y ponerse incómodos, y luego continúa—: Mi hijo me dice que quieren cavar una tumba allí.

—Un agujero —se aventura a decir Randy, después de mucha incomodidad.

—Perdónenme. Mi inglés está oxidado —dice Goto Dengo, sin demasiada convicción.

Avi dice:

—Lo que tenemos en mente sería una excavación muy importante para lo que es habitual para nosotros. Pero probablemente no para ustedes.

Goto Dengo ríe.

—Eso depende de las circunstancias. Permisos. Transporte. La Cripta era una gran excavación, pero fue fácil, porque el Sultán la apoyaba.

—Debo dejar claro que el trabajo que estamos considerando está todavía en una fase muy preliminar —dice Avi—. Lamento decir que no puedo ofrecerle buena información sobre los asuntos logísticos.

Goto Dengo está a punto de dejar los ojos en blanco.

—Comprendo. —Con un movimiento desdeñoso de la mano—. Esta noche no hablaremos de esas cosas.

Eso causa una pausa realmente incómoda, mientras Randy y Avi se preguntan: «Entonces, ¿de qué coño vamos a hablar?»

—Muy bien —dice Avi, como lanzando sin fuerzas la pelota más o menos en dirección a Goto Dengo.

Furudenendu interviene.

—Hay muchas personas cavando agujeros en Filipinas —explica con una mirada de complicidad.

—¡Ah! —dice Randy—. ¡He conocido a algunas de las personas de las que habla! —Eso produce un estallido generalizado de risas en toda la mesa, que no son menos sinceras por ser tensas.

—Entonces comprenden —dice Furudenendu— que estudiaríamos con mucho cuidado una empresa conjunta. —Randy puede traducirlo con facilidad a: «Participaremos en vuestra búsqueda del tesoro de dibujos animados cuando se congele el infierno.»

—¡Por favor! —dice Randy—. Goto Engineering es una compañía prestigiosa. De alto nivel. Tiene cosas mejores que hacer que arriesgarse con una empresa conjunta. Nunca propondríamos tal cosa. Pagaríamos por sus servicios por adelantado.

—¡Ah! —Los Goto se miran el uno al otro—. ¿Tienen un nuevo inversor? —«Sabemos que estáis arruinados.»

Avi sonríe.

—Tenemos nuevos recursos. —Eso deja perplejos a los Goto—. Si me permite —dice Avi. Levanta la cartera del suelo y se la coloca en el regazo, abre los pestillos y mete las dos manos. A continuación realiza una maniobra que, en un gimnasio de culturismo, se consideraría levantamiento de pesas, y saca a la luz un bloque de oro sólido.

Los rostros de Goto Dengo y Goto Furudenendu se transforman en piedra. Avi levanta el lingote durante unos momentos y luego lo devuelve a la cartera.

En su momento, Furudenendu separa la silla un par de centímetros de la mesa y gira ligeramente hacia su padre, básicamente excusándose de la conversación. Goto Dengo come y bebe con calma, y en silencio, durante unos quince o veinte minutos muy largos. Finalmente, mira al otro lado de la mesa en dirección a Randy y dice:

—¿Dónde quieren excavar?

—El lugar se encuentra en las montañas al sur de la laguna de Bay...

—Sí, eso ya se lo han dicho a mi hijo. Pero es una zona muy grande de boondocks. Allí se han abierto muchos agujeros. Todos sin éxito.

—Nosotros tenemos mejor información.

—¿Algún viejo filipino les ha vendido sus memorias?

—Mejor aún —dice Randy—. Tenemos una latitud y una longitud.

—¿Con qué precisión?

—Décimas de segundo.

Eso produce otra pausa. Furudenendu intenta decir algo en niponés, pero su padre le corta con brusquedad. Goto Dengo termina la cena y cruza el tenedor y el cuchillo sobre el plato. Un camarero se presenta cinco segundos más tarde para retirar la mesa. Goto Dengo le dice algo que le envía volando de vuelta a la cocina. Ahora tienen esencialmente todo un piso del rascacielos para ellos solos. Goto Dengo le dice algo a su hijo, quien se saca una pluma y dos tarjetas. Furudenendu le pasa la pluma y una tarjeta a su padre, y la otra tarjeta a Randy.

—Juguemos a un juego —dice Goto Dengo—. ¿Tiene una pluma?

—Sí —dice Randy.

—Voy a escribir una latitud y una longitud —dice Goto Dengo—, pero sólo los segundos. Sin grados ni minutos. Sólo la parte de los segundos. ¿Comprende?

—Sí.

—La información es inútil por sí misma. ¿Está de acuerdo?

—Sí.

—Entonces no hay riesgo en que usted escriba lo mismo.

—Cierto.

—Luego intercambiaremos las tarjetas. ¿De acuerdo?

—De acuerdo.

—Muy bien.

Goto Dengo empieza a escribir. Randy se saca una pluma del bolsillo y apunta segundos y décimas de segundo: latitud 35,2, longitud 59,0. Cuando termina, Goto Dengo le está mirando expectante. Randy levanta su tarjeta, con los números hacia abajo, y Goto Dengo levanta la suya. Se las intercambian con las ligeras inclinaciones obligatorias en estas tierras. Randy se coloca la tarjeta de Goto-sama en la palma y la inclina hacia la luz. Dice:

35,2/59,0

Nadie dice nada durante diez minutos. Es una indicación de lo atónito que está Randy el que no se da cuenta, durante un buen rato, que Goto Dengo está tan atónito como él. Avi y Furudenendu son las únicas personas en la mesa cuyas mentes todavía funcionan, y pasan el rato mirándose inciertos el uno al otro, sin que ninguno de los dos comprenda realmente lo que está pasando.

Finalmente Avi dice algo que Randy no oye. Le da un codazo con fuerza a Randy y lo repite:

—Voy al baño.

Randy le ve irse, cuenta hasta diez y dice:

—Perdónenme. —Sigue a Avi hasta el baño de hombres: piedra negra pulida, toallas gruesas y blancas, Avi de pie con los brazos cruzados.

—Él lo sabe —dice Randy.

—No me lo creo.

Randy se encoge de hombros.

—¿Qué puedo decir? Lo sabe.

—Si él lo sabe, todo el mundo lo sabe. Nuestra seguridad falló en algún lugar del proceso.

—No lo sabe todo el mundo —dice Randy—. Si todo el mundo lo supiese, allá abajo se habría desatado el infierno, y Enoch nos lo habría hecho saber.

—Entonces, ¿cómo puede saberlo?

—Avi —dice Randy—, él debe de ser el que lo enterró.

Avi parece indignado.

—¿Estás de coña?

—¿Tienes una teoría mejor?

—Pensaba que todos los que participaron murieron.

—Sería justo decir que él es un superviviente. ¿No estarías de acuerdo?

Diez minutos más tarde regresan a la mesa. Goto Dengo ha permitido que el personal del restaurante regrese, y han traído los menús de postres. Curiosamente, el viejo ha vuelto al modo de charla insustancial, y Randy supone que está intentando deducir cómo coño sabe Randy lo que sabe. Randy comenta, de pasada, que su abuelo era criptoanalista en Manila en 1945. Goto Dengo suspira, visiblemente, con alivio y se alegra un poco. Se produce más conversación sin sentido hasta que se sirve el café post-prandial, en cuyo momento el patriarca se inclina para hacer un comentario.

—Antes de beber... ¡miren!

Randy y Avi miran las tazas. Hay una extraña capa reluciente flotando sobre el café.

—Es oro —explica Furudenendu. Los dos Goto ríen—. Durante los ochenta, cuando Nipón tenía tanto dinero, estaba de moda: café con polvo de oro. Ahora ha pasado de moda. Demasiado ostentoso. Pero adelante, beban.

Randy y Avi lo hacen... algo nerviosos. El polvo de oro les cubre la lengua, luego cae por la garganta.

—Díganme lo que opinan —exige Goto Dengo.

—Es estúpido —dice Randy.

—Sí. —Goto Dengo asiente solemne—. Es estúpido. Así que díganme: ¿por qué quieren extraer más?

—Somos hombres de negocios —dice Avi—. Ganamos dinero. El oro vale dinero.

—El oro es el cadáver del valor —dice Goto Dengo.

—No comprendo.

—Si desea comprender, ¡mire por la ventana! —dice el patriarca, y agita el bastón en un arco que incluye la mitad de Tokio—. Hace cincuenta años no había más que llamas. ¡Ahora hay luz! ¿Comprende? Los líderes de Nipón eran estúpidos. ¡Se llevaron todo el oro de Tokio y lo enterraron en agujeros en las Filipinas! Porque creían que el general entraría en Tokio y lo robaría. Pero al general no le importaba el oro. Él comprendía que el verdadero oro está aquí... —se señala la cabeza— en la inteligencia de la gente, y aquí... —alarga las manos— en el trabajo que realizan. Deshacernos de nuestro oro fue lo mejor que pudo pasarle a Nipón. Nos hizo ricos. Recibir ese oro fue lo peor que pudo pasarle a Filipinas. Les hizo pobres.

—Entonces, saquémoslo de Filipinas —dice Avi—, para que ellos también puedan tener la oportunidad de hacerse ricos.

—¡Ah! Ahora sí que habla con sentido —dice Goto Dengo—. Entonces, ¿van a sacar el oro y arrojarlo al mar?

—No —dice Avi, con una risa nerviosa.

Goto Dengo arquea las cejas.

—Oh. Por tanto, ¿desea hacerse rico como parte de la operación?

En ese momento Avi hace algo que Randy nunca le ha visto hacer, ni siquiera jamás le ha visto cerca de ese estado: se cabrea. No tira la mesa o alza la voz. Pero la cara se le pone roja, los músculos de su cabeza sobresalen al forzar los dientes, y respira con fuerza por la nariz durante un rato. Los Goto parecen bastante impresionados, y nadie dice nada durante mucho tiempo, dándole a Avi la oportunidad de recuperar la compostura. Parece que Avi es incapaz de decir nada, así que finalmente se saca la cartera del bolsillo y busca en ella hasta encontrar una fotografía en blanco y negro, que saca de la funda de plástico y se la da a Goto Dengo. Es un retrato familiar: padre, madre, cuatro niños, todo de aspecto centroeuropeo y de mediados del siglo XX.

—Mi tío abuelo —dice Avi—, y su familia. Varsovia, 1937. Sus dientes están en ese agujero. ¡Usted enterró los dientes de mi abuelo!

Goto Dengo mira a Avi a los ojos, ni furioso ni a la

defensiva. Simplemente triste. Y eso parece surtir efecto en Avi, quien se ablanda, exhala por fin y rompe el contacto visual.

—Sé que probablemente no tuvo elección —dice Avi—. Pero eso es lo que hizo. Nunca le conocí, o a cualquiera de mis otros parientes que murieron en el Shoah. Pero con alegría arrojaría hasta la última onza de oro en el océano sólo por darles un entierro decente. Eso es lo que haré si ésa es su condición. Pero lo que realmente planeaba hacer era usar el oro para asegurarme de que nada similar volviese a suceder nunca.

Goto Dengo cavila durante un rato, mirando hierático las luces de Tokio. Luego recoge el bastón del borde de la mesa, lo clava en el suelo y se pone en pie. Se vuelve hacia Avi, se pone recto y luego se inclina. Es la inclinación más profunda que Randy haya visto nunca. Finalmente se vuelve a poner recto y retoma su asiento.

La tensión se ha roto. Todos están relajados, por no decir agotados.

—El general Wing está muy cerca de encontrar el Gólgota —dice Randy, después de que haya pasado un intervalo decente—. Es él o nosotros.

—En ese caso, nosotros —dice Goto Dengo.

R.I.P.

El clamor de los rifles de los marines resuena en el cementerio, los disparos agudos rebotando de lápida en lápida como bolas en una máquina. Goto Dengo se inclina y mete la mano en un montón de tierra suelta. Es agradable. Coge un puñado; se le escapa por entre los dedos y recorre las perneras de su uniforme del Ejército de Tierra de Estados Unidos recién estrenado, quedando atrapado en la vuelta de los pantalones. Se acerca al borde preciso de la tumba y deja caer la tierra sobre el ataúd oficial que contiene a Bobby Shaftoe. Se persigna, mirando la tapa del ataúd manchada de tierra, y luego, con algo de esfuerzo, vuelve a levantar la cabeza, hacia el mundo iluminado por el sol de las cosas que están vivas. Aparte de algunas hojas de hierba y algunos mosquitos, la primera cosa viva que ve son un par de pies calzados con sandalias fabricadas con viejas ruedas de neumáticos, que dan soporte a un hombre blanco envuelto en un prenda informe de color marrón fabricada con una tela basta y que lleva una enorme capucha en la parte alta. Mirando desde las sombras de la capucha se encuentra la cabeza de aspecto extrañamente sobrenatural (por el hecho de tener un pelo gris y una barba roja) de Enoch Root, un personaje que choca continuamente con Goto Dengo mientras éste intenta ejecutar sus obligaciones. Goto Dengo queda atrapado y paralizado por esa mirada salvaje.

Caminan juntos por el cementerio en expansión.

—¿Hay algo que te gustaría decirme? —dice Enoch.

Goto Dengo gira la cabeza para mirar a Root a los ojos.

—Me dijeron que un confesionario era un lugar de secreto perfecto.

—Lo es —dice Enoch.

—Entonces, ¿cómo lo sabes?

—¿Saber qué?

—Creo que tus hermanos de la Iglesia te dijeron algo que no deberías saber.

—Quítate esa idea de la cabeza. No se ha violado el secreto de confesión. No he hablado con el sacerdote que recibió tu primera confesión, y de haberlo hecho no me hubiese dicho nada.

—Entonces, ¿cómo lo sabes? —pregunta Goto Dengo.

—Dispongo de varios métodos para descubrir cosas. Una cosa que sé es que eres un excavador. Un hombre que diseña grandes agujeros en el suelo. Un amigo común, el padre Ferdinand, me lo dijo.

—Sí.

—Los nipones se dieron mucho trabajo para traerte aquí. No lo hubiesen hecho a menos que quisiesen que cavases un agujero muy importante.

—Hay muchas razones para hacerlo.

—Sí —dice Enoch Root—, pero sólo algunas tienen sentido.

Caminan en silencio durante un rato. Los pies de Root golpean el borde del hábito a cada paso.

—Sé otras cosas —continúa—. Al sur de aquí, un hombre llevó diamantes a un sacerdote. El hombre dijo que había atacado a un viajero en la carretera, y que le había quitado una pequeña fortuna en diamantes. La víctima murió por las heridas. El asesino entregó los diamantes a la Iglesia como penitencia.

—¿La víctima era china o filipina? —pregunta Goto Dengo.

Enoch Root le mira fijamente con frialdad.

—¿Un chino lo sabe?

Más paseo. Root iría andando con alegría de un extremo de Luzón al otro si ese fuese el tiempo que le llevase contestar a Goto Dengo.

—También tengo información de Europa —dice Root—. Sé que los alemanes han estado ocultando tesoros. Es de sobras conocido que el general Yamashita está enterrando más oro en las montañas del norte mientras hablamos.

—¿Qué quieres de mí? —pregunta Goto Dengo. No se le humedecen primero los ojos, las lágrimas saltan directamente y le corren por la cara—. Vine a la Iglesia a causa de unas palabras.

—¿Palabras?

—«Éste es Jesucristo, que limpia los pecados del mundo» —dice Goto Dengo—. Enoch Root, nadie conoce mejor que yo los pecados del mundo. He nadado en esos pecados, me he ahogado en ellos, he ardido en ellos, he excavado en ellos. Yo era como un hombre nadando por una larga cueva llena de aguas oscuras y heladas. Al levantar la vista, vi una luz, y nadé hacia ella. Sólo deseaba encontrar la superficie, para volver a respirar el aire. Todavía inmerso en los pecados del mundo, al menos puedo respirar. Así estoy ahora.

Root asiente y aguarda.

—Tenía que confesar. Las cosas que vi, las cosas que hice, fueron tan terribles. Tenía que purificarme. Eso es lo que hice, en mi primera confesión. —Goto Dengo lanza un largo y vibrante suspiro—. Fue una confesión muy, muy larga. Pero terminó. Jesús se ha llevado mis pecados, o eso me dijo el sacerdote.

—Muy bien. Me alegro que te fuese de ayuda.

—Ahora, ¿quieres que vuelva a hablar de esas cosas?

—Hay otros —dice Enoch Root. Se detiene, se vuelve e indica con la cabeza. Recortados en lo alto de una elevación, al otro lado de los varios millares de tumbas blancas, hay dos hombres vestidos de civil. Parecen occidentales, pero eso es todo lo que Goto Dengo puede saber a esa distancia.

—¿Quiénes son?

—Hombres que han viajado al infierno y han regresado, como tú. Hombres que saben lo del oro.

—¿Qué quieren?

—Desenterrar el oro.

La náusea rodea a Goto Dengo como una sábana mojada.

—Tendrían que cavar un túnel por entre un millar de cadáveres recientes. Es una tumba.

—El mundo entero es una tumba —dice Enoch Root—. Las tumbas pueden trasladarse, los cadáveres enterrarse de nuevo. De forma decente.

—¿Y luego? ¿Si consiguen el oro?

—El mundo está sangrando. Necesita medicinas y vendas. Cuestan dinero.

—Pero antes de esta guerra, todo ese oro estaba ahí fuera, bajo la luz del sol. En el mundo. Sin embargo, mira lo que sucedió. —Goto Dengo se estremece—. La riqueza almacenada en forma de oro está muerta. Se pudre y apesta. La verdadera riqueza la producen cada día hombres que salen de la cama y van a trabajar. Los niños que estudian sus lecciones, mejorando sus mentes. Dile a esos hombres que si lo que desean es riqueza, entonces deberían regresar conmigo a Nipón después de la guerra. Fundaremos negocios y construiremos edificios.

—Has hablado como un verdadero nipón —dice Enoch con amargura—. Nunca cambiáis.

—Por favor, explícame qué quieres decir.

—¿Qué hay del hombre que no puede salir de la cama y trabajar porque no tiene piernas? ¿Qué hay de la viuda que no tiene esposo ni hijos que la mantengan? ¿Qué hay de los niños que no pueden mejorar sus mentes porque carecen de libros y de escuelas?

—Podrás bañarlos en oro —dice Goto Dengo—. Pero pronto se agotará.

—Sí. Pero en parte se convertirá en libros y vendas.

Goto Dengo no tiene respuesta para esto último. No

es tanto que carezca de inteligencia como que está triste y cansado.

—¿Qué quieres? ¿Crees que debería entregar el oro a la Iglesia?

Enoch Root parece ligeramente sorprendido, como si la idea no se le hubiese ocurrido.

—Supongo que podría ser peor. La Iglesia tiene dos mil años de experiencia en emplear sus recursos para ayudar a los pobres. No siempre ha sido perfecta. Pero ha construido su parte de escuelas y hospitales.

Goto Dengo mueve la cabeza.

—Sólo llevo en tu Iglesia unas pocas semanas y ya tengo mis dudas. Para mí ha sido bueno. Pero entregar tanto oro... no creo que sea una buena idea.

—No me mires a mí si esperas que defienda las imperfecciones de la Iglesia —dice Enoch Root—. Me han echado del sacerdocio.

—Entonces, ¿qué debo hacer?

—Quizás entregárselo a la Iglesia con ciertas condiciones.

—¿Qué?

—Si así lo decides, puedes estipular que sólo se emplee para educar a los niños.

Goto Dengo dice:

—Hombres con educación crearon este cementerio.

—Entonces elige alguna otra condición.

—Mi condición es que si ese oro sale alguna vez a la superficie, debe usarse para que no volvamos a tener guerras como ésta.

—¿Y cómo podríamos conseguir tal cosa, Goto Dengo?

Goto Dengo suspira.

—¡Pones un gran peso sobre mis hombros!

—No. No puse ese peso sobre tus hombros. Siempre ha estado ahí. —Enoch Root mira sin misericordia al rostro atormentado de Goto Dengo—. Jesús borra los pecados del mundo, pero el mundo sigue siendo una realidad física en la que estamos condenados a vivir hasta que la muerte nos lleve. Te has confesado, y has sido perdonado, de tal forma que la gracia ha eliminado buena parte de tu carga. Pero el oro sigue allí, en un agujero en el suelo. ¿Creíste que el oro se había convertido en tierra cuando tragaste el pan y el vino? Ése no es el sentido de las transubstanciación. —Enoch Root le da la espalda y comienza a caminar, dejando a Goto Dengo sólo entre las grandes avenidas de la ciudad de los muertos.

Regreso

«VOLVERÉ», escribió Randy en su primer mensaje de correo a Amy cuando llegó a Tokio. Regresar a Filipinas no es en absoluto una buena idea, y probablemente no es el tipo de cosa que el antiguo y sereno Randy hubiese siquiera considerado. Pero aquí está, en una playa del Sultanato de Kinakuta, a la sombra de la ciudadela de Tom Howard, cubierto de protector solar y lleno de dramamina hasta las orejas, preparándose para regresar. Al considerar que la perilla le haría fácil de identificar, se la afeitó, y suponiendo que allí a donde va (siendo la jungla, la cárcel y el fondo del mar las tres posibilidades más probables) el pelo es inútil, se pasó la maquinilla por la cabeza y se lo dejó parejo a un octavo de pulgada. Eso a su vez ha hecho necesario encontrar un sombrero, para evitar las quemaduras en el cráneo por radiación, y el único sombrero en la casa de Tom Howard que le entra a Randy es uno australiano que algún contratista cefalomegálico de Australia se dejó abandonado, evidentemente debido a que su olor había empezado a atraer a roedores nocturnos con tendencia a mascar lo que se les pusiese por delante.

Sobre la playa hay un pamboat, y niños badjaos, como para llenar dos familias, juegan por los alrededores, exactamente como los niños en un área de descanso de la interestatal cuando saben que en diez minutos tendrán que volver a subirse a la camioneta. El casco principal del barco ha sido tallado a partir de un único árbol de bosque tropical, sin exagerar, de cincuenta pies de largo, lo suficientemente estrecho en el punto más ancho como para que Randy pueda sentarse en medio y tocar los bordes con las manos extendidas. La mayor parte del casco está cubierta por un techado de palmas, casi por completo gris marrón debido a la edad y la sal marina, aunque una mujer anciana está remendando una zona con hojas frescas e hilo de plástico. A cada lado, un estabilizador estrecho de bambú está conectado al casco por varas de bambú. Hay una especie de puente que sobresale mucho de la proa, pintado de rojo y verde brillantes y con florituras amarillas, como cadenas de remolinos lanzadas a la estela del barco y que reflejasen los colores de la puesta de sol tropical.

Hablando de la cual, el sol se está poniendo ahora mismo, y se están preparando para sacar el último cargamento de oro del casco del pamboat. El terreno desciende de forma tan precipitada hacia la playa que no hay acceso por carretera, lo que probablemente sea positivo porque desean que esa operación sea lo más privada posible. Pero Tom Howard, cuando estaba construyendo su casa, hizo que trajesen un montón de materiales bastante pesados, así que ya hay colocada una pequeña sección de raíles. Suena más impresionante de lo que es: un par de vigas de acero, ya oxidadas, sostenidas por ligaduras de cemento medio enterradas, suben una pendiente de cuarenta y cinco grados durante cincuenta yardas hasta una pequeña meseta accesible por una carretera privada. Allí tiene un cabestrante diésel que se puede usar para subir cosas por los raíles. Es más que suficiente para la labor de hoy, que es mover un par de cientos de kilogramos de lingotes —el oro restante del submarino hundido— desde la playa hasta la cámara acorazada en la casa. Mañana, él y los otros lo llevarán con tranquilidad en el camión al centro de Kinakuta y lo convertirán en cadenas de bits que indicarán números muy grandes con importantes propiedades criptológicas.

Los badjao comparten la misma exasperante negativa a ser exóticos que Randy ha encontrado en todos los lugares a los que ha viajado: el tipo que lleva todo el circo insiste en que su nombre es Leon, y los chicos en la playa adoptan continuamente poses estereotipadas de artes marciales y gritan «¡hi-yaaa!» que Randy sabe que es algo relacionado con los Power Rangers, porque los chicos de Avi hacían lo mismo hasta que su padre prohibió todas las emulaciones de los Power Rangers en el interior de la casa. Cuando Leon descarga el primer cajón de oro del puente alto del pamboat, y medio se entierra por sí solo en la blanda arena, Avi se acerca e intenta emitir una especie de plegaria solemne en hebreo en honor a los muertos, y consigue emitir como media docena de fonemas antes de que dos de los chicos badjaos, habiéndole identificado como un objeto estacionario permanente, deciden emplearle como pantalla táctica, y toman posiciones a ambos lados de su cuerpo gritándose el uno al otro. Avi no está tan pagado de sí mismo como para no apreciar el humor de la situación, pero tampoco es tan sentimental como para que no se le note que desea estrangularlos.

John Wayne patrulla la playa con un cigarrillo y una escopeta de repetición. Douglas MacArthur Shaftoe considera que la probabilidad de un ataque de submarinistas es muy baja porque el oro del pamboat sólo vale dos millones y medio de dólares, una cantidad que apenas justifica nada tan complejo, y caro, como un asalto por mar. John Wayne necesita estar aquí en caso de que alguien tenga la impresión equivocada de que de alguna forma han conseguido meter en el pamboat diez o veinte veces esa cantidad de oro. Parece bastante improbable desde un punto de vista hidrodinámico. Pero Doug dice que sobreestimar la inteligencia del enemigo es, en cualquier caso, más peligroso que infravalorarla. Él, Tom Howard y Jackie Woo están en lo alto de la colina protegiendo la carretera con rifles de asalto. Tom ha estado pavoneándose de verdad. Todas sus fantasías se están haciendo realidad en ese pequeño retablo.

Una caja de plástico grande cae a la arena, se abre y suena una masa de coral roto. Randy se acerca y ve hojas de oro dentro del caparazón de coral, con pequeños agujeritos. Para él, los agujeros son más interesantes que el oro.

Pero cada uno reacciona de forma diferente. Doug Shaftoe se muestra siempre conscientemente tranquilo y algo pensativo en presencia de una gran cantidad de oro, como si siempre hubiese sabido que estaba allí, pero tocarlo le hace pensar de dónde salió y lo que se hizo para mantenerlo donde estaba. La visión de un único lingote hizo que Goto Dengo casi vomitase su ternera de Kobe. Para Eberhard Föhr, que está en la cala dando unas brazadas, es la encarnación física del valor monetario, que para él, y el resto de Epiphyte, ha sido en su mayoría una abstracción matemática, una aplicación práctica de una sub-sub-sub-rama en particular de la teoría de números. Así que para él tiene la atracción intelectual pura de una roca lunar o un diente de dinosaurio. Tom Howard lo ve como la manifestación de algunos principios políticos que son casi tan puros, y están tan alejados de la realidad humana, como la teoría de números. Mezclado con todo está su sensación de vindicación personal. Para Leon el Gitano del Mar, no es más que una carga a llevar desde el punto A al punto B, por lo que se le compensará con algo más útil. Para Avi, es una mezcla inextricable de lo sagrado y lo satánico. Para Randy —y si cualquiera lo descubriese, se sentiría terriblemente avergonzado, y admitiría con total libertad que es empalagoso— es lo más cercano que tiene ahora mismo a una conexión física con su amada, ya que ella misma estaba sacando esos lingotes del submarino no hace ni unos días. Y la verdad, ahora mismo es lo único que realmente le importa de ese oro. De hecho, desde los días en que decidió contratar a Leon para llevarle por el mar de Sulu hasta la zona sur de Luzón, ha tenido que recordarse una y otra vez que el propósito nominal del viaje es abrir el Gólgota.

Después de descargar el oro, y de que Leon haya recogido algunos suministros, Tom Howard saca una botella de whisky de malta, contestando al fin a la pregunta de Randy de quién compra en la tiendas libres de impuestos de los aeropuertos. Todos se reúnen en la playa para brindar. Randy se siente un poco inquieto al unirse al círculo, porque no sabe sobre qué proponer un brindis si le cae encima esa responsabilidad. ¿Desenterrar el Gólgota? En realidad no puede beber por eso. La unión de mentes entre Avi y Goto Dengo fue una chispa que atravesó el aire —súbita, deslumbrante y algo aterradora— y depende de su entendimiento compartido de que todo ese oro es dinero manchado de sangre, de que el Gólgota es una tumba que están a punto de profanar. Así que no es precisamente algo por lo que brindar. Entonces, ¿qué tal un brindis por algún elevado principio abstracto?

Aquí Randy tiene otro problemilla, una idea que se le ha estado metiendo en la cabeza mientras se encontraba en la playa bajo la casa de cemento de Tom Howard: la libertad perfecta que Tom ha encontrado en Kinakuta es una flor cortada en un jarrón de cristal. Es preciosa, pero está muerta, y la razón de que esté muerta es que se la ha separado de la tierra en la que germinó. ¿Y cuál es exactamente esa tierra? En una primera aproximación podría decirse que es «América», pero es un poco más complicado; América no es más que la manifestación más difícil de ignorar de un sistema filosófico y cultural que puede verse en muy pocos lugares. No en muchos. Ciertamente no en Kinakuta. La avanzada más cercana no está muy lejos: los filipinos, con todas sus limitaciones en lo que a derechos humanos se refiere, han asimilado hasta la médula todo el concepto occidental de la libertad, de tal forma que podría argumentarse que eso les ha retrasado en el frente económico en comparación con otros países asiáticos donde a nadie le importan una mierda los derechos humanos.

Al final no tiene mayor importancia; Douglas MacArthur Shaftoe pretende brindar por una buena travesía. Hace dos años a Randy le hubiese parecido un gesto banal y simplón. Ahora comprende que es el reconocimiento implícito de Doug de la ambigüedad moral del mundo, y un golpe preventivo bastante inteligente contra cualquier otra retórica más inflamada. Randy se traga el whisky de un trago y dice:

—Vamos a ello. —Lo que también es increíblemente trillado, pero la verdad es que esto de reunirse-en-un-círculo-en-la-playa ya le pone nervioso; firmó para unirse a una aventura empresarial, no para unirse a un conciliábulo.

El resultado son cuatro días en el pamboat. Navega a diez kilómetros por hora día y noche, y no se aparta de las aguas costeras poco profundas del mar de Sulu. Tienen suerte con el tiempo. Se detienen dos veces en Palawan y una vez en Mindoro para recoger diésel e intercambiar bienes sin especificar. La carga va en el casco, y la gente en la cubierta, que no es más que unos tablones tendidos de un lado a otro. Randy se siente más redomadamente solitario que desde que era un adolescente rarito, pero no se siente triste. Duerme mucho, perspira, bebe agua, lee un par de libros y juega con su nuevo receptor GPS. Su característica más destacable es una antena externa en forma de champiñón que puede recibir señales débiles, lo que debería venirle bien en medio de una jungla tupida. Randy ha grabado la latitud y longitud del Gólgota en la memoria del aparato, así que pulsando un par de botones puede comprobar instantáneamente a qué distancia está, y en qué dirección. Desde la playa de Tom Howard son casi mil kilómetros. Cuando el pamboat entierra por fin la nariz en una marisma al sur de Luzón, y Randy chapotea hasta la orilla a pleno estilo MacArthur, la distancia es sólo de cuarenta kilómetros. Pero frente a él se alzan volcanes ruinosos, negros y cubiertos de niebla, y sabe por experiencia que cuarenta kilómetros en esa zona serán mucho más difíciles que los primeros novecientos sesenta.

El campanario de una vieja iglesia española se eleva, a no mucha distancia, sobre las palmas de los cocoteros, tallado con bloques de material volcánico que comienzan relucir bajo la suave luz de otra maravillosamente alucinante puesta de sol tropical. Después de cargar con algunas botellas extras de agua y decir adiós a Leon y su familia, Randy camina en dirección al campanario. Durante el trayecto, borra de la memoria del GPS la posición del Gólgota, por si se lo confiscan o se lo roban.

La siguiente idea que le viene a la cabeza dice algo sobre su estado mental general: que los frutos son los genitales de los árboles es totalmente evidente cuando miras a un conjunto de jóvenes cocos hinchados cobijados en las ingles oscuras y peludas de una palmera. Es sorprendente que los misioneros españoles no erradicasen la especie. En todo caso, para cuando ha conseguido llegar a la iglesia, ha pillado un séquito de pequeños niños filipinos que aparentemente no están acostumbrados a ver cómo los hombres blancos se materializan de la nada. No es que a Randy le parezca una alegría genial, pero se conforma con que nadie llame a la policía.

Un vehículo todo terreno nipón de estilo adorable y de la escuela alarmante de alto-centro-de-gravedad está aparcado frente a la iglesia, rodeado por aldeanos impresionados. Randy se pregunta si podrían llamar más la atención. Un chófer de unos cincuenta años está inclinado contra el parachoques delantero fumando un cigarrillo y charlando con algunos dignatarios locales: un sacerdote y, por amor de Dios, un policía con un puto rifle. Parece que todos los presentes están fumando Marlboro, cigarrillos que aparentemente ha distribuido como gesto de buena voluntad. Randy tiene que volver a la forma de pensar de Filipinas: la forma de entrar con sigilo en un país no es montar una operación secreta, arrastrándose en medio de la noche hasta una playa aislada vestido con un traje de submarinista negro mate, sino limitarse a pasearse por allí y hacerse amigo de todos los que te ven. Porque no son imbéciles: van a verte.

Randy fuma un cigarrillo. No lo había hecho nunca hasta hace unos meses, cuando se le metió en la cabeza que se trataba de un gesto social, que algunas personas se toman como un insulto si rechazas el cigarrillo que te ofrecen, y que en cualquier caso fumar un par de veces no iba a matarle. Ninguna de estas personas, exceptuando al chófer y el sacerdote, hablan ni una palabra de inglés, y por tanto ésa es la única forma en que puede comunicarse con ellos. En cualquier caso, considerando todos los cambios que ha sufrido, ya que está ¿por qué coño no iba a convertirse en fumador? Quizá la próxima semana se esté chutando heroína. Para ser nocivos y letales, los cigarrillos son asombrosamente agradables.

El nombre del chófer es Matthew, y realmente resulta no tanto ser un chófer como un carismático negociador/solucionador, un facilitador, un nivelador de carreteras humano. Randy se limita a permanecer allí pasivo, mientras Matthew con alegría y de forma divertida consigue que puedan liberarse de esa reunión ciudadana improvisada, una labor que sería probablemente casi imposible si el sacerdote no fuese claramente cómplice. El policía mira al sacerdote para que le indique lo que debe hacer, y el sacerdote le dice algo complicado con una serie de miradas y gestos, y en cierta forma, de algún modo, Randy llega a colocarse en el asiento de pasajeros del vehículo y Matthew se sitúa tras el volante. Bien pasada la puesta de sol salen rodando del pueblecito recorriendo la execrable carretera de un solo carril, seguidos por niños que corren junto a ellos con las manos en el coche, como si fuesen agentes del Servicio Secreto. Pueden hacerlo durante un buen rato porque deben recorrer algunos kilómetros antes de que la carretera mejore lo suficiente para que Matthew pueda abandonar la primera.

Ésta no es una parte del mundo donde tenga sentido conducir de noche, pero está claro que a Matthew no le interesaba pasar la noche en el pueblecito. Randy tiene una idea bastante razonable sobre lo que va a suceder ahora: muchas horas de conducir lentamente por carreteras tortuosas, medio bloqueadas por montones recién recogidos de cocos, entorpecidas por pedazos de troncos arrojados siguiendo los pasos de peatones para obligar a reducir la velocidad y evitar que los niños y los perros sean atropellados. Echa el asiento hacia atrás.

Una luz brillante entra en torrente en el coche y piensa: bloqueo, policías, luces. La luz está bloqueada por una silueta. Se produce un ruido en la ventanilla. Randy mira a un lado y ve que el asiento del conductor está vacío, y que la llave no está en el contacto. El vehículo está frío y dormido. Se sienta derecho y se frota la cara, en parte porque necesita que la froten y en parte porque probablemente sea inteligente mantener las manos a la vista. Más golpecitos en el parabrisas, cada vez más impacientes. Las lunas están cubiertas de vaho y sólo puede ver formas. La luz tiene un tono rojizo. Tiene una erección totalmente inapropiada. Randy busca el control de la ventanilla, pero los elevalunas son eléctricos y no funcionan a menos que esté en marcha. Busca por la portezuela hasta que descubre cómo quitarle el seguro, y casi de inmediato se abre de golpe y alguien entra con él.

Acaba sobre el regazo de Randy, tendida de lado sobre su cuerpo, con la cabeza sobre su pecho.

—Cierra la puerta —dice Amy, y Randy lo hace.

Luego ella se retuerce hasta estar cara a cara con él, y su centro de gravedad pélvico se roza sin piedad contra la enorme zona generalizada entre su ombligo y sus muslos que, en los últimos meses, se ha convertido en un enorme órgano sexual. Amy le agarra el cuello entre los antebrazos y sostiene el apoyacabezas. Randy está atrapado. Ahora lo evidente sería un beso, y ella se mueve en esa dirección, pero luego se lo piensa mejor, porque parece que en esta ocasión es preciso mirarse fijamente durante un buen rato. Así que se miran durante probablemente un minuto. No es una mirada edulcorada la que comparten, nada romántico en absoluto, más bien una mirada de «en qué coño nos hemos metido». Como si fuese realmente importante para los dos que aprecien mutuamente la importancia de todo. Emocionalmente, sí, pero también desde un punto de vista legal y, a falta de un término mejor, desde el militar. Pero una vez que Amy se convence de que su chico realmente lo comprende, se permite una sonrisilla vagamente incrédula que florece para convertirse en una sonrisa en toda regla, y luego emite lo que en una mujer menos armada podría caracterizarse como una risita tonta, y a continuación, sólo por parar, tira fuerte del apoyacabezas y une su rostro con el de Randy, y después de diez latidos de olisqueos exploratorios y caricias con el hocico, le besa. Es un beso casto que requiere mucho tiempo para abrirse, que es totalmente consistente con la aproximación cautelosa y sardónica que Amy manifiesta ante todo, y también con la hipótesis, comentada en una ocasión cuando conducían hacia Whitman, de que sea efectivamente virgen.

En este momento la vida de Randy está esencialmente completa. Ha llegado a comprender durante toda la operación que la luz que penetra por las ventanillas es efectivamente la luz del amanecer, e intenta contener la idea de que «es un buen día para morir» porque tiene claro que aunque es posible que a partir de ese momento llegue a vivir para ganar mucho dinero, volverse famoso o lo que sea, nada va a ser mejor que esto. Amy también lo sabe, y hace que el beso dure mucho tiempo antes de apartarse para respirar, inclinando la cabeza para apoyar la frente sobre el esternón de Randy, la curva de su cabeza siguiendo la de su garganta, como las líneas costeras de América del Sur y África. Randy casi no puede soportar la presión en su entrepierna. Aprieta con firmeza los pies contra el suelo del vehículo y se retuerce.

Amy se mueve con rapidez y decisión, agarrándole el dobladillo de la pernera izquierda de los shorts y tirando de ella casi hasta el ombligo, llevándose también los calzoncillos. Randy se libera y apunta, subiendo, agitándose ligeramente con cada latido del corazón, reluciente de salud (piensa con modestia) bajo la luz del amanecer. Amy lleva una especie de falda larga ligera, que de pronto ella lanza sobre Randy, produciendo momentáneamente el efecto de una tienda de campaña. Pero ella está en marcha, quitándose la ropa interior, y luego, antes de que Randy tenga tiempo de creérselo, se sienta encima de él, con fuerza, produciendo una descarga casi eléctrica. Luego deja de moverse, desafiándole.

Los dedos de los pies de Randy producen un ruido audible. Levanta su cuerpo y el de Amy en el aire, experimenta una especie de alucinación sinestética muy similar a la famosa escena del «salto al hiperespacio» de *Star Wars*. ¿O quizás ha saltado el airbag por accidente? A continuación emite como una pinta imperial de semen —es una serie aparentemente sin fin de eyaculaciones, cada una relacionada con la siguiente por nada más que el salto de fe de que otra está por venir— y al final, como todas las cosas construidas sobre la fe y la esperanza, deja de suceder, y a continuación Randy se queda sentado completamente quieto hasta que su cuerpo se da cuenta de que lleva un rato sin respirar. Llena los pulmones por completo, extendiéndolos, lo que le sienta casi tan bien como el orgasmo, y luego abre los ojos, ella le está mirando perpleja, pero (¡gracias a Dios!) no parece estar horrorizada o indignada. Randy se sienta bien, lo que fuerza su culo en un gesto no del todo desagradable. Entre eso, y los muslos de Amy, y otras penetraciones, no va a ir a ningún sitio durante un buen rato, y teme ligeramente lo que Amy vaya a decir, ella dispone de un amplio menú de posibles respuestas a todo eso, la mayoría de ellas a costa de Randy. Amy planta una rodilla, se levanta, le agarra la camisa hawaiana y se limpia un poco. Luego abre la puerta, le da un par de golpecitos en las mejillas peludas, y dice:

—Aféitate. —Y sale del escenario por la izquierda. Randy puede ahora comprobar que, efectivamente, el airbag no se ha disparado. Y sin embargo tiene la misma sensación de cambio súbito en su vida que podría tener después de sobrevivir a un accidente de coche.

Está hecho un asco. Por suerte tiene la bolsa en el asiento trasero, con otra camisa.

Unos minutos después sale por fin del vehículo y da un vistazo a lo que le rodea. Se encuentra en una comunidad construida sobre una meseta inclinada con algunos cocoteros muy espaciados y muy altos dispersos por ahí. Hacia abajo, lo que parece ser más o menos el sur, hay un patrón de vegetación que Randy reconoce como una plantación a tres niveles: piñas en el suelo, cacao y café a nivel de la cabeza, cocos y plátanos por encima. Las hojas amarillo verdosas de los plataneros son especialmente atractivas, en apariencia lo suficientemente grandes como para extenderlas y tomar el sol encima. Hacia el norte, y colina arriba, una jungla intenta derribar una montaña.

El lugar en el que se encuentra es evidentemente reciente, medido por un topógrafo de verdad, diseñado por gente con educación, pagado por alguien que se puede permitir láminas de estaño corrugado totalmente nuevas, tubos de desagüe y cableado eléctrico. Tiene algo en común con un pueblo normal de Filipinas en que está construido alrededor de una iglesia. En este caso la iglesia es pequeña —Enoch la llamó una capilla—, pero que fue diseñada por estudiantes finlandeses de arquitectura le quedaría claro a Randy incluso si Root no lo hubiese divulgado. Tiene un poco de esa tensión de Bucky Fuller, muchos cables expuestos y en tensión radiando de los extremos de puntales tubulares, todos colocados para soportar un tejado que no es una única superficie sino un sistema de fragmentos curvos. A Randy le parece terriblemente bien diseñado, porque ahora juzga los edificios únicamente por el criterio de su capacidad para soportar los terremotos. Root le dijo que fue construida por los hermanos de la orden misionera y por voluntarios locales, empleando materiales donados por una fundación nipona que todavía intenta enmendar la guerra.

De la iglesia sale música. Randy mira la hora y descubre que es domingo por la mañana. Evita participar en la misa, con la excusa de que ya ha empezado y no quiere interrumpirla, y se dirige hacia el pabellón cercano —un tejado corrugado protegiendo un suelo de cemento cubierto de mesas de plástico— donde se sirve el desayuno. Provoca una violenta controversia en una bandada de gallinas que se le cruza por el camino, ninguna de las cuales parece capaz de saber cómo apartarse de su camino; están asustadas de su presencia, pero no tienen la organización mental suficiente para traducir ese miedo en un plan coherente de acción. A varias millas de distancia, un helicóptero vuela sobre el mar, perdiendo altitud a medida que se acerca a algún punto de aterrizaje en la jungla. Es un helicóptero de carga enorme y gratuitamente ruidoso de un modelo desconocido, y Randy sospecha vagamente que lo construyeron en Rusia para clientes chinos y que es parte de las operaciones de Wing.

Reconoce a Jackie Woo sentado frente a una de las mesas, bebiendo té y leyendo una revista. Amy está en la cocina adyacente, enzarzada en una charla de chicas en tagalo con un par de damas de mediana edad que se encargan de preparar la comida. Ese lugar parece bastante seguro, y por tanto Randy se detiene bajo cielo abierto, teclea los dígitos que sólo él y Goto Dengo conocen y toma una medida GPS. Según la máquina, no están a más de cuatro mil quinientos metros de distancia del túnel principal del Gólgota. Randy comprueba la dirección y determina que es colina arriba desde aquí. Aunque la jungla difumina la superficie de la tierra, cree que estará situado en el valle de un río cercano.

Cuatro mil quinientos metros parece ser imposiblemente cerca, y sigue ahí de pie, intentando convencerse de que su memoria funciona bien, cuando las voces irregulares de los creyentes llenan de pronto el poblado al abrirse las puertas de la iglesia. Enoch Root sale, vistiendo lo que (inevitablemente) Randy describiría como un traje de mago. Pero al caminar se lo quita para mostrar que debajo viste, como es razonable, de caqui, y le pasa la túnica a un joven acólito filipino que vuelve adentro con ella. Termina la canción y luego sale Douglas MacArthur Shaftoe, seguido de John Wayne y varias personas que parecen ser del pueblo. Todos se dirigen al pabellón. El estado de alerta producido por estar en un lugar nuevo combinado con las consecuencias neurológicas de un orgasmo asombrosamente intenso y largo, han dejado a Randy con sentidos más agudos, y una mente más clara de lo que ha estado nunca, y se siente impaciente por ponerse en marcha. Pero no puede negar la inteligencia de tomar primero un buen desayuno, así que les da la mano a todos y se sienta con los otros. Se produce una pequeña charla sobre su viaje en pamboat.

—Tus amigos deberían haber venido por ese método —dice Doug Shaftoe, y luego le explica que Avi y los dos Goto se suponía que llegarían aquí ayer, pero fueron retenidos en el aeropuerto durante varias horas y luego tuvieron que volver a Tokio mientras se aclaraba un misterioso problema inmigratorio.

—¿Por qué no fueron a Taipei o Hong Kong? —se pregunta Randy en voz alta, ya que ambas ciudades están mucho más cerca de Manila. Doug le mira con expresión vacía y comenta que esas dos son ciudades chinas, y le recuerda que el supuesto adversario es ahora el general Wing, quien tiene mucho poder en sitios así.

Ya hay preparadas varias mochilas, cargadas en su mayoría con agua embotellada. Después de que todos hayan tenido su oportunidad de tragar el desayuno, Douglas MacArthur Shaftoe, Jackie Woo, John Wayne, Enoch Root, America Shaftoe y Randall Lawrence Waterhouse cargan con ellas. Comienzan a caminar colina arriba, saliendo del poblado y llegando a una zona de transición ocupada por palmas del viajero de grandes hojas y gigantescos grupos de bambú: troncos de diez centímetros de grueso saliendo de unas raíces centrales, como explosiones congeladas, hasta alturas de al menos diez metros, los palos verdes y marrones allí donde pierden las hojas fornidas. La cubierta de la jungla queda cada vez más alta, acentuada por el hecho de que está colina arriba, y emite fantásticos ruidos silbantes, como disparos de faser. Al entrar en la sombra de la cubierta arbórea a esos sonidos se añade el barullo de los grillos. Suena como si hubiese millones de grillos y millones de lo que sea produciendo los sonidos, pero de vez en cuando el sonido se detiene de súbito y luego se inicia de nuevo, así que si hay muchos, todos siguen la misma partitura.

El lugar está lleno de plantas que en Estados Unidos

sólo se ven en las macetas, pero que aquí crecen hasta el tamaño de un roble, tan grandes que la mente de Randy no las puede reconocer, por ejemplo, como el mismo tipo de Diefenbachia que la abuela Waterhouse solía tener en el baño de abajo. Hay una variedad increíble de mariposas, a las que parece encantar el ambiente libre de viento, y vuelan entre enormes telas de araña que traen a la mente el diseño de la capilla de Enoch Root. Pero está claro que las dueñas absolutas de ese lugar son las hormigas; de hecho, tiene sentido considerar la jungla como un tejido vivo de hormigas con pequeñas infecciones de árboles, pájaros y humanos. Algunas son tan pequeñas que son, para las otras hormigas, lo que esas hormigas son para las personas; se ocupan de sus actividades de hormigas en el mismo espacio físico pero sin interferir, como muchas señales de frecuencias diferentes que comparten el mismo medio. Pero hay un buen montón de hormigas cargando con otras hormigas, y Randy asume que no lo hacen por razones altruistas.

Allí donde la jungla es densa, es intransitable, pero hay un buen número de lugares donde los árboles se espacian unos metros y la maleza sólo llega hasta las rodillas, y hay luz. Moviéndose de un lugar así a otro van progresando lentamente en la dirección general indicada por el GPS de Randy. Jackie Woo y John Nguyen han desaparecido, y parecen moverse en paralelo a ellos pero mucho más en silencio. La jungla es un bonito sitio para ir de visita, pero no querrías vivir, o dejar de moverte, allí. Al igual que los mendigos de Intramuros te ven como un cajero automático bípedo, los insectos de la jungla te ven como grandes trozos de comida animada pero no muy bien defendida. La capacidad de moverse, lejos de ser disuasoria, sirve como garantía perfecta de frescura. Los soportes de la cubierta son árboles enormes

—«*Octomelis sumatrana*», dice Enoch Root— con estrechas raíces de apoyo extendidas en todas direcciones, tan delgadas y afiladas como machetes hundidos en la tierra. Algunos de ellos quedan casi completamente ocultos por colosales filodendros que trepan por sus troncos.

Llegan a una amplia y suave cresta rocosa; Randy había olvidado que se movían colina arriba. De pronto el aire se hace más frío y la humedad se condensa sobre la piel. Cuando el ruido de los grillos se detiene es posible oír el murmullo de una corriente de agua. La siguiente hora se dedica a descender lentamente la inclinación para llegar a la corriente. Cubren un total de cien metros; a ese ritmo, piensa Randy, les llevará dos día, caminando continuamente, llegar al Gólgota. Pero no se lo dice a nadie. A medida que descienden, es consciente, y le aterra un poco, la cantidad increíble de biomasa que tienen sobre la cabeza, a cuarenta o cincuenta metros en algunos casos. Le hace sentirse como si estuviese al fondo de la cadena alimenticia.

Entran en una zona más soleada que en consecuencia está cubierta de maleza mucho más espesa, y se ven obligados a sacar los machetes y abrirse paso hasta el río. Enoch Root explica que ése es el lugar donde un pequeño lahar, que se había visto obligado a correr por entre las altas paredes, corriente arriba del río, se extendió y eliminó algunas hectáreas de árboles antiguos, dejando el camino libre para vegetación más pequeña y oportunista. Eso les resulta fascinante como durante diez segundos y luego de vuelta a trabajar con el machete. Con el tiempo llegan al borde del río, todos ellos pegajosos y verdosos, y picajosos por la savia, jugos y pulpa de toda la vegetación que han tenido que asaltar para llegar hasta allí. El lecho fluvial es bajo y rocoso, sin ribera discernible. Se sientan y beben agua durante un rato.

—¿Qué sentido tiene esto? —pregunta de pronto Enoch Root—. No pretendo parecer desanimado por estas barreras físicas, porque no lo estoy. Pero me pregunto si en tu mente sabes cuál es el fin.

—Búsqueda de datos. Nada más —dice Randy.

—Pero no tiene mayor sentido buscar datos sin guía a menos que seas un científico puro o un historiador. Aquí representas un interés empresarial. ¿Cierto?

—Sí.

—Y por tanto, si yo fuese accionista en tu compañía exigiría una explicación de por qué ahora mismo estás sentado al borde de un río en lugar de hacer lo que sea que hace tu empresa.

—Dando por supuesto que fueses un accionista inteligente, sí, eso es lo que harías.

—¿Y cuál sería tu explicación, Randy?

—Bien...

—Sé adónde vamos, Randy. —Y Enoch cita una ristra de dígitos.

—¿Cómo lo sabes? —pregunta Randy algo alterado.

—Lo sé desde hace cincuenta años —dice Enoch—. Goto Dengo me lo dijo.

Todo lo que Randy puede hacer durante un rato es echar humo. Doug Shaftoe está riéndose. Amy sólo parece distraída. Enoch medita durante unos momentos y finalmente dice:

—Originalmente, el plan era comprar esta tierra con la pequeña reserva de oro que se desenterró y se cargó en cierto submarino. Entonces aguardaríamos el momento adecuado y desenterraríamos el resto. Pero el submarino se hundió, y el oro con él. Durante muchos años no hice nada con lo que sabía. Pero entonces la gente empezó a comprar tierras en los alrededores... gente que evidente esperaba encontrar el Primario. Si hubiese tenido el dinero, yo mismo habría comprado la tierra. Pero no lo tenía. Así que me aseguré de que la Iglesia la compraba.

—Todavía no has respondido a la pregunta de Enoch, Randy: ¿qué bien estás haciendo aquí para tus accionistas? —pregunta Doug.

Una libélula roja sobrevuela la corriente, moviendo las alas con tal rapidez que los ojos no ven las alas sino una distribución de probabilidad de dónde podrían estar las alas, como los orbitales electrónicos: un efecto mecano-cuántico que quizás explique por qué el insecto es aparentemente capaz de teletransportarse de un lugar a otro, desapareciendo en un punto y reapareciendo a un par de metros de distancia, aparentemente sin pasar por el espacio intermedio. Hay muchas cosas coloristas en la jungla. Randy supone que, en el mundo natural, algo que tiene colores tan evidentes debe ser un importante cabrón evolutivo.

—Cogimos el oro que recuperamos del submarino y lo convertimos en dinero electrónico, ¿no? —dice Randy.

—Eso dices. En realidad no he gastado todavía nada de ese dinero electrónico —dice Doug.

—Queremos hacer lo mismo por la Iglesia, o Wing, o quien acabe en posesión del oro. Queremos depositarlo en la Cripta y convertirlo en moneda electrónica.

—¿Comprendes que para sacar el oro de aquí será necesario atravesar el territorio controlado por Wing? —pregunta Amy.

—¿Quién dice que tenemos que moverlo?

Silencio durante un minuto, o lo que en la jungla pasa por silencio.

—Tienes razón. Si la mitad de las historias son ciertas, esta instalación es mucho más segura que cualquier cámara acorazada —dice Douglas Shaftoe.

—Las historias son del todo ciertas... y un poco más —dice Randy—. El hombre que diseñó y construyó el Gólgota fue Goto Dengo en persona.

—¡Mierda!

—Nos dibujó los planos. Y aquí no es problema la seguridad local o nacional —añade Randy—. Claro que en ocasiones el gobierno ha sido inestable. Pero cualquier invasor que quisiese hacerse con la posesión física del oro tendría que abrirse paso por esta jungla con diez millones de filipinos bien armados impidiéndoles el paso.

—Todos saben lo que los Huks hicieron frente a los nipos —dice Doug, asintiendo con vigor—. O los VC contra nosotros, ya que estamos. Nadie sería tan estúpido como para intentarlo.

—Especialmente si te pusiésemos al mando, Doug.

Amy ha estado ausente durante la mayor parte de la conversación, pero al oírlo se gira y le sonríe a su padre.

—Acepto —dice Doug.

Randy está siendo lentamente consciente de que aquí los pájaros y los bichos se mueven tan rápido que ni siquiera puedes mover la cabeza a la velocidad suficiente para centrar en ellos la vista. Existen sólo como porciones de movimiento en tu visión periférica. La única excepción parece ser una especie de mosquito que ha evolucionado en el nicho ecológico específico de lanzarse contra el ojo izquierdo de un ser humano a poco menos que la velocidad del sonido. Randy ya ha recibido cuatro impactos en el ojo izquierdo, y ninguno en el derecho. Ahora recibe otro más, y mientras se recupera, la tierra salta bajo sus pies. Es un poco como un terremoto en su efecto psicológico: una sensación de incredulidad, y luego de traición, ante el hecho de que el suelo sólido esté mostrando la temeridad de moverse. Pero todo termina antes de que esa sensación pueda trepar por la columna vertebral hasta el cerebro.

El río sigue corriendo, y la libélula sigue cazando.

—Eso ha sido exactamente como la detonación de un explosivo potente —dice Doug Shaftoe—, pero no he oído nada. ¿Alguien oyó algo?

Nadie había oído nada.

—Lo que eso significa —sigue diciendo Doug—, es que alguien está detonando explosivos en el subsuelo.

Comienzan a caminar corriente arriba. El GPS de Randy indica que el Gólgota está a menos de dos mil metros corriente arriba. El río comienza a desarrollar unas riberas como es debido, que poco a poco van haciéndose más altas y escarpadas. John Wayne sube a la ribera izquierda y Jackie Woo a la derecha, para proteger la zonas altas a cada lado, o al menos que haya alguien allá arriba. Vuelven a penetrar bajo la sombra de la cubierta arbórea. Aquí el terreno está formado por una especie de roca sedimentaria con pedruscos de granito encajados aquí y allá, como nueces mezcladas con chocolate medio derretido. Debe ser poco más que una costra de cenizas y sedimentos solidificados sobre un sustrato de roca dura. Los que están en el lecho fluvial se mueven ahora muy despacio. Parte del tiempo están en el río, luchando contra una potente corriente, y parte del tiempo pasan de pedrusco a pedrusco, o caminando sobre salientes de roca dura que sobresalen de las riberas.

Cada pocos minutos, Doug levanta la vista y establece contacto visual con Jackie Woo y John Wayne, deben de estar luchando contra desafíos propios, porque en ocasiones se retrasan con respecto al grupo principal. A medida que suben por la montaña los árboles parecen hacerse más altos, y ahora su altura queda acentuada por el hecho de estar enraizados sobre una ribera que se eleva sobre la corriente dos, cinco, diez, luego veinte y treinta metros. En realidad, ahora la ribera cuelga sobre ellos: el paso fluvial es en su mayoría un tubo hundido en la tierra, abierto al cielo sólo en una rendija estrecha en lo alto. Pero es cerca de mediodía y el sol cae casi verticalmente, iluminando todo lo que viene desde las alturas. El cadáver de un insecto muerto cae desde la cubierta como el primer copo de nieve del invierno. El agua que cae de los bordes de las riberas colgantes forma una cortina líquida, cada gota reluciendo como un diamante y haciendo que sea casi imposible ver la cavidad oscura que tiene detrás. Mariposas amarillas vuelan por entre esas gotas que caen, pero jamás reciben un impacto.

Llegan hasta una curva suave en el río y se enfrentan a una cascada de unos veinte metros de alto. En la base de la cascada hay un pozo relativamente tranquilo y poco profundo, llenando el fondo de una cavidad ancha en forma de melón formada por las riberas cóncavas. El sol vertical pega directamente sobre la nube de espuma blanca en la base de la cascada, que refleja de nuevo la luz con una potencia cegadora, formando una especie de lámpara de luz natural que ilumina todo el interior de la cavidad. Las paredes de piedra, mojadas y cubiertas de agua subterránea, relucen bajo su luz. Las partes inferiores de helechos y plantas de grandes hojas —epifitas—, creciendo a partir de apoyos invisibles en las paredes brillan mortecinas bajo el extraño resplandor azulado de la espuma.

La mayor parte de las paredes de la cavidad están ocultas tras la vegetación: frágiles velos de musgo en cascada creciendo en la roca, y trepadoras agarradas de las ramas de los árboles a cientos de pies de altura y colgando hasta llegar a la mitad de la cavidad, donde se han enredado con las raíces que sobresalen formando una espaldera natural para una red más delicada de trepadoras que a su vez forma el sustrato de una alfombra mate de musgo saturado con el agua que fluye. La cuenca está viva por las mariposas que arden en colores de una pureza radioactiva, y más cerca de la superficie del agua hay caballitos del diablo, en su mayoría de cuerpos color aguamarina que destellan bajo el sol, las alas muestran tonos salmón y rojo coral por la parte de abajo a medida que orbitan unos alrededor de los otros. Pero en su mayoría el aire está lleno con el continuo y lento progreso de cosas que no sobrevivieron, recorriendo la columna de aire para llegar al agua, que se las lleva: hojas muertas y el exoesqueleto de insectos, secos y abiertos debido a algún silencioso combate a cientos de pies sobre sus cabezas.

Randy ha mantenido la vista fija en la pantalla de su GPS, que se las ha visto canutas para conectar con los satélites metido en esa gruta. Pero de pronto aparecen los números. Ha hecho que calcule la distancia desde aquí al Gólgota, y la respuesta aparece de inmediato: una larga fila de ceros con algunos dígitos insignificantes al final.

Randy dice:

—Ya estamos. —Pero lo que dice queda en su mayoría apagado por una potente explosión en lo alto de la ribera. Unos segundos más tarde, un hombre comienza a gritar.

—Que nadie se mueva —dice Doug Shaftoe—, estamos en un campo de minas.

Ganchos

Sobre un otero cubierto de hierba, un hombre se oculta tras una tumba, mirando por medio de un telescopio montado sobre un trípode, siguiendo el paso decidido de una figura vestida con un hábito y cubierta con una capucha que camina sobre la hierba.

FUNERAL. Ése es el gancho que los delató.

El nipón de uniforme norteamericano, a quien Enoch Root está dejando atrás, debe de ser ese Goto Dengo. Lawrence Pritchard Waterhouse ha visto el nombre taladrado en tantas tarjetas ETC que ya no precisa leer las letras impresas en la parte alta de la tarjeta: puede identificar un «Goto Dengo» a un brazo de distancia simplemente mirando el patrón de rectángulos taladrados. Lo mismo puede decir de unas dos docenas de ingenieros de minas y topógrafos nipones que trajeron a Luzón en 1943 y 1944, en respuesta a mensajes Azur/Tetraodóntido que emanaron de Tokio. Pero, por lo que Waterhouse puede deducir, todos los demás están muertos. O eso o se retiraron al norte con Yamashita. Sólo uno de ellos está sano y salvo, viviendo en lo que queda de Manila, y ese es Goto Dengo. Waterhouse iba a entregarlo a Inteligencia del Ejército de Tierra, pero ya no parece tan buena idea ahora que el nipo imposible de matar se ha convertido en protegido personal del general.

Root va en dirección a esos dos misteriosos hombres blancos que asistieron al funeral de Bobby Shaftoe. Waterhouse los observa cuidadosamente por el telescopio, pero la óptica mediocre en combinación con las olas de calor que salen de entre la hierba complican la operación. Uno de ellos le parece extrañamente familiar. Lo que no deja de ser extraño porque Waterhouse no conoce a ningún hombre de barba, largo pelo rubio y un parche negro.

De su frente salta una idea totalmente formada, sin avisar. Así es como llegan las mejores ideas. Ideas que cultiva con paciencia a partir de diminutas semillas jamás germinan o se convierten en monstruosidades. Las buenas ideas se presentan de pronto, como los ángeles de la Biblia. No puedes ignorarlas simplemente porque sean ridículas. Waterhouse contiene la risa e intenta no emocionarse demasiado. La parte aburrida, tediosa y burocrática de su mente se siente irritable y desea ver algunas pruebas que apoyen la idea.

Cosa que sucede con rapidez. Waterhouse sabe, como demostró frente a Earl Comstock, que hay información extraña fluyendo por el aire, surgiendo en forma de puntos y rayas de unos pocos transmisores débiles dispersos por Luzón y las aguas vecinas, cifrada empleando el sistema Aretusa. Hace dos años que Lawrence y Alan saben que Rudy lo inventó, y por la cháchara descifrada en Bletchley Park y Manila, ahora saben otras cosas. Saben que Rudy huyó del gallinero en 1943 y que, probablemente, fue a Suecia. Saben que un tal Günter Bischoff, capitán del submarino que sacó a Shaftoe y a Root del agua, también acabó en Suecia, y que Dönitz le persuadió para que aceptase realizar los traslados de oro que hasta ese momento había realizado el U-553 antes de encallar en Qwghlm. A los chicos de Inteligencia Naval les fascina Bischoff, así que ya lo han sometido a un buen montón de indagaciones. Waterhouse ha visto fotos de sus días de estudiante. El más bajo de los dos hombres a los que ahora mira podría ser el mismo tipo, ahora en su mediana edad. Y el más alto, el del parche en el ojo, podría ser definitivamente Rudy von Hacklheber en persona.

Por tanto, se trata de una conspiración.

Poseen comunicaciones seguras. Si Rudy es el arquitecto de Aretusa, entonces esencialmente será imposible de romper, exceptuando descuidos casuales como eso del FUNERAL.

Tienen un submarino, imposible de localizar o hundir, porque es uno de los nuevos amorcitos de Hitler que usan combustible de cohete, y porque Günter Bischoff, el mejor comandante de submarinos de la historia, es su capitán.

Tienen, a cierto nivel, el apoyo de la extraña hermandad a la que pertenece Root, esos tipos de la *ignoti et quasi occulti*.

Y ahora intentan alistar a Goto Dengo. El hombre que, es seguro suponerlo, enterró el oro.

Hace tres días, los chicos de interceptaciones de la sección de Waterhouse pillaron una ráfaga de mensajes Aretusa, intercambiados entre un transmisor oculto en algún lugar de Manila y uno móvil en el mar meridional de China. Más tarde se enviaron Catalinas a este último, y detectaron primero ecos apagados de radar, pero no encontraron nada al llegar a la escena. Un equipo de rompecódigos novatos saltaron sobre esos mensajes e intentaron romperlos a base de fuerza bruta. Lawrence Pritchard Waterhouse, el veterano, fue a dar un paseo por el malecón de la bahía de Manila. De pronto se levantó una brisa que venía de la bahía. Se detuvo para que le refrescase la cara. Un coco cayó de lo alto y se destrozó sobre el suelo a unos diez pies. Waterhouse giró sobre sus talones y regresó a la oficina.

Justo antes de que comenzase la ráfaga de mensajes Aretusa, Waterhouse había estado sentado en su oficina escuchando la radio de las Fuerzas Armadas. Acababan de anunciar que, dentro de tres días, a tal y tal hora, se iba a celebrar el funeral del héroe, Bobby Shaftoe, en el enorme y nuevo cementerio de Makati.

Sentado en su oficina con las nuevas interceptaciones Aretusa en la mano, se puso a trabajar, usando FUNERAL como gancho: si ese grupo de siete letras se descifra como FUNERAL, entonces ¿cómo es el resto del mensaje? ¿Un galimatías? Vale, ¿qué hay de ese grupo de siete letras?

Incluso con el regalo que le habían hecho, le llevó dos días y medio de trabajo continuo descifrar el mensaje. El primero, transmitido desde Manila, decía: EL FUNERAL DE NUESTRO AMIGO SÁBADO DIEZ TREINTA AM CEMENTERIO MILITAR DE LOS ESTADOS UNIDOS MAKATI.

La respuesta del submarino: ESTAREMOS ALLÍ SUGERIMOS INFORMES A GD.

Vuelve a centrar el telescopio en Goto Dengo. El ingeniero nipón está de pie con la cabeza inclinada y los ojos ligeramente cerrados. Quizá sus hombros suban y bajen, quizá sea sólo la ola de calor que da esa impresión.

Pero luego Goto Dengo se pone bien recto y da un paso en dirección a los conspiradores. Se detiene. Luego da otro paso. Luego otro más. Su postura va enderezándose de forma milagrosa. Parece sentirse mejor a cada paso que da. Camina más y más rápido, hasta estar casi corriendo.

Lawrence Pritchard Waterhouse está lejos de ser un telépata, pero puede deducir con facilidad lo que Goto Dengo está pensando: tengo una carga sobre los hombros y ha estado aplastándome. Y ahora voy a pasar la carga a otras personas. ¡Maldición! Bischoff y Rudy von Hacklheber se adelantan para reunirse con él, alargando con entusiasmo las manos derechas. Bischoff, Rudy, Enoch y Goto Dengo forman un nudo, prácticamente sobre la tumba de Bobby Shaftoe.

Es una pena. Waterhouse conocía a Bobby Shaftoe, y le hubiese gustado asistir a su funeral, no escondido como está ahora. Pero tanto Enoch Root como Rudy le hubiesen reconocido. Waterhouse es su enemigo común.

¿Lo es? En una década llena de Hitlers y Stalins, es difícil preocuparse por una conspiración que aparentemente incluye a un sacerdote, y que arriesga su existencia para asistir al funeral de uno de sus miembros. Waterhouse rueda y se queda tendido sobre la tumba de alguien, meditándolo. Si Mary estuviese aquí, le presentaría el dilema y ella le diría qué hacer. Pero Mary está en Brisbane, eligiendo los vestidos de las damas de honor y la porcelana.

Vuelve a ver a alguno de esos tipos un mes más tarde, en un claro de la jungla a un par de horas al sur de Manila. Waterhouse llega allí antes que ellos, y pasa una noche sudorosa bajo una redecilla para mosquitos. Por la mañana, llega como la mitad de la tripulación del submarino de Bischoff; malhumorados por toda una noche de marcha. Como Waterhouse esperaba, se sienten muy nerviosos por la posibilidad de caer en una emboscada del comandante Huk local conocido como Cocodrilo, y disponen varios vigías por la jungla. Por eso Waterhouse se tomó la molestia de llegar antes que ellos: para no tener que infiltrarse por su línea de piquetes.

Los alemanes que no hacen guardia van a trabajar con las palas, cavando un agujero en el suelo junto a un enorme trozo de piedra pómez roja que tiene la forma vaga de África. Waterhouse está agachado a no más de veinte pies, intentando averiguar cómo dar a conocer su presencia sin que le dispare un hombre blanco nervioso.

Casi consigue acercarse lo suficiente para darle una palmadita en el hombro a Rudy. Luego resbala sobre una roca viscosa. Rudy le oye, se da la vuelta y no ve nada excepto una franja de maleza destrozada por la caída de Waterhouse.

—¿Eres tú, Lawrence?

Waterhouse se pone en pie con cuidado, asegurándose de mantener las manos donde puedan verlas.

—¡Muy bien! ¿Cómo lo supiste?

—No seas estúpido. No hay muchas personas que hubiesen podido encontrarnos.

Se dan la mano. Se lo piensan mejor, y se abrazan. Rudy le da un cigarrillo. Los marineros alemanes los miran incrédulos. Hay algunos otros: un negro y un indio, y un hombre rudo de piel oscura que parece querer matar a Waterhouse allí mismo.

—¡Usted debe ser el famoso Otto! —exclama Waterhouse. Pero Otto no parece dispuesto a hacer nuevos amigos, o siquiera conocidos, en ese momento de su vida, así que se da la vuelta con amargura—. ¿Dónde está Bischoff? —pregunta Waterhouse.

—Ocupándose del submarino. Es arriesgado, está en aguas poco profundas. ¿Cómo nos encontraste, Lawrence? —Responde a su propia pregunta antes de que pueda hacerlo Lawrence—: Descifrando el mensaje largo, evidentemente.

—Sí.

—¿Pero cómo lo hiciste? ¿Me olvidé de algo? ¿Hay una puerta trasera?

—No. No fue fácil. Hace un tiempo rompí uno de vuestros mensajes.

—¿El del FUNERAL?

—¡Sí! —Waterhouse ríe.

—Podría haber matado a Root por enviar un mensaje con un gancho tan evidente. —Rudy se encoge de hombros—. Es difícil enseñar seguridad criptográfica, incluso a hombres inteligentes. Especialmente a ellos.

—Quizá quisiese que lo descifrase —comenta Waterhouse.

—Es posible —admite Rudy—. Quizás él quisiese que yo rompiese el cuaderno de uso único del Destacamento 2702, para que fuese a unirme a él.

—Supongo que Root asume que si eres lo suficientemente inteligente para romper códigos difíciles entonces automáticamente estarás de su lado —dice Waterhouse.

—No estoy seguro de estar de acuerdo... es ingenuo.

—Es un salto de fe —dice Waterhouse.

—¿Cómo rompiste Aretusa? Naturalmente siento curiosidad —dice Rudy.

—Como Azur/Tetraodóntido empleaba una clave diferente cada día, asumí que Aretusa actuaba igual.

—Yo les doy nombres diferentes. Pero sí, continúa.

—La diferencia es que la clave diaria de Azur/Tetraodóntido es simplemente la fecha numérica. Muy fácil de explotar una vez que lo has descubierto.

—Sí. Pretendía que fuese así —dice Rudy. Enciende otro cigarrillo, obteniendo un placer extravagante al hacerlo.

—Mientras que la clave diaria de Aretusa es algo que todavía no he podido descubrir. Quizás una función pseudoaleatoria de la fecha, quizá números aleatorios tomados de un cuaderno de uso único. En cualquier caso, no es predecible, lo que hace que Aretusa sea más difícil de romper.

—Pero rompiste el mensaje largo. ¿Me explicas cómo?

—Bien, la reunión en el cementerio duró poco. Supuse que tendríais que salir de allí con mucha rapidez.

—No parecía un buen lugar para quedarse.

—Por tanto, tú y Bischoff os fuisteis... al submarino, supuse. Goto Dengo regresó a su puesto en el cuartel del general. Sabía que no podía haberos dicho nada de importancia en el cementerio. Eso tendría que ser después, y tendría que ser en forma de un mensaje cifrado con Aretusa. Estás justificadamente orgulloso de Aretusa.

—Gracias —dice Rudy con vigor.

—Pero el inconveniente de Aretusa, al igual que Azur/Tetraodóntido, es que requiere muchos cálculos. No es problema si tienes una máquina de computar, o una sala llena de operarios de ábaco. ¿Debo asumir que tienes una máquina a bordo del submarino?

—Así es —dice Rudy poco seguro de sí mismo—, nada especial. Todavía exige muchos cálculos manuales.

—Pero Enoch Root en Manila, y Goto Dengo, no podrían tener tal cosa. Tendrían que cifrar sus mensajes a mano... realizando todos los cálculos en hojas de papel. Enoch ya conocía el algoritmo, y podría comunicárselo a Goto Dengo, pero tendríais que poneros de acuerdo en una clave para introducirla en el algoritmo. Sólo podríais haber acordado una clave cuando estabais todos juntos en el cementerio. Y durante vuestra conversación, te vi señalar la lápida de Shaftoe. Así que supuse que lo empleabais como clave... quizá su nombre, quizá sus fechas de nacimiento y muerte, quizá su número militar. Resultó ser el número.

—Pero seguías sin conocer el algoritmo.

—Sí, pero tenía la idea de que estaba emparentado con el algoritmo Azur/Tetraodóntido, que a su vez está relacionado con las funciones zeta que estudiamos en Princeton. Así que me senté y me dije, si Rudy fuese a construir el criptosistema definitivo con esta base, y si Azur/Tetraodóntido es una versión simplificada de ese sistema, entonces ¿qué es Aretusa? Eso me ofreció un puñado de posibilidades.

—Y de un puñado pudiste elegir la correcta.

—No —dice Waterhouse—, era demasiado difícil.

Así que fui a la iglesia en la que trabajaba Enoch, y busqué en su papelera. Nada. Fui a la oficina de Goto Dengo e hice lo mismo. Nada. Los dos quemaban los papeles.

El rostro de Rudy se relaja de pronto.

—Oh, bien. Temía que estuviesen haciendo algo increíblemente estúpido.

—En absoluto. Por tanto, ¿sabes qué hice?

—¿Qué hiciste, Lawrence?

—Fui y mantuve una charla con Goto Dengo.

—Sí. Eso nos contó.

—Le hablé de mis investigaciones con Azur/Tetraodóntido, pero no le dije que lo había roto. Conseguí que hablase, de forma muy general, sobre lo que hacía en Luzón el pasado año. Me contó la misma historia a la que ha sido fiel, que consiste en que estaba construyendo una fortificación sin importancia en algún sitio, y que después de huir de esa zona vagó perdido por la jungla durante varios días antes de salir cerca de San Pablo y unirse a unas tropas de la Fuerza Aérea que se dirigían al norte hacia Manila.

—«Está bien que salieses de ahí —le dije—, porque desde entonces, el líder Hukbalahap, conocido como el Cocodrilo, ha estado saqueando la jungla... está convencido de que los nipones enterrasteis allí una fortuna.»

Tan pronto como la palabra «cocodrilo» sale de la boca de Waterhouse, el rostro de Rudy se contrae de asco y se vuelve.

—Por tanto, cuando el mensaje largo se envió la semana pasada, desde el transmisor que Enoch tiene oculto en lo alto del campanario de esa iglesia, yo tenía dos ganchos. Primero, sospechaba que la clave era el número en la tumba de Bobby Shaftoe. Segundo, estaba casi convencido de que las palabras «Hukbalahap», «cocodrilo» y probablemente «oro» o «tesoro» aparecerían en algún punto del mensaje. También busqué candidatas obvias como «latitud» y «longitud». Con todo eso, romper el mensaje no fue difícil.

Rudy von Hacklheber lanza un gran suspiro.

—Por tanto, tú ganas —dice—. ¿Dónde está la caballería?

—¿Caballería o calvario? —bromea Waterhouse.

Rudy sonríe tolerante.

—Sé dónde está el Calvario. No lejos del Gólgota.

—¿Por qué crees que va a venir la caballería?

—Sé que van a venir —dice Rudy—. Tus esfuerzos por romper el mensaje largo habrán precisado de toda una sala llena de computadores. Hablarán. Está claro que el secreto es conocido. —Rudy apaga el cigarrillo a medio fumar, como si se preparase para partir—. Por tanto, te han enviado para hacernos una oferta... rendíos de forma civilizada y recibiréis un buen trato. Algo así.

—*Au contraire*, Rudy. Nadie más lo sabe, aparte de mí. Dejé un sobre sellado sobre mi mesa, para ser abierto si moría misteriosamente durante este pequeño viaje a la jungla. Ese Otto tiene una terrible reputación.

—No me lo creo. Es imposible —dice Rudy.

—Tú de entre todos. ¿No lo comprendes? ¡Tengo una máquina, Rudy! La máquina realiza el trabajo para mí. Así que no necesito una sala llena de computadores... al menos, no humanos. Y tan pronto como leí el mensaje descifrado, quemé todas las tarjetas. Así que yo soy el único que lo sabe.

—¡Ah! —dice Rudy, dando un paso atrás y mirando el cielo, ajustando su mente a ese hecho nuevo—. Bien, ¿por tanto debo suponer que has venido aquí a unirte a nosotros? Otto pondrá pegas, pero serás bien recibido.

Lawrence Pritchard Waterhouse se lo tiene que pensar. Lo que le sorprende un poco.

—La mayoría del oro se dedicará a ayudar a víctimas de las guerras, de una forma u otra —dice Rudy—, pero si nos quedamos con un diez por ciento como comisión, y lo distribuimos entre toda la tripulación del submarino, todos estaremos entre los hombres más ricos del mundo.

Waterhouse intenta imaginarse como uno de los hombres más ricos del mundo. No parece ajustársele bien.

—He estado intercambiando cartas con un colega en el estado de Washington —dice—. Mi prometida me ha puesto en contacto con él.

—¿Prometida? Felicidades.

—Ella es qwghlmiana-australiana. Parece haber una colonia de qwghlmianos en la colinas Palouse, donde se unen Washington, Oregón e Idaho. En su mayoría pastores. Pero hay una pequeña universidad, y necesitan un profesor de matemáticas. Podría ser director del departamento en unos años. —Waterhouse permanece de pie en medio de la jungla de Filipinas fumándose un cigarrillo y se lo imagina. Nada podría sonar más exótico—. ¡Suena como una buena vida! —exclama, como si fuese la primera vez que lo hubiese pensado—. A mí me parece perfecta.

Las colinas Palouse parecen estar muy lejos. Está impaciente por empezar a recorrer la distancia.

—Sí, lo parece —dice Rudy von Hacklheber.

—No suenas muy convencido, Rudy. Sé que para ti no sería tan genial. Pero para mí es el paraíso.

—Entonces, ¿me dices que no quieres entrar?

—Voy a decirte esto. Dices que la mayor parte del dinero se dedicará a caridad. Bien, a la universidad le vendría bien una donación. Si vuestro plan sale bien, ¿qué tal dotar una cátedra para mí en la universidad? Es lo que realmente quiero.

—Lo haré —dice Rudy—, y también dotaré una para Alan, en Cambridge, y os daré laboratorios enteros llenos de computadores eléctricos. —Los ojos de Rudy vagan hacia el agujero en el suelo, donde los alemanes, habiendo retirado la mayor parte de sus centinelas, están haciendo buenos progresos—. Sabes que éste no es más que uno de los escondrijos periféricos. Capital inicial para financiar el trabajo en el Gólgota.

—Sí. Igual que lo planearon los nipos.

—Excavaremos pronto. Mucho antes, ¡ahora que ya no nos tenemos que preocupar del Cocodrilo! —dice Rudy, y ríe. Es una risa sincera y genuina, la primera vez que Waterhouse le ha visto dejar caer la guardia—. Luego nos ocultaremos hasta que termine la guerra. Mientras tanto, quizá quede suficiente para hacerte a ti y a tu novia qwghlmiana un bonito regalo de bodas.

—Nuestra porcelana es Lavender Rose de Royal Albert —dice Waterhouse.

Rudy se saca un sobre del bolsillo y lo apunta.

—Ha sido muy amable por tu parte venir a decir hola —masculla alrededor del cigarrillo.

—Esos paseos en bicicleta en Nueva Jersey bien podrían haberse producido en otro planeta —dice Waterhouse, agitando la cabeza.

—Así fue —dice Rudy—. Y cuando Douglas MacArthur entre en Tokio, el mundo volverá a cambiar de nuevo. Ya nos veremos, Lawrence.

—Ya nos veremos, Rudy. Buen viaje.

Se abrazan una última vez. Waterhouse se aparta y durante unos momentos observa las palas morder la tierra roja, luego da la espalda a todo el dinero del mundo y comienza a caminar.

—¡Lawrence! —grita Rudy.
—¿Sí?

—No olvides destruir el sobre cerrado que dejaste en tu oficina.

Waterhouse ríe.

—Ah, mentí sobre ese punto. En caso de que alguien quisiese matarme.

—Qué alivio.

—¿Sabes que la gente siempre dice «sé guardar un secreto» y siempre se equivoca?

—Sí.

—Bien —dice Waterhouse—. Yo sé guardar un secreto.

Cayuse

Una onda de choque recorre silenciosa el suelo, liberando un patrón de ondas, y reflejos de ondas, en el agua que les cubre hasta las rodillas.

—Durante un rato las cosas van a pasar muy despacio. Acostumbraos —dice Doug Shaftoe—. Todo el mundo va a necesitar algo con lo que explorar... un cuchillo largo o una vara. Incluso un palo.

Doug tiene un cuchillo grande, porque es ese tipo de tío, y Amy tiene su kris. Randy desmonta el marco de aluminio ligero de la mochila para sacar un par de tubos; le lleva un tiempo, pero como ha dicho Doug, ahora todo está pasando muy lentamente. Randy le lanza uno de los tubos a Enoch Root, quien consigue agarrar en el aire lo que era básicamente una mala tirada. Ahora todos están equipados, Doug Shaftoe les ofrece algunas instrucciones sobre cómo explorar un campo de minas. Como cualquier otra lección que Randy haya absorbido, ésta es interesante, pero sólo hasta que Doug dice lo importante, que consiste en que puedes golpear una mina de lado y no estallará; no puedes darle verticalmente.

—Lo del agua es desafortunado, porque nos impide ver qué coño estamos haciendo —dice.

Es más, el agua tiene un aspecto lechoso, probablemente debido a la ceniza volcánica en suspensión; puedes ver claramente durante un pie, con dificultad durante otro pie más, y después como mucho podrás ver formas vagas y verdosas; todo está cubierto por una capa uniforme y marrón de cieno.

—Por otra parte, está bien, porque si algo que no sea vuestro pie detona una mina, el agua absorberá la mayor parte de la explosión convirtiéndola en vapor. Ahora: desde un punto de vista táctico, nuestro problema es que estamos expuestos a una emboscada desde arriba a la izquierda: la orilla oeste. El pobre Jackie Woo ha caído y ya no puede proteger ese flanco. Podéis apostar a que John Wayne estará cubriendo el flanco derecho todo lo bien que pueda. Como somos más vulnerables por el flanco izquierdo, ahora nos dirigiremos a ese lado, e intentaremos alcanzar la protección del saliente. No deberíamos converger todos en el mismo punto; nos dispersaremos de forma que si alguien hace estallar alguna mina no herirá a nadie más.

Cada uno elige un destino y se lo dice a los demás, de forma que no converjan en el mismo punto, y cada uno empieza a acercarse al otro lado explorando simultáneamente. Randy intenta resistirse a la tentación de levantar la vista. Después de unos quince minutos dice:

—Sé a qué se deben esas explosiones. La gente de Wing está haciendo un túnel hacia el Gólgota. Van a retirar el oro por algún conducto subterráneo. Parece que lo excavan desde su propiedad. Pero en realidad se lo llevarán desde aquí.

Amy sonríe.

—Están robando el banco.

Randy asiente, ligeramente molesto de que Amy no se lo tome más en serio.

—Wing debía de estar demasiado ocupado con la Larga Marcha y el Gran Salto Adelante para comprar esta propiedad cuando estaba disponible —dice Enoch.

Minutos después, Doug Shaftoe dice:

—¿Hasta qué punto te importa, Randy?

—¿Qué quieres decir?

—¿Estarías dispuesto a morir para evitar que Wing se quede con el oro?

—Probablemente no.

—¿Estarías dispuesto a matar?

—Bien —dice Randy, algo desconcertado—. Dije que no estaría dispuesto a morir. Por tanto...

—No me vengas con la gilipollez de la regla dorada —dice Doug—. Si alguien entrase en tu casa en medio de la noche, amenazase a tu familia y tú tuvieses una escopeta en las manos, ¿la usarías?

Randy, involuntariamente, mira en dirección a Amy. Porque no es sólo un acertijo ético. También es una prueba para determinar si Randy merece convertirse en el marido de la hija de Doug, y en el padre de sus nietos.

—Bien, espero que sí —dice Randy. Amy finge no escuchar.

El agua a su alrededor emite sonidos de salpicadura y movimiento. Todos se encogen. Luego comprenden que un puñado de pequeños guijarros cayeron al agua desde arriba. Miran el borde del saliente y ven un ligero movimiento: Jackie Woo, allá arriba, saludándoles con la mano.

—Se me va la vista —dice Doug—. ¿A ti te parece que está intacto?

—¡Sí! —dice Amy. Sonríe, sus dientes de perla relucen blancos bajo el sol, y devuelve el saludo.

Jackie sonríe abiertamente. En una mano lleva una vara larga y llena de barro: su explorador de minas. En la otra tiene una lata sucia del tamaño de una paloma de porcelana. La levanta y la agita en el aire.

—¡Mina nipo! —grita con alegría.

—Bien, déjala en el suelo, ¡gilipollas! —aúlla Doug—, después de tanto tiempo va a estar increíblemente inestable. —Luego adopta una expresión de confusión incrédula—. ¿Quién coño activó la mina si no fuiste tú? Allí arriba había alguien gritando.

—No le he encontrado —dice Jackie Woo—. Dejó de gritar.

—¿Crees que está muerto?

—No.

—¿Oíste alguna otra voz?

—No.

—Jesús —dice Doug—, alguien lleva siguiéndonos todo el día. —Mira la ribera opuesta, donde John Wayne ha conseguido llegar hasta el borde y lo ve todo. Entre ellos intercambian unos gestos (han traído walkie-talkies, pero Doug los desprecia como muletas para debiluchos y aficionados). John Wayne se tiende sobre el estómago y saca un par de binoculares con lentes objetivo tan grandes como platos y comienza a examinar el lado de Jackie Woo.

El grupo en el río sigue avanzando en silencio durante un rato. Ninguno de ellos comprende qué está pasando, por lo que está bien que tengan que ir buscando minas para mantener las manos y la cabeza ocupadas. El tubo de Randy golpea algo flexible, enterrado a un par de pulgadas de profundidad en el cieno y la grava. Se echa atrás con tanta fuerza que casi se cae de culo, e invierte un minuto o dos intentando recuperar la compostura. El cieno da a todo el aspecto sugerente y vacío de un cadáver cubierto con una sábana. Le cansa la mente el intentar identificar la forma. Aparta algo de grava y pasa la mano suavemente. Hojas muertas llegan por el agua y le acarician el antebrazo.

—Aquí hay una rueda vieja —dice—. Grande. Para camión. Lisa como un huevo.

De vez en cuando un pájaro de colores desciende de entre la sombra de la jungla y destella bajo el sol, siempre cagándolos de miedo. El sol es brutal. Randy estaba a sólo unas yardas de la sombra de la ribera cuando empezó todo y ahora está completamente seguro de que va a desmayarse por una insolación antes de llegar.

En cierto momento Enoch Root empieza a murmurar en latín. Randy mira en su dirección y ve que sostiene un cráneo humano.

Un pájaro luminoso e iridiscente de color azul con una cimitarra amarilla montada sobre una cabeza negra y naranja sale disparado de la jungla, toma el control de una roca cercana y le mira con la cabeza inclinada. La tierra vuelve a agitarse; Randy se estremece y de sus cejas cae una cortina de gotitas de sudor.

—Bajo las rocas y el barro hay cemento reforzado —dice Doug—. Puedo ver las barras que sobresalen.

Otro pájaro o algo salta de entre las sombras, dirigido casi directamente hacia el agua a tremenda velocidad. Amy emite un curioso gruñido. Randy está volviéndose para mirarla cuando un tremendo alboroto se desencadena arriba. Levanta la vista para ver una flor de fuego saltando de pronto del cañón del rifle de asalto de John Wayne. Parece estar disparando directamente al otro lado del río. Jackie Woo también da unos tiros. Randy, que está agachado, pierde el equilibrio al mover tanto la cabeza y tiene que usar una mano para sostenerse, que por suerte no acaba sobre una mina. Mira en dirección a Amy; sobre el agua sólo se ven su cabeza y sus hombros, y no mira en ninguna dirección en particular con una mirada en los ojos que a Randy no le gusta nada. Se pone en pie y empieza a acercarse a ella.

—Randy, no lo hagas —dice Doug Shaftoe. Doug ya ha llegado a la sombra, y está sólo a un par de pasos de la cortina de vegetación que cuelga sobre la ribera.

Hay algo moviéndose sobre la superficie del río no lejos del rostro de Amy; no lo mueve la corriente. Se mueve cuando Amy se mueve. Randy da otro paso en su dirección, poniendo el pie sobre un gran pedrusco cubierto de cieno cuya parte alta puede distinguir por entre el agua lechosa. Se agacha sobre el pedrusco como si fuese un pájaro y mira con atención a Amy, que está quizá a unos quince pies de él. John Wayne da una serie de disparos con su rifle. Randy nota que el algo está hecho de plumas, unidas al extremo de un palo delgado.

—Le han disparado con una flecha —dice Randy.

—Bien, lo que nos faltaba —masculla Doug.

—Amy, ¿dónde te han dado? —dice Enoch Root.

Parece que Amy todavía no puede hablar. Está de pie en una posición rara, sosteniéndose sobre la pierna izquierda, y al levantarse la flecha sale del agua y resulta estar encajada en medio de su muslo derecho. Al principio la herida está limpia pero luego sale sangre de ella alrededor de la flecha y comienza a recorrer la pierna bifurcándose.

Doug está ocupado con un furioso intercambio de señales con los hombres allá arriba.

—Sabes —susurra—, estoy seguro de que ésta es una

de esas situaciones clásicas en la que un supuesto reconocimiento de rutina se convierte en una batalla en toda regla.

Amy agarra la flecha con ambas manos e intenta romperla, pero la madera está verde y no se rompe con facilidad.

—He dejado caer el cuchillo —dice. Su voz suena tranquila, porque se esfuerza en que así sea—. Creo que podré soportar el dolor durante un rato —dice—. Pero no me gusta nada.

Cerca de Amy, Randy puede ver otro pedrusco cubierto de cieno cerca de la superficie, quizás a unos seis pies de distancia. Se prepara y da un salto. Pero resbala y cae tan largo como es sobre el lecho del río. Cuando se sienta y le da un vistazo, el pedrusco resulta ser un objeto cilíndrico achaparrado tan ancho como un plato sopero y de varias pulgadas de grueso.

—Randy, estás mirando una mina antitanque nipo —dice Doug—. Se vuelven muy inestables con la edad, y contienen explosivo suficiente para decapitarnos a todos. Por tanto, si pudieses dejar de comportarte durante un rato como un completo gilipollas, estoy seguro de que todos te lo agradeceríamos.

Amy le muestra a Randy la palma de una mano.

—No pretendo que demuestres nada —dice—. Si pretendes decirme que me quieres, envíame una puta tarjeta de San Valentín.

—Te quiero —dice Randy—. Quiero que estés bien. Quiero que te cases conmigo.

—Bien, es muy romántico —dice Amy sarcástica, y luego empieza a llorar.

—Oh, Dios mío —dice Doug Shaftoe—. ¡Ya podréis hacerlo más tarde! Tranquilizaos. El que disparó la flecha se fue hace rato. Los Huks son guerrilleros. Saben cómo desaparecer.

—No la disparó un Huk —dice Randy—. Los Huks tienen armas de fuego. Incluso yo lo sé.

—Entonces, ¿quién la disparó? —pregunta Amy, luchando por recuperar la compostura.

—Parece una flecha Cayuse —dice Randy.

—¿Cayuse? ¿Crees que la disparó un Cayuse? —pregunta Doug. Randy admira que Doug, aunque escéptico, esté esencialmente abierto a considerar la idea.

—No —dice Randy, dando otro paso en dirección a Amy, esquivando la mina antitanque—. Los Cayuse desaparecieron. Sarampión. Así que la fabricó un hombre blanco experto en las prácticas de caza de las tribus indias del noroeste. ¿Qué más sabemos de él? Que es realmente bueno moviéndose por la jungla. Y que está tan totalmente loco que incluso después de que una mina terrestre le hiriese, todavía sigue arrastrándose por la maleza disparándole a la gente. —Randy explora el fondo mientras camina, y ahora da otro paso. Se encuentra a sólo seis pies de Amy—. No a cualquiera... le disparó a Amy. ¿Por qué? Porque nos ha estado observando. Vio a Amy sentada a mi lado cuando descansamos, apoyando su cabeza sobre mi hombro. Sabe que si quiere hacerme daño, lo mejor es dispararle a ella.

—¿Por qué quiere hacerte daño? —pregunta Enoch.

—Porque es malvado.

Enoch parece tremendamente impresionado.

—Bien, ¿quién coño es? —sisea Amy. Ahora está irritada, lo que Randy se toma como buena señal.

—Su nombre es Andrew Loeb —dice Randy—. Y Jackie Woo y John Wayne no lo encontrarán jamás.

—Jackie y John son muy buenos —objeta Doug.

Otro paso. Casi puede tocar a Amy.

—Ése es el problema —dice Randy—. Son demasiado inteligentes para correr por un campo minado sin explorar a cada paso. Pero a Andrew Loeb le importa una mierda. Andrew está totalmente loco, Doug. Correrá por ahí arriba a voluntad. O se arrastrará, o saltará o lo que sea. Apostaría a que Andy con una pata arrancada por una mina, y sin que le preocupe si vive o no, puede moverse más rápido por un campo de minas que Jackie, cuando a Jackie sí le importa.

Finalmente, Randy llega. Se agacha junto a Amy, quien se inclina, pone ambas manos sobre sus hombros y deja descansar su peso sobre Randy, lo que para él es agradable. El extremo de su cola de caballo le pinta la nuca de cálida agua de río. Tiene la flecha prácticamente en su cara.

Randy saca su herramienta multipropósito, pone la sierra y corta la flecha mientras Amy la mantiene firme con una mano. Luego Amy extiende la mano, se agita, le grita a Randy al oído y golpea el extremo de la flecha. Desaparece en el interior de su pierna. Cae sobre la espalda de Randy y llora. Randy lleva la mano hasta la pierna, agarra el astil y tira.

—No veo señales de hemorragia arterial —dice Enoch Root, que la ve bien desde atrás.

Randy se pone en pie, levantando a Amy en el aire, tirada sobre su hombro como si fuese un saco de arroz. Le avergüenza que ahora el cuerpo de Amy le esté protegiendo de más ataques con flechas. Pero Amy está dejando claro que no está de humor para caminar.

La sombra está a sólo cuatro pasos: sombra y refugio.

—Una mina terrestre sólo arranca una pierna o un pie, ¿no? —dice Randy—. Si piso una, no mataré a Amy.

—¡No es una de tus mejores ideas, Randy! —grita Doug, casi despectivo—. Simplemente cálmate y tómate tu tiempo.

—Simplemente quiero saber cuáles son mis opciones —dice Randy—. No puedo buscar minas mientras cargo con ella.

—Entonces yo iré hacia ti —dice Enoch Root—. Oh, ¡a la mierda! —Enoch se endereza y llega hasta ellos en media docena de pasos.

—¡Aficionados de mierda! —aúlla Doug. Enoch Root le ignora, se agacha frente a los pies de Randy y comienza a explorar.

Doug sale de la corriente y se sube a unos peñascos que siguen la orilla.

—Voy a subir la pared —dice—, para reforzar a Jackie. Él y yo encontraremos juntos a ese Andrew Loeb. —Está claro que en este caso «encontraremos» es un eufemismo para una larga lista de operaciones desagradables. La orilla está formada por piedra erosionada con fragmentos de piedra volcánica dura sobresaliendo con frecuencia, y saltando de saliente en saliente, Doug puede recorrer la mitad de la orilla en el tiempo que le lleva a Enoch Root localizar un lugar seguro para plantar el pie. Randy no querría ser el tipo que acaba de disparar una flecha a la hija de Doug Shaftoe. Doug se ve frustrado durante un momento por el saliente; pero desplazándose un poco transversalmente puede llegar hasta un montón de raíces que casi hacen de escalera para subir.

—Amy está temblando —anuncia Randy—. Amy está temblando.

—El shock. Mantén su cabeza baja y sus piernas en alto —dice Enoch Root. Randy cambia a Amy de posición, casi perdiéndola al agarrar una pierna cubierta de sangre.

Una de las cosas sobre las que Goto Dengo habló durante la cena en Tokio fue de la práctica nipona de ajustar los arroyos de los jardines moviendo rocas de un sitio a otro. El sonido de un riachuelo está producido por los patrones en el flujo del agua, y esos patrones codifican la presencia de rocas en el lecho. A Randy le pareció oír en esa idea el eco de lo que sucedía con los vientos de Palouse, y así lo dijo, y Goto Dengo pensó que era terriblemente inteligente o que estaba siendo amable. En cualquier caso, varios minutos después hay un cambio en el sonido del agua que fluye a su alrededor, y Randy naturalmente mira corriente arriba para ver a un hombre en el agua como a una docena de pies de distancia. El hombre lleva la cabeza afeitada, tan quemada por el sol como la bola del 3. Lleva puesto lo que solía ser un traje bastante bueno, que ahora prácticamente se ha convertido en uno con la jungla: está impregnado de fango rojo, en una capa tan gruesa que adopta todo tipo de formas a medida que se pone en pie. Lleva un enorme palo, un bastón de mago. Lo ha plantado en el fondo del río y está como trepando por él una mano tras otra. Cuando se pone completamente erguido, Randy puede ver que su pierna derecha termina justo bajo la rodilla, aunque la tibia y la fíbula sobresalen unas pulgadas. Los huesos están chamuscados y astillados. Andrew Loeb ha improvisado un torniquete con unos palos y una corbata de seda de cien dólares que Randy está bastante seguro de haber visto en los escaparates de las tiendas libres de impuestos de los aeropuertos. Eso ha reducido el flujo de sangre del extremo de la pierna al ritmo de, digamos, una cafetera mientras prepara café. Una vez que Andy ha conseguido ponerse totalmente erguido, sonríe con alegría y comienza a moverse en dirección a Randy, Amy y Enoch, saltando sobre la pierna buena y empleando el bastón de mago para evitar caerse. En la mano libre lleva un enorme cuchillo: del tamaño de un cuchillo de monte, pero con todas las escarpias, sierras, canales para la sangre y otras características extras que conforman un verdadero cuchillo de lucha y supervivencia de primera línea.

Ni Enoch ni Amy ven a Andrew. Randy tiene ahora la idea en cuya ya le puso Doug, es decir, que la habilidad de matar a alguien es básicamente una cuestión mental y no un asunto de medios físicos; un asesino en serie con un par de pies de cuerda para tender la ropa es mucho más peligroso que una animadora armada con un bazoka. Randy siente con toda seguridad, de pronto, que se encuentra en ese estado mental. Pero no tiene los medios.

Y ése, resumido, es el problema. Los tipos malos suelen disponer de los medios.

Andy le está mirando directamente a los ojos sonriéndole, precisamente la misma sonrisa que verías en la cara de un viejo conocido al que te encontrases en el pasillo de un aeropuerto. Mientras se acerca, va como cambiando el enorme cuchillo en la mano, agarrándolo de la forma correcta para el ataque que esté a punto de hacer. Es ese detalle el que finalmente saca a Randy de su trance y le hace bajar a Amy y dejarla caer en el agua a su espalda. Andrew Loeb da otro paso al frente y planta el bastón de mago, que de pronto vuela por los aires como un cohete, dejando un cráter humeante en el agua, que, evidentemente, se llena al instante. Ahora Andy está de pie como una cigüeña, habiendo conservado milagrosamente el equilibrio. Dobla su rodilla restante y salta hacia Randy, y luego lo hace de nuevo. Luego está muerto y cae hacia atrás, y Randy está sordo, o quizá suceda en otro orden. Enoch Root se ha convertido en una columna de humo con un fuego blanco que escupe y ladra en su centro. Andrew Loeb se ha convertido en una alteración roja en forma de cometa en la corriente, señalada por un único brazo que sobresale del agua, un puño de camisa todavía curiosamente blanco, un gemelo con la forma de una pequeña abeja y unos dedos delgados agarrando un enorme cuchillo.

Randy se vuelve y mira a Amy. Ésta se ha apoyado sobre un brazo. En la mano opuesta sostiene un revólver razonable y útil que apunta en la dirección de Andrew Loeb.

Algo se mueve en el rabillo del ojo de Randy. Vuelve la cabeza con rapidez. Una nube coherente de humo, en forma de espectro, se aleja de Enoch siguiendo la superficie del río, llegando adonde brilla el sol. Enoch está de pie sosteniendo un enorme y viejo 45 y moviendo los labios siguiendo la desigual cadencia de alguna lengua muerta.

Los dedos de Andrew se aflojan, el cuchillo cae y luego el brazo se relaja, pero no desaparece. Un insecto aterriza en el pulgar y empieza a comérselo.

La Cámara Negra

—Bien —dice Waterhouse—, sé un par de cosas sobre guardar secretos.

—Lo sé muy bien —dice el coronel Earl Comstock—. Es una buena cualidad. Es por eso por lo que le queremos. Despúes de la guerra.

Una formación de bombarderos sobrevuela el edificio, agitando las paredes con un zumbido que se mete hasta la médula. Aprovechan la oportunidad para levantar la gigantesca taza de café de porcelana Buffalo de los gigantescos platillos de porcelana Buffalo y tomar un sorbo del flojo y verdoso café del Ejército de Tierra.

—No deje que ese tipo de cosas le engañen —aúlla Comstock sobre el ruido, mirando en dirección a los bombarderos, que se inclinan majestuosos hacia el norte, dirigiéndose a bombardear hasta el culo al increíblemente tenaz tigre de Malaya—. La gente que sabe opina que a los nipos les queda poco. No es demasiado pronto para pensar en qué vamos a hacer después de la guerra.

—Ya se lo he dicho, señor. Me voy a casar, y...

—Sí, y a enseñar matemáticas en una pequeña escuela del Oeste. —Comstock sorbe café y hace una mueca. La mueca sigue tan de cerca el sorbo como el retroceso al disparo—. Suena encantador, Waterhouse, en serio. Oh, hay un montón de fantasías que nos parecen geniales, aquí sentados en las afueras de Manila, respirando vapores de gasolina y matando mosquitos. He oído a un centenar de tipos, en su mayoría soldados rasos, hablar encantados de cortar el césped. Sólo saben hablar de eso, de cortar el césped. Pero cuando regresen a casa, ¿querrán cortar el césped?

—No.

—Exacto. Sólo hablan así porque cortar el césped parece algo genial cuando estás metido en un búnker quitándote piojos de las pelotas.

Uno de los aspectos útiles del servicio militar es que te acostumbra a que hombres ruidosos y ordinarios te digan groserías. Waterhouse se encoge de hombros.

—Podría ser que yo lo odiase —concede.

En este punto Comstock reduce algunos decibelios, se acerca un poquitín y se vuelve paternal.

—No es sólo usted —dice—. Su esposa podría acabar odiándolo.

—Oh, ella adora el campo abierto. No le preocupan las ciudades.

—No tendrían que vivir en una ciudad. Con el salario del que estamos hablando, Waterhouse... —Comstock hace una pausa dramática, toma un sorbo, hace una mueca y reduce la voz un poco más— podrían comprarse un bonito Ford o un Chevy. —Se detiene para que Waterhouse pueda pensarlo—. ¡Con un V-8 que le daría potencia de sobra! Podrían vivir a diez, veinte millas de distancia, ¡e ir conduciendo cada mañana a una milla por minuto!

—¿A diez o veinte millas de dónde? Todavía no tengo claro si estaré trabajando en Nueva York para la Electrical Till o en Fort Meade para esta, eh, nueva cosa...

—Estamos pensando en llamarla NSA, Agencia Nacional de Seguridad —dice Comstock—. Evidentemente, el nombre es secreto.

—Comprendo.

—Hubo algo similar entre guerras, llamada la Cámara Negra. Que suena bien. Pero está un poco pasado de moda.

—Fue disuelta.

—Sí. El secretario de Estado Stimson se deshizo de ella, dijo: «Los caballeros no leen el correo de otros caballeros.» —Comstock ríe en voz alta. Ríe durante un buen rato—. Ah, el mundo ha cambiado, ¿no es así, Waterhouse? ¿Dónde estaríamos ahora si no hubiésemos leído el correo de Hitler y Tojo?

—Estaríamos metidos en un buen lío —concede Waterhouse.

—Ha visto Bletchley Park. Ha visto la Oficina Central en Brisbane. Esos lugares no son más que fábricas. Lectura de correo a escala industrial. —Los ojos de Comstock brillan ante la idea, ahora mira a través de las paredes del edificio como Superman con su visión de rayos X—. Es el futuro, Lawrence. La guerra no volverá a ser igual. Hitler ha desaparecido. El Tercer Reich es historia. Nipón caerá pronto. Pero eso simplemente nos deja la tarea de luchar contra el Comunismo. La tarea de construir un Bletchley Park lo suficientemente grande para realizar esa tarea, ¡demonios! Tendríamos que ocupar todo el estado de Utah o algo así. Es decir, si lo hiciésemos como hasta ahora, con chicas sentadas frente a máquinas Typex.

Ahora, por primera vez, Waterhouse comprende.

—El computador digital —dice.

—El computador digital —repite Comstock. Bebe y hace una mueca—. Una pocas habitaciones llenas de ese equipo reemplazarían a un acre de chicas sentadas frente a máquinas Typex. —Comstock tiene ahora una sonrisa malévola y conspiratoria en el rostro, y se inclina hacia adelante. Una gota de sudor cae rodando de la punta de su barbilla y se hunde en el café de Waterhouse—. Reemplazaría también muchas de las cosas que la Electrical Till fabrica. Así que ya comprende que tenemos una confluencia de intereses. —Comstock deja la taza. Quizá se haya convencido por fin de que no hay ningún estrato de buen café oculto bajo el malo; quizás el café sea una cosa frívola comparada con la importancia de lo que va a divulgar—. He mantenido contacto constante con los jefes de la Electrical Till, y hay un profundo interés por el negocio de los computadores. Profundo interés. Ya se ha puesto en marcha la maquinaria para un acuerdo comercial... y, Waterhouse, sólo se lo cuento, como ya hemos establecido, porque es bueno guardando secretos.

—Comprendo, señor.

—Un acuerdo comercial que uniría a la Electrical Till, el más importante fabricante mundial de máquinas de negocios, con el gobierno de Estados Unidos para construir una sala de máquinas de proporciones titánicas en Fort Meade, Maryland, bajo el auspicio de la nueva Cámara Negra: la Agencia Nacional de Seguridad. Una instalación que será el Bletchley Park de la próxima guerra contra la amenaza comunista... una amenaza tanto interna como externa.

—¿Y quiere que de alguna forma yo me involucre en eso?

Comstock parpadea. Se retira. De pronto se muestra frío y remoto.

—Para ser absolutamente franco, Waterhouse, seguirá adelante con o sin usted.

Waterhouse ríe entre dientes.

—Ya me lo figuraba.

—Yo lo único que hago, digamos, es ofrecerle un camino fácil. Porque respeto sus habilidades y siento, digamos, cierto afecto paternal hacia usted debido a nuestro trabajo juntos. Espero que no le importe que lo diga.

—En absoluto.

—¡Bien! Y hablando de eso... —Comstock se pone en pie, dando la vuelta a la mesa aterradoramente limpia, y coge una única hoja de papel—. ¿Cómo le va con Aretusa?

—Seguimos archivando las interceptaciones a medida que llegan. Todavía no lo he roto.

—Tengo algunas noticias interesantes sobre Aretusa.

—¿Las tiene?

—Sí. Algo que no sabe. —Comstock examina la hoja—. Después de que tomásemos Berlín, capturamos a todo el personal de criptografía de Hitler y enviamos a treinta y cinco de ellos a Londres. Nuestros chicos de allí los han estado interrogando en todo detalle. Rellenando los espacios en blanco. ¿Qué sabe de ese tipo Rudolf von Hacklheber?

De la boca de Waterhouse ha desaparecido todo rastro de humedad. Bebe y no hace ninguna mueca.

—Le conocí en Princeton. El doctor Turing y yo creímos ver su mano en Azur/Tetraodóntido.

—Tenían razón —dice Comstock, agitando el papel—. ¿Pero sabían que probablemente fuese un comunista?

—No tenía conocimiento de sus inclinaciones políticas.

—Bien, es homo, para empezar, y Hitler odiaba a los homos, así que eso podría haberle empujado a los brazos de los Rojos. Además, trabajaba a las órdenes de un par de rusos en el Hauptgruppe B. Supuestamente eran zaristas, y proHitler, pero nunca se sabe. Bien, en cualquier caso, en medio de la guerra, en algún momento de 1943, aparentemente huyó a Suecia. ¿No es gracioso?

—¿Por qué es gracioso?

—Si tuvieses los recursos para huir de Alemania, ¿por qué no ir a Inglaterra y luchar del lado de los buenos? No, fue a la costa este de Suecia... justo enfrente —dice Comstock portentosamente— de Finlandia. Que tiene frontera con la Unión Soviética. —Golpea la hoja contra la mesa—. A mí me parece muy claro.

—Y...

—Y ahora tenemos esos malditos mensajes Aretusa saltando por ahí. ¡Algunos emitiéndose desde aquí mismo en Manila! Algunos viniendo de un submarino misterioso. Evidentemente no es un submarino nipo. Parece que se trata de alguna especie de red de espionaje. ¿No le parece?

Waterhouse se encoge de hombros.

—La interpretación no es mi especialidad.

—Es la mía —dice Comstock—, y digo que es espionaje. Probablemente dirigido desde el Kremlin. ¿Por qué? Porque están empleando un criptosistema que, según usted, está basado en Azur/Tetraodóntido, que fue inventado por el homo comunista Rudolf von Hacklheber. Mi hipótesis es que von Hacklheber permaneció en

Suecia el tiempo justo para dormir un poco y quizá metérsela a algún guapo muchachito rubio y luego se pasó a Finlandia y desde ahí se dirigió a los brazos ansiosos de Lavrenti Beria.

—¡Bien, cielos! —dice Waterhouse—, ¿qué cree que deberíamos hacer?

—Le he dado prioridad a este asunto de Aretusa. Nos hemos vuelto vagos y complacientes. En más de una ocasión, la gente del huffduff observó mensajes Aretusa originándose en esta zona. —Comstock levanta el dedo índice hacia el mapa de Luzón. Luego se controla, al darse cuenta de que sería más digno emplear un puntero. Luego se da cuenta de que está demasiado cerca, y tiene que alejarse un par de pasos para conseguir que el extremo del puntero toque la parte del mapa que su dedo índice tocaba hace un momento. Al fin situado, vigorosamente traza un círculo alrededor de una región costera al sur de Manila, alrededor del estrecho que separa Luzón de Mindoro—. Al sur de todos esos volcanes, siguiendo esta costa. Ahí es donde ha estado haraganeando el submarino. Todavía no tenemos bien localizado al cabrón, porque todas las estaciones de huffduff están bien al norte. —El puntero se traslada para atacar la cordillera Central, donde Yamashita se ha refugiado—. Pero ya no. —El puntero vuelve a bajar vengativo—. He ordenado que se monten varias unidades huffduff en esta zona, y en el extremo norte de Mindoro. La próxima vez que el submarino emita un mensaje Aretusa, enviaremos los Catalinas en menos de quince minutos.

—Bien —se ofrece Waterhouse—, entonces debería ponerme a romper el maldito código.

—Si pudiese conseguirlo, Waterhouse, sería brillante. Significaría la victoria en esto, nuestra primera escaramuza criptográfica con los comunistas. Sería un espléndido comienzo para su relación con la Electrical Till y la NSA. Podríamos instalar a su nueva novia en una bonita casa en el campo, una cocina de gas, y una Hoover que le haría olvidar las colinas Palouse.

—Suena muy tentador —dice Waterhouse—. ¡No puedo contenerme! —Y diciendo eso, sale por la puerta.

En una habitación de piedra en una iglesia medio derruida, Enoch Root mira por una ventana quebrada y hace una mueca.

—No soy matemático —dice—. Sólo realicé los cálculos que Goto Dengo me pidió. Tendrás que pedirle a él que cifre el mensaje.

—Encuentra otro lugar para el transmisor —dice Waterhouse—, y prepárate para usarlo de inmediato.

Goto Dengo está justo donde dijo que estaría, sentado en las gradas sobre la tercera base. El campo de juego ha sido reparado, pero no hay nadie jugando. Él y Waterhouse tienen el lugar para ellos solos, excepto por un par de campesinos filipinos pobres, llevados hasta Manila por la guerra al norte, que buscan palomitas caídas.

—Lo que pides es muy peligroso —dice.

—Será totalmente secreto —dice Waterhouse.

—Piensa en el futuro —dice Goto Dengo—. Algún día, esos computadores digitales de los que hablas romperán Aretusa. ¿No es así?

—Así es. No durante algunos años.

—Digamos diez años. Digamos veinte años. El código está roto. Luego irán y encontrarán todos los viejos mensajes Aretusa, incluyendo el mensaje que quieres enviar a tus amigos, y los leerán. ¿No?

—Sí. Es cierto.

—Y luego verán este mensaje que dice: «Peligro, peligro, Comstock ha montado una trampa, las estaciones de huffduff os esperan, no transmitáis.» Entonces sabrán que había un espía en la oficina de Comstock. Con seguridad sabrán que eras tú.

—Tienes razón. Tienes razón. No pensé en ello —dice Waterhouse. A continuación se da cuenta de otra cosa—. También sabrán de ti.

Goto Dengo palidece.

—Por favor. Estoy tan cansado.

—Uno de los mensajes Aretusa hablaba de una persona llamada GD.

Goto Dengo pone la cabeza entre las manos y permanece perfectamente inmóvil durante mucho tiempo. No tiene que decirlo. Él y Waterhouse se están imaginando lo mismo: veinte años en el futuro, la policía nipona entra a la fuerza en la oficina de Goto Dengo, un próspero empresario, y le arresta por ser espía comunista.

—Sólo si descifran los viejos mensajes —dice Waterhouse.

—Pero lo harán. Dijiste que los descifrarían.

—Sólo si los tienen —dice Waterhouse.

—Pero los tienen.

—Están en mi despacho.

Goto Dengo se muestra escandalizado, horrorizado.

—¿No estarás pensando en robar los mensajes?

—Eso exactamente es lo que pienso.

—Pero se darán cuenta.

—¡No! Los reemplazaré con otros.

La voz de Alan Mathison Turing grita sobre el zumbido del tono de sincronización del Proyecto X. El disco de larga duración, lleno de ruido, gira en el tocadiscos.

—¿Quieres lo último en número aleatorios?

—Sí. Alguna función matemática que me dé aleatoriedad casi perfecta. Sé que has estado trabajando en ello.

—Oh, sí —dice Turing—. Puedo ofrecer un grado de aleatoriedad mucho mayor que estos estúpidos discos que estamos mirando.

—¿Cómo lo haces?

—Tengo en mente una función zeta simple de comprender, extremadamente tediosa de calcular. Espero que dispongas de un buen suministro de válvulas.

—No te preocupes por eso, Alan.

—¿Tienes un lápiz?

—Claro.

—Entonces muy bien —dice Turing, y comienza a recitar los símbolos de la función.

El Sótano está sofocantemente caliente porque Waterhouse lo comparte con un compañero de trabajo que genera miles de vatios de calor corporal. El compañero de trabajo come y caga tarjetas ETC. Lo que hace entre esas dos operaciones es asunto de Waterhouse.

Pasa como unas veinticuatro horas allí sentado, desnudo hasta la cintura, con la camiseta enrollada alrededor de la cabeza como si fuese un turbante para que no caiga sudor sobre su trabajo y provoque un cortocircuito, moviendo palancas en el panel frontal del computador digital, cambiando cables en la parte de atrás, reemplazando válvulas de vacío quemadas, comprobando con el osciloscopio los circuitos que dan errores. Para poder hacer que el ordenador ejecute la función de números aleatorios de Alan, tiene incluso que diseñar sobre la marcha una nueva placa de circuitos, y soldarla. Durante todo ese tiempo, sabe que Goto Dengo y Enoch Root están trabajando en algún lugar de Manila con papel y lápiz cifrando el último mensaje Aretusa.

No tendrá que preguntar si lo han transmitido. Se lo dirán.

Es más, un teniente de la sección de Interceptaciones llega como a las cinco de la tarde con aspecto triunfante.

—¿Han logrado un mensaje Aretusa?

—Dos de ellos —dice el teniente, mostrando dos hojas diferentes con rejillas llenas de letras—. ¡Una colisión!

—¿Una colisión?

—Un transmisor empezó primero en el sur.

—¿En tierra, o...?

—En el mar... al noreste de Palawan. Transmitieron esto. —Agita una de las hojas—. Luego, casi de inmediato, un transmisor en Manila empezó a emitir, esto. —Agita la otra hoja.

—¿Lo sabe el coronel Comstock?

—¡Oh, sí señor! Ya se iba a casa cuando llegaron los mensajes. Ha estado al teléfono con la gente de huffduff, la Fuerza Aérea, todo el mogollón. ¡Cree que ha pillado a los cabrones!

—Bien, antes de que lo celebremos, ¿podría hacerme un favor?

—¡Sí, señor!

—¿Qué hizo con todas las hojas originales de interceptación de los mensajes Aretusa originales?

—Están archivadas, señor. ¿Quiere verlas?

—Sí. Todas. Necesito contrastarlas con las versiones en las tarjetas ETC. Si Aretusa funciona como creo, incluso una letra mal transcrita haría que todos los cálculos fuesen inútiles.

—¡Iré a buscarlas, señor! De todas formas no me iba a ir a casa.

—¿Por qué no?

—¡Claro que no, señor! Quiero quedarme a esperar y ver qué pasa con el maldito submarino.

Waterhouse se dirige al horno y saca un ladrillo caliente de tarjetas ETC en blanco. Ha aprendido a mantener las tarjetas calientes, o se empapan de la humedad tropical y bloquean la maquinaria; así que antes de trasladar el computador digital a esa habitación insistió en que se instalase todo un juego de hornos.

Deja caer las tarjetas calientes en la bandeja de alimentación de una máquina taladradora de tarjetas, se sienta frente al teclado y coloca la primera hoja de interceptaciones frente a él. Comienza a taladrar las letras, una a una. Es un mensaje corto; encaja en tres tarjetas. Luego comienza con el segundo mensaje.

El teniente regresa cargando con una caja de cartón.

—Todas las hojas originales de interceptaciones Aretusa.

—Gracias, teniente.

El teniente mira por encima de su hombro.

—¿Puedo ayudarle a transcribir esos mensajes?

—No. La mejor forma en que podría ayudarme es llenándome el jarro de agua y no molestándome durante el resto de la noche. Estoy mosqueado con este asunto Aretusa.

—¡Sí, señor! —dice el teniente, insufriblemente alegre por el hecho de que el misterioso submarino esté ahora mismo recibiendo las bombas de los Catalinas.

Waterhouse termina de teclear el segundo mensaje, aunque ya sabe lo que diría si lo descifrasen: «TRAMPA RE-

PITO TRAMPA NO TRANSMITIR STOP UNIDADES HUFFDUFF CERCA.»

Coge las tarjetas de la bandeja de salida y las coloca cuidadosamente en la caja que contiene todas las otras tarjetas con los anteriores mensajes Aretusa. Luego coge todo el contenido de la caja —un ladrillo de mensajes como de un pie de grueso— y lo coloca en su maletín.

Retira las dos hojas nuevas del taladrador de tarjetas y las coloca en la parte alta del montón de hojas. El montón de tarjetas en su maletín y esa pila de hojas contienen exactamente la misma información. Son las dos únicas copias que hay en el mundo. Las repasa para asegurarse de que contienen todas las interceptaciones importantes, como el mensaje largo que da la posición del Gólgota, y el que menciona las iniciales de Goto Dengo. Coloca el montón de hojas sobre uno de los hornos.

Deja caer un ladrillo de un pie de ancho de tarjetas calientes en la bandeja de alimentación del taladrador. Conecta el cable de control del taladrador al computador digital, de forma que el computador pueda controlarlo.

Luego arranca el programa que ha escrito, el que genera números aleatorios según la función de Turing. Se encienden luces y el lector de tarjetas se pone en marcha, a medida que el programa se carga en la RAM del computador. Luego hay una pausa, esperando una entrada: la función precisa de una semilla. Una cadena de bits que la ponga en marcha. Cualquier semilla bastará. Waterhouse se lo piensa un momento y luego teclea COMSTOCK.

El taladrador de tarjetas se pone en acción. El montón de tarjetas en blanco se va haciendo más corto. Tarjetas taladradas saltan a la bandeja de salida. Cuando ha terminado, Waterhouse las coge, las coloca a la luz y mira al patrón de pequeños agujeros rectangulares taladrados en el papel manila. Una constelación de puertas.

—Tendrá el aspecto de cualquier otro mensaje cifrado —le explicó a Goto Dengo en las gradas—, pero los, eh, chicos de criptografía —está a punto de decir NSA— podrán usar sus computadores durante toda la eternidad y nunca romperán el código... porque no hay código.

Coloca el montón de tarjetas recién perforadas en una caja que dice INTERCEPTACIONES ARETUSA y la coloca de vuelta en el estante.

Finalmente, antes de salir del laboratorio, vuelve al horno y desliza ligeramente la esquina del montón de hojas de interceptaciones muy cerca de una luz piloto. Se muestra renuente para prender, así que la ayuda con el Zippo. Retrocede y observa durante un rato cómo arde el montón, hasta asegurarse de que toda la información extraña en esas hojas ha sido destruida.

Luego sale al pasillo en busca de un extintor. Arriba, puede oír a los chicos de Comstock, reunidos alrededor de la radio, aullando como perros de presa.

Pasaje

Cuando ha conseguido levantarse del suelo y los oídos han dejado de sonarle, Bischoff dice:
—Inmersión a setenta y cinco metros.

El indicador de profundidad dice veinte. En algún lugar, quizás a cien metros sobre sus cabezas, la tripulación de los bombarderos ha fijado las cargas de profundidad para estallar cuando se hayan hundido a una profundidad de veinte metros, así que veinte no es un buen lugar para estar.

Pero el indicador no se mueve, y Bischoff tiene que repetir la orden. Todos los del submarino deben de estar sordos.

O eso o el *V-Million* ha sufrido daños en los planos de inmersión. Bischoff aprieta el cráneo contra un mamparo y aunque sus oídos ya no funcionan tan bien, puede sentir el gimoteo de las turbinas. Al menos tienen potencia. Pueden moverse.

Pero los Catalinas se pueden mover más rápido.

Puedes decir lo que quieras de esos viejos y roñosos submarinos diesel, al menos disponen de cañones. Podrías salir a la superficie, ir a cubierta bajo el sol y el aire, y contraatacar. Pero en el *V-Million*, ese cohete nadador, la única arma es el secreto. En el Báltico, no hay problema. Pero está en el estrecho de Mindoro, que es un océano de cristal. El *V-Million* podría estar suspendido en el aire con los focos apuntándole.

Ahora empieza a moverse la aguja del indicador, llegando a los veinticinco metros. El suelo se aleja de los pies de Bischoff cuando el submarino se estremece debido a otra carga de profundidad. Pero por la forma en que se mueve sabe que esa última carga ha detonado demasiado alta para producir daños importantes. Por hábito, mira al indicador que da la velocidad, y la anota junto con la hora: 1746. El sol debe estar cada vez más bajo en el cielo, la luz reflejándose en la parte alta de las olas, obligando a los pilotos de los Catalinas a mirar a través de una ventana de ruido brillante. Una hora más y el *V-Million* será completamente invisible. Luego, si Bischoff ha mantenido un registro cuidadoso de la velocidad y el rumbo, eso les indicará aproximadamente dónde se encuentran, y les permitirá recorrer el pasaje de Palawan durante la noche, o dirigirse al oeste hacia el mar meridional de China si eso parece ser la mejor idea. Pero en realidad lo que espera es encontrar una bonita cala pirata en la costa de Borneo, casarse con una bonita orangután y criar una familia.

El indicador de profundidad dice *Tiefenmesser* en esa anticuada letra gótica que a los nazis les gusta tanto. *Messer* significa calibrar o medir, pero también significa cuchillo. *Das Messer sitzt mir an der Kehle.* Tengo el cuchillo en el cuello; me veo cara a cara con la muerte. Cuando tienes el cuchillo en el cuello, no quieres que se mueva como ahora mismo se está moviendo la aguja del *Tiefenmesser*. Cada movimiento del dial es otro metro de agua entre Bischoff y el sol y el aire.

—Me gustaría ser un Messerschmidt —murmura Bischoff. Un hombre que golpea *Messers* con un martillo, pero también una cosa hermosa que vuela.

—Verás la luz y volverás a respirar aire fresco, Günter —dice Rudolf von Hacklheber, un matemático civil que en realidad no debería estar en el puente de un submarino durante una batalla a muerte. Pero tampoco es que tenga otro sitio, así que ahí está.

Es agradable que Rudy diga tal cosa, una encantadora muestra de apoyo hacia Günter. Pero salvar la vida de todos los que se encuentran en el submarino y llevar a lugar seguro su carga de oro, depende ahora de la estabilidad emocional de Günter, y especialmente de su confianza. En ocasiones, si quieres vivir y respirar mañana debes sumergirte en las profundidades oscuras hoy mismo, y eso es un salto de fe —fe en tu submarino y tu tripulación— al lado de lo que las epifanías religiosas de los santos no son nada.

Así que la promesa de Rudy queda pronto olvidada,

o al menos Bischoff la olvida pronto. Bischoff se siente más fuerte por haberla oído, y por cosas similares que los miembros de su tripulación le dicen, y de sus sonrisas, gestos de apoyo y palmadas en el hombro, y las muestras de coraje e iniciativa, las reparaciones ingeniosas que realizan en las tuberías rotas y los motores cansados. La fuerza le da fe, y la fe le convierte en un buen capitán de submarinos. Algunos dirían el mejor que ha existido jamás. Pero Bischoff conoce a muchos otros, mejores que él, cuyos cuerpos quedaron atrapados en cápsulas de metal retorcido en el fondo del Atlántico norte.

El resultado es éste: el sol ha descendido, como se puede confiar cada día, incluso cuando eres un submarino perseguido. El *V-Million* ha abierto un túnel en el pasaje de Palawan, durante varias horas, a la velocidad totalmente desmedida de veintinueve nudos, cuatro veces la velocidad máxima que se le supone a un submarino.

Los norteamericanos habrán trazado un pequeño círculo alrededor del punto del océano donde se vio por última vez al misterioso submarino. Pero la velocidad del *V-Million* es cuatro veces la que creen. El verdadero círculo es cuatro veces mayor que el que han dibujado. Los yanquis no esperarán que salgan a la superficie donde están ahora.

Pero deben subir a la superficie porque el *V-Million* no se fabricó para correr a veintinueve nudos indefinidamente; quema combustible, y peróxido de hidrógeno, a un ritmo absurdo cuando giran las dos turbinas de seis mil caballos. Hay combustible de sobra. Pero se queda sin peróxido de hidrógeno alrededor de la medianoche. Tiene unas ridículas baterías, y motores eléctricos, que apenas son suficientes para llevarlo a la superficie. Pero a continuación debe respirar aire durante un rato y moverse con los diésel.

Por tanto, el *V-Million*, y algunos miembros de la tripulación, disfrutan de un poco de aire fresco. Bischoff no, porque está encargándose de nuevas complejidades que se han producido en la sala de máquinas. Probablemente ese hecho le salva la vida, porque no sabe que les disparan hasta que oye los tiros golpear el casco exterior.

A continuación es la vieja maniobra, la inmersión rápida, que era tan emocionante en su juventud cuando practicaba en el Báltico, y que ahora le resulta tan tediosa. Mirando por la escotilla durante un momento puede ver una estrella solitaria antes de que su visión del cielo quede bloqueada por un tripulante mutilado al que envían abajo.

Sólo cinco minutos después la carga de profundidad obtiene un acierto directo en la popa del *V-Million* y produce un agujero tanto en el casco exterior como en el interior. El suelo se inclina bajo los pies de Bischoff y empiezan a estallarle los oídos. En un submarino, ambos fenómenos son malos presagios. Puedes oír cómo se cierran las escotillas a medida que la tripulación intenta detener el avance del agua hacia la proa; cada una sella el destino de quien estuviese al otro lado. Pero de todas formas, todos están muertos, ahora no es más que una cuestión de tiempo. Esas escotillas no están diseñadas para soportar cinco, seis, siete, ocho, nueve, diez atmósferas de presión. Ceden, la presión se incrementa de súbito cuando la burbuja de aire en la parte frontal del *V-Million* se reduce de golpe a la mitad, luego se reduce a la mitad de nuevo, y una vez más. Cada onda de presión se manifiesta como un aplastamiento del tórax de Bischoff, sacándole todo el aire de los pulmones.

Como la proa está apuntando directamente hacia arriba, como una aguja en un indicador, no hay suelo sobre el que sostenerse, y cada vez que un mamparo cede, y el nivel de agua se eleva hacia proa, eso les deja de pronto sumergidos, con pulmones aplastados y vacíos, y deben nadar hacia arriba para encontrar de nuevo la burbuja de aire.

Pero finalmente la popa destrozada del submarino se hunde en el fondo marino y el *V-Million* se asienta, la cabina más adelante gira a su alrededor, y causa un tremendo sonido de piedras aplastadas cuando el coral queda destrozado por el casco que cae. Y luego todo ha terminado. Günter Bischoff y Rudolf von Hacklheber están juntos en una confortable y segura burbuja de aire comprimido, todo el aire que solía contener el *V-Million* reducido ahora a un volumen del tamaño de un coche. Está oscuro.

Oye cómo Rudy abre los cierres de su maletín de aluminio.

—No enciendas un fósforo —dice Bischoff—. El aire está comprimido, arderá como una bengala.

—Eso sería terrible —dice Rudy, y en su lugar enciende una linterna. La luz aparece y de inmediato se oscurece, se vuelve marrón y se reduce a una diminuta chispa roja: los restos relucientes del filamento de la bombilla.

—La bombilla ha estallado —le explica Bischoff—. Pero al menos he podido ver tu cara con esa estúpida expresión.

—Tú también has tenido mejor aspecto —dice Rudy. Bischoff puede oírle cerrando el maletín, asegurando los cierres—. ¿Crees que mi maletín flotará aquí eternamente?

—Con el tiempo el casco de presión se corroerá. El aire escapará formando burbujitas que se transformarán en nebulosas giratorias de aire rancio a medida que se acerquen a la superficie. El nivel del agua se elevará y apretara el maletín contra lo que quede de la parte superior del casco de presión, y se llenará de agua. Pero quizá quede todavía una burbuja de aire en una esquina del maletín.

—Estaba pensando dejar una nota dentro.

—Si lo haces, mejor que la dirijas al gobierno de Estados Unidos.

—¿Qué crees, Departamento de Marina?

—Departamento de Espionaje. ¿Cómo lo llaman? El OSS.

—¿Por qué lo dices?

—Sabían dónde estábamos, Rudy. Los Catalinas nos esperaban.

—Quizá nos encontraron por radar.

—Ya tomé en cuenta los radares. Esos aviones llegaron más rápido. ¿Comprendes lo que significa?

—Dime.

—Significa que los que nos perseguían sabían lo rápido que podía ir el *V-Million*.

—Ah... así que por eso piensas en espías.

—Le di a Bobby los planos, Rudy.

—¿Los planos del *V-Million*?

—Sí... para que pudiese ganarse el perdón de los norteamericanos.

—Bien, en retrospectiva quizá no debiste haberlo hecho. Pero no te lo reprocho, Günter. Fue un gesto magnífico.

—Ahora vendrá y nos encontrarán.

—Quieres decir, después de que estemos muertos.

—Sí. Todo el plan ha quedado arruinado. Bien, fue una bonita conspiración mientras duró. Quizás Enoch Root demuestre un poco de adaptabilidad.

—¿De verdad crees que los espías vendrán a recorrer estos restos?

—¿Quién sabe? —dice Bischoff—. ¿Por qué te preocupas?

—Tengo las coordenadas del Gólgota en el maletín —dice Rudy—. Pero sé que no están escritas en ningún otro lugar del *V-Million*.

—Lo sabes porque fuiste tú el que descifró el mensaje.

—Sí. Quizá debería quemar ahora el mensaje.

—Nos mataría —dice Bischoff—, pero al menos moriríamos con algo de luz y calor.

—En unas horas estarás en una playa de arena fina tomando el sol, Günter.

—¡Déjalo ya!

—Hice una promesa que tengo que mantener —dice Rudy.

Se produce un movimiento en el agua, el ajetreo de unos pies agitándose y hundiéndose bajo la superficie.

—¿Rudy? ¿Rudy? —dice Bischoff. Pero está solo en una bóveda oscura de silencio.

Un minuto más tarde una mano le tira del talón.

Rudy le trepa por el cuerpo como si fuese una escala, saca la cabeza a la superficie y traga aire. Pero es aire del bueno, dieciséis veces más oxígeno en una única bocanada. Se siente mejor de inmediato. Bischoff le sostiene mientras se calma.

—La escotilla está abierta —dice Rudy—. Vi cómo entraba luz. ¡Ha salido el sol, Günter!

—¡Entonces, vamos!

—Ve tú. Yo me quedaré a quemar el mensaje. —Rudy vuelve a abrir el maletín, rebuscando con las manos entre los papeles, sacando algo, cerrándolo de nuevo.

Bischoff no puede moverse.

—Encenderé el fósforo en treinta segundos —dice Rudy.

Bischoff se lanza en la oscuridad hacia la voz de Rudy y envuelve sus brazos a su alrededor.

—Encontraré a los otros —dice Bischoff—. Les diré que algún puto espía norteamericano nos sigue la pista. Y llegaremos primero al oro, y lo mantendremos lejos de sus manos.

—¡Ve! —grita Rudy—. Ahora quiero que todo suceda con rapidez.

Bischoff le besa una vez en cada mejilla y se sumerge.

Frente a él hay una luz verde azulada que no llega de ninguna dirección en particular.

Rudy nadó hasta la escotilla, la abrió y volvió a nadar hacia dentro, y casi estaba muerto al regresar.

Bischoff tiene que dar con la escotilla y nadar hasta la superficie. Sabe que será imposible. Pero luego una luz mucho más brillante y cálida penetra en el interior del *V-Million*. Bischoff se detiene, mira atrás y ve el extremo superior del casco de presión convertido en una bóveda de fuego naranja, la silueta de un hombre centrada en él, líneas de soldaduras y remaches alejándose de ese centro como meridianos sobre un globo. Hay tanta luz como si fuese de día. Se vuelve y nada con facilidad por el pasillo, hasta llegar a la sala de control, y encuentra la escotilla: un disco de luz cian.

Hay un salvavidas fijado contra lo que es ahora el techo de la sala. Lo agarra y consigue llevarlo hasta el centro, luego lo mete antes que él por la escotilla y sale por ella pataleando.

Hay corales a todo su alrededor, y es hermoso. Le gustaría quedarse y echar un vistazo, pero tiene responsabilidades en la superficie. Se mantiene agarrado al salvavidas, y aunque no siente que se mueve, ve cómo los corales se alejan. Hay una cosa enorme y gris tendida entre ellos, burbujeando y sangrando, y cada vez se hace más pequeña, como un cohete que se perdiese en el cielo.

Mira el agua que le corre por la cara. Los dos brazos de Bischoff están sobre su cabeza, agarrándose al borde del salvavidas, y a través suyo ve un disco de luz solar, más brillante y rojo a medida que asciende.

Empiezan a dolerle las rodillas.

Liquidez

A Randy Lawrence, el resto le parece historia. Sabe que técnicamente hablando es el presente, y que todo lo importante está en el futuro. Pero lo que es importante para él está acabado y cerrado. Le gustaría seguir con su vida, ahora que tiene una.

Llevan a Amy al poblado misionero y el doctor trabaja en su pierna, pero no la pueden llevar al hospital en Manila porque Wing les ha bloqueado. Ese hecho debería parecer amenazador, pero en realidad sólo les parece estúpido y molesto después de que hayan tenido tiempo para acostumbrarse. La gente que les hace eso pertenece al aparato gerontocrático de la China comunista con el apoyo de algunos amigos lameculos del gobierno local, y ninguno de ellos aprecia en absoluto cosas como la radio, que facilita que gente como Doug y Randy pueda comunicarse con el mundo exterior y explicar con todo detalle lo que está sucediendo. El tipo sanguíneo de Randy es compatible con el de Amy, por lo que deja que el doctor le deje casi seco. Aparentemente, la falta de sangre le reduce a la mitad el CI durante un día o dos, pero incluso así, cuando ve a Douglas MacArthur Shaftoe preparando la lista de la compra de hombres y materiales que necesitan para excavar el Gólgota, tiene la presencia de ánimo suficiente para decir: táchalo todo. Olvídate de los camiones, los martillos neumáticos y la dinamita, las excavadoras y las máquinas para túneles, y limítate a darme una perforadora, un par de bombas y algunos miles de galones de combustible. Doug se pone inmediatamente a ello, como si tuviese otra opción, cuando básicamente le dio la idea a Randy contándole viejas leyendas de guerra sobre su padre. Hacen llegar la lista de la compra a Avi y Goto Dengo sin el más mínimo problema.

Wing les mantiene una semana bloqueados en la misión; las explosiones subterráneas siguen agitando la tierra; la pierna de Amy se infecta y el doctor está a punto de amputarla para salvarle la vida. Enoch Root pasa un tiempo a solas con ella y de pronto su pierna se pone mucho mejor. Él explica que aplicó un remedio popular de la zona, pero Amy se niega a decir nada. Mientras tanto, los demás matan el tiempo limpiando las minas que rodean el Gólgota e intentando localizar esas explosiones. El veredicto parece ser que a Wing todavía le queda casi un kilómetro de roca dura que atravesar para llegar al Gólgota, y sólo avanza un par de docenas de metros al día.

Saben que en el mundo exterior se está desatando el infierno, porque no dejan de sobrevolarles helicópteros militares e informativos. Un día, un helicóptero de Goto Engineering aterriza en la misión. Porta equipos para sónar terrestre, y lo más importante, antibióticos, que producen un efecto casi mágico en los bichos de la selva que viven en la pierna de Amy, que jamás han conocido la penicilina, y mucho menos esos compuestos de alta tecnología que hacen que la penicilina parezca sopa de pollo. A Amy le desaparece la fiebre en un par de horas y al día siguiente ya está dando saltos. La carretera vuelve a abrirse y entonces el problema es cómo conseguir que la gente no venga, está abarrotada de periodistas, buscadores de oro y fanáticos de los ordenadores. Todos ellos parecen pensar que presencian un punto social decisivo y radical, como si la sociedad global estuviese tan jodida que lo único que quedase por hacer es apagarla y reiniciarla.

Randy ve gente que sostiene pancartas con su nombre, e intenta no pensar en lo que eso implica. Los camiones llenos de equipo apenas pueden pasar por entre el atasco de tráfico, pero lo consiguen, y se inicia otra semana realmente frustrante y tediosa de cargar con esa mierda por la jungla. Randy pasa la mayor parte del tiempo junto con la gente del equipo de sónar terrestre; tienen equipos geniales que Goto Engineering emplea para hacer pruebas TAC de la tierra en la que van a excavar. Para cuando todo el equipo pesado está en su sitio, Randy tiene todo el Gólgota representado a una resolución de como un metro; incluso podría atravesarlo en realidad virtual si le gustasen esas cosas. Tal como está la situación, lo único que necesita es localizar dónde hacer tres agujeros: dos desde lo alto hasta la cámara principal y luego uno desde un lado, casi horizontal desde la ribera, pero en un ángulo ligeramente hacia arriba, hasta que entre en lo que cree que es el sumidero de la cámara principal. El agujero de desagüe.

Alguien llega desde el mundo exterior y convence a Randy de que sale en las portadas de *TIME* y *Newsweek*. Randy no cree que sea una buena noticia. Sabe que tiene una nueva vida. Tiene una imagen mental clara de cómo es su nueva vida: en general, estar casado con Amy y ocuparse de sus asuntos hasta morirse de viejo. No entraba en sus cálculos aparecer en las portadas de los semanarios y que la gente viniese a la jungla a sostener pancartas con su nombre fuese a caracterizar su vida. Ahora no quiere abandonar la jungla jamás.

Las bombas son artefactos potentes del tamaño de una casa; tienen que serlo para luchar contra la presión de retorno que van a engendrar. Los jóvenes ingenieros de Goto Dengo se ocupan de acoplarlas en los dos agujeros verticales de arriba: uno para suministrar aire comprimido, el otro combustible a presión. A Doug Shaftoe le gustaría participar, pero sabe que técnicamente le supera, y tiene otras obligaciones: proteger el perímetro defensivo frente a los buscadores de oro y otros individuos rastreros que Wing pueda enviar para sabotearles. Pero Doug ha realizado la Llamada, y muchos de los interesantes y nómadas amigos de Doug convergen en el Gólgota desde todos los puntos del mundo y acampan ahora en fortines en la jungla, protegiendo un perímetro defensivo marcado con cables de monofilamento y otras cosas de las que Randy no quiere ni siquiera saber. Doug se limita a decirle que se mantenga alejado del perímetro, y él lo hace. Pero Randy puede sentir el interés de Doug por el proyecto central, de tal forma que cuando llega el gran día, deja que sea Doug el que le dé al interruptor.

Primero hay muchas oraciones: Avi ha traído a un rabino desde Israel, Enoch Root ha traído al arzobispo de Manila, Goto ha enviado a varios sacerdotes sintoístas y varios países del sudeste asiático se han sumado al acto. Todos ellos rezan o cantan en memoria de los que se fueron, aunque las oraciones prácticamente quedan ahogadas por el ruido de los helicópteros. Hay mucha gente que no quiere que toquen el Gólgota, y Randy opina que básicamente tienen razón. Pero por el equipo ha visto el túnel de Wing, ese tentáculo subterráneo de aire que se acerca al tesoro, y ha emitido un mapa tridimensional de todo a los medios de comunicación. Ya ha defendido la posición —cree que razonablemente bien— de que es mejor hacer algo constructivo antes que permitir que lo robe gente como Wing. Ha convencido a algunas personas y a otras no, pero ninguno de estos últimos sale en la portada de *TIME* y *Newsweek*.

Doug Shaftoe es el último en hablar. Se quita la gorra, se la pone sobre el corazón y con las lágrimas corriéndole por la cara dice algo sobre su padre, al que apenas recuerda. Habla de la batalla de Manila y de cómo vio a su padre por primera vez entre las ruinas de la iglesia de San Agustín, y de como su padre le llevó arriba y abajo por las escaleras antes de irse a arrojar el fuego del infierno sobre los nipones. Habla de perdón y ciertas otras abstracciones, y los helicópteros en el aire cortan y difuminan las palabras, lo que sólo consigue que el mensaje sea más potente en opinión de Randy, porque básicamente está compuesto de un montón de recuerdos cortados y difuminados en la mente de Doug. Finalmente, Doug toma una decisión clara en su corazón y en su mente, pero que no puede articular muy bien, y pulsa el interruptor.

Las bombas precisan unos minutos para presurizar el Gólgota con una mezcla altamente inflamable de aire y combustible, y luego Doug pulsa otro interruptor que hace estallar una pequeña carga. A continuación, el mundo se estremece y retumba antes de acomodarse en una especie de aullido vibrante y apagado. Del agujero de desagüe salta un chorro de llamas blancas, que se hunde en el río muy cerca del lugar de descanso final de Andrew Loeb y hace saltar una nube de vapor que obliga a todos los helicópteros a ganar altitud. Randy se arrastra a cubierto de esa nube de vapor, sintiendo que será el último momento de intimidad que tendrá, y se sienta al borde del río para mirar. Como después de media hora, al chorro de gas caliente se une un arroyuelo de fluido incandescente que tan pronto como sale se hunde en el fondo de la corriente, rodeado por el velo del agua hirviente. Durante mucho tiempo realmente no hay nada que ver excepto vapor; pero después de que el Gólgota lleve ardiendo una o dos horas, es posible ver que bajo las aguas poco profundas, extendiéndose por el suelo del valle, es más, rodeando el peñasco aislado al que está subido Randy, hay un brillante y espeso río de oro.

APÉNDICE
EL ALGORITMO DE CIFRADO SOLITARIO

Por Bruce Schneier
Autor de *Applied Cryptography*
Presidente de Counterpane Systems
http://www.counterpane.com

En la novela de Neal Stephenson *Criptonomicón*, el personaje de Enoch Root describe un criptosistema llamado «Pontifex» a otro personaje llamado Randy Waterhouse, y más tarde revela que se supone que los pasos del algoritmo se ejecutan empleando un mazo de cartas. Esos dos personajes intercambian a continuación varios mensajes cifrados empleando este sistema. El sistema se llama «Solitario» (en la novela, «Pontifex» es un nombre en clave para ocultar temporalmente el hecho de que emplea un mazo de cartas) y yo lo diseñé para permitir que agentes de campo se comunicasen de forma segura sin tener que depender de dispositivos electrónicos ni llevar encima herramientas incriminatorias. Un agente podría encontrarse en una situación donde simplemente no tiene acceso a un ordenador, o podrían detenerle si tiene herramientas para la comunicación secreta. Pero un mazo de cartas... ¿qué mal podría haber?

Solitario obtiene su seguridad de la aleatoriedad inherente a un mazo de cartas barajado. Manipulando el mazo, un emisor puede crear una cadena de letras «aleatorias» que puede combinar con el mensaje. Evidentemente, Solitario puede simularse en un ordenador, pero se le ha diseñado para ser ejecutado a mano.

Solitario puede ser de baja tecnología, pero la intención es que su seguridad sea de lo más potente. Diseñé Solitario para ser seguro incluso contra los adversarios militares con mejores recursos, con los mayores ordenadores y los criptoanalistas más inteligentes. Evidentemente, nada garantiza que alguien no pueda encontrar un ataque ingenioso contra Solitario (consultar mi página web para ponerse al día), pero el algoritmo es claramente mejor que otras cifras de lápiz y papel que he visto.

Pero no es rápido. Puede llevar toda una tarde cifrar o descifrar un mensaje razonablemente largo. En el libro de David Kahn, *Kahn on Codes*, se describe una cifra real de lápiz y papel empleada por un espía soviético. Tanto el algoritmo soviético como Solitario requieren aproximadamente la misma cantidad de tiempo para cifrar y descifrar un mensaje.

Cifrar con Solitario

Solitario es una cifra de flujo de salida-retroalimentación. En ocasiones se le llama generador de clave (KG en la jerga militar de Estados Unidos). La idea básica es que Solitario genera una secuencia, en ocasiones llamada «secuencia de clave», de números entre 1 y 26. Para cifrar, hay que generar el mismo número de letras de la secuencia de clave como letras tiene el texto llano. Luego hay que sumar módulo 26 a las letras del texto llano, una a una, para crear el texto cifrado. Para descifrar, hay que generar la misma secuencia de clave y restar módulo 26 del texto cifrado para recuperar el texto llano.

Por ejemplo, para cifrar el primer mensaje Solitario mencionado en la novela de Stephenson, «DO NOT USE PC»:

1. Dividir el mensaje en texto llano en grupos de cin-

co caracteres (no hay nada mágico en los grupos de cinco caracteres; es simplemente la tradición). Se usan equis para rellenar el último grupo. Así que si el mensaje es «DO NOT USE PC» entonces el texto llano es:

```
DONOT USEPC
```

2. Usar Solitario para generar diez letras de la secuencia de clave (los detalles se dan después). Demos por supuesto que son:

```
KDWUP ONOWT
```

3. Convertir el mensaje en texto llano de letras a números: A=1, B=2, etc:

```
4 15 14 15 20  21 19 5 16 3
```

4. Convertir las letras de la secuencia de clave de forma similar:

```
11 4 23 21 16  15 14 15 23 20
```

5. Sumar los números de la serie del texto llano a los números de la secuencia de clave, módulo 26 (lo que esto significa es que si la suma es superior a 26, hay que restarle 26 al resultado). Por ejemplo, 1+1=2, 26+1=27, y 27-26=1... por tanto, 26+1=1.

```
15 19 11 10 10  10 7 20 13 23
```

6. Convertir los números en letras:

```
OSKJJ JGTMW
```

Si eres realmente bueno, puedes aprender a sumar letras de cabeza, y simplemente sumar las letras del paso (1) y (2). Sólo se precisa práctica. Es fácil recordar que *A+A=B*; recordar que *T+Q=K* es más difícil.

Descifrar con Solitario

La idea básica es que el receptor genera la misma secuencia de clave, y luego resta las letras de la secuencia de clave de las del texto cifrado.

1. Tomar el mensaje cifrado y disponerlo en grupos de cinco caracteres (ya debería tener esta forma).

```
OSKJJ JGTMW
```

2. Usar Solitario para generar diez letras de la secuencia de clave. Si el receptor emplea la misma clave que el remitente, las letras de la secuencia de clave serán las mismas:

```
KDWUP ONOWT
```

3. Pasar el mensaje cifrado de letras a números:

```
15 19 11 10 10   10 7 20 13 23
```

4. Convertir de forma similar las letras de la secuencia de clave:

```
11 4 23 21 16   15 14 15 23 20
```

5. Restar los números de la secuencia de clave de los números del texto cifrado, módulo 26. Por ejemplo, 22-1=20, 1-22=5. (Es fácil. Si el primer número es menor que el segundo, añadir 26 al primer número antes de restar. Por tanto 1-22=? se convierte en 27-22=5.)

```
4 15 14 15 20   21 19 5 16 3
```

6. Convertir los números en letras:

```
DONOT USEPC
```

Descifrar es igual que cifrar, excepto que se resta la secuencia de clave del mensaje cifrado.

Generar las letras de la secuencia de clave

Aquí tenemos el núcleo de Solitario. La descripción del cifrado y descifrado sirve igual para cualquier cifra de flujo de salida-retroalimentación. Esta sección explica el funcionamiento de Solitario.

Solitario genera una secuencia de clave empleando un mazo de cartas. Puede considerar un mazo de 54 cartas (recuerde los comodines) como una permutación de

54 elementos. Hay como 54!, o unas $2{,}31 \times 10^{71}$, formas posibles de ordenar el mazo. Mejor aún, hay 52 cartas en el mazo (sin los comodines) y 26 letras en el alfabeto inglés. Es una coincidencia demasiado buena para dejarla pasar.

Para su empleo en Solitario, un mazo necesita las 52 cartas y dos comodines. Los comodines deben diferir de alguna forma. (Es lo normal. El mazo que estoy usando mientras escribo este texto tiene estrellas en los comodines: uno tiene una estrella pequeña y el otro una estrella grande.) Digamos que uno es el comodín A y el otro el B. Por lo general, hay un elemento gráfico en los comodines que es igual pero de tamaño diferente. Que el comodín «B» sea el «mayor». Si es más fácil, puedes escribir una «A» y una «B» en los dos comodines, pero recuerda que luego tendrás que explicárselo a la policía secreta si te pillan.

Para inicializar el mazo, pon el mazo sobre la mano mirando hacia arriba. Luego, dispón las cartas en la configuración inicial que es la clave (hablaré de la clave más tarde, pero es diferente de la secuencia de clave). Ahora estás listo para producir la secuencia de clave.

Así es Solitario:

1. Encuentra el comodín A. Desplázalo una carta hacia abajo (es decir, intercámbialo con la carta que tenga debajo). Si el comodín se encuentra al fondo del mazo, colócalo sobre la carta superior.

2. Encuentra el comodín B. Desplázalo dos cartas hacia abajo. Si el comodín se encuentra en el fondo del mazo, desplázalo justo debajo de la segunda carta. Si el comodín está justo encima de la última carta, desplázalo justo debajo de la primera carta (básicamente, debes asumir que el mazo es un bucle completo... ya te lo imaginas).

Es importante realizar estos pasos en orden. Es tentador gandulear y limitarse a desplazar los comodines en el orden en que te los encuentras. Se puede, a menos que estén muy cerca el uno del otro.

Así que si el mazo tiene este aspecto antes del paso 1:

```
3 A B 8 9
```

al final del paso 2 debería quedar así:

```
3 A 8 B 9
```

Si tienes cualquier duda, recuerda desplazar el comodín A antes que el comodín B. Y ten cuidado cuando los comodines se encuentren al fondo del mazo.

3. Realiza un corte triple. Es decir, intercambia las cartas sobre el primer comodín con las cartas bajo el segundo comodín. Si el mazo tiene este aspecto:

```
2 4 6 B 4 8 7 1 A 3 9
```

entonces, después del corte triple quedará así:

```
3 9 B 4 8 7 1 A 2 4 6
```

«Primer» y «Segundo» comodines se refiere al comodín que esté más cerca, y más lejos, de la parte alta del mazo. Ignora la «A» y la «B» en este paso.

Recuerda que los comodines y las cartas que hay entre ellos no se mueven; las otras cartas se desplazan a su alrededor. Es fácil de hacer entre las manos. Si no hay cartas en una de las tres secciones (ya sea porque los comodines están juntos o uno en la parte alta o en la parte baja), simplemente trata esa sección como vacía y desplázala igualmente.

4. Realiza un corte contando. Mira a la carta del fondo. Conviértela en un número entre 1 y 53. (Emplea el orden de palos del bridge: tréboles, diamantes, corazones y picas. Si la carta es de ♣, entonces tiene el valor que muestra. Si la carta es de ♦, entonces es su valor más 13. Si es de ♥, es su valor más 26. Si es de ♠, es su valor más 39. Cualquiera de los comodines vale 53.) Cuenta ese nú-

mero hacia abajo desde la carta más alta (yo normalmente cuento desde 1 hasta 13 una y otra vez si es preciso; es más simple que contar en secuencia hasta números altos.) Corta después de la carta hasta la que has llegado, dejando la carta del fondo abajo del todo. Si el mazo tenía este aspecto:

```
7 ... cartas ... 4 5 ... cartas ... 8 9
```

y la novena carta era el 4, el corte daría como resultado:

```
5 ... cartas ... 8 7 ... cartas ... 4 9
```

La razón por la que se deja la última carta en su lugar es para que este paso sea reversible. Es un detalle importante de cara al análisis matemático de su seguridad.

5. Busca la carta de salida. Mira en la carta en la parte alta. Conviértela en un número entre 1 y 53, de la misma forma que antes. Cuenta hacia abajo ese número de cartas (cuenta la primera carta como número uno). Apunta en una hoja de papel la carta que encontraste después de la que contaste (si te encuentras con un comodín, no escribas nada y comienza de nuevo con el paso 1). Ésta es la primera carta de salida. Ten en cuenta que este paso no modifica el estado del mazo.

6. Convierte la carta en un número. Como antes, emplea los palos del bridge para ordenarlos. De más bajo a más alto tenemos tréboles, diamantes, corazones y picas. Por tanto, de A ♣ hasta K ♣ es de 1 a 13, de A ♦ hasta K ♦ es de 14 a 26, de A ♥ hasta K ♥ es de 1 a 13, y de A ♠ hasta K ♠ es de 14 a 26.

Esto es Solitario. Puedes emplearlo para generar tantos números de la secuencia de clave como te sean necesarios.

Sé que hay diferencias regionales en los mazos de cartas, dependiendo del país. En general, no importa la ordenación de palos que emplees o cómo conviertas las cartas en números. Lo que importa es que el emisor y el receptor hayan acordado las mismas reglas. Si no eres consistente no podrás comunicarte.

Introducir la clave en el mazo

Solitario es tan seguro como la clave. Es decir, la forma más simple de romper Solitario es descubrir la clave que los comunicantes están empleando. Si no dispones de una buena clave, el resto no importa. Aquí hay algunas sugerencias para intercambiar claves.

1. Baraja el mazo. Una clave aleatoria es la mejor. Uno de los comunicantes puede barajar un mazo aleatoriamente y luego crear otro mazo idéntico. Uno pasa al emisor y otro al receptor. La mayoría de la gente no sabe barajar bien, así que barájalo al menos diez veces, e intenta usar un mazo con el que se haya jugado en lugar de uno nuevo, recién sacado del paquete. Recuerda conservar un mazo extra con el orden de la clave, o en caso de error nunca podrás descifrar el mensaje. También recuerda que la clave está en peligro mientras exista; la policía secreta podría encontrar el mazo y copiar el orden.

2. Emplea una ordenación de bridge. Una descripción de manos de bridge que puedes encontrar en un periódico o un libro sobre bridge es aproximadamente una clave de 95 bits. Si los comunicantes se ponen de acuerdo en una forma de convertirlas en una ordenación del mazo y en una forma de situar los comodines (quizá después de las dos primeras cartas que se mencionan en la discusión del juego), puede valer. Atención: la policía secreta podría encontrar tu columna de bridge y copiar el orden. Puedes intentar establecer alguna convención repetible para la columna del *bridge* a emplear; por ejem-

plo, «usa la columna del *bridge* del periódico de tu ciudad del día en que cifraste el mensaje», o algo similar. O busca una serie de palabras en la web del *New York Times*, y emplea la columna de bridge del día del artículo que te aparece cuando buscas por esas palabras. Si se descubren las palabras, o las interceptan, parecerán una frase clave. Y elige tu propia convención; recuerda que la policía secreta también lee los libros de Neal Stephenson.

3. Utiliza una frase clave para ordenar el mazo. Este método emplea Solitario como un algoritmo para crear una ordenación inicial del mazo. Tanto el emisor como el receptor comparten la frase clave (por ejemplo, «CLAVE SECRETA»). Comienza con el mazo en un orden fijo, de la carta más baja a la más alta, de la forma habitual en el *bridge*. Realiza la operación Solitario, pero en lugar del paso 5, realiza otro corte contado empleando el primer carácter de la frase clave (3 en este ejemplo). (Recuerda colocar las cartas en la posición más alta sobre la carta más baja del mazo, como antes.) Hazlo para cada uno de los caracteres. Emplea otros dos caracteres para fijar la posición de los comodines. Pero recuerda, en el inglés habitual sólo hay alrededor de 1,4 bits de aleatoriedad por carácter. Para que sea realmente seguro querrás usar una frase clave de al menos 80 caracteres; yo recomiendo al menos 120 caracteres (lo lamento, pero no se puede obtener buena seguridad con una clave más corta).

Ejemplos

Aquí hay algunos ejemplos para que puedas practicar tus habilidades con el Solitario:

Ejemplo 1: Comienza con un mazo sin clave: A ♣ hasta K ♣, A ♥ hasta K ♥, A ♦ hasta K ♦, A ♠ hasta K ♠, comodín A, comodín B (puedes considerarlo como 1-52, A, B). Las primeras diez salidas son:

```
4 49 10 (53) 24 8 51 44 6 33
```

Hay que saltarse el 53, claro. Lo he puesto para que quede claro. Si el texto llano es:

```
AAAAA AAAAA
```

entonces el texto cifrado es:

```
EXKYI ZSGEH
```

Ejemplo 2: Empleando el método de clave 3 y la clave «FOO», las primeras quince salidas son:

```
8 19 7 25 20 (53) 9 8 22 32 43 5 26 17 (56) 38 48
```

Si el texto llano es todo A, entonces el texto cifrado es:

```
ITHZU JIWGR FARMW
```

Ejemplo 3: Empleando el método de clave 3 y la clave «CRYPTONOMICON», el mensaje «SOLITAIRE» se cifra como:

```
KIRAK SFJAN
```

Evidentemente, deberías usar claves más largas. Estos ejemplos son sólo como prueba. Hay más ejemplos en el sitio web, y puedes emplear el *script* Perl del libro para crear otros.

Seguridad por medio de la oscuridad

Solitario está diseñado para ser seguro incluso si el enemigo conoce el funcionamiento del algoritmo. He dado por supuesto que *Criptonomicón* se convertirá en un *best seller*, y que habrá ejemplares por todas partes. Doy por supuesto que la NSA y todos los demás estudiarán el algoritmo y estarán alerta. Doy por supuesto que el único secreto es la clave.

Por eso es tan importante mantener la clave secreta. Si guardas un mazo de cartas en un lugar seguro, deberías asumir que el enemigo al menos considerará la idea de que estés empleando Solitario. Si guardas una columna de bridge en la caja fuerte, es probable que eso produzca sospechas. Si se sabe que algún grupo emplea el algoritmo, es de esperar que la policía secreta mantenga una base de datos de columnas de bridge para usarlas en los intentos de desciframiento. Solitario es resistente incluso si el enemigo sabe que lo estás empleando, y un simple mazo de cartas sigue siendo menos incriminatorio que un programa de cifrado ejecutándose en tu portátil, pero el algoritmo no sustituye a la astucia.

Notas sobre la aplicación

La primera regla de cualquier cifra de flujo de salida-retroalimentación, cualquiera que sea, es que nunca debes usar dos veces la misma clave para cifrar dos mensajes diferentes. Repítelo conmigo: NO USAR NUNCA LA MISMA CLAVE PARA CIFRAR DOS MENSAJES DIFERENTES. Si lo haces, romperás por completo la seguridad del sistema. He aquí el porqué: si tienes dos cadenas cifradas, $A+K$ y $B+K$, y las restas, obtienes $(A+K)-(B+K) = A+K-B-K=A-B$. Es decir, dos secuencias de textos llano combinadas, y eso es muy fácil de romper. Confía en mí: puede que tú no sepas recuperar A y B a partir de $A-B$, pero un criptoanalista profesional si podrá. Es de importancia vital: nunca emplees la misma clave para cifrar dos mensajes diferentes.

Que los mensajes sean cortos. El algoritmo está diseñado para emplearse con mensajes cortos: un par de miles de caracteres. Si tienes que cifrar una novela de 100.000 palabras, emplea un algoritmo informático. Emplea abreviaturas, taquigrafía y jerga en los mensajes. No seas prolijo.

Para obtener la seguridad máxima, intenta hacerlo todo de cabeza. Si la policía secreta empieza a derribar la puerta, limítate a barajar con calma el mazo de cartas (no lo arrojes al aire; te sorprendería saber hasta qué punto se mantiene la ordenación de un mazo durante una partida de 52-Pickup). Recuerda barajar también el mazo de repuesto, si lo tienes.

Análisis de seguridad

Hay mucho, pero es demasiado complejo para reproducirlo aquí. Ve a *http://www.counterpane.com*, o escribe a Counterpane Systems, 1711 North Ave #16, Oak Park, IL 60302.

Para saber más

Recomiendo mi propio libro, *Applied Cryptography* (John Wiley & Sons, 1996), como un buen lugar para empezar. Luego lee *The Codebreakers* de David Kahn (Scribner, 1996). A continuación, hay varios libros sobre criptografía informática, y varios sobre criptografía manual. Puedes suscribirte a mi boletín de correo electrónico gratuito en *http://www.counterpane.com/cryptogram.html* o enviando un mensaje de correo en blanco a *crypto-gram-subscribe@chaparraltree.com*. Es un campo divertido; buena suerte.

Neal Stephenson, nacido la noche de Halloween de 1959, empezó su carrera literaria con THE BIG U *(1984), un thriller con algunos elementos de ciencia ficción, y* ZODIAC: THE ECO-THRILLER *(1988) de contenidos explícitos en su título.*

Su primera novela de gran éxito en la ciencia ficción fue SNOW CRASH *(1992) que, según parece, pronto será llevada al cine. Etiquetada como post-ciberpunk, narra las aventuras de un repartidor de pizza en un futuro complejo y bien imaginado en muchos de sus detalles.*

Sólo tres años después, Stephenson alcanzó ya el mayor reconocimiento de la ciencia ficción mundial con LA ERA DEL DIAMANTE: MANUAL ILUSTRADO PARA JOVENCITAS *(1995, NOVA ciencia ficción, número 101), que obtuvo los premios Hugo y Locus de 1996, y fue finalista del premio Nebula. Se trata de la compleja historia de un Shanghai del futuro cercano, escindido en «phyles» o tribus (Nippon, Han y los neo-victorianos de Atlantis) donde, con voz casi dickensiana, se muestran los futuros prodigios de la nanotecnología (ese maravilloso manual interactivo para la formación de una joven), sin olvidar sus consecuencias en el ámbito social.*

También, en colaboración con su tío George Jewsbury, Stephenson ha escrito otros dos thrillers: INTERFACE *(1994) y* THE COBWEB *(1996) presentados con el pseudónimo Stephen Bury.*

Su obra más reciente en solitario, según algunos llamada

a convertirse en un libro de culto en el complejo mundo de los hackers *y aficionados a la informática, es una macro-novela de más de mil páginas. A partir de personajes y problemas reales en la Segunda Guerra Mundial (Alan Turing, su calculadora universal y la máquina criptográfica alemana Enigma), la novela de Stephenson trata de la criptografía, la matemática y los hackers. La novela obtuvo el premio Locus de 2000 y, en Europa, se ha optado en diversos países por publicarla en tres volúmenes. En España son:* CRIPTONOMICÓN I: EL CÓDIGO ENIGMA *(NOVA ciencia ficción, número 148),* CRIPTONOMICÓN II: EL CÓDIGO PONTIFEX *(NOVA ciencia ficción, número 151),* CRIPTONOMICÓN III: EL CÓDIGO ARETUSA *(NOVA ciencia ficción, número 153).*